Der fünfte Fall für Zorn und Schröder

»MACHE ICH IHNEN ANGST? Das ist gut. Es gehört zu meinem Job. Und ich bin gut darin. Sehr gut.«

Es regnet Fische auf die Stadt. Erst landet eine kleine Elritze in der Dachrinne der Kirche auf dem Hasenberg, kurz darauf klatschen Aale und Lachse auf die nächtlichen Straßen und Wege. Bei Morgengrauen wird das Ausmaß des ungewöhnlichen Phänomens sichtbar. Doch während der Aufräumarbeiten kommt etwas viel Seltsameres zutage: Ein künstliches Hüftgelenk liegt im Mülleimer unter einer glitschigen Rotfeder. Zorn und Schröder ermitteln, dass es einer Frau eingesetzt wurde. Doch diese Frau ist verschwunden. Die beiden Kommissare treffen nur ihren Mann Gregor Zettl an, der, wie Schröder feststellt, vor Jahren ein gefeierter Popstar war. Je mehr Zorn und Schröder ermitteln, desto mehr Fragen tauchen auf: Warum ist Zettls Frau verschwunden? War sie in dunkle Machenschaften verstrickt? Warum kann Gregor Zettl den Ermittlern keine Informationen liefern? Ist er wirklich der unwissende Ehemann, der er vorgibt zu sein? Ist Zettls Frau tot?

Was die beiden Ermittler nicht wissen: Jemand ist hinter Zettl her, er schüchtert ihn ein und droht ihn umzubringen …

Stephan Ludwig arbeitete als Theatertechniker, Musiker und Rundfunkproduzent. Er hat drei Töchter, einen Sohn und keine Katze. Zum Schreiben kam er durch eine zufällige Verkettung ungeplanter Umstände. Er lebt und raucht in Halle.

Außerdem bei FISCHER Taschenbuch erschienen:
»Zorn – Tod und Regen«, »Zorn – Vom Lieben und Sterben«, »Zorn – Wo kein Licht«, »Zorn – Wie sie töten«, »Zorn – Wie du mir«
Alle Bände der Zorn-Reihe sind erfolgreich fürs Fernsehen verfilmt.

Claudius Zorn ist auch auf Facebook.
Weitere Informationen finden Sie auf www.fischerverlage.de

Stephan Ludwig

ZORN

Kalter Rauch

THRILLER

FISCHER Taschenbuch

Aus Verantwortung für die Umwelt hat sich der S. Fischer Verlag zu einer nachhaltigen Buchproduktion verpflichtet. Der bewusste Umgang mit unseren Ressourcen, der Schutz unseres Klimas und der Natur gehören zu unseren obersten Unternehmenszielen.

Gemeinsam mit unseren Partnern und Lieferanten setzen wir uns für eine klimaneutrale Buchproduktion ein, die den Erwerb von Klimazertifikaten zur Kompensation des CO_2-Ausstoßes einschließt.

Weitere Informationen finden Sie unter: www.klimaneutralerverlag.de

FSC www.fsc.org
MIX
Papier aus verantwortungsvollen Quellen
FSC® C014496

4. Auflage: Juni 2021

Originalausgabe
Erschienen bei FISCHER Taschenbuch
Frankfurt am Main, Dezember 2015

Satz: Fotosatz Amann, Memmingen
Druck und Bindung: GGP Media GmbH, Pößneck
Printed in Germany
ISBN 978-3-596-03192-4

Für Peter Ludwig.
Du hättest ruhig noch eine Weile bleiben können.

Musik wird oft nicht schön gefunden, weil sie stets mit Geräusch verbunden. *Wilhelm Busch*

Die Menschen fürchten den Tod sogar mehr als den Schmerz. Es ist komisch, dass sie den Tod fürchten. Das Leben schmerzt viel mehr als der Tod. *Jim Morrison*

Die guten Musiker sind alle Einsiedler und außer der Zeit. *Friedrich Nietzsche*

TEIL EINS

Eins

Es war exakt zwei Uhr einunddreißig, als der erste Fisch vom Himmel fiel.

Die Glocke der Kirche auf dem Hasenberg vibrierte noch, die Schläge der alten Turmuhr verhallten in der kühlen Nachtluft, dünne, verloren wirkende Töne.

Der Fisch, eine fingergroße Elritze, landete auf dem östlichen der vier Seitentürme, überschlug sich, rutschte das steile Kupferdach hinab, weiter über die Ziegel des Querhauses und blieb schließlich in der Dachrinne liegen.

Zwei Sekunden vergingen.

Dann klatschte eine Bachforelle neben einem Papierkorb auf das Pflaster vor dem Hauptportal. Das Licht einer gusseisernen Laterne spiegelte sich in den silbrigen Schuppen, es schien, als bewege sich das Tier, die letzten Zuckungen einer sterbenden Kreatur.

Die Menschen in den gepflegten Villen rund um den Fuß des Berges und die sternförmig abzweigenden Straßen schliefen tief und fest. Der Himmel über der Stadt war klar. Keine Wolke. Sterne funkelten.

Irgendwo bellte ein Hund.

Der nächste Fisch, ein Karpfen, durchschlug das Dach der Sakristei. Ein weiterer folgte. Noch einer. Und noch einer.

Der Regen begann.

Ein Prasseln, leise erst, dann anschwellend, als würde eine riesige Reisschüssel über der Kirche ausgeschüttet.

Die Fische stürzten vom Himmel, blitzende, stumme Geschosse, ein funkelnder Hagel ergoss sich über den mächtigen sechzig Meter hohen Backsteinbau. Die Tiere prallten auf den Hauptturm, zerplatzten auf dem Pflaster vor dem dreitürigen Haupteingang, verfingen sich in den Wipfeln der umstehenden Bäume. Blut, Eingeweide und Schuppen bedeckten die Mauern, die geschnitzten Türen, die geschwungenen gotischen Fenster. Die breite Freitreppe hinauf zum Berg verschwand unter einer pulsierenden, gekrümmten Masse. Flundern. Welse. Aale. Hechte. Die meisten schon vor dem Aufprall verendet, einige gefroren, andere scheinbar in den letzten Zuckungen liegend. Hunderte. Tausende. Ein wirres, zuckendes Durcheinander, ineinander verschlungen, ein schleimiges, in allen Farben schimmerndes Chaos.

Nach zwanzig Sekunden war es vorbei. So, wie es angefangen hatte, endete es, als habe jemand weit oben in der Stratosphäre einen Schalter umgelegt.

Unten am Kreisverkehr jaulte eine Alarmanlage auf, ein anderthalb Kilo schwerer Lachs hatte die Windschutzscheibe eines Audi durchschlagen. In den Villen gingen die ersten Lichter an, Köpfe erschienen in den Fenstern, verschlafen rümpften die Menschen die Nasen, der Gestank nach Fäulnis, Nässe und Verwesung sollte erst in den Morgenstunden verschwinden.

Der erste Notruf wurde um zwei Uhr vierunddreißig registriert, vierzig weitere gingen in der nächsten halben Stunde ein. Niemand war verletzt worden, die toten Fische lagen in einem Umkreis von hundert Metern um die Kirche verstreut, später wurden vereinzelte Kadaver in den Gärten, den Seitenstraßen und auf ein paar Hausdächern gefunden.

Kurz vor drei Uhr morgens rief ein ratloser Streifenbeamter zunächst bei der Stadtreinigung, später beim Veterinäramt, dann im Universitätsklinikum an. Ein Meteorologe wurde herbeigerufen, ein Mitarbeiter des Zoos gesellte sich dazu. Niemand konnte erklären, was geschehen war. Um vier Uhr titelte die Onlineausgabe des örtlichen Boulevardmagazins etwas ratlos und orthographisch nicht ganz korrekt von den *SCHLEIMIGEN VORBOTEN DER APPOKALYPSE AUF DEM HASENBERG*. Der zuständige Redakteur, ein fünfunddreißigjähriger ehemaliger Aushilfskellner, hatte im Internet auf die Schnelle nur krude Verschwörungstheorien und verschwommene Hinweise auf ähnliche, kaum dokumentierte und längst vergangene Ereignisse in Australien und Südengland finden können.

Im Morgengrauen begann das Aufräumen. Arbeiter in den orangefarbenen Westen der Stadtwerke schlurften missmutig über den Hügel und klaubten die größeren Kadaver von der Wiese, Feuerwehrleute reinigten mit Schläuchen das verschmierte Pflaster vor dem Portal, die Freitreppe, die Bänke. Uniformierte Streifenpolizisten wurden als Verstärkung hinzugezogen und das, sollte sich bald zeigen, war nicht nur im Hinblick auf ein schnelles Ende der Arbeiten von Vorteil. Die Sonne stand bereits hoch am Himmel, als ein übernächtigter junger Wachtmeister mit spitzen Fingern und verkniffenem Mund eine zerplatzte Rotfeder aus einem Papierkorb am Fuße der Freitreppe fischte. Was er darunter fand, halb verdeckt von zerknüllten Zeitungsresten und durchgeweichten Pappbechern, wäre unter anderen Umständen wohl nie entdeckt worden und für alle Zeiten in den Untiefen der städtischen Müllhalde verschwunden.

So aber geschah es, dass an diesem freundlichen Junimorgen ein künstliches Hüftgelenk mit der Seriennummer GZ-375469C-B3 in einem öffentlichen Papierkorb sichergestellt wurde. Ein Umstand, der zwar weit weniger verwirrend erschien als tonnenweise vom Himmel fallender Süßwasserfisch, aber trotzdem ausreichte, den Diensthabenden der zuständigen Polizeiwache herbeizurufen, welcher wiederum umgehend die Spurensicherung alarmierte.

Zwei Stunden später begannen die Ermittlungen.

Zwei

Gregor Zettl saß auf dem Sofa und wartete.

Seit neun Tagen tat er das jetzt. Nein, auf dem Sofa hatte er natürlich nicht gesessen, nicht die ganze Zeit. Er hatte geschlafen, gelesen, ferngesehen, all die Dinge getan, die jeder normale Mensch tut. Aber gewartet hatte er, jede einzelne Sekunde in diesen neun Tagen, mal bewusst, mal weniger bewusst.

Donata. Vor neun Tagen war sie morgens aus dem Haus gegangen. Wie immer hatte sie ihm einen Kuss auf die Stirn gegeben, wie immer hatte er nicht gewusst, was genau sie den ganzen Tag tun würde. Erst recht hatte er nicht wissen können, dass sie nicht zurückkehren würde. Nicht an diesem Tag, nicht am nächsten. Auch nicht am übernächsten.

Die Sonne fiel schräg ins Zimmer, blendete ihn. Gregor Zettl seufzte, faltete die Zeitung zusammen, stand schwerfällig auf und zog die Gardinen zu. Schwere fliederfarbene Samtvorhänge, er mochte die Farbe nicht, ebenso wenig den goldgelben Teppich, die dunkle, erdrückende Schrankwand mit den geschwungenen Messinggriffen, den geschliffenen Glastüren, den Geruch nach feuchten Fliesen und frischem Beton. Eigentlich gefiel ihm das ganze Haus nicht, ein zweistöckiger Neubau, eingezwängt zwischen identischen, ebenso gesichtslosen Einfamilienhäusern, innerhalb weniger Monate auf dem Gelände einer ehemaligen Kaserne am Stadtrand aus dem lehmigen Boden gestampft. Es war nicht seine Entscheidung gewesen, das winzige Grundstück zu kaufen und dieses Haus bauen zu lassen, natürlich nicht. Donata hatte es so gewollt.

Diskutiert hatte er nicht, das hatte er nie getan. Sie hatte die Verträge unterschrieben, sie war es, die sämtliche Entscheidungen in Gregor Zettls Leben traf. Sie sorgte für das Geld, für ihren Unterhalt. Wie sie das tat, hatte ihn nie interessiert.

Gregor, der Unsichere. Donata, die Macherin.

Gregor Zettl seufzte, kratzte sich am Kinn. Er musste sich rasieren, dringend. Donata achtete peinlich darauf, dass er sich pflegte.

Seit sechsundzwanzig Jahren waren sie verheiratet. Nein, Sorgen machte er sich nicht, noch nicht. In den letzten Jahren war sie immer wieder verreist, nach Frankreich, Spanien, Italien. Eine, manchmal zwei Wochen, geschäftlich, wie sie gesagt hatte, um Investoren zu treffen, er hatte nie nachgefragt. Allerdings hatte sie ihm vorher immer Bescheid gesagt, es war das erste Mal, dass sie einfach so wegblieb, sie wusste, dass er auf sie wartete, seit neun Tagen mittlerweile, das waren zweihundertsechzehn Stunden, sie …

Es klingelte an der Tür.

Gregor Zettl verzog das Gesicht. Er hasste den schrillen, dissonanten Ton. Donata klingelte nie, sie benutzte den Schlüssel.

Zettl ging in den Flur. Sein Spiegelbild huschte über die Schrankwand, eine gedrungene, übergewichtige Gestalt, nicht zu vergleichen mit dem dünnen, fast mädchenhaften Jungen, der er vor dreißig Jahren gewesen war.

Ein weiteres Klingeln.

Er zögerte. Ging ins Gästebad, schob vorsichtig die Gardine zur Seite und sah hinaus in den Garten. Keinen der beiden Männer hatte er jemals gesehen, weder den Dunkelhaarigen in der Lederjacke noch den kleinen, glatzköpfigen Kerl in der ausgebeulten Cordhose. Gregor Zettl selbst bekam nie Besuch. Er hatte keine Ahnung, was die beiden wollten, sie sahen nicht so aus, als gehörten sie zu Donatas Freundeskreis. Eher wie Zeugen Jehovas oder GEZ-Fahnder, aber die gab es ja mittlerweile nicht mehr.

Egal. Jedenfalls niemand, mit dem er reden wollte.

Gregor Zettl trat zurück in den Schatten.

Hörte, wie der Kleine draußen fragte, was sie jetzt machen sollten.

»Keine Ahnung«, ertönte die mürrische Stimme des Dunkelhaarigen. »Du bist doch jetzt der Chef.«

*

»Würdest du hier leben wollen?«

Zorns Unterarme lagen auf dem Dach des Volvos, er hatte das Kinn abgestützt und sah sich um. Zwei Dutzend Häuser drängten sich in Reih und Glied in der Waldstraßensiedlung, die meisten noch im Bau. Im Hintergrund türmte sich eine riesige Schuttpyramide aus den Überresten der Kaserne.

»Die Frage stellt sich mir nicht. Ich bin zufrieden mit dem, was ich habe.«

Schröder sah sich ebenfalls um. Staub und aufgewirbelter Bauschutt tanzten in der Sonne. Schräg gegenüber parkte ein Möbelwagen vor einem der unverputzten Kästen, ein improvisierter Weg aus schiefen Holzpaletten führte über den winzigen, mit getrocknetem Schlamm bedeckten Vorgarten. Das Haus war noch eingerüstet, ein weißgekleideter Maler strich die Fassade in einem dunklen giftgrünen Farbton. Neben einem Schuttcontainer stand ein großer, in schreiend bunten Farben bemalter Gartenzwerg.

Schröder öffnete die Beifahrertür.

»Wir werden beobachtet«, sagte er beiläufig.

»Was?«

»Hinter dir. Jemand ist im Haus.«

Unwillkürlich drehte Zorn sich um. Das gelbe Doppelhaus, an dessen Tür sie soeben geklingelt hatten, wirkte verlassen. Ein niedriger Mauersockel grenzte das Grundstück zur Straße ab, ein halbes Dutzend eiserner, in das Mauerwerk einbetonierter Pfähle deutete darauf hin, dass hier noch ein Zaun errichtet werden sollte. Der Rasen dahinter war frisch gesät, rechts parkte ein staubiger grauer VW Polo in der Einfahrt. Die linke Hälfte wirkte verlassen, die Fenster waren dunkel, Zorn sah keine Gardinen. Die Grenze zwischen den Grundstücken wurde durch einen mannshohen hölzernen Fertigzaun aus dem Baumarkt markiert. *WIR REALISIEREN IHR TRAUMHAUS!* verkündete ein riesiges Schild an der Straße, *ANSPRUCHSVOLL, ENERGIEEFFIZIENT UND PREISWERT!*

Zorn schob die Brille zurecht und stieg in den Volvo.

»Bist du sicher?«

Schröder antwortete nicht.

Natürlich ist er das, dachte Zorn, startete den Motor und fuhr an. Neben ihm verstaute Schröder die Aktentasche zwischen seinen kurzen Beinen. Die Räder drehten auf dem Schotter durch, die Straße war noch nicht geteert. Eine rötliche Staubwolke stieg auf.

»Nix wie weg hier.«

Zorn blinkte und bog auf die Schnellstraße am Stadtwald.

»Die Leute werden sich's schon schön machen«, sagte Schröder und schnallte sich umständlich an.

»Sicher doch«, murmelte Zorn und dachte an den riesigen Gartenzwerg. »Sie haben schon damit angefangen.«

*

»Die Adresse stimmt jedenfalls.« Schröder stand am Waschbecken und füllte den Tank der Kaffeemaschine. Es war warm im Büro, sie hatten ein Fenster gekippt. »Donata Zettl, verheiratet, selbständige Maklerin.«

Zorn erwiderte nichts, er saß am Schreibtisch, den Blick auf den Monitor seines Rechners gerichtet.

»Laut Krankenakte«, fuhr Schröder fort und drehte den Wasserhahn zu, »wurde ihr das Hüftgelenk vor anderthalb Jahren eingesetzt.«

Zorn sah auf. Runzelte die Stirn, überlegte einen Moment und fragte dann: »Wie schreibt man *Apokalypse*?«

»Wie meinen?«

»Mit einem P oder mit zweien?«

»Mit zweien.« Schröder ging zum Fenster und startete die Kaffeemaschine. »Eins nach dem A, eins nach dem Ypsilon.«

»Ich meinte, ob nach dem A ein Doppel-P kommt«, sagte Zorn und wandte sich wieder seinem Computer zu. »So schreiben's die Idioten von der Zeitung.«

»Ja«, nickte Schröder. »Ich hab's auch gelesen.«

Fauchend erwachte die Kaffeemaschine zum Leben.

»Fischregen«, murmelte Zorn. »So ein Schwachsinn.«

»Theoretisch wär's möglich.« Schröder nahm Platz, rollte auf seinem Bürostuhl zurück und faltete die Hände vor dem Bauch. »Ein Tornado tobt über einem Gewässer, wirbelt die Tiere bis hinauf in die Stratosphäre und lädt sie Hunderte Kilometer weiter wieder ab. Das würde erklären, dass die Fische teilweise gefroren sind.«

»Wo hast du das denn her?«

»*Unerklärliche Phänomene.*« Schröder deutete auf Zorns Computer. »Eine Webseite. Ziemlich reißerisch, aber nicht uninteressant.

Stellenweise jedenfalls. Eine weitere Theorie besagt, dass die Fische …«

»Ich hasse Fisch.«

»Das ist mir bewusst, Chef.«

»Ich bin nicht mehr dein …«

»Auch das ist mir bewusst.«

Sie sahen sich an.

»Sprich den Namen nicht aus, Schröder. Wage es nicht.«

»Das hatte ich nicht vor.« Schröder lächelte unmerklich. »Ich weiß, wie peinlich dir dein Vorname ist.«

Zorn setzte zu einer genervten Erwiderung an, doch Schröder kam ihm zuvor.

»Wir sollten das pragmatisch sehen. Du warst über zehn Jahre lang mein Chef, und ich habe mich daran gewöhnt, dich so zu nennen. Jetzt ist es umgekehrt, aber stell dir vor, *du* würdest *mich* Chef nennen. Das würde zwar unserem dienstlichen Verhältnis entsprechen, aber wir sollten das Wort *Chef*«, Schröder malte mit den Fingern ein paar Anführungszeichen in die Luft, »nicht als Position, sondern als Eigennamen verstehen. Sozusagen als deinen zweiten Vornamen. Oder Rufnamen, wenn dir das besser gefällt.«

Zorn runzelte die Stirn.

»Du nennst mich also Chef.«

»Genau, Chef.«

»Obwohl eigentlich *du* der Chef bist.«

»Auf dem Papier. Der theoretische Chef, sozusagen.«

»Aber praktisch gesehen, bist du doch auch der Chef!«

»Stimmt«, nickte Schröder. »Theoretisch jedenfalls.«

»Und welcher Chef bin *ich* dann?«

Schröder überlegte einen Moment.

»Der akustische?«

Zorn verstand kein Wort. Und das sah man ihm auch deutlich an.

»Es ist nur ein Wort«, erklärte Schröder. »Ohne Bedeutung.«

»Dann könnte ich dich ebenfalls Chef nennen«, erwiderte Zorn.

»Das Tohuwabohu sollten wir uns ersparen, Chef.«

Zorn nickte nachdenklich.

»Es ist einfach«, sagte Schröder nach einer Weile. »Ich bezeichne dich als etwas, das du längst nicht mehr bist, während du«, er deutete auf Zorn, »mich«, er deutete auf sich selbst, »eben *nicht* so bezeichnest.«

»Obwohl du's mittlerweile bist.«

»*Yes*.«

Der Duft des frischen Kaffees mischte sich mit der lauen Brise, die durch das geöffnete Fenster ins Büro drang.

Zorn holte tief Luft, stieß sie geräuschvoll wieder aus.

»Ich hab keinen Schimmer, was du mir eigentlich sagen willst.«

Schröder seufzte ebenfalls.

»Ich auch nicht.«

Ähnliche Gespräche hatten sie in den letzten Monaten immer wieder geführt. Sinnlose Wortwechsel, an denen beide ihren Spaß hatten. Eigentlich war die Situation klar: Jahrelang war Zorn Schröders Vorgesetzter gewesen, jetzt war es umgekehrt. Anfangs hatte Zorn damit gerechnet, Schwierigkeiten zu bekommen, vor allem mit sich selbst. Schließlich kannte er sich, seine Eitelkeit, seine Selbstsucht, irgendwie hatte es auf der Hand gelegen, dass er, Zorn, türenschlagend wie eine verletzte Operndiva durch das Präsidium rennen und lamentierend über die schreiende Ungerechtigkeit klagen würde. Doch nichts dergleichen war geschehen. Zorn hatte in sich hineingehorcht, hatte nach einem Grummeln im Bauch gesucht, einem Stechen, etwas, das darauf hindeutete, dass er sich ungerecht behandelt fühlte, schließlich hatte er lange genug auf diesem Posten gesessen. Er hatte nichts gefunden. Das anfängliche Misstrauen den eigenen Gefühlen gegenüber war mit der Zeit einer gewissen Erleichterung gewichen, und schließlich hatte Zorn erfreut festgestellt, dass ihm seine Karriere egal war. Völlig egal. Schnurzpiepegal. Es interessierte ihn nicht, auch nicht (erst recht nicht), was die anderen im Präsidium dachten. Das alles war einfach nicht wichtig. Ging ihm am Arsch vorbei. Meilenweit sogar.

Und darauf war Hauptkommissar Claudius Zorn ein wenig stolz.

Zu Unrecht, wenn man es genau betrachtete. Denn in Wahrheit hatte sich so gut wie nichts geändert. Im Gegenteil, früher hatte er unliebsame Entscheidungen erst auf Schröder abwälzen müssen, das war nun nicht mehr nötig – abgesehen davon, dass Schröder sowieso der Klügere war, auch das wusste Zorn seit langem.

Alles war beim Alten geblieben. Zorn war der Muffel. Der Kindskopf, dessen Schläfen langsam grau wurden. Schröder der stille Entscheider. So war es vorher gewesen. Und so war es auch jetzt. Gut so.

Die Tür öffnete sich, Frieda Borck, die junge Staatsanwältin, erschien. Wie immer ließ sie sich keine Zeit für eine umständliche Begrüßung und kam sofort zur Sache.

»Was macht das Hüftgelenk?«

Die Frage war an Schröder gerichtet, doch es war Zorn, der antwortete.

»Danke der Nachfrage, ich fühl mich prima. Wenn man bedenkt, dass ich auf die fünfzig zugehe. Ein wenig steif vielleicht, aber ...«

»Ich warne Sie, Zorn.«

Das hätte sie gar nicht erst aussprechen müssen, ihr Blick war deutlich genug.

»Darf ich Ihnen«, flötete Zorn und wies zum Fenster, »einen Kaffee anbieten?«

»Das dürfen Sie. Aber ich will keinen.«

Stumm wandte sie sich an Schröder, dieser ging zum Schreibtisch und schlug eine dünne Akte auf.

»Wir haben das Hüftgelenk zugeordnet. Die Frau, der es eingesetzt wurde, haben wir bisher nicht erreicht. Donata Zettl, viel haben wir nicht über sie. Sechsundfünfzig, keine Vorstrafen und laut System«, Schröder blätterte um, »selbständige Maklerin, Handelskauffrau und Projektentwicklerin.«

Die Staatsanwältin strich sich eine Locke aus der Stirn.

»Was halten Sie von dem Fall?«

Schröder zögerte einen Moment, bevor er antwortete.

»Ich bin nicht sicher, ob wir's überhaupt mit einem Fall zu tun haben.«

»Ein künstliches Hüftgelenk landet nicht einfach so im Papierkorb«, sagte Frieda Borck. »Vor allem nicht, wenn es sich im Körper eines Menschen befunden hat.«

»Deswegen«, mischte Zorn sich ein, »wollten wir ihn vorhin befragen.«

»*Ihn?*«, fragte die Staatsanwältin.

»Den menschlichen Körper«, half Schröder.

»Danke für den Hinweis.« Frieda Borck hob die Stimme. Kaum merklich, doch es reichte, dass Zorn sich ein wenig in seinen Sessel duckte. »Es wäre nett, wenn Sie das Ganze ein wenig ernsthafter angehen würden, meine Herren.«

»Das tun wir«, erwiderte Schröder, ernster jetzt. »Ich werde noch einmal mit dem Krankenhaus telefonieren. Möglicherweise stimmt die Seriennummer in der Akte nicht, oder das Gelenk ist später ausgetauscht worden.«

Die Staatsanwältin musterte Schröder einen Moment, dann nickte sie. »Finden Sie die Frau.« Sie ging zur Tür, drehte sich noch einmal um. »Sprechen Sie mit den Angehörigen, dem behandelnden Arzt. Wenn sich herausstellen sollte, dass ihr dieses Gelenk implantiert wurde, müssen wir sie zur Fahndung ausschreiben.«

Ein weiteres Nicken, dann verließ sie das Büro.

Schröder wandte sich seinem Rechner zu. Zorn lehnte sich zurück, verschränkte die Hände hinter dem Kopf, starrte an die Decke und lauschte den letzten Tropfen, die leise glucksend in die Kaffeemaschine fielen.

So verging eine Weile.

Dann räusperte sich Zorn.

»Was macht eigentlich ein Projektentwickler?«

Schröder sah auf.

»Keine Ahnung.« Er zuckte die Achseln. »Projekte entwickeln?«

*

Am frühen Abend saß Gregor Zettl auf einer Holzbank im Garten seines Hauses. Nun, *Garten* war übertrieben, der schlauchförmige kümmerliche Rest des Grundstücks hinter dem Haus war höchstens vier Meter breit und knapp zehn Meter lang. Links und rechts hatte Donata Zypressen anpflanzen lassen, dunkelgrüne, drei Meter hohe Wände, die dem Garten den Anschein eines Tunnels gaben. Gregor Zettl war das egal, wichtig war nur, dass er so vor neugierigen Blicken verborgen war. Ein kurzer, mit rosafarbenen Marmorkieseln ausgelegter Weg führte zur hinteren Grundstücksgrenze, dort stand ein winziger Holzschuppen. Für die Gartengeräte, hatte Donata gesagt, die würden sie später anschaffen. Daneben hatte sie einen weiß verputzten Kaminofen aufstellen lassen, hier, hatte sie gemeint, würden sie grillen können, mit Freunden, vielleicht auch mit den Nachbarn, vorausgesetzt, sie würden sich als nett erweisen.

Weiter rechts ragte der obere Teil des Schuttbergs in den Himmel. Die Sonne stand tief, eine gleißende Corona aus rötlichem Licht umhüllte den Berg und verlieh ihm etwas Majestätisches, Geheimnisvolles.

Gregor Zettl nippte an einem Glas Mineralwasser, leckte sich die Lippen und stellte es neben sich auf eine Betonplatte. Er war jetzt zweiundfünfzig, in letzter Zeit wurden seine Bewegungen langsamer, steifer, als würde er in einem Korsett stecken. Etwas schwerfällig lehnte er sich zurück, das weiße Hemd spannte über dem Bauch. Neulich, beim Duschen, hatte er einen zufälligen Blick in den großen Badspiegel geworfen, kurz nur, der Anblick hatte ihm nicht gefallen, der schmale, hängende Brustkorb, die schlaffe Haut an den Unterarmen, die mageren Beine. Er hatte eines von Donatas Handtüchern vor den Spiegel gehängt und gehofft, dass es so lange dort bleiben würde, bis er nicht mehr daran denken würde.

Zettl faltete die Hände vor dem Bauch, lehnte den Kopf an die Hauswand und schloss die Augen. Links von ihm fiel eine Tür ins Schloss, ein Kind begann zu weinen, nah, kaum gedämpft durch die Hecke. Es klang, als würde es direkt neben ihm stehen. Ein weiteres fiel ein, wahrscheinlich ein paar Jahre älter. Die neuen Nachbarn, er hatte sie noch nicht gesehen, sie waren erst vor ein paar Tagen eingezogen.

Andere Geräusche drangen kaum zu Gregor Zettl. Das Zwitschern der Vögel, das Zirpen der Grillen, all dies wurde vom Rauschen stetig vorbeifahrender Autos übertönt. *Wohnen direkt am Stadtwald* hatte es in dem Prospekt geheißen, den Donata ihm vor einem Jahr gezeigt hatte. Das stimmte, wenn man davon absah, dass eine Schnellstraße zwischen der Grundstücksgrenze und dem Waldrand lag.

Neun Tage, dachte Gregor Zettl, sind eine lange Zeit.

Er spürte den rauen Beton am kahlen Hinterkopf. Gedankenverloren drehte er den Ehering an seinem Finger, ein blauer Edelstein blitzte, das Metall verschwand fast in der fleischigen Haut. Gegenüber dröhnte ein Lkw über die Schnellstraße. Hinter ihm, im Wohnzimmer, klirrten Donatas Kristallgläser im Schrank. Dort lag auch sein Handy, ein altes hellblaues Nokia, er benutzte es so gut wie nie. Vor ein paar Stunden, kurz nachdem die beiden Männer davongefahren waren, hatte er Donatas Nummer gewählt. Ihr Telefon war aus.

Zettl stand auf, streckte den Rücken. Überlegte, ob er hineingehen sollte, dann dachte er an die Briefe auf dem Couchtisch, es waren fünf, zwei davon waren Einschreiben. Er hatte sie nicht geöffnet, das tat er nie, Donata kümmerte sich um die Post.

Er zögerte, sah hinauf zum Abendhimmel. Ein schmales, dunkel werdendes Rechteck. Keine Wolke, morgen würde er die Hecke gießen müssen. Und den Rasen, den durfte er nicht vergessen. Er dachte an den Briefkasten vorn an der Straße, daran, dass er ihn seit einer Woche nicht geleert hatte, dass wahrscheinlich weitere dieser dünnen, amtlich aussehenden Briefe darin lagen.

Es wurde kühl. Er musste hineingehen, um sich eine Strickjacke zu holen. Vielleicht auch den blauen Westover, er hing an der Garderobe neben Donatas Regenmantel. Vorher, fiel ihm ein, würde er nach oben gehen, in ihr Zimmer. Im Kleiderschrank nachsehen, ob ihr Koffer da war. Wenn Donata verreist war, hatte sie ihn sicherlich mitgenommen.

Er bückte sich, hob das Glas auf. Warf einen letzten Blick in den Garten. Stutzte. Zunächst hielt er das, was hinten vor dem Schuppen auf dem Weg lag, für ein Seil. Zögernd ging er darauf zu, seine Schritte knirschten auf dem rosafarbenen Kies. Am Rande registrierte er, dass die Kinder nebenan nicht mehr weinten, er hatte nicht mitbekommen, wann sie aufgehört hatten.

Nein, das war kein Seil. Im Näherkommen dachte er an eine Schlange. Eine große, grün schimmernde Schlange, dick wie der Unterarm eines Kindes.

Zettl hockte sich hin. Stellte das Glas neben sich ab, Wasser schwappte über und versickerte im Gras. Er achtete nicht darauf, sein Blick war starr nach unten gerichtet.

Auf die spitzen Zähne, die schuppige Haut. Die Flossen. Und auf die Augen, kreisrund, schwarz, von einem milchigen Schimmer überzogen.

Gregor Zettl verzog das Gesicht.

Ein traniger, schlammiger Geruch stieg ihm in die Nase.

In seinem Garten krümmte sich ein toter Aal.

*

Es war fast dunkel, als Claudius Zorn an diesem Abend den Fahrstuhl im vierzehnten Stock verließ, den vertrauten Geruch nach klammer Unterwäsche und Bohnerwachs in der Nase, das Quietschen seiner Sohlen auf dem rissigen Linoleum im Ohr. Als er eine Viertelstunde später mit einem Glas Martini in der Hand am Wohnzimmerfenster stand und beobachtete, wie die Sonne hinter der Neustadt im Dunst versank, dachte er weder an künstliche Hüftgelenke noch an Fische, die plötzlich vom Himmel regneten. Auch nicht an Schröder, der noch immer im Büro saß, Pfefferminztee trank und medizinische Berichte über Gelenkoperationen studierte.

Claudius Zorn dachte an nichts. Nicht an die Zukunft, nicht an die Vergangenheit. Er nippte ab und zu an seinem Glas, zählte die Flugzeuge, deren Kondensstreifen im schwindenden Licht aufleuchteten, lauschte dem leisen Klirren der Eiswürfel und genoss die Ruhe. Die Leere in seinem Kopf, die langsam aufsteigende Wärme, ein weiches, angenehmes Pulsieren.

Nichts fehlte. Keine Wünsche, kein Verlangen.

Es hatte lange gedauert. Wochen, Monate. Natürlich, sie war immer noch da, versteckte sich irgendwo in seinem Kopf, vielleicht auch in seinem Herzen, er wusste es nicht. Zunächst hatte er sie mit Gewalt verdrängen wollen, wütend, mit zusammengebissenen Zähnen hatte er gegen sie gekämpft, es hatte nicht funktioniert. Nach einer Weile war sie schwächer geworden, allmählich verblasst, zumindest tagsüber aus seinen Gedanken verschwunden, dann, wenn er mit Schröder zusammen war, die Gespräche, die Arbeit hatten ihn abgelenkt. Die Abende waren schlimm gewesen, die Nächte noch schlimmer, Zorn hatte die Minuten gezählt, die Stunden, die Tage, hatte gerechnet, immer wieder, neun Monate, dann wurde ein Mensch geboren, im September musste es so weit sein.

Ununterbrochen hatte er daran gedacht. Eine Endlosschleife, ein Film, der immer und immer wieder abgelaufen war. Bis ihm bewusst wurde, dass ihn das alles auffraß. Dass es sinnlos war, etwas daran ändern zu wollen, er hatte es oft genug versucht. Seine einzige Chance war, alles zu vergessen.

Dass sie nicht mehr da waren, verschwunden aus seinem Leben.

Malina. Und sein Kind.

Zorn war sicher gewesen, dass er einen Sohn bekäme. Jetzt war er weg. Gegangen, bevor Zorn ihn überhaupt kennenlernen würde.

Die Sonne war untergegangen. Zorn öffnete das Fenster, schnippte die Zigarette hinaus. Er rauchte wieder in der Wohnung, es gab niemanden mehr, den er vor dem Qualm schützen musste. Langsam segelte die Zigarette nach unten, Funken stoben, zerbarsten an der rissigen Betonfassade.

Zorn sah nach unten. Noch immer dachte er nicht an Malina. Auch nicht an sein Kind. Stattdessen überlegte er, wie lange es wohl dauern würde, bis er auf dem schmutzigen Plattenweg neben dem Parkplatz aufschlagen würde. Was ihm wohl durch den Kopf gehen würde, in diesen letzten Sekunden, bevor sein Schädel in tausend Stücke barst. Wenn er jetzt einfach sprang.

Schwachsinn, murmelte Zorn.

Gähnte. Trank einen weiteren Schluck und hatte sofort wieder vergessen, was ihm soeben durch den Kopf geschossen war.

Als er später ins Schlafzimmer ging, spürte er einen leichten, nicht unangenehmen Schwindel, seufzend sank er aufs Bett und vergrub das Gesicht in den Kissen.

Kurz darauf schlief er tief und fest.

Keine Träume.

Gut so.

Drei

Gregor Zettl ging ungern aus dem Haus. Er fühlte sich unwohl in Gesellschaft anderer Menschen, bedrängt, eingeengt von der Masse. Es ging ihm besser, wenn er allein war, unbeobachtet, abgeschirmt vor den Blicken der Außenwelt.

Kein Wunder also, dass er den Einkauf so schnell wie möglich hinter sich bringen wollte. Zwei weitere Tage waren vergangen, am Morgen hatte er nach einem Blick in den Kühlschrank festgestellt, dass fast nichts mehr im Haus war.

Es war kurz vor Mittag. Als die Glastüren vor dem Einkaufswagen beiseiteglitten, registrierte Zettl erleichtert, dass der Supermarkt am Rande des Stadtwaldes so gut wie leer war. Zügig steuerte er auf das Regal mit den Fertiggerichten zu und verstaute je eine Dose Ravioli, Hühnersuppe und Bohneneintopf im Wagen. Überlegte einen Moment, griff zu und stellte wahllos ein paar weitere Büchsen dazu. Er ging zu den Mikrowellengerichten, nach kurzem Zögern entschied er sich für eine Doppelpackung Putengeschnetzeltes (*Deftig wie bei Muttern!*) und zwei Tüten Milchreis. Einfache, schnell zubereitete Dinge, wahrscheinlich würde alles gleich schmecken, aber es machte satt, dachte Gregor Zettl, schob den Wagen weiter zum Süßwarenregal und studierte stirnrunzelnd die aneinandergereihten Schokoladentafeln. Vier Großpackungen landeten im Wagen, er mochte Schokolade, ebenso wie Kaffee, aber davon, erinnerte er sich, stand noch eine volle Packung im Schrank neben der Spüle.

Fröstelnd zog er die Schultern hoch. Die Klimaanlage musste riesig sein, es war mindestens zehn Grad kälter als draußen in der Sonne. Die trockene künstliche Luft kribbelte unangenehm in der Nase, Zettl überlegte, ob er nach hinten zu den Getränken gehen sollte, entschied sich dann dagegen. Was das betraf, war er genügsam, Leitungswasser und Kaffee reichten aus.

Die Kassiererin, ein mageres, höchstens achtzehnjähriges Ding mit blonden, an den Spitzen schwarz gefärbten Haaren, begrüßte ihn mit einem Lächeln. Zettl lächelte zurück, räumte die Einkäufe auf das Laufband und versuchte, den blechern aus den Lautsprechern dringenden Schlager zu ignorieren, ebenso das ohrenbetäubende Piepsen, mit dem die Barcodes eingescannt wurden. Die Frage, ob er Bargeld abheben wolle, verneinte er höflich, reichte seine EC-Karte hinüber und begann, die Büchsen in einer Plastiktüte zu verstauen.

»Huch!«, sagte die Kassiererin.

Zettl hielt inne, eine Dose Königsberger Klopse in der Hand.

»Ich glaube«, lächelte sie, »wir haben ein kleines Problem.«

Er fuhr sich mit der Zunge über die trockenen Lippen, trat einen Schritt näher. Die Kassiererin deutete auf das Lesegerät.

Karte nicht lesbar.

»Komisch«, murmelte Gregor Zettl.

»Das kann natürlich am Gerät liegen.« Sie lächelte noch immer, professionell, offensichtlich tat sie den ganzen Tag nichts anderes. »Soll ich noch einmal …«

»Nein, nein«, unterbrach er.

Das war ihm peinlich, sehr sogar. Ein dünner Schweißfilm bildete sich auf seiner Glatze. Zum Glück war niemand weiter in der Nähe, er klopfte seine Hosentaschen nach Bargeld ab, förderte schließlich einen zerknüllten Zwanzigeuroschein zutage.

»Das passiert ständig«, sie verstaute den Schein in der Kasse und reichte ihm das Wechselgeld. »Die Dinger sind total unzuverlässig.«

Gregor Zettl nickte. Seine Finger zitterten kaum merklich, als er die EC-Karte wieder in seiner abgewetzten Brieftasche verstaute.

»Das glaub ich«, sagte er.

Aber das tat er nicht. Jedenfalls nicht ganz.

Irgendetwas sagte ihm, dass das nicht stimmte.

*

Die Ampel sprang auf grün. Ruckelnd fuhr der graue Polo an, das Getriebe protestierte mit einem Krachen, als Zettl in den zweiten Gang schaltete und in die Schotterstraße zur Waldstraßensiedlung einbog. Nein, Gregor Zettl war kein guter Fahrer, trotzdem nutzte er das Auto, auch für kurze Strecken. Das Laufen lag ihm nicht, er fühlte sich ungeschützt, wenn er zu Fuß unter freiem Himmel unterwegs war.

Steif saß er hinter dem Steuer, den Kopf nach vorn gereckt, das Lenkrad fest umklammert. Schotter klapperte gegen die Radkästen. Er fuhr langsam, die Sonne schien ihm direkt ins Gesicht. Mit zusammengekniffenen Augen näherte er sich dem gelben Haus, blinkte und parkte schließlich in der Einfahrt. Zettl stieß einen erleichterten Seufzer aus und schloss kurz die Augen. Dann gab er sich einen Ruck, stemmte sich schwerfällig aus dem Sitz, öffnete den Kofferraum und griff nach der Tüte mit den Einkäufen.

Die Gestalt, die sich neben dem Haus aus dem Schatten löste, bemerkte er zunächst nicht. Langsam kam der Mann herbeigeschlendert, nahm einen tiefen Zug aus seiner Zigarette und trat die Kippe im Schotter aus. Das Knirschen der Kiesel ließ Zettl aufhorchen.

»Schön, dass ich Sie endlich mal erreiche«, sagte der Dunkelhaarige, stieß den Rauch durch die Nase aus und streckte dem verdutzten Zettl einen Ausweis entgegen. »Mein Name ist Zorn. Ich würde mich gern mit Ihnen unterhalten.«

*

»Entschuldigen Sie die Unordnung, Herr Kommissar.«

Zorn saß im Wohnzimmer auf dem Sofa und beobachtete, wie Zettl hinter einer Durchreiche in der winzigen Küche nebenan seine Einkäufe verstaute. Von *Unordnung* war für Zorns Geschmack nicht viel zu entdecken, eigentlich gar nichts. Alles in diesem Haus schien seinen Platz zu haben, war penibel, fast militärisch angeordnet in Reih und Glied. Die weißen Porzellanblumentöpfe auf dem Fensterbrett zum Garten, die bunten Sammeltassen hinter den Glastüren der dunklen Schrankwand, die Kristallfiguren, die in goldenen Gips gerahmten Kunstdrucke an den Wänden. Die Fernsehzeitung auf dem Couchtisch war exakt parallel zur Tischkante ausgerichtet, neben Zorn lag eine akkurat gefaltete gelbe Tagesdecke.

»Kann ich Ihnen etwas anbieten? Einen Kaffee?«

»Nein, danke.«

Zorn nahm die Zeitung, blätterte darin, ohne etwas zu lesen. In der Küche schloss sich eine Schranktür, Wasser wurde kurz aufgedreht, dann erschien Zettl in der Tür. Einen Moment stand er unschlüssig da, wischte die Handflächen an der Anzughose ab, sah sich um. Trat einen Schritt auf die Couch zu, ging wieder zurück, schaltete das Licht ein. Runzelte die Stirn, als die geschwungene Messinglampe über dem Couchtisch dunkel blieb.

»Stromausfall.«

Er hob entschuldigend die Hände.

Zorn zuckte die Achseln. Die Mittagssonne schien durch das Fenster, das Zimmer war klein, beengt, aber hell. Hell genug, fand Zorn.

»Wollen Sie vielleicht ein Wasser?«, fragte Zettl. Noch immer stand er in der Tür, sein Lächeln wirkte nervös, unsicher.

»Nein, danke«, wiederholte Zorn. »Setzten Sie sich, bitte.«

Zettl kam näher. Die Hose saß tief über der Taille, der blaue Westover spannte über dem unübersehbaren Bauch. Sein Kopf wirkte etwas zu groß auf den schmalen Schultern, der Haaransatz war weit zurückgegangen. Mit der flachen Hand strich er über das Polster eines braunen Ledersessels, dann nahm er Platz, auf der vorderen Kante der Sitzfläche, die Hände zwischen den Knien gefaltet.

Zorn ließ sich Zeit mit der ersten Frage. Er wusste, dass Zettl Anfang fünfzig war, doch der Mann im Sessel gegenüber sah älter aus. Graue Bartstoppeln wuchsen auf dem Doppelkinn, die Haut am Hals hing schlaff über dem Hemdkragen. Die Stille schien Zettl unangenehm, sein Blick wanderte durchs Zimmer, ruhelos irrten seine Finger über die Sessellehne, zupften eine unsichtbare Fussel vom Hosenbein.

»Verrückt, was in letzter Zeit alles geschieht«, sagte er schließlich. Seine Stimme, samtweich und hell, hätte durchaus zu einer Frau gepasst. »Das mit den Fischen«, fügte er hinzu, als Zorn noch immer schwieg. »In der Zeitung stand, dass vielleicht ein Flugzeug die Fische verloren hat, aber das halte ich für Blödsinn. Da stand auch, dass es nur in einem engen Umkreis um den Hasenberg passiert ist. Aber wissen Sie, was ich vor zwei Tagen draußen gefunden habe?«

Er redet, weil er die Stille nicht erträgt, dachte Zorn.

Zettl deutete aus dem Fenster. Senkte die Stimme.

»Einen Aal. Einen zwei Kilo schweren Aal, Herr Kommissar.«

Früher musste er ein attraktiver Mann gewesen sein, die Augen, von einem stechenden, intensiven Grün, lugten hinter langen Wimpern hervor, sie wirkten wie Fremdkörper in dem aufgedunsenen Gesicht. Zettls Lippen waren noch immer voll, doch die Falten um die hängenden Mundwinkel, die rötlichen Flecken auf den Wangen und die kleinen, geplatzten Äderchen um die Nase zeigten an, dass das lange her war, sehr, sehr lange sogar.

»Ich bin nicht hier, um mit Ihnen über Fische zu reden, Herr Zettl.«

Zettl lehnte sich zurück, schlug die Beine übereinander. Hob die Hand und betrachtete seine Fingernägel, dann kratzte er sich am Kopf.

»Sondern über Ihre Frau«, fügte Zorn hinzu.

»Donata?«

»Wir suchen nach ihr. Seit zwei Tagen mittlerweile, und auch Sie haben wir nicht erreichen können, Herr Zettl.«

»Ich … ich war viel unterwegs.«

Er lügt, dachte Zorn. Warum?

»Wann haben Sie Ihre Frau zuletzt gesehen?«, fragte er.

»Vor elf Tagen.«

Die Antwort kam schnell.

»Und Sie machen sich keine Sorgen?«

»Natürlich.« Zettl beugte sich vor, griff nach der Zeitung, schob sie auf dem Tisch hin und her. »Andererseits ist Donata viel unterwegs, es kommt oft vor, dass sie ein paar Tage verreist.«

»Ohne Ihnen Bescheid zu geben?«

»Nein.« Die Zeitung lag wieder parallel zur Tischkante. »Bisher wusste ich immer, wohin sie wollte.«

»Was genau tut Ihre Frau, Herr Zettl?«

»Beruflich?«

Zorn nickte.

»Ich kenne mich nicht genau mit ihren Geschäften aus.« Zettl überlegte, sah aus dem Fenster, als würde er im Garten eine Antwort finden. »Es geht um Versicherungen, Aktien, Import, Export, all sowas. Sie hat Kontakte in ganz Europa, deshalb ist sie viel unterwegs.«

»Hat sie sich zwischendurch gemeldet? Telefonisch? Per Mail?«

Zettl schüttelte den Kopf.

»Sie haben also keine Ahnung, wo sie sein könnte?«

Ein weiteres Kopfschütteln. Plötzlich setzte ein Dröhnen ein, das ganze Haus bebte. Der Boden vibrierte unter ihren Füßen, Porzellan klirrte. Nach ein paar Sekunden war es wieder vorbei.

»Die Nachbarn«, erklärte Zettl, es klang, als wolle er sich entschuldigen. »Sie sind letzte Woche erst eingezogen, wahrscheinlich hängen sie Bilder auf.«

»Dann ist sie wahrscheinlich kaputt.«

»Wer?«

Zettl verstand nicht.

»Die Lampe.« Zorn deutete an die Decke. »Wenn die Nachbarn bohren können, kann's kein Stromausfall sein.«

*

»Das stimmt«, erwiderte Gregor Zettl. »Ich werde nach den Sicherungen sehen.«

Unbehaglich rutschte er in seinem Sessel hin und her, es fiel ihm schwer, sich zu konzentrieren. Die Luft erschien ihm stickig, der Geruch des Mannes auf der Couch gefiel ihm nicht. Tabak, Leder und etwas anderes, Süßliches. Pfefferminze vielleicht. Dieser Polizist machte keinen Hehl daraus, dass er ungern hier war, die Lustlosigkeit, mit der er auf dem Sofa hing, die langen Beine übereinandergeschlagen, wirkte fast arrogant. Gleichzeitig verströmte er eine Aura, die Zettl beengte, unter Druck setzte. Obwohl die Fragen gleichgültig klangen, hatte er das Gefühl, sich rechtfertigen, regelrecht verteidigen zu müssen.

»Sind Sie sicher, dass Ihre Frau verreist ist?«, fragte der Kommissar.

»Ihr Koffer ist weg, ihre Waschtasche auch. Und ihren Mantel hat sie mitgenommen.«

Der Polizist dachte nach. Er nahm seine Brille ab, legte sie auf den Couchtisch, das Haar fiel ihm in die Stirn. Es war zu lang, fand Zettl. Und musste dringend gewaschen werden.

Der Mann sollte gehen. So schnell wie möglich. Noch immer wusste Zettl nicht, warum er hier war. Doch er wagte nicht, danach zu fragen. Er hatte Angst vor der Antwort.

»Denken Sie, ich sollte eine Vermisstenanzeige aufgeben?«

»Das können Sie, aber es wird nicht nötig sein. Wir fahnden seit heute nach Ihrer Frau.«

»Warum?«

Zettl knetete die Hände im Schoß. Die Antwort, jetzt würde sie kommen.

»Ihre Frau wurde an der Hüfte operiert?«

»Ich …«, Zettl blinzelte verwirrt, »ich verstehe nicht …«

»Wir haben ein künstliches Hüftgelenk gefunden. In einem Papierkorb in der Nähe des Hasenbergs. Laut Seriennummer wurde es Ihrer Frau implantiert. Es liegt nahe, dass sich das Gelenk noch bis vor kurzem in einem menschlichen Körper befunden hat, was wiederum bedeutet, dass es entfernt wurde. Und wir fragen uns, wie, wann und warum das passiert ist.«

Zettl stand auf, öffnete die Glastür zum Garten. Hielt das Gesicht in die Sonne und atmete tief ein. Plötzlich hatte er Durst, fürchterlichen Durst.

»Verstehen Sie, was ich meine, Herr Zettl?«

Zettl ging zurück zum Sessel. Seine Finger fanden die Lehne, verkrallten sich in dem kühlen Leder.

»Das muss ein Irrtum sein.«

»Natürlich, das ist möglich.« Der Kommissar stand auf. »Wir müssen Ihre Aussage aufnehmen. Es wäre nett, wenn Sie nachher ins Präsidium kommen könnten.« Er schob den Ärmel seiner Lederjacke hoch, sah auf die Uhr. »Nein«, korrigierte er sich, »morgen früh reicht aus.«

»Ist das wirklich nötig?«, fragte Zettl.

»Wie meinen Sie das?«

»Ich gehe selten aus dem Haus. Wenn, dann nur ungern.«

»Ihre Frau ist verschwunden, Herr Zettl. Die Umstände sind mehr als rätselhaft. Ich gehe davon aus, dass Sie daran interessiert sind, dass wir sie finden.«

Bisher hatte der Eindringling gelangweilt geklungen, mürrisch, als wolle er das alles so schnell wie möglich hinter sich bringen. Gregor Zettl hatte ein feines Gehör, er erkannte den scharfen Unterton, der unter den letzten Worten gelegen hatte.

»Natürlich.« Zettls Lächeln wirkte gequält. »Ich werde kommen.«

»Sehr freundlich.«

Der Polizist lächelte, doch seine Augen blieben ernst, unbewegt. Zettl hatte seinen Namen vergessen. Ein komischer Name, erinnerte er sich. Ein Gefühlszustand. Eine Silbe nur. *Grimm?* Nein, aber so ähnlich.

»Ich brauche ein Foto Ihrer Frau.«

Groll?

»Und etwas, damit wir die Fingerabdrücke vergleichen können.«

Wut?

»Eine Tasse oder ein Glas, das sie benutzt hat.«

Zettl nickte stumm.

Hass?

»Ich gebe Ihnen meine Durchwahl.«

Der Polizist wühlte in der Jackentasche, kramte ein Einwegfeuerzeug, einen Kronkorken und zwei zerknitterte Quittungen hervor. Er fischte eine fleckige Visitenkarte heraus, wischte ein paar Tabakkrümel ab und reichte sie Zettl.

Hauptkommissar Zorn, las Gregor Zettl.

Zorn, genau.

Der Name passte. Besser als jeder andere.

*

»Der Typ ist komisch.«

Schröder sah auf.

»Wie meinst du das?«

»Ich weiß auch nicht.« Zorn fuhr sich mit dem Handrücken über den Mund, mit der anderen Hand wischte er etwas Puderzucker vom Tisch. »Komisch eben.«

Auf dem Rückweg ins Büro hatte er beim Bäcker gehalten und Kuchen gekauft. Schröder hatte abgelehnt.

»Glaubst du, er hat was mit dem Verschwinden seiner Frau zu tun?«

»Ich weiß nicht«, wiederholte Zorn und deutete fragend auf den Pappteller mit der Streuselschnecke neben seinem Monitor. Wieder schüttelte Schröder den Kopf.

»Hast du keinen Hunger?«, fragte Zorn.

»Sicher«, nickte Schröder. »Aber ich hab …«

Er sah auf. Sein kurzer, beiläufiger Blick sagte, dass Zorn eigentlich wissen müsse, was er meinte, doch dieser runzelte ratlos die Stirn.

»… Diabetes.«

Scheiße, das wusste Zorn seit einer ganzen Weile. Wieder etwas, das er einfach so vergessen hatte. Unbehaglich rutschte er auf seinem Stuhl nach vorn, wischte ein paar weitere Krümel vom Tisch, während Schröder mit flinken Fingern seine Tastatur bearbeitete.

Zorn musterte ihn kauend. Eigentlich erschien ihm der kleine Mann völlig unverändert, das Haar, dünn wie eh und je, lag quer über der Glatze, unter den rötlichen Strähnen glänzte die Kopfhaut. Das runde Kindergesicht war glatt, nichts deutete darauf hin, dass Schröder die Vierzig überschritten hatte. Vielleicht die winzigen Falten um die Augen, doch das strahlende Blau, das Schröders Blick etwas kindlich Naives verlieh und andere dazu verlockte, den kleinen Mann zu unterschätzen, leuchtete wie immer.

»Hast du abgenommen?«, fragte Zorn schließlich.

»Anderthalb Kilo.«

»Machst du 'ne Diät?«

»Ich ernähre mich bewusst.«

Ein weiterer kurzer Blick zu Zorn.

Könnte dir ebenfalls nicht schaden, hieß das.

Kein gutes Thema, fand Zorn.

Noch etwas anderes lag in diesem Blick, etwas Prüfendes, Nachdenkliches. Als ob Schröder ihn taxierte. Sicher war Zorn nicht, wie immer, aber angenehm war es nicht. Im Gegenteil, er fühlte sich beobachtet. Kontrolliert. Irgendetwas in der Art, erklären konnte Zorn es nicht.

»Dieser Zettl«, sagte er, um die aufkommende Stille zu überbrücken, »es ist, als wäre der gar nicht richtig da. Ich glaube, der sitzt den ganzen Tag in seinem Reihenhaus und zählt die Muster auf der Raufasertapete. Gibt's noch Kaffee?«

»Nee. Ich hab Kamillentee gemacht.«

Zorn grunzte abfällig und biss in seine Streuselschnecke. Schröder tippte auf die Enter-Taste, lehnte sich zurück und verschränkte die kurzen Arme vor dem Bauch.

»Was meinst du damit?«

»Womit?«

»Du sagst, Zettl wäre *nicht richtig da*?«

»Irgendwie«, Zorn kratzte sich an der Nase, »nur zur Hälfte.«

Der Drucker erwachte ratternd zum Leben.

»Und die andere Hälfte?«, fragte Schröder. »Wo ist die?«

»Keine Ahnung, in einer anderen Welt. Ich weiß nicht, wie ich's ausdrücken soll, der Typ hat was Sphärisches, als wäre er«, Zorn zögerte, »durchsichtig. Der lebt in seiner eigenen Realität. Jeder, der darin auftaucht, macht ihm Angst. Es gab nur eins, das den interessiert hat: dass ich schnell wieder verschwinde.«

»Und er macht sich keine Sorgen um seine Frau?«

Zorn überlegte einen Moment.

»Doch, irgendwie schon. Als ich ihm die Sache mit dem Hüftgelenk erzählt habe, war er völlig durcheinander. Erklären konnte er mir's jedenfalls nicht.«

»Wie auch?« Schröder seufzte. »Wir können's ja selbst nicht.«

Eine Weile saßen sie einander schweigend gegenüber.

»Und?«, fragte Zorn dann. »Was hast du so gemacht?«

»Recherchiert.«

»Aha.« Zorn zerknüllte den Pappteller und warf ihn in Richtung Papierkorb. Stieß ein enttäuschtes Grunzen aus, als der Teller knapp einen Meter entfernt unter dem Garderobenständer auf dem Teppich landete. »Und was hast du«, das letzte Wort betonte er unmerklich, »recherchiert?«

»Ich hab ein bisschen was über Gregor Zettl zusammengesucht.« Schröder deutete auf den Drucker, der im Sekundentakt die Papierbögen ausspie. Der Stapel im Ausgabefach war bereits beachtlich angewachsen. Fünfzig, wenn nicht hundert Seiten, schätzte Zorn.

»Ein *bisschen*?«

»Ach, das ist erst der Anfang«, sagte Schröder. »Bei Google bekommt man fast eine halbe Million Treffer, wenn man seinen Namen eingibt.«

»Was für 'nen Namen, verdammt?«

Schröder öffnete die oberste Schublade seines Schreibtischs.

»Das«, sagte er und kramte ein dünnes, vergilbtes Heftchen hervor, »ist eine *Bravo* von 1983.«

Er hielt Zorn die Zeitung entgegen. Dieser schob die Brille aus der Stirn, kniff die Augen zusammen und betrachtete abwechselnd die *Bravo* und Schröders unbewegtes Gesicht.

»Ich habe die Dinger früher gesammelt«, erklärte Schröder.

»Toll«, sagte Zorn.

Sein Blick wanderte über das Titelblatt, den bonbonfarbenen Schriftzug, die bunten Porträts längst vergessener Stars und Sternchen.

Der Drucker ratterte unermüdlich weiter.

»Und?«, fragte Schröder schließlich.

»Ich weiß nicht. Ich hab das Mistblatt nie gelesen, aber ich denke schon, dass es seinen Preis wert ist. Unter Sammlern vielleicht.« Zorn legte den Kopf ein wenig schief. »Bist du sicher, dass alles in Ordnung ist?«

»Womit, Chef?«

»Mit dir.« Zorn tippte sich an die Stirn. »Gesundheitlich, meine ich.«

»Ich zeige dir diese Zeitschrift aus einem bestimmten Grund.«

»Natürlich tust du das, du machst nie was ohne Grund, Schröder.«

Wortlos schob Schröder das Heft über den Tisch. Zorn wollte die Zeitschrift aufschlagen, schlug sich plötzlich an die Stirn.

»Natürlich«, seufzte er, »Doktor Sommer! Herrjeh, warum bin ich nicht gleich drauf gekommen?«

Schröder verzog keine Miene.

»Es ist schön«, begann Zorn und faltete die Hände auf dem Tisch, »und ich freue mich ehrlich, dass du dich langsam mit deiner Sexualität auseinandersetzt, du bist jetzt wirklich alt genug, Schröder.« Zorn senkte salbungsvoll die Stimme. »Jetzt, mein Lieber, beginnt eine Zeit des Suchens, der Unsicherheit. Du entdeckst deinen Körper, verstehst oft nicht, was mit dir geschieht. Die Hormone machen sich selbständig, die Östrogene verändern dich und …«

»Testosteron.«

»Ja, das auch. Aber du kannst dich auch anders informieren, da brauchst du diesen antiken Kram nicht.« Zorn deutete auf das Heft.

»Das, was in diesen alten Doktor-Sommer-Kolumnen steht, findest du überall im Netz. Du musst keine Angst haben, dass dein Penis zu klein ist, Schröder, wirklich nicht. Und es ist völlig normal, dass man sich manchmal zu Männern hingezogen fühlt. Onanieren ist etwas Natürliches, man muss sich danach wirklich ...«

»Das Titelblatt.«

»... nicht schuldig fühlen. Aber es wird Zeit, dass du dir einen Partner suchst, jemanden, mit dem du deine Sexualität ausleben kannst, ohne Scheu ...

»Ich sagte, du ...«

»... ohne Tabus ...«

»... sollst dir ...«

»... jaja, das Titelblatt angucken!« Zorn hob die Stimme. »Das hab ich doch!«

Schröder hatte geduldig zugehört, ein leichtes, amüsiertes Blitzen in den Augen. Jetzt bekam sein Blick etwas Mitleidiges.

»Sieh's dir genau an.«

Das tat Zorn. Sein Blick wanderte über die kreischbunten Fotos, die glatten, unschuldig wirkenden Gesichter. Nena. John Travolta. Michael Jackson.

»Das große Foto in der Mitte«, sagte Schröder. »Die Titelstory. Du kennst den Mann.«

»Natürlich kenn ich den«, blaffte Zorn. »Das ist ...«

Er stutzte. Räusperte sich.

»Das kann nicht sein.«

Betrachtete das glatte, bartlose Gesicht, die toupierten Haare, die hohen Wangenknochen, die vollen, geschminkten Lippen des jungen Mannes. Und die Augen, sie waren mit Kajal umrandet. Groß, verträumt, ein wenig widerwillig sahen sie in die Kamera. Darunter in fetten, pinkfarbenen Buchstaben:

GREG ZETT – NEUE GERÜCHTE UM DEUTSCHLANDS HEISSESTEN STAR! MIT SUPERPOSTER FÜR DIE WAND!

»Scheiße.«

Der Drucker verstummte.

Zorn rieb sich verwirrt die Augen, das Foto verschwamm, wurde wieder scharf.

»Es ist lieb«, lächelte Schröder, »dass du dir Sorgen um meine Sexualität machst. Aber ich denke, es gibt im Moment wichtigere Themen.«

Zorn stierte Schröder an, als habe er ein Gespenst gesehen.

»Scheiße«, wiederholte er.

Mehr fiel ihm im Moment nicht ein.

*

Gregor Zettl stand im Wohnzimmer. Seine Hände strichen über die Lehne des Sessels, das kühle Leder beruhigte ihn, wirkte irgendwie tröstlich. Die Tür zum Garten stand weit offen, doch der Geruch, den der Polizist hinterlassen hatte, hing noch immer in der Luft. Kalter Tabak, Leder und dieses süßliche, künstliche Aroma, Mundwasser, vielleicht auch Zahnpasta oder Kaugummi.

Es war kühl im Zimmer. Draußen schien die Sonne, die hohen Hecken warfen scharfe, eckige Schatten in den Garten. Zettl überlegte, ob er nach oben gehen sollte, hinauf ins Schlafzimmer. Er war müde, der Rücken tat ihm weh. Auf das Sofa wollte er sich nicht legen, da hatte der Polizist gesessen, die Polster waren womöglich noch warm, eine unangenehme Vorstellung. Der Sessel war zu unbequem zum Schlafen, abgesehen davon war es Donatas Platz, hier saß sie immer, die Beine auf dem Couchtisch, las Zeitung, löste Kreuzworträtsel oder sah ihre Kochshows im Fernsehen.

Zettl atmete seufzend ein. Legte den Kopf schief, als lausche er in sich hinein.

Schlafzimmer? Sofa? Sessel?

Im Halbdunkel zeichnete sich seine gedrungene, füllige Gestalt vor dem hellen Fenster ab wie ein verstaubter Scherenschnitt.

Zwei Stunden lang rührte er sich nicht von der Stelle.

*

»Hast du ’ne Ahnung, wer dieser Typ ist?«

Allmählich fand Zorn die Sprache wieder. Es hatte eine Weile gedauert, er redete leise, Ehrfurcht lag in seiner Stimme.

»Natürlich, steht bei Wikipedia. Greg Zett«, rezitierte Schröder aus der Erinnerung, »ist ein Musiker, der in den 1980er Jahren kurzzeitig zu einem der bekanntesten deutschen Popstars avancierte und später den Beinamen ›Komet‹ erhielt, da er ebenso plötzlich, wie er in der Öffentlichkeit erschien, wieder verschwand. Über die Gründe für das unerwartete Ende seiner Karriere wurde nach seinem Abtauchen viel spekuliert, es war von Drogen, Alkoholmissbrauch und Depressionen die Rede. Sein größter und einziger kommerzieller Erfolg war …«

»Der Mann war ’ne Institution«, unterbrach Zorn ihn heftig. »Eine Ikone, niemand konnte dem das Wasser reichen!«

»Mag sein.« Schröder zuckte die Achseln. »Das ist über dreißig Jahre her.«

Zorn betrachtete das Cover. Rief sich das Bild des aufgeschwemmten älteren Herren in Erinnerung, bei dem er gerade noch auf dem Sofa gesessen hatte. Suchte Ähnlichkeiten mit dem dünnen, androgynen Jungen auf dem Foto. Nein, bis auf die Augen war da nichts und auch das, da war Zorn sicher, erkannte man nur, wenn man es wusste.

»Vor dreißig Jahren hätte ich meinen rechten Arm geopfert, wenn der mir ein Autogramm gegeben hätte«, murmelte er kopfschüttelnd.

»Verständlich, du warst noch ein Teenager«, lächelte Schröder. »Die Hormone haben verrückt gespielt, du wusstest nicht, wohin mit dir, die aufkommenden Triebe, die Suche nach einem Partner …«

»Partner*in*!«

»… all das hat dich verwirrt, die fleischliche Lust, nie gekannte Gefühle …«

»Könnten wir«, unterbrach Zorn gedehnt, »vielleicht ein *bisschen* ernsthafter arbeiten? Tu mir einen Gefallen und hör mit diesen pubertären Kindereien auf, ja? Wir haben einen Fall zu lösen!«

»Natürlich.« Schröder senkte schuldbewusst den Blick. »Chef.«

Zorn strich sich mit gespreizten Fingern durchs Haar, kratzte sich am Hinterkopf und dachte nach. Das dauerte ein paar Sekunden, zu einem Ergebnis allerdings kam er nicht.

»Was sucht der in diesem Kaff?«, fragte er dann.

»Zettl?«

»Seit wann lebt der hier?«

»Seit über zehn Jahren.«

»Steht das auch bei Wikipedia?«

»Nee.« Schröder rollte seinen Stuhl zum Drucker, griff den Papierstapel und warf ihn auf den Tisch. Klatschend landete der Stapel neben Zorns Tastatur, die *Bravo* flatterte zu Boden. »Steht alles da drin. Als Zettl hergezogen ist, gab es sogar einen kleinen Wirbel in der Lokalpresse, obwohl damals schon kaum noch jemand von ihm gesprochen hat. Zettl hatte sich Ende der Achtziger aus der Öffentlichkeit zurückgezogen, keine Interviews mehr gegeben. Mit einem Schlag, von einem Tag auf den anderen.«

»Warum«, Zorn schüttelte ratlos den Kopf, »landet der ausgerechnet *hier*? In diesem …«

»Kaff?«

»Nenn's wie du willst.«

»Die Eltern seiner Frau stammen von hier.«

Das erklärte einiges, fand Zorn.

»Sie war früher Zettls Managerin«, sagte Schröder.

»Und jetzt ist sie verschwunden.«

»Ja«, nickte Schröder. »Jetzt ist sie verschwunden.«

Zorn sank resigniert in seinen Sessel zurück.

»Womit wir wieder bei unserem Fall wären.«

*

Am Abend begann es zu regnen. Ein leichtes, warmes Nieseln nur, nach einer halben Stunde war es wieder vorbei. Als dann die Sonne untergegangen war, hatte sich ein lauer, würziger Duft über der Stadt ausgebreitet, es roch nach frisch gemähtem Gras und feuchtem Beton, eine erste Ahnung des kommenden Hochsommers.

Gregor Zettl bemerkte davon nichts. Er saß an einem winzigen Tisch in der Küche und rührte in einem Teller mit Nudelsuppe. Auf einer Serviette lag ein Stück Knäckebrot, daneben stand ein Glas Leitungswasser. Es war dunkel, nur eine Kerze in der Durchreiche zum Wohnzimmer flackerte.

Zettl beugte sich über die Suppe, kostete mit einem leisen Schlürfen. Er verzog das Gesicht, klirrend fiel der Löffel auf den Tellerrand.

Automatisch analysierte er den Ton, ein tiefes A. Das tat er schon seit seiner Kindheit. Egal, welches Geräusch er hörte, sein Hirn wertete die Schwingungen aus, suchte harmonische Verbindungen, musikalische Intervalle, er konnte sich nicht dagegen wehren. Das Brummen eines Netzteils, das Rufzeichen eines Telefons, eine zuschlagende Tür, das Hupen eines Autos, dies alles waren keine bloßen Klänge, sondern Elemente einer Melodie mit einer klar definierten Höhe, selbst das dissonante Kreischen einer Kreissäge ordnete er der Tonleiter zu. Mehr noch, das Rattern eines Druckers, das Blubbern einer Kaffeemaschine formte sich zu einem Rhythmus, der noch lange, nachdem er verstummt war, in seinem Kopf nachhallte.

Er lehnte sich zurück und schloss die Augen. So saß er eine Weile da, den Rücken durchgestreckt, die Hände im Schoß gefaltet. Sein Schatten, grotesk verzerrt, tanzte über die Raufasertapete, das Kerzenlicht spiegelte sich im polierten Plastik der Einbauküche.

Schließlich öffnete Zettl die Augen, beugte sich über den Teller, schnupperte. Nichts. Die Suppe schien völlig geruchlos. Geronnenes Fett schwamm in der trüben Brühe, die Nudeln erinnerten an gekrümmte Maden, die rosafarbenen Möhrenwürfel an Erbrochenes.

Kein Wunder, die Suppe war kalt. Es gab keine Möglichkeit, sie aufzuwärmen. Nicht etwa, weil der Herd kaputt gewesen wäre, nein, die Induktionsplatten funktionierten tadellos. Auch der Backofen war in Ordnung, jedenfalls, soweit Zettl das einschätzen konnte, er benutzte ihn nie. Das Kochen übernahm sonst Donata, Zettl war für den Abwasch verantwortlich. Der schmale Geschirrspüler unter der Spüle funktionierte allerdings ebenfalls nicht, ebenso wenig wie die Kaffeemaschine, das Licht und der Fernseher.

Es gab keinen Strom im Haus. An den Sicherungen lag es nicht, die hatte er sofort kontrolliert, als der Kommissar endlich das Haus verlassen hatte.

»Nicht gut«, murmelte Gregor Zettl. »Nicht gut.«

Er griff nach dem Knäckebrot, biss ein Stück ab. Das Knacken des Brotes wirkte in der stillen Küche unpassend wie ein Pistolenschuss. Zettl kaute langsam und sorgfältig, es war, als wäre sein Mund mit Staub gefüllt. Er trank einen Schluck Leitungswasser, wischte sich mit der Serviette den Mund ab. Die verchromten Stuhlbeine schabten über die weißen Küchenfliesen, Zettl stand auf und begann den Tisch abzuräumen. Er zögerte eine Sekunde, wusste nicht, wohin mit dem vollen Teller, stellte ihn schließlich auf die Arbeitsplatte neben der Kaffeemaschine. Langsam, mit bedachten, wohlüberlegten Bewegungen, tat er das Glas in die Spüle, den Löffel. Öffnete den Wasserhahn, das Wasser blieb kalt, natürlich.

Nicht gut.

Er schlurfte in den Flur, nahm seine Strickjacke von der Garderobe. Gelbliches Laternenlicht fiel durch das dicke, geriffelte Glas der Eingangstür. Zettl streifte die Jacke über, sein Blick fiel auf die Alarmanlage, einen weißen Plastikkasten neben den Lichtschaltern. Die Kontrolllampen waren aus, das Display dunkel. Das System musste ein kleines Vermögen gekostet haben, es gab Sensoren an den Fenstern, Bewegungsmelder im Garten und vor dem Haus, Lichtschranken in jedem Zimmer. Auch das hatte Donata veranlasst, natürlich. Sicherheit, hatte sie gesagt, sei unbezahlbar, und wenn sie sich schon ein solches Haus leisteten, konnten, nein, *mussten* sie sich ihren Schutz ebenfalls etwas kosten lassen.

Die Wohnzimmertür schabte über den dicken Teppich, automatisch langte Zettl nach dem Lichtschalter, eine sinnlose Bewegung, doch im Laufe eines über fünfzigjährigen Lebens ebenso zur unbewussten Gewohnheit geworden wie der regelmäßige Blick auf die

Uhr oder das Zupfen an der Unterlippe, etwas, das Zettl immer tat, wenn er nachdachte.

Die Tür zum Garten stand offen. Zettl überlegte, ob er sie schließen sollte, ließ es dann bleiben. Kühle, feuchte Luft strömte aus dem Garten herein, das nasse Gras glitzerte im fahlen Mondlicht. Zettl zog die Strickjacke am Kragen zusammen, spürte, wie das Hemd darunter über dem Bauch spannte.

Er fuhr sich mit der Zunge über die rissigen Lippen. Seine Finger suchten die Lehne des Sessels, strichen über das Leder.

Die Briefe. Er hatte sie noch immer nicht geöffnet. Eines der Einschreiben kam von den Stadtwerken, er ahnte jetzt, dass es eine Mahnung gewesen war. Eine letzte Mahnung, bevor der Strom abgestellt wurde. Ob das andere Einschreiben von der Bank kam, wusste Gregor Zettl nicht, doch er war fast sicher. Seine EC-Karte war nicht kaputt, bisher hatte sie immer funktioniert. Es lag am Konto. Sie hatten das Konto gesperrt.

Geld. Er hatte sich nie darum kümmern müssen. Wenn er etwas gebraucht hatte, war es da gewesen. Die anderen Dinge, Rechnungen, Kredite, Versicherungen, all dies hatte Donata erledigt, hatte ihn davor geschützt, so, wie sie ihn früher von der Öffentlichkeit abgeschirmt hatte.

Im Laufe der Jahre hatte er sich daran gewöhnt, keine Entscheidungen treffen zu müssen. Das war jetzt vorbei. Die anderen Briefe, wahrscheinlich waren es Zahlungsaufforderungen, weitere Mahnungen, Rechnungen.

Nicht gut.

Gregor Zettl würde sie nicht öffnen, nicht nur, weil er zu feige war. Der Inhalt war klar, unnötig, es schwarz auf weiß zu lesen. Ändern konnte er es sowieso nicht.

Er ging vor der Schrankwand in die Hocke, das Hemd rutschte hinten aus der Hose. Die Schublade unter dem Fernseher klemmte ein wenig, er kramte eine zerkratzte Zigarrenkiste hervor, schüttete den Inhalt auf den Couchtisch. Dort hatte Donata immer etwas Bargeld aufbewahrt, doch im flackernden Schein der Kerze fand er nur ein paar Tankrechnungen, Rabattmarken und einen Gutschein für ein kostenloses Probetraining im Fitnessstudio am Domplatz.

Ächzend richtete er sich auf, sein linkes Knie antwortete mit einem empörten Knacken. In seiner Hosentasche waren noch zwölf Euro.

Nicht gut. Gar nicht gut.

Plötzlich wurde ihm schwindlig. Das kleine, spießige Wohnzimmer drehte sich vor seinen Augen, Zettls Beine wurden weich, sein rundes Gesicht wurde blass, kalkweiß, als würde die Farbe nach innen in seinen Kopf gesaugt. Das war in letzter Zeit öfter passiert, immer dann, wenn er sich schnell aufgerichtet hatte. Kein Wunder, hatte Donata gesagt, sein Blutdruck, der sei bestimmt zu niedrig, er müsse zum Arzt, schließlich, hatte sie hinzugefügt und ihn über den Rand ihrer Lesebrille gemustert, sei er keine vierzig mehr. Das war vor drei Wochen gewesen, Zettl erinnerte sich genau, Donata hatte in ihrem Sessel gesessen, die Beine auf dem Couchtisch, eine aufgeklappte Fernsehzeitschrift auf dem Schoß. Er hatte genickt, mit einem leisen, ergebenen Seufzen, so wie er es immer tat, und gewartet, dass sie einen Termin vereinbaren würde und …

Zettl stutzte.

Der Mond stand jetzt hoch am Himmel, ein heller Streifen fiel durch die Gartentür schräg ins Zimmer. Ohne es zu bemerken, war Zettl auf den Couchtisch gesunken, er saß auf der Kante und starrte auf den Teppich. Der Gutschein des Fitnessstudios war zu Boden geflattert, *EIN MONAT EXKLUSIVES TRAINING INKLUSIVE GRATIS ERNÄHRUNGSBERATUNG!* stand über dem Foto eines jungen, eingeölten Mannes im Liegestütz.

Das war es nicht, was Gregor Zettl den Schweiß auf die Stirn trieb. Sein Atem wurde flach, er beugte sich vor, starrte auf den Teppich zu seinen Füßen. Der Fleck war frisch, eindeutig, der Abdruck eines Schuhs, selbst das Profil war deutlich zu erkennen. Ein Männerschuh. Zettl schluckte, als er die anderen Abdrücke bemerkte, er zählte vier, in einer geraden Linie zur Gartentür. Feucht glänzender Schlamm, dazwischen kleine rosafarbene Kiesel, die Marmorsteine des Gartenwegs mussten sich im Profil verfangen haben.

Fußspuren.
Zettl stöhnte auf.
Es waren nicht seine eigenen.

Vier

Es war kurz vor acht, als ein schwarzer, ziemlich verdreckter Volvo mit quietschenden Bremsen auf dem Parkplatz vor dem Präsidium hielt. Die Sonne stand am wolkenlosen Himmel, es würde ein warmer, angenehmer Tag werden.

Nicht für Claudius Zorn, so schien es jedenfalls. Er blieb noch einen Moment hinter dem Steuer sitzen und starrte mit leerem Blick durch die schmutzige Windschutzscheibe. Schließlich rappelte er sich mürrisch auf, stieg aus dem Wagen, streifte die Lederjacke ab und warf sie auf den Rücksitz. Ein paar Sekunden später brannte eine Zigarette in seinem Mundwinkel, er stieß die Fahrertür mit dem Fuß hinter sich zu, lehnte sich an den Kotflügel und rauchte, die Arme vor der Brust verschränkt. Reifen knirschten über den Asphalt, eine Zivilstreife parkte direkt neben dem Volvo. Zorn ignorierte die beiden Beamten, sein Blick war zu Boden gerichtet, als zähle er die Risse im Rinnstein. Der Widerwille, den Hauptkommissar Zorn an diesem Morgen ausstrahlte, war nie greifbarer gewesen, die Gleichgültigkeit umgab ihn wie ein Ballon, als stecke er in einer großen, ölig schimmernden Seifenblase.

»Gut geschlafen?«

Schröder erschien zwischen zwei Streifenwagen. Das karierte Hemd hing weit über der Cordhose, auf dem Kopf trug er eine grüne Baskenmütze, die er keck über das linke Ohr geschoben hatte. Normalerweise hätte Zorn sich eine spitze Bemerkung nicht verkneifen können, doch er nickte Schröder nur zu und zog schweigend an seiner Zigarette.

»Alles in Ordnung?«, fragte Schröder.

»Klar.«

Schröder nahm die Aktentasche von einer Hand in die andere.

»Sicher?«

»Logisch.«

Zorn schob mit den Stiefelspitzen einen Kieselstein zur Seite. Schröder musterte ihn schweigend.

»Dein T-Shirt«, sagte er schließlich.

»Was ist damit?«

»Du hast es linksrum an.«

Zorn sah an sich hinab. Der Schriftzug auf dem grauen Pixies-Shirt war spiegelverkehrt, die Nähte an den Ärmeln saßen außen.

»Ach«, Zorn zuckte die Achseln. »Ich bin vorhin ein bisschen überhastet los.«

»Hast du verschlafen?«

»Nee, Schröder. Ich konnte einfach nicht erwarten, dich zu sehen.«

Zorns Lachen klang frustriert. Schröder sah zu ihm auf, die Sonne schien ihm in die Augen, er blinzelte, erwiderte aber nichts.

»Mann!« Zorn hob die Stimme. »Das passiert jedem mal!«

»Was?«

»Dass man sein Hemd verkehrt rum anzieht!«

»Kein Hemd, Chef. Ein T-Shirt.«

»Was auch immer.«

Zorn schnippte die Zigarette weg, beobachtete, wie die Kippe unter einem Mannschaftswagen verschwand. Schröder wartete einen Moment, dann deutete er mit dem Kinn auf das Präsidium.

»Wollen wir?«

Zorn stieß den Rauch durch die Nase aus.

»Unbedingt«, seufzte er. »Unbedingt.«

*

Ungefähr zu der Zeit, als Claudius Zorn im Erdgeschoss des Präsidiums auf der Herrentoilette sein T-Shirt über den Kopf streifte und richtig herum wieder anzog, öffnete sich die Tür des gelben Hauses in der Waldstraßensiedlung einen Spalt. Zunächst erschien nur Gregor Zettls Kopf, er blinzelte, sah erst nach links, dann nach rechts, den Hals vorgereckt wie ein Tier, das Witterung aufnimmt, bevor es zur Wasserstelle geht. Einen Moment stand er da, eine Hand auf der Türklinke, den Oberkörper im Freien, die Beine im schützenden Halbdunkel des Hauses. Schließlich trat er hinaus in die Sonne, die Tür fiel hinter ihm ins Schloss. Er ging die zwei Stufen hinab in den Vorgarten, zögerte, lief noch einmal zurück und prüfte, ob die Eingangstür richtig geschlossen war. Wieder schien es, als wolle er zurück ins Haus, er murmelte leise, als würde er ein Selbstgespräch führen, dann nickte er, drehte sich um und ging zu seinem Auto.

*

»Das Hüftgelenk«, sagte Schröder, »hat sich definitiv in einem menschlichen Körper befunden. Die DNA-Spuren sind eindeutig. Wir haben es mit einem benutzten Implantat zu tun und nicht mit einem ausgemusterten medizinischen Ersatzteil.«

Es war kühl im Besprechungsraum. Geradezu kalt, fand Zorn und verfluchte in Gedanken den Idioten, der die Klimaanlage eingestellt hatte, als befänden sie sich in den Subtropen.

»Und wo genau«, fragte Frieda Borck, »ist es implantiert worden?«

Sie saß an der Stirnseite des langen Tisches, Zorn hockte schräg neben ihr und beobachtete, wie Schröder eine Akte aufschlug.

»Im Stadtkrankenhaus, vor knapp anderthalb Jahren. Viel steht nicht in der Akte, ein Operationsbericht, eine gute Woche Aufenthalt, danach ein paar Nachuntersuchungen. Alles sauber und ordentlich bei der Krankenkasse abgerechnet. Keinerlei Informationen, dass es später entfernt wurde. Weder im Stadtkrankenhaus noch in einer anderen Klinik in der Gegend.«

Zorn rutschte auf seinem Stuhl nach vorn. Er hatte Mühe, sich zu konzentrieren. Sein Kopf tat weh, ein dumpfer Schmerz pochte zwischen seinen Schläfen. Der Mund schien mit Watte gefüllt, sein Hals war trocken, im Magen pulsierte ein saurer, schmieriger Kloß.

Schröder hob eine durchsichtige Plastiktüte hoch, darin lag ein zwanzig Zentimeter langes, matt glänzendes Metallstück. Leicht gebogen, mit einem spitzen, dornförmigen Ende.

»Hier«, er deutete mit einem Kugelschreiber auf das untere, spitze Ende, »sind winzige Einkerbungen, die Spuren der Operation. Außerdem finden sich überall Knochenreste.«

Zorn langte nach einer Wasserflasche und nahm einen tiefen Schluck. Unterdrückte ein Rülpsen, streckte die Beine unter dem Tisch aus und sackte wieder in sich zusammen. Den Blick der Staatsanwältin registrierte er nicht.

»Ich hab mich erkundigt, wie das funktioniert«, fuhr Schröder fort. »Der menschliche Oberschenkel ist hohl, darin wird das Gelenk verankert, mit Zement. Die Prothese steckt über zwanzig Zentimeter tief im Knochen.«

Die Worte zogen an Zorn vorbei wie ein Krähenschwarm im Herbstnebel. Er hörte, was Schröder sagte, doch der Sinn löste sich auf, Zorn lauschte dem Puckern in seinem Kopf, griff nach der Mineralwasserflasche, trank, überlegte, trank noch einmal und begann, das Etikett abzupulen.

»Zorn?«

Er hob den Kopf und bemerkte, dass die Staatsanwältin ihn ansah, als erwarte sie eine Antwort. Offensichtlich schon eine ganze Weile, Schröder jedenfalls war verstummt.

»Ich fragte, was Sie davon halten, Herr Hauptkommissar.«

Zorn tat, als denke er angestrengt nach. Stellte die Flasche zurück auf den Tisch. Las den Spruch unter dem dunkelblauen Logo.

DAS FRISCHFRECHE ORIGI

Den Rest hatte er abgerissen.

»Und?«

Frieda Borck hatte die Stimme gesenkt. Trotzdem, der eisige Unterton war unüberhörbar.

»Er hat recht«, sagte Zorn aufs Geradewohl.

»*Wer* hat recht?«

»Schröder.«

»Womit hat er recht?«

Zorn pulte ein Stück des Etiketts unter dem Fingernagel hervor.

»Mit dem, was er gerade gesagt hat.«

Die Staatsanwältin stand auf und ging zum Fenster. Die hohen Absätze ihrer Schuhe klapperten. Zorn drehte sich um und sah ihre schlanke Silhouette im Sonnenlicht, der Rock war ein wenig hochgerutscht. Peinlich berührt wandte er den Blick ab.

»Was ist los mit Ihnen?«, fragte sie ruhig.

»Keine Ahnung, was Sie meinen.«

Er hörte, wie sie hinter ihm näher kam. Roch ihr Parfüm, eine kaum wahrnehmbare Mischung aus frischen Orangen und geriebenem Muskat. Inmitten des kargen Besprechungsraums erschien der Duft in etwa so passend wie ein Schmetterling in einem Betonmischer.

»Ich hab's Ihnen schon oft gesagt und heute«, sie stand jetzt direkt hinter ihm, »ist es das letzte Mal. Es reicht, Zorn, endgültig. Ich will, dass Sie mitdenken, dass Sie sich auf Ihren Job konzentrieren, und wenn Sie private Probleme haben, dann sagen Sie gefälligst Bescheid und …«

»Ich hab keine Probleme!«

Frieda Borck ging zurück zu ihrem Stuhl, legte die Hände auf die Lehne und deutete mit dem Kinn auf Schröder, der ein wenig zu offensichtlich in die Akte vertieft schien.

»Ihnen ist klar, dass das alles auf seine Kosten geht?«

»Muss ich mich jetzt schon entschuldigen, weil ich 'ne Erkältung habe?« Zorn gab sich Mühe, doch sein Husten wirkte reichlich gekünstelt. »Ich hätte mich auch krankschreiben lassen können, dann …«

»Verarschen Sie mich nicht, Zorn!« Die Staatsanwältin verlor die Geduld. Kleine gelbe Punkte tanzten in ihren Augen, als stünden die Pupillen in Flammen. »Sie riechen, als hätten Sie in einer Bahnhofskneipe übernachtet!«

»Blödsinn! Das ist …«

»Hustensaft?«

Zorn fand keine passende Antwort. Notgedrungen begnügte er sich mit einem genervten Prusten und verschränkte die Arme vor der Brust.

»Ich hab mir das lange genug angeguckt. Ich rate Ihnen«, der Zeigefinger der Staatsanwältin schoss nach vorn, »übertreiben Sie's nicht. Wir wissen alle, dass Sie nicht gerade der Hellste sind. Okay, damit kann ich leben, und niemand erwartet, dass Sie den Superbullen spielen. Aber wenn Sie zur Behinderung werden, dann platzt hier die Bombe!«

Ein letzter wütender Blick. Zwei Sekunden später krachte die Tür hinter ihr ins Schloss. Schröder sah kurz auf, dann widmete er sich wieder seiner Akte. Zorn nutzte die Gelegenheit und blies unauffällig in die offene Handfläche. Roch den sauren Gestank seines Atems und rümpfte die Nase.

»Hysterische Kuh«, murmelte er. »Wahrscheinlich ist die mit dem falschen Fuß aufgestanden, oder ...«

»Die Frage stellt sich im Moment nicht.«

Schröder schloss die Akte und faltete die Hände auf dem Tisch. Er sah Zorn an, das charakteristische feine Lächeln um seine Mundwinkel war verschwunden.

»Und welche Frage«, Zorn nahm seine Brille ab, »stellt sich dann?«

»Plural. Es sind mehrere.«

Zorn hielt Schröders Blick eine Weile stand. Schließlich wandte er sich seiner Brille zu, musterte sie mit wichtiger Miene und begann, die Gläser zu putzen.

»Die erste Frage ist, ob du mir zuhörst«, sagte Schröder.

»Das tu ich.«

»Ich meinte, ob du jetzt aufnahmefähig bist.«

»Das bin ich. Das war ich auch vorher.« Zorn wischte die Brille an seinem T-Shirt ab. »Nächste Frage.«

»Wie geht's zu Hause?«

»Alles gut.«

»Wenn irgendwas nicht in Ordnung ist, dann erzähl's mir.« Schröder klang sachlich, sein rosiges Gesicht blieb unbewegt. »Wenn was nicht stimmt, wenn du Probleme hast, mit …«

Sprich den Namen nicht aus.

»… Malina, dann …«

»War das jetzt 'ne Frage?«

Schröder schüttelte stumm den Kopf. Zorns Gesicht rötete sich, er richtete sich in seinem Stuhl auf und ballte die Fäuste.

»Was war's dann? Eine dienstliche Anweisung? Jetzt, wo du mein«, er lachte freudlos auf, »*Vorgesetzter* bist, erklärst du mir, was ich zu tun oder zu lassen habe? Erst die Borck, dann du! Mein Gott, habt ihr nichts Besseres zu tun, als auf mir rumzuhacken?«

Zorns Stimme hallte von den Wänden des Besprechungsraums wider.

»Das war keine Anweisung«, sagte Schröder ruhig. »Das war eine Bitte. Wenn du Hilfe brauchst, wenn ich was tun kann, dann sag mir Bescheid.«

»Verdammte Scheiße, ich …«

Zorn verstummte. Verstand, was Schröder gerade gesagt hatte. Die Wut verflog, Zorn stand auf, ging ein paar Schritte auf und ab, atmete tief durch, dann setzte er sich wieder.

»Mir geht's gut.«

»Okay.«

»Ich komm allein klar.«

»Sicher?«

Zorn setzte zu einer Erwiderung an, in diesem Moment klingelte sein Handy. Es dauerte eine Weile, bis er das Telefon aus der Hosentasche gefischt hatte, die Jeans spannte über seinem Bauch. Ein Blick aufs Display, ein Stirnrunzeln, dann meldete er sich mürrisch.

»Was ist?«

Die Veränderung, die in den nächsten Sekunden mit Hauptkommissar Zorn vor sich ging, war beachtlich. Verwundert registrierte Schröder, wie Zorn sich straffte, er richtete sich auf, lauschte konzentriert in den Hörer.

»Natürlich«, sagte er, »das ist kein Problem, überhaupt nicht.«

Er klang freundlich. Nett, fast respektvoll.

»Es reicht, wenn Sie morgen vorbeikommen.«

Als er auflegte, hatte sein Gesicht ein wenig Farbe bekommen. Nachdenklich sah er aufs Display, dann stopfte er das Telefon in die Hosentasche.

»Das war Gregor Zettl«, sagte er, als er Schröders fragenden Blick bemerkte. »Ich hatte ihn für heute herbestellt. Es reicht, wenn wir ihn morgen vernehmen.«

»Warum, wenn man fragen darf?«

»Er fühlt sich nicht gut.«

*

Zettl stand auf der Straße vor seinem Grundstück, das Handy noch immer in der Hand. Der Akku des alten Nokias war bald leer. Er wusste nicht, wo er es aufladen sollte, doch das war sein geringstes Problem, im Moment jedenfalls.

Der Polo parkte in der Auffahrt, so, wie Zettl ihn vor zwei Tagen abgestellt hatte. Auf den ersten Blick wirkte der kleine Wagen unverändert, abgesehen von der rötlichen Schicht aus Staub und Mörtel, die auf dem grauen Lack lag und Zettl im ersten Moment daran erinnert hatte, dass das Auto dringend gewaschen werden musste.

Doch auch das war nicht das Problem.

Als er den Wagen ein paar Minuten zuvor hatte anlassen wollen, hatte er zunächst die Buchstaben bemerkt, die von außen in den Staub auf der Windschutzscheibe gekritzelt worden waren, wahrscheinlich mit einem Finger.

THƆIƧЯOV

Zunächst hatte er dem Geschreibsel keine Beachtung geschenkt, ein Kind, hatte er gedacht, wahrscheinlich eines von den Nachbarn. Dann war ihm aufgefallen, dass der Polo ungewöhnlich tief zu liegen schien, er war ausgestiegen, dabei hatte er den platten Vorderreifen bemerkt. Auch das wäre noch irgendwie erklärlich gewesen, die Schotterstraße war gespickt mit spitzen Steinen, doch als er dann um den Wagen herumging, hatte er festgestellt, dass sämtliche Reifen zerschnitten waren.

Nein, Gregor Zettl hatte nicht gelogen, als er dem Kommissar am Telefon erklärt hatte, dass er sich nicht gut fühle. Sein Atem ging hektisch, die Knie waren weich, sein Herz raste.

Das, was auf der Windschutzscheibe des grauen Polos stand, war von außen noch immer deutlich zu lesen.

Eine Warnung. Mehr noch, eine Drohung.

VORSICHT

*

»Wir müssen den Mann noch einmal vernehmen«, sagte Schröder. »So schnell wie möglich. Und wir sollten ihn etwas härter anfassen, auch wenn du ihn«, er überlegte einen Moment, »respektierst.«

»Wie meinst du das?«

Nun, Zorn wusste genau, was Schröder meinte, sehr genau sogar. Seit er erfahren hatte, wer Zettl war, besser gesagt, *gewesen* war, betrachtete er den schüchternen, verklemmt wirkenden älteren Mann mit anderen Augen.

»Wenn Zettl was mit dem Verschwinden seiner Frau zu tun hat«, sagte Zorn, »dann wird er behandelt wie jeder andere auch.«

»Richtig«, nickte Schröder.

»Aber zunächst müssen wir sie finden.«

»Falsch.«

Zorns Blick verfinsterte sich.

»Die Frage ist nicht, wie und wo wir Donata Zettl finden«, erklärte Schröder.

»Sondern?«

»Ob sie noch am Leben ist. Überhaupt noch am Leben sein *kann*.«

*

Ein Scherz. Ein böser Scherz.

Das musste es sein, dachte Gregor Zettl, gelangweilte Teenager gab es überall, Jugendliche in Basecaps und ausgebeulten, tief auf den Hüften hängenden Jeans, die durch die Gegend zogen, nichts zu tun hatten und sich einen Spaß daraus machten, Dinge zu zerstören.

Er sah zum Haus, spürte die Wärme der Sonne im Rücken und gleichzeitig, tief in seinem Inneren, dass er sich das alles nur einredete. Wunschdenken. Teenager zerstachen Autoreifen, das stimmte. Aber sie hinterließen keine Botschaften auf verschmutzten Windschutzscheiben. Jedenfalls keine Drohungen.

Zettls Haut kribbelte, unter den Achseln spürte er ein Jucken, da, wo ihm soeben noch der Schweiß ausgebrochen war. Allmählich verlangsamte sich sein Herzschlag, doch er würde erst wieder zur Ruhe kommen, wenn er zurück in der schützenden Geborgenheit des Hauses war.

Das Auto war wichtig. Das Polizeipräsidium lag mitten in der Stadt, der Gedanke, zu Fuß oder gar mit der Straßenbahn dort hinzumüssen, gefiel Gregor Zettl überhaupt nicht. Nein, er hatte keine Lust auf ein weiteres Gespräch mit dem mürrischen Kommissar, obwohl er am Telefon wesentlich freundlicher geklungen hatte und …

»Gregor?«

Er sah sich um.

Die Frau auf dem altmodischen Damenrad hieß Alma Gretsch, Donata nannte sie Almita, obwohl sie ein paar Jahre älter war und mittlerweile auf die sechzig zugehen musste. Dies allerdings sah man ihr nicht an, eine drahtige, sportliche Dame, Zettl kannte sie kaum, obwohl sie regelmäßig bei ihnen zu Besuch war.

»Hast du kurz Zeit?«

Alma Gretsch wartete nicht auf eine Antwort, lehnte das Rad an den Holzzaun zum Nachbargrundstück, nahm den Helm ab und fuhr sich mit der Hand durch das kurze eisgraue Haar.

»Sicher doch«, Zettl zwang sich zu einem Lächeln. »Donata ist nicht da, sie …«

»Ich weiß, dass Donata nicht da ist«, unterbrach Alma. »Deshalb bin ich hier.«

*

»Wieso sollte sie nicht mehr am Leben sein?«, fragte Zorn.

Schröder hob die durchsichtige Plastiktüte. Das dolchförmige Metallstück pendelte hin und her, es war nicht viel kürzer als Schröders Unterarm.

»Nach allem, was wir wissen, befand sich dieses Ding im Oberschenkel von Donata Zettl. Das holt man nicht so einfach wieder raus. Wenn, dann wird das eine komplizierte Operation. Das geschieht unter Narkose. Der Knochen wird aufgesägt, man braucht chirurgisches Besteck, steriles Verbandsmaterial, Medikamente. Und wenn sich tatsächlich herausstellen sollte, dass das alles nicht in einem Krankenhaus geschehen ist«, klappernd landete das Gelenk auf dem Tisch, »dann müssen wir uns fragen, wo es dann passiert ist.«

»Nee.« Zorn, der diesmal tatsächlich zugehört hatte, schüttelte den Kopf. »Wir müssen uns fragen, *wer* das Teil rausgeholt hat.«

»Sí, señor.«

Das Bild eines Operationssaals tauchte vor Zorn auf. Ein halbes Dutzend Gestalten mit Mundschutz und grünen Arztkitteln beugte sich über eine Liege, Zorn sah die blinkenden Instrumente, die Schläuche, die glänzenden Skalpelle, hörte das leise Kreischen einer Knochensäge.

»Angenommen, das war kein Arzt«, murmelte er. »Wer war's dann?«

Schröder nickte stumm.

Gute Frage.

Zorn fröstelte, eine Gänsehaut bildete sich auf seinen Unterarmen. Nein, das lag nicht an der falsch eingestellten Klimaanlage, jedenfalls nicht nur. Das Bild in seinem Kopf veränderte sich, die grünen Gestalten verblassten, verschwanden schließlich, gaben den

Blick auf die Bahre frei. Zorn sah die Konturen eines Menschen, verborgen unter einem weißen Laken, dunkle Flecken bildeten sich auf dem Stoff, wurden größer, Blut floss in Strömen an der Bahre hinab, bildete eine Pfütze auf den weißen Fliesen.

Zorn griff nach der Wasserflasche. Sie war leer.

Er dachte an Sägen. Messer. Zangen.

Ein Fleischer? Ein Metzger?

Nein, er wollte sich das alles nicht vorstellen, doch all diese Gedanken führten unweigerlich in ein und dieselbe Richtung, mit einer unheimlichen, logischen Konsequenz.

»Wenn's kein Arzt war«, sagte Schröder, »hat er wahrscheinlich auch keine medizinischen Hilfsmittel benutzt.«

»Keine Medikamente.«

»Keine Narkose.«

Schröder stützte das Kinn mit den Händen ab und sah an Zorn vorbei aus dem Fenster. »Sie könnte bereits tot gewesen sein, als das Gelenk entfernt wurde.«

»Das«, sagte Zorn, »sollte man hoffen.«

Sie schwiegen einen Moment.

»Andererseits«, sagte Schröder, »könnte sie das Gelenk sonstwo entfernt lassen haben. In irgendeinem Krankenhaus, außerhalb von Deutschland.«

»Sie ist hier versichert. So ein Eingriff ist ziemlich kompliziert. Warum sollte sie irgendwo in die Pampa fahren, wenn sie direkt um die Ecke behandelt werden kann? Macht das Sinn?«

»Nichts ergibt hier einen Sinn«, seufzte Schröder. »Gar nichts.«

*

»Kann ich dir was anbieten? Einen Kaffee?«

Im selben Moment biss sich Gregor Zettl auf die Lippen, als ihm einfiel, dass die Kaffeemaschine nicht funktionierte. Nicht funktionieren *konnte*.

Alma Gretsch schüttelte den Kopf. Er nahm einen weißen Plastikstuhl, setzte sich ihr gegenüber und hoffte, dass sie ihm seine Erleichterung nicht ansah.

»Eine Cola? Oder Limo?«

Auch davon hatte er nichts im Haus, er fragte trotzdem.

»Nein«, sagte sie. »Ich muss vorsichtig sein, meine Diabetes, du weißt doch.«

Nein, das wusste Gregor Zettl nicht. Trotzdem nickte er verständnisvoll, ein wenig mitfühlend.

Im Wohnzimmer hatte er sich für die angebliche Unordnung entschuldigt und sie mit einer Handbewegung hinaus in den Garten gebeten. Alma Gretsch war eine resolute, geradlinige Frau, der skeptische Blick, mit dem sie die verwaschenen Flecken auf dem Teppich gemustert hatte, war ihm nicht entgangen. Stundenlang hatte er versucht, die Fußabdrücke mit kaltem Wasser wegzuwischen, es war ihm nicht gelungen.

»Willst du vielleicht was anderes? Ein Wasser?«

»Nein, danke.«

Sie trug eine kurzärmelige Bluse, dazu eine weiße Leinenhose, die bis knapp über die Waden reichte. Den Fahrradhelm hatte sie neben sich ins Gras gelegt.

Zettl hatte keine Ahnung, was Alma Gretsch von ihm wollte, doch er war nicht sonderlich geübt in solchen Gesprächen, also entschloss er sich, zu warten.

»Gregor«, sagte sie schließlich, »ich will nicht lang drumrum reden.«

Ihre Stimme, ein tiefes, rollendes Knarren, klang wie die einer Kettenraucherin, obwohl Zettl sie noch nie mit einer Zigarette gesehen hatte. Er wusste, dass ihr Mann vor ein paar Jahren gestorben war, dass sie in einer Zweiraumwohnung in der Neustadt lebte und dass sie Sport trieb. Badminton, vielleicht auch Tennis, er war nicht sicher. Ansonsten kannte er Alma Gretsch kaum, sie war Donatas Freundin, nicht seine. Wenn sie zu Besuch gekommen war, hatte er zunächst aus Höflichkeit mit am Tisch gesessen, ein paar Floskeln über das Wetter, Schnittblumen oder das Fernsehprogramm ausgetauscht

(Zettl glaubte sich zu erinnern, dass Alma Jörg Pilawa liebte und Markus Lanz verachtete – vielleicht war es auch umgekehrt), nach ein paar Minuten hatte er sich dann ins Schlafzimmer zurückgezogen und gelesen. Niemand aus ihrem Bekanntenkreis wusste, was Zettl früher getan hatte, auch Alma nicht. Für sie war er nur ein dicklicher Herr, der wortkarge, trotzdem freundliche Mann ihrer Freundin.

»Seit anderthalb Wochen versuche ich jetzt, Donata zu erreichen«, sagte Alma. »Sie geht nicht ans Handy, auf meine Nachrichten hat sie nicht reagiert. Klar, sie ist viel unterwegs, aber ich finde das langsam komisch. Und ich habe das Gefühl, dass sie mir aus dem Weg geht.«

Irgendwo in einem der Nachbargrundstücke sprang ein Rasenmäher an. Zettl hob ein wenig die Stimme, um den Lärm zu übertönen.

»Aber warum sollte sie das denn tun?«

»Das kann ich dir sagen.«

Alma Gretsch spielte mit einer dünnen Goldkette um ihren gebräunten Hals. Zettl sah die Adern auf ihrem Handrücken, die ersten Altersflecken.

»Ich hab Donata Geld geliehen.«

Der Rasenmäher verstummte ebenso plötzlich, wie er gestartet war.

»Zwölftausendfünfhundert Euro.«

Er wollte den obersten Knopf seines Hemdes öffnen, es gelang ihm nicht, seine Finger zitterten. Alma Gretsch bemerkte es nicht, ihr Blick war geradeaus gerichtet, in den hinteren Teil des Gartens.

»Sie wollte es mir schon vor zwei Monaten zurückgeben.«

Zettl nickte. Dieses Nicken, es kostete ihn seine gesamte Kraft. Es war schwer, ruhig zu wirken. Gelassen, freundlich, interessiert. Er hatte die Ellbogen auf die Knie gestützt, die Hände gefaltet und saß ihr gegenüber, als höre er aufmerksam zu. Gleichzeitig kämpfte er gegen den immer stärker werdenden Drang, aufzuspringen und davonzulaufen. Fort, egal wohin. Hauptsache weg.

»Ich brauch das Geld zurück, Gregor.« Als sie ihn ansah, bekam ihr Blick etwas Weiches, Bittendes. »Die Miete, ich muss die Raten für die Lebensversicherung zahlen, die haben mir schon mit der Kündigung gedroht. Ich …«

»Du musst dich hier nicht rechtfertigen, Alma.«

»Das ist alles, was ich hatte. Frithjof hat das Geld für mich angelegt, damit ich später über die Runden komme.«

Frithjof, das musste ihr verstorbener Mann sein.

»Das ist mir peinlich, Alma. Nein, *uns* ist es peinlich, Donata und mir.« Später würde sich Zettl fragen, wie er auf die folgenden Sätze gekommen war, was ihn dazu getrieben hatte, sie auszusprechen. »Donata hat heute Morgen angerufen, sie ist in Barcelona. Jemand hat ihr das Handy gestohlen, sie musste das Telefon an der Rezeption nehmen. Ich soll dich grüßen, dich und …«

Wie hieß ihre andere Freundin? Erna? Nein.

»Eva. Donata sagt, dass ihr unbedingt mal zu dritt da runter müsst, allerdings nicht nach Barcelona, es ist laut, stickig und viel zu heiß. *Stinkheiß*, sagt sie, und der Verkehr ist die Hölle.«

Er lächelte. Lauschte dem Klang seiner eigenen Worte. Wunderte sich, wie leicht sie ihm über die Lippen kamen, fließend, im lockeren Plauderton.

»Wegen des Geldes muss ich mich bei dir entschuldigen. Donata hat wahnsinnig viel um die Ohren, sie wird es einfach vergessen haben. Ich überweis es dir nachher. Nein«, er schüttelte den Kopf, »am besten, ich hol es direkt von der Bank und geb's dir, oder?«

Die Augen von Alma Gretsch hatten sich ein wenig verengt, Skepsis lag in ihrem Blick. Eine Mücke landete auf ihrem Oberarm, verharrte einen Moment und flog wieder auf.

»Das wär mir am liebsten.«

»Soll ich's dir vorbeibringen? Oder willst du herkommen? Ach, komm einfach her«, fuhr er fort, ohne auf ihre Antwort zu warten. »Am besten morgen, ich rufe lieber vorher bei der Bank an, damit nichts schiefgeht.«

Sie nickte.

»Gut.« Er beugte sich vor, tätschelte ihren Arm. Als er sich wieder zurücklehnte, hatte seine Hand einen Schweißabdruck auf ihrer

Bluse hinterlassen. »Aber morgen trinken wir einen Kaffee zusammen, da lass ich dich nicht einfach so wieder weg.«

Es kostete ihn seine letzten, allerletzten Kraftreserven, ihrem prüfenden Blick standzuhalten, doch er hielt durch, bis sie sein Lächeln erwiderte.

»Du weißt doch, dass ich keinen Kaffee vertrage, Gregor.«

Auch das wusste er nicht, es war ihm egal.

»Zwölftausendfünfhundert, sagst du?«

»Ja.« Sie griff nach ihrem Helm, einem blauen, futuristisch wirkenden Plastikungetüm. »Ich danke dir.«

»Das musst du nicht. Wie gesagt, es …« Ein Klatschen, Zettl schlug sich mit der flachen Hand auf den Oberschenkel. »Eine Mücke«, murmelte er. »Die erste in diesem Jahr.«

Alma Gretsch stand auf.

»Es wird nicht die letzte sein.«

»Nein«, sagte er. »Sicher nicht.«

Er schnippte die Mücke fort, bemerkte den Fleck auf dem dunkelblauen Stoff. Alma Gretsch war bereits im Wohnzimmer, sie hörte nicht, dass Gregor Zettl hinter ihr leise aufstöhnte.

Seine letzte saubere Hose.

Fünf

Früher Abend.

Die Sonne versank hinter der Schuttpyramide, die Siedlung am Waldrand lag friedlich im weichen Licht. Ein leichter Wind war aufgekommen, rötliche Staubfahnen wehten über die Schotterstraße und verloren sich in den kleinen, mit getrocknetem Schlamm überzogenen Grundstücken. Niemand war unterwegs, die Bauarbeiter hatten längst Feierabend und die Menschen, die bereits eingezogen waren, packten Umzugskartons aus und verteilten den Inhalt in den winzigen Zimmern ihrer Doppelhaushälften.

Gregor Zettl war nach oben gegangen, er stand in Donatas Schlafzimmer. Die enge, gewundene Treppe hinauf ins Dachgeschoss hatte nur elf Stufen, trotzdem war Zettl ein wenig außer Atem. Er setzte sich auf das schmale Bett unter der Dachschräge, verschnaufte ein wenig und sah sich um.

Der weiß lackierte Kleiderschrank stand halb offen, Donatas Sachen, ordentlich gefaltet und auf Kante gelegt, stapelten sich in den Fächern. Schon vor einigen Tagen hatte Zettl festgestellt, dass manches fehlte, sie hatte ein paar Pullover mitgenommen, Blusen, den beigefarbenen Hosenanzug mit den stoffbezogenen Knöpfen am Jackett, ebenso die Zahnbürste im Bad und die mintgrüne Waschtasche mit dem rosafarbenen Plastikreißverschluss.

Er strich mit der flachen Hand über die Bettdecke, atmete den Duft der Wäsche. Von draußen drang Musik durch das gekippte Dachfenster, die Nachbarn, wahrscheinlich hörten sie Radio. Eine Frauenstimme plärrte, dass sie *Atemlos durch die Nacht* unterwegs sei. Zettl verzog das Gesicht. Seit Ewigkeiten hörte er keine Musik mehr, jedenfalls nicht, wenn es sich vermeiden ließ. Ohne aufzustehen langte er nach oben und zog das Fenster über dem Kopf zu.

Die Bettfedern knackten unter seinem Gewicht, als er zurücksank. Zettls Blick fiel auf das Regal neben der Tür. Donata hatte es extra anfertigen lassen, die lackierten Bretter aus Kiefernholz waren so geschnitten, dass sie mit der Dachschräge mitliefen. Ein geblümter Vorhang verdeckte die Fächer, Zettl wusste, was sich dahinter befand. Akten, uralte Verträge, wahrscheinlich auch ein paar Zeitungsartikel. Der andere Kram, die Goldenen Schallplatten, Plakate, die geschmacklosen Pokale, die ihm bei Preisverleihungen in die Hand gedrückt worden waren, all dieses wertlose Zeug lag in Kisten verstaut in einem Verschlag neben dem Heizungsraum.

Zettl streckte den Rücken, knetete die Hände im Schoß. Sein Nacken schmerzte, das permanente, angestrengte Nachdenken hatte ihn ermüdet. Er wusste nicht genau, warum er hier heraufgekommen war. Wahrscheinlich, weil er seinen Aktionsradius ein wenig hatte erweitern wollen, das stundenlange Sitzen im engen Wohnzimmer war bedrückend, auch der Gang in den Garten half nicht viel. Vielleicht war er auch wegen der Aktenordner im Regal hinter dem Vorhang hier oben, in einem davon mussten die Kontoauszüge sein, Donata legte Wert darauf, dass sämtliche Unterlagen säuberlich abgeheftet wurden.

Er beugte sich vor, zog den Vorhang zur Seite. Die Ordner standen nebeneinander, dutzende, jeder einzeln markiert in Donatas enger, steiler Schrift.

Nein, es war sinnlos, sich durch all diesen Papierkram zu wühlen. Er ahnte, was er in den Auszügen finden würde, die Zahlen, das Minus, er wollte es nicht schwarz auf weiß sehen. Egal, wie hoch der Betrag war, es gab kein Geld, weder zum Einkaufen, noch für neue Autoreifen.

Kein Strom, kein warmes Wasser.

Keine Donata.

Sie hatte ihn allein gelassen, mit all diesen verwirrenden Dingen. Den Schulden. Dem Eindringling.

Und mit Alma Gretsch.

Zwölftausendfünfhundert Euro. Bis morgen.

Gregor Zettl seufzte.

Draußen wurde es dunkel.

*

Claudius Zorn saß auf dem Sofa und betrachtete ein YouTube-Video. In seinem Mundwinkel hing eine Zigarette, der Rauch stieg ihm in die Nase, zwinkernd, das linke Auge zugekniffen, starrte er auf den Monitor. Qualm schwebte in dichten Schwaden durch das Wohnzimmer, der gläserne Aschenbecher neben dem Laptop auf dem Couchtisch quoll über, verschwand fast unter einem schmutzigen Haufen stinkender Kippen.

Die Bilder auf dem Musikvideo waren verschwommen, die grellen, verpixelten Farben flackerten. Zorn hatte den Ton abgestellt, er kannte das Lied auswendig, hatte es tausendmal gehört.

Der schmächtige Sänger wirkte lustlos, fast gelangweilt. Zorn wusste, dass Gregor Zettl damals Anfang zwanzig gewesen war, er stand vor einer Leinwand mit plumpen, steinzeitlich wirkenden Animationen, die vollen, geschminkten Lippen bewegten sich zum Playback, der Blick, schläfrig, lasziv, war auf einen Punkt irgendwo hinter der Kamera gerichtet. Der Kopf schien zu groß für den zerbrechlichen Oberkörper, der in einem weiten, an den Schultern gepolsterten Jackett steckte. Zorn betrachtete das blasse, gepuderte Gesicht, die hohen Wangenknochen, den Lidschatten über den Augen. Selbst jetzt, da er wusste, dass dieser ätherische Knabe Gregor Zettl war, dass es sich um ein und dieselbe Person handelte, hatte Zorn Schwierigkeiten, diese Tatsache zu akzeptieren. Die Veränderung war zu extrem, geradezu radikal. Nur das toupierte Haar war schon damals dünn gewesen, die Kopfhaut schimmerte bereits hindurch.

Zorn schaltete den Ton ein, dünne, staccatoartige Gitarren erklangen, darunter der pappige Sound eines Drumcomputers. Der Refrain setzte ein, der Junge (Zorns Hirn weigerte sich noch immer hartnäckig, ihn als Gregor Zettl zu bezeichnen) sang mit hoher, verhallter Stimme von seiner unerfüllten Liebe.

Ich bin so blind du bist so blond

Das Keyboard klimperte eine einfache Melodie, drei Akkorde, mehr nicht, trotzdem (oder gerade deswegen) einprägsam wie ein Kinderlied. Zorn hatte das Stück früher gemocht, er mochte es noch immer, Herrgott, dachte er und griff nach der nächsten Zigarette, er hatte sogar dazu *getanzt*, und das, obwohl sein Tanzstil schon damals, vor über dreißig Jahren, in etwa so graziös gewesen war wie die Bewegungen eines Schaufelradbaggers.

Zorn zündete die Zigarette an, pustete einen Aschehaufen von der Tastatur und startete das Video von vorn.

*

Gregor Zettl war neunzehn, als er Donata kennenlernte.

Es war nach einem Auftritt bei der ZDF-Hitparade gewesen. Wie immer hatte er das Lied gesungen, den *Hit*, den plötzlich alle hören wollten. Es hatte nicht an seinem Gesang gelegen, jedenfalls nicht nur, seine Stimme war dünn, hoch, ungeschult, manche Töne hatte er nicht getroffen. Der Erfolg kam durch sein Aussehen, die Art, wie er auf der Bühne stand – desinteressiert, widerwillig –, das war es, was die Menschen an *Greg Zett* fasziniert hatte, vor allem die Frauen. Zettl bekam kaum etwas davon mit, er trank, Bier, Wein, Whisky, rauchte Joints, nahm Kokain, alles, was ihm in die Hände fiel, nicht, weil er unglücklich war, sondern weil die Dinge *da* waren, er dachte nicht darüber nach, was um ihn herum geschah. Wie durch einen Nebel stolperte er von einer Bühne zur nächsten, bemerkte nicht, dass die Hallen größer wurden, das Publikum immer zahlreicher. Je gleichgültiger Zettl erschien, desto hysterischer wurden seine Fans.

Zettl hatte in seiner Garderobe auf einem Sofa gelegen und einem zappeligen, bezopften Journalisten in Hawaiihemd und silbernem Ohrring ein Interview gegeben, besser gesagt, dutzendfach gehörte Fragen durch kaum merkliches Senken und Schütteln des Kopfes beantwortet, in Gedanken einzig und allein bei einem Glas Whisky und dem nächsten Joint. Dann hatte sich die Tür geöffnet, diese hochgewachsene Frau mit den etwas groben Gesichtszügen hatte sich an den Schminktisch gesetzt, eine halbe Minute zugehört und schließlich erklärt, dass das Gespräch beendet sei.

»Wer sagt das?«, hatte der bezopfte Journalist gefragt.

»Ich«, hatte Donata ruhig erwidert. »Seine Managerin.«

Zettl hatte einen Moment überlegt. Dann, als er den fragenden Blick des Journalisten bemerkte, hatte er achselzuckend genickt.

»Ich werde mich um dich kümmern«, hatte Donata erklärt, als sie allein in der Garderobe waren.

Sie hatte ihm nie gesagt, warum. Seine Musik war ihr egal, sie konnte nichts damit anfangen. Vielleicht war das der Grund, weswegen er ihr vertraute, sie war keiner seiner Fans, eine kühle, analytische Frau. Und sie war ein paar Jahre älter als er. Nicht schön, eher unattraktiv, alles wirkte ein wenig zu groß an ihr, die Zähne, die leicht gebogene Nase, die knochigen Hände. Ihr einziger Schmuck waren die Strasssteine am Gestell ihrer Brille, wenn sie Absatzschuhe trug –

was selten geschah –, überragte sie Gregor Zettl um einige Zentimeter.

Sie gab ihren Job als Regieassistentin auf, entwarf seine Verträge, kontrollierte die Abrechnungen. Sachlich, emotionslos plante sie seine Karriere. Später, als er genug von allem hatte, kümmerte sie sich um die Tantiemen, hielt die Presse von ihm fern, nahm ihm zunächst die Drogen weg, später den Alkohol, Dinge, die ihm geholfen hatten, die ständig in seinem Kopf erklingende Musik zu betäuben. Als er drohte, in Depressionen und Wahnsinn zu versinken, schickte sie ihn in eine psychiatrische Klinik, er bekam Medikamente, die Musik in seinem Kopf verstummte zwar nicht, doch sie wurde leiser, verschwamm zu einem stetigen Rauschen, mit dem er leben konnte. Als er Monate später wieder entlassen wurde, hatte sich der Rummel um *Greg Zett* bereits gelegt. Ihre Heirat sorgte noch einmal für einen kleinen Wirbel in der Presse *(DER ENGEL UND DAS PFERD – KANN DAS GUTGEHEN?)*, dann wurde es still. Ein paar Jahre lebten sie ruhig nebeneinander, eines Morgens im Juni dann hatte sie ihm beim Frühstück erklärt, dass das Geld knapp werde, die Tantiemen flossen kaum noch. Sie hatte an ihrem Kaffee genippt und gefragt, ob er noch einmal auftreten wolle. Wie immer hatte Zettl zunächst die Achseln gezuckt, dann hatte er genickt.

*

Zorn klickte auf ein weiteres Video: *GREG ZETT – BAUMARKTERÖFFNUNG (Odenthal, Sommer 1998)*. Die Bilder waren verwackelt, wahrscheinlich mit einem Camcorder aufgenommen. Ein halbes Dutzend Menschen stand in einer hellen Einkaufspassage vor einer winzigen Bühne, darauf ein einsamer, korpulenter Mann mit einem Mikrophon, drei Scheinwerfer flackerten im Rhythmus des Playbacks. Das Lied war kaum zu erkennen, der Mann sang live, seine Stimme drang dumpf aus den Lautsprechern hervor, schief, zitternd, gepresst. Das Bild zoomte näher, Gregor Zettl – ja, das war er, eindeutig – hatte bereits einen Großteil seines Kopfhaares verloren, die spärlichen Reste über den Ohren standen wirr nach allen Seiten. Die sinnlichen Lippen erinnerten noch an den jungen Mann, der er vor ein paar Jahren gewesen war, das Gesicht war noch glatt, doch bereits voller geworden, die Tränensäcke unter den Augen unübersehbar, auch der Bauch, der sich unter dem weiten Rollkragenpullover wölbte, zeigte an, wie Zettl in ein paar Jahren aussehen würde. Geschminkt war er nicht mehr, stellte Zorn erleichtert fest, trotzdem wirkte er wie eine Karikatur seiner selbst.

Ein Teil des Publikums schien betrunken, grölendes Lachen wurde laut, als Zettl unbeholfen versuchte, die Menschen zum Mitsingen zu animieren. Eine ältere Dame ging kopfschüttelnd aus dem Bild, ein Kind begann zu weinen. Der Instrumentalteil setzte ein, Zettl vollführte ein paar steife Tanzschritte, hielt inne, wusste offensichtlich nicht, was er tun sollte. Ein verlegener Blick zu Boden, dann war es zu Ende. Niemand klatschte.

Zorn klappte den Rechner zu, froh, dass es vorbei war. Er fühlte sich unwohl, irgendwie schuldig. Wie ein Voyeur, als habe er etwas Verbotenes angesehen. *Fremdschämen,* das war wohl der richtige Ausdruck. Sein Hals war trocken, seine Kopfhaut kribbelte, der schale Geschmack im Mund erinnerte an Essiggurken und faules Obst.

Mein Gott, dachte Zorn und schüttelte den Kopf. Wie kann man nur so tief sinken? Der arme Kerl, das kann er ja nur betrunken ertragen haben.

Er unterdrückte ein Rülpsen und goss sich einen Schluck Martini ein.

Die Flasche war halb leer.

*

Zettl schrak auf.

Etwas hatte ihn geweckt, sein eigenes Schnarchen vielleicht, möglicherweise war draußen ein Auto vorbeigefahren, er wusste es nicht. Er lag quer auf dem Bett, das Rechteck des Dachfensters über ihm war dunkel, ein einsamer Stern glitzerte am nachtschwarzen Himmel. Sein Nacken schmerzte, sein Kopf hatte an der Dachschräge gelehnt, während er geschlafen hatte.

Seufzend stand er auf. Beugte sich hinab, um Donatas Bettdecke glattzustreichen, plötzlich wurde ihm schwindlig. Er schwankte, stieß an das Regal hinter sich, etwas polterte zu Boden. Was, konnte er im Dunkel nicht erkennen. Er bückte sich, seine Finger tasteten über den Teppich, fanden glattes Plastik, einen von Donatas Aktenordnern.

Er würde ihn morgen wegräumen, wenn es hell war. Donata hasste es, wenn ihre Sachen herumlagen. Wahrscheinlich war es eines ihrer Projekte. Der Auftritt im Baumarkt war sein letzter gewesen, danach hatte sie ihren gemeinsamen Lebensunterhalt endgültig in die Hand genommen. Eine Zeitlang hatte sie Anzeigen für die *Gelben Seiten* verkauft, später Versicherungen, Aktien, hatte mit Waren gehandelt, von denen er nichts verstand, Dinge importiert und weiterverkauft. Sie hatte selten darüber geredet, wenn, hatte er nur mit halbem Ohr zugehört, er hatte dagesessen, dem leisen Rauschen gelauscht, das in seinem Kopf erklang, den Melodien, die noch immer da waren, er hatte genickt, ohne den Sinn ihrer Worte zu erfassen, Hauptsache, er hatte sich nicht darum kümmern müssen.

Das war vorbei, mit Donatas Verschwinden war auch seine Ruhe dahin. Wie lange war sie jetzt eigentlich weg? Es mussten …

Ein Poltern, von unten.

Zettl fuhr auf, stieß sich den Kopf an der Dachschräge. Plötzlich wusste er, was ihn geweckt hatte, es war dieses Geräusch gewesen.

Jemand war im Haus.

*

Zorn stand im Badezimmer. Mit der einen Hand hielt er sich am Waschbecken fest, mit der anderen putzte er die Zähne. Zum Duschen hatte er keine Lust, es war spät, er war müde, hundemüde. Sein Kopf pochte ein wenig, er lauschte dem Rauschen des Wassers und dachte an Gregor Zettl, an die Veränderungen, die ein Mensch im Laufe eines Lebens durchmachte.

Klappernd landete die Zahnbürste im Waschbecken, Zorn spülte den Mund aus, und als er aufsah, fiel sein Blick in den Spiegel. Er zögerte, betrachtete sein Gesicht, die geröteten, verquollenen Augen, die geplatzten Äderchen um die Nase, die tiefen Falten um die Mundwinkel.

Der Mann, der ihn verschlafen anblickte, war ein Fremder. Ein mürrischer alter Kerl, unrasiert, mit strähnigem, langsam dünner werdendem Haar und vom Nikotin verfärbten Zähnen. Nichts, aber auch gar nichts erinnerte an den Jungen, der er einmal gewesen war. In diesem Moment erkannte Claudius Zorn, dass Gregor Zettl kein Einzelfall war. Das Bild, das er, Zorn, von sich hatte, existierte seit Jahren nur noch in seinem Kopf. Die Menschen, das wurde ihm klar, mussten ihn völlig anders sehen. So, wie er wirklich aussah.

Ein Mann, der demnächst seinen vierundvierzigsten Geburtstag feiern würde. Und dem man sein Alter deutlich ansah. Sehr deutlich sogar.

Das, fand Zorn, war keine schöne Erkenntnis, er streifte das T-Shirt über den Kopf und beschloss, nicht mehr daran zu denken. Kurz verlor er das Gleichgewicht, lehnte sich an die Waschmaschine und bemerkte, dass seine Fußnägel dringend geschnitten werden mussten. Er betrachtete seinen Bauch, der definitiv *zu* deutlich über den blauen Shorts hing, und fühlte sich bestätigt, dass es eine gute Entscheidung gewesen war, kein Bier mehr zu trinken, weil es den Körper unnötig aufschwemmte. Martini war besser, zumindest in dieser Hinsicht.

Im Flur stolperte er über seine Jacke, die vor der Garderobe auf dem Teppich lag. Die Wohnung musste aufgeräumt werden, dringend, aber auch dazu hatte er keine Lust, nein, kein bisschen. Er schob die Jacke mit dem Fuß zur Seite, schlurfte ins Wohnzimmer, um eine letzte Zigarette zu rauchen. Die Schachtel war leer, leise fluchend warf er die zerknüllte Packung zu Boden, ging ins Schlafzimmer und sank aufs Bett. Dachte daran, dass seine Strümpfe noch zusammengeknüllt im Bad auf den Fliesen lagen, die Jeans und das T-Shirt ebenfalls.

Na und?, dachte er trotzig, drehte sich auf die Seite und zog die Decke bis an den Hals hinauf. Ich kann tun und lassen, was ich will. Rauchen, im Stehen pinkeln, meine Klamotten rumliegen lassen. Es kommt sowieso keiner vorbei, ich bin niemandem Rechenschaft schuldig.

Niemandem.

Auch ihr nicht. Vor allem ihr nicht. Zorn sprach ihren Namen nicht aus, auch nicht in Gedanken. Fünf Minuten später war auch dieses Problem gelöst, es wurde still in der Wohnung im vierzehnten Stock, nur ein leises Schnarchen drang aus dem kleinen, nach Alkohol und klammer Wäsche riechenden Schlafzimmer.

*

Zettl stand oben auf der Treppe und lauschte gebückt in die Dunkelheit, den Hals gereckt wie ein verängstigter Vogel. Es hatte geklungen, als hätte jemand die Kühlschranktür geschlossen, Zettl glaubte, das charakteristische Schmatzen erkannt zu haben.

Vorsichtig setzte er den linken Fuß auf die oberste Stufe, das Holz knarrte unter seinem Gewicht. Im Knie spürte er ein leichtes Stechen, in letzter Zeit war das öfter passiert, allerdings nur, wenn er die Treppe nach oben stieg.

Er lauschte.

Nichts.

Ein weiterer tastender Schritt. Die Treppe war eng, beim Einzug hatte es Probleme gegeben, Donatas Kleiderschrank nach oben zu bringen. Jetzt erkannte er das Fußende der Treppe, ein Stück des Wohnzimmerteppichs, fahles Licht spiegelte sich in der polierten Stirnseite der Schrankwand.

»Hallo?«

Seine Hand lag auf dem Geländer, er hatte den Hals eingezogen, obwohl die Decke gerade hoch genug war, dass er sich den Kopf nicht stieß. Zettl setzte zu einem neuen Schritt an, stockte, sein Fuß blieb kurz über der Stufe in der Luft hängen.

Da war etwas.

Ein Schleifen. Leise, als würde Stoff über Stoff gleiten.

Oder nicht?

Sein Handy lag neben dem Fernseher auf einem herzförmigen Korkuntersetzer. Hilfe, er musste Hilfe holen, egal, wer *(was?)* dort unten im Wohnzimmer war. Die Polizei rufen, es reichte jetzt, zuerst die Fußspuren auf dem Teppich, dann die zerschnittenen Autoreifen, diese Botschaft

VORSICHT

auf der Windschutzscheibe, o ja, vorsichtig war er, doch das alles wurde zu viel. Sein Herz raste, Schweiß lief auf den Innenseiten seiner Arme hinab.

»Ist da jemand?«

Seine Stimme, dünn wie die eines verängstigten Kindes. Er beugte sich vor, jetzt übersah er den größten Teil des Wohnzimmers, die massige Couch, den Ledersessel, die Schrankwand. Keine Farben, wie in einem alten Schwarzweißfilm, im Fernseher spiegelte sich der diffuse Schein, der durch das Fenster hereinfiel.

Die Tür zum Garten stand offen. Langsam, fast majestätisch bewegten sich die schweren Samtvorhänge vor dem Fenster im Wind, schabten über den Teppich.

Zettl entspannte sich ein wenig.

Das war das Geräusch, das er eben gehört hatte.

Gut so.

Andererseits war da die offene Tür zum Garten. Er hatte sie geschlossen, bevor er hinauf in Donatas Zimmer gegangen war.

Oder?

Nein, entschied Gregor Zettl, wahrscheinlich nicht. Er kniff die Augen zusammen, spähte hinunter. Keine neuen Spuren auf dem Teppich. Einen Moment wartete er noch, dann ging er die letzten Stufen hinab, schloss die Tür zum Garten und lief schließlich durch die Zimmer, kontrollierte die Fenster und dachte dabei, dass es an seinen Nerven liegen musste, sie waren mit ihm durchgegangen, Donatas Verschwinden, die Geldprobleme, das alles hatte ihn überfordert, kein Wunder, dass er mittlerweile Gespenster sah. Als er dann später in Donatas Bett lag und den tröstlichen Duft ihres Kissens einatmete, nahm er sich vor, am nächsten Morgen zur Polizei zu gehen. Er würde mit der Straßenbahn fahren müssen, eine äußerst unschöne Vorstellung, ebenso wie der Gedanke an den mürrischen Kommissar, aber es blieb ihm nichts übrig, er musste etwas tun.

Mit diesem Vorhaben schlief Gregor Zettl ein.

Den weißen Briefumschlag auf dem Couchtisch hatte er nicht bemerkt.

Sechs

Guten Tag,
ich hoffe, Sie hatten eine angenehme Nacht und lesen diesen Brief bei bester Gesundheit. Zugegeben, das ist eine ziemlich dämliche Eröffnung für ein Schreiben, und auch die Tatsache, dass ich keine konkrete Anrede verwendet habe, wird Sie wahrscheinlich verwirren, Gregor. Sie haben doch nichts dagegen, dass ich Sie Gregor nenne? Je mehr ich darüber nachdenke, desto passender erscheint es mir. Die Kombination aus dem förmlichen »Sie« bei gleichzeitiger Verwendung Ihres Vornamens mag zwar altmodisch klingen, erzeugt aber eine perfekte Mischung aus Nähe und Distanz.

Sie kennen mich nicht. NOCH nicht, muss ich hinzufügen, denn ich werde Sie bald aufsuchen, Gregor. Sie ahnen natürlich, dass ich bereits bei Ihnen war, die Fußspuren habe ich absichtlich hinterlassen, ebenso, wie ich die Reifen Ihres Wagens (ein etwas spießiges, aber sehr zuverlässiges Modell, wie ich finde) zerschnitten habe. Etwas, das ich äußerst ungern getan habe, ich verabscheue Vandalismus und Sachbeschädigung ebenso wie Sie, und die zugegebenermaßen äußerst plumpe Botschaft auf Ihrer Windschutzscheibe entspricht absolut nicht meinem Stil – die Gründe dafür werde ich Ihnen bei Gelegenheit erläutern. Ich hoffe sehr, dass Sie Ihre Nachbarn nicht verdächtigt haben, ich kann Ihnen versichern, es sind äußerst nette, sympathische Menschen, ich hatte in letzter Zeit genug Muße, diese Leute zu beobachten, ebenso, wie ich Sie beobachtet habe, Gregor. Zunächst möchte ich Ihnen mitteilen ...

*

Zettl stemmte sich aus dem Sessel und riss die Terrassentür auf. Frische Morgenluft strömte ins Wohnzimmer, er öffnete den obersten Hemdknopf, lockerte den Schlips. Atmete tief durch und ging zurück zum Sessel. Auf dem Couchtisch lagen zwei weitere dieser engbedruckten DIN-A4-Blätter, er kannte die Schrift, Donata benutzte sie ebenfalls, wenn sie Briefe schrieb. Der braune Briefumschlag war unbeschriftet, keine Adresse stand darauf. Warum auch? Der Brief war nicht mit der Post gekommen. Der Verfasser hatte ihn eigenhändig abgeliefert.

*

Zunächst möchte ich Ihnen mitteilen, dass die Dinge, die Ihnen in letzter Zeit zugestoßen sind, einen Sinn ergeben. Allerdings wird es noch ein wenig dauern, bis Sie diesen Sinn erkennen, davon gehe ich jedenfalls aus. Mit dem bedauerlichen Verschwinden Ihrer Frau habe ich nichts zu tun, zumindest in dieser Beziehung kann ich Sie beruhigen, Gregor. FALLS ich etwas damit zu tun hätte, wäre dieser Brief wesentlich knapper ausgefallen, eine kurze Lösegeldforderung hätte genügt, möglicherweise hätte ich Ihnen ein Körperteil Ihrer Frau (Sie wissen schon, einen Finger oder einen Teil des Ohrs) geschickt – in diesen Dingen kenne ich mich aus. Momentan verfolge ich ein anderes Ziel.

Ich habe das Verschwinden Ihrer Frau als BEDAUERLICH bezeichnet, ich schätze, das wird Ihnen nicht entgangen sein. Und das ist es in der Tat, Gregor. Allerdings aus völlig anderen Gründen, als Sie momentan annehmen.

Ich schreibe Ihnen, weil ich Ihnen Gelegenheit geben will, sich auf unser Treffen vorzubereiten. Wie genau sich dieses Treffen gestalten wird, liegt an Ihnen, Gregor. Möglicherweise werde ich Sie nur ein einziges Mal besuchen müssen, wir führen ein nettes Gespräch über das Wetter, über Musik (ein Thema, über das ich stundenlang plaudern könnte!), vielleicht auch über amerikanische Gangsterfilme (ich LIEBE Robert de Niro, müssen Sie wissen!), ich könnte Ihnen ein paar nützliche Tipps für Ihren Garten geben – Ihr Rasen, Gregor, muss dringend gepflegt werden! Gerade, wenn er frisch gesät ist, muss er ständig gegossen werden, hinten, an Ihrem entzückenden Kamin, macht sich Löwenzahn breit – das Zeug, glauben Sie mir, ist wie Unkraut, Sie sollten es entfernen (mit Wurzel!), solange es noch nicht den gesamten Garten überwuchert.
Aber ich schweife ab, entschuldigen Sie. Und es steht mir nicht zu, über Ihre gärtnerischen Fähigkeiten zu urteilen.

Es kann natürlich passieren, dass ich öfter mit Ihnen reden muss. Dann nämlich, wenn unser erstes Treffen nicht so verläuft, wie ich es mir vorstelle. Schön wäre das nicht (jedenfalls nicht für Sie, Gregor), und ich bitte Sie schon jetzt, etwas zur Kenntnis zu nehmen, das mir sehr wichtig ist: Ich empfinde keinerlei Spaß daran, anderen Menschen Schmerz zuzufügen, nicht im Geringsten. Aber ich bin sehr gut darin, das wurde mir immer wieder versichert. Es ist Teil meines Jobs – zugegeben, ein unschöner, für Außenstehende jedenfalls –, aber meine Arbeit ist mir sehr wichtig, und ich erledige sie gern. Auch wenn ich ab und zu gezwungen bin, zu drastischen, ungewöhnlichen und sehr, sehr blutigen Maßnahmen zu greifen. Mache ich Ihnen Angst?

*

Ja, murmelte Gregor Zettl. Das tust du.

*

Das ist gut. Es gehört zu meinem Job. Wenn es Sie beruhigt: Meist reicht es, wenn ich meinen Schützlingen (ein altmodischer Begriff, ich weiß) meine Arbeitsgeräte zeige, allerdings – und das schreibe ich mit einem gewissen Bedauern – nicht immer. Meine Auftraggeber wechseln ständig, doch alle behaupten, ich wäre ein MEISTER MEINES FACHS. Mittlerweile bin ich geneigt, dies zu glauben, sonst würde ich kaum neue Angebote bekommen, oder?

Nun, alles Weitere werden wir in einem persönlichen Gespräch klären, Gregor. Ich werde Sie wieder besuchen, wann, sage ich Ihnen natürlich nicht – Ungewissheit ist Teil meines Jobs. Ich hoffe sehr, dass Sie sich als kooperativ erweisen werden. Dann, das kann ich Ihnen versichern, werde ich Sie mit meinem »Talent« gar nicht erst konfrontieren müssen.

Wenn ich Ihnen noch einen Rat geben darf (das darf ich doch, oder?): Gehen Sie ...

*

Ein durchdringendes Klopfen ließ Zettl zusammenzucken, er fuhr hoch, stieß einen leisen, erschrockenen Schrei aus. Die Blätter auf dem Couchtisch flatterten zu Boden. Ein neuerliches Klopfen, jemand schlug mit der flachen Hand gegen die Eingangstür. Einmal. Zweimal. Automatisch wich Zettl in die entgegengesetzte Richtung zurück, der Ledersessel rutschte nach hinten, stieß gegen die Tür zum Garten. Zettl hatte den Brief fast zu Ende gelesen, er presste das letzte Blatt an die Brust, panisch sah er sich um, wartete auf den nächsten Schlag. Als dieser ausblieb, las er weiter, es fehlten nur noch ein paar Zeilen, er konnte sich nicht davon losmachen.

*

Gehen Sie nicht zur Polizei. Das wäre in unserer Situation äußerst kontraproduktiv. Es würde meine Arbeit erschweren, und das, Gregor, müsste ich Ihnen übelnehmen. Ich verfüge über Mittel und Wege, Sie zu erreichen, egal, an welchem Ort Sie sich aufhalten.

PS: Sie verstehen hoffentlich, dass ich diese Nachricht nicht unterschreibe. Sicherlich, es ist extrem unhöflich, doch ich werde vorerst keinen Namen verwenden, wir wissen beide, dass es nicht der richtige wäre. Und Lügen verabscheue ich, fast ebenso, wie ich vernachlässigten Rasen missbillige, wenn Sie mir den kleinen Scherz am Schluss erlauben.

Auf bald, Gregor. Das ist ein Versprechen.

*

Zettl stand im Wohnzimmer, die Sonne schien hinter ihm durch die Glastür. Zwei, drei Minuten waren vergangen. Die Hand mit dem Brief war herabgesunken, er starrte durch die offene Tür durch den Flur in Richtung Eingang, jede Sekunde einen weiteren Schlag erwartend, ein übergewichtiges, bleiches Gespenst mit großen, schreckgeweiteten Augen. Er konnte nicht sagen, was ihn mehr in Panik versetzt hatte, der Brief oder das heftige Pochen an der Haustür. Diese Frage würde sich Gregor Zettl nie beantworten müssen, denn bevor er sie überhaupt stellen konnte, wurde die Terrassentür zum Garten hinter ihm lautlos geöffnet.

»Hallo«, sagte eine freundliche Stimme. »Ich hoffe, ich komme nicht ungelegen.«

Sieben

Zettl fuhr herum, wich zwei Schritte zurück und stieß mit den Waden an das Sofa. Seine Beine gaben unter ihm nach, er kippte nach hinten, sackte buchstäblich auf der Couch in sich zusammen. Die Sonne stand noch niedrig, sie schien ihm durch das große Gartenfenster direkt ins Gesicht. Er kniff die Augen zusammen, mehr als die Silhouette einer kleinen, gedrungenen Gestalt konnte er im grellen Licht nicht erkennen.

»Ihre Klingel scheint defekt zu sein.« Die Stimme immer noch freundlich und nett. »Haben Sie mich nicht klopfen hören?«

Wortlos schüttelte Zettl den Kopf. Er blinzelte, machte die Augen zu. Gleißende Lichtpunkte blitzten hinter seinen geschlossenen Lidern. Sein Atem ging flach, Panik flatterte in seiner Brust wie eine aufgescheuchte Fledermaus.

»Ich bin hinten durch den Garten und war so frei, über Ihren Zaun zu klettern.«

Zettl hörte, wie sein Besucher näher kam. Kleidung raschelte, der Ledersessel gegenüber ächzte unter dem Gewicht eines Körpers. Ein leises Klacken. Zwei dicke kurze Finger schoben einen Plastikausweis in Zettls Blickfeld. Das Foto darauf erkannte Zettl nur verschwommen, ebenso das sternförmige Logo der Polizei. Zwei Worte fielen ihm ins Auge.

Schröder. Hauptkommissar.

»Ich scheine Ihnen einen gehörigen Schrecken eingejagt zu haben«, sagte der Besitzer des Ausweises. »Das tut mir leid, Herr Zettl. Aber wir haben vergeblich versucht, Sie zu erreichen, gestern Nachmittag habe ich eine Streife zu Ihnen geschickt, leider erfolglos. Mein Eindringen ist etwas unorthodox, aber ich kann Ihnen versichern«, noch immer konnte Zettl das Gesicht seines Besuchers nicht erkennen, doch er glaubte, ein leises Lächeln in dessen Stimme wahrzunehmen, »der Zaun ist absolut unversehrt.«

Zettl sah auf. Die Punkte vor seinen Augen verblassten, die Farbe hatte von grellem, blendendem Gelb zu einem verwaschenen Orange gewechselt. Langsam wurde ihm klar, dass der Mann, der ihm gegenübersaß, keine Gefahr darstellte, dass er nichts mit dem Verfasser des Briefes zu tun hatte.

»Entschuldigen Sie«, murmelte er und rieb sich mit Daumen und Zeigefinger die Nasenwurzel, »die Klingel ist tatsächlich kaputt. Ich habe geschlafen.« Er deutete an die Decke. »Oben, deshalb habe ich Sie nicht klopfen hören.«

»Sie sehen nicht gut aus, Herr Zettl.«

Zettls Gesicht juckte, er rieb die brennenden Wangen. Wahrscheinlich hatte er das die ganze Zeit schon getan, als er den Brief gelesen hatte.

»Ich habe mich geschnitten. Beim Rasieren. Die Klinge ist stumpf, ich habe es zu spät bemerkt.«

Das stimmte. Teilweise jedenfalls. Rasiert hatte er sich tatsächlich, gleich, nachdem er aufgewacht war. Die rissige, gesprungene Haut allerdings hatte er sich deshalb geholt, weil er sich mit kaltem Wasser hatte rasieren müssen. Dann war er nach unten gegangen, er hatte gehofft, im Boiler in der Küche noch einen Rest warmen Wassers zu finden, doch vorher war sein Blick auf den Couchtisch gefallen, er hatte den Brief bemerkt und das, nun ja, hatte alles verändert. Obwohl er sie hasste, die grauen, harten Stoppeln am Kinn und auf den Wangen. Donata mochte sie ebenfalls nicht, es sah ungepflegt aus, sagte sie, als würde er sich vernachlässigen, sie …

»Herr Zettl?«

Zettl sah verwirrt auf.

»Ich fragte«, wiederholte der kleine Kommissar, »ob Sie sich Ihrer Lage bewusst sind.«

»Ich verstehe nicht, was Sie meinen.«

Zettls Blick fokussierte sich, er erkannte den Mann jetzt, er war neulich schon hier gewesen, gemeinsam mit seinem langhaarigen, mürrischen Kollegen, diesem Kerl mit dem passenden Namen.

Wut?

Nein,

Zorn

hatte er geheißen, genau. Doch dieser dickliche, harmlos wirkende Polizist schien anders zu sein. Sicherlich, er sprach in lockerem Plauderton, hinter der gutmütigen Fassade allerdings spürte Zettl etwas anderes, eine gespannte, eisern wirkende Aufmerksamkeit. Und noch etwas wurde Gregor Zettl klar. Dass er keine Sekunde aus den Augen gelassen wurde.

»Entschuldigen Sie«, murmelte er. »Ich war ein wenig abwesend.«

»Ich möchte, dass Sie mir genau zuhören.«

Der Kommissar stand auf, dann begann er zu reden, mit leiser, eindringlicher Stimme. Er sprach von dem Hüftgelenk, davon, dass sie es eindeutig Donata zugeordnet hatten und jetzt nach ihr suchen würden, es wäre durchaus denkbar, dass ihr etwas zugestoßen sei. Ob er sich denn keine Sorgen mache, fragte der Polizist. O ja, erwiderte Zettl, natürlich, sehr große sogar, gleichzeitig fiel ihm ein, dass der Zaun an der hinteren Grundstücksgrenze über zwei Meter hoch war, was wiederum die Frage aufwarf, wie dieser kleine Mann es geschafft hatte, dieses Hindernis zu überwinden, schließlich hatte er behauptet, den Zaun nicht beschädigt zu haben, und das, davon war Zettl überzeugt, entsprach der Wahrheit. Dieser Polizist mit den hellen, verträumten Augen und der albernen Frisur mochte seltsam wirken, lügen würde er jedenfalls nicht.

»Verstehen Sie, was ich meine?«

Das tat Gregor Zettl nicht, doch er nickte. Der Kommissar war stehen geblieben, sah auf ihn hinab. Zettl wich seinem Blick aus, er sah zu Boden, bemerkte die Schuhe des Polizisten, braune Socken in altmodischen Lederslippern, die Spitzen ein wenig abgeschabt. Unter dem linken Schuh lag ein weißes, etwas zerknittertes Blatt auf dem Teppich, der untere Rand war eingerissen. Zettl erkannte die enge Computerschrift, er hatte sie eben erst gelesen.

MACHE ICH IHNEN ANGST, GREGOR?

Ich werde verfolgt, Herr Kommissar. Jemand droht mir. Er war hier, im Haus, und er hat mir einen Brief geschrieben, er sagt, dass er wiederkommen wird und dass er mir Schmerzen zufügen wird. Ich habe kein Geld mehr, ich traue mich nicht, das Haus zu verlassen, das alles wird zu viel, ich verliere den Verstand. Hilfe, ich brauche Hilfe.

Die Worte, sie rasten durch Zettls Kopf, ein stummes, kakophonisches Feuerwerk der Panik. Keines davon sprach er aus.

»Ist alles in Ordnung mit Ihnen, Herr Zettl?«

Es schien, als habe der Kommissar sie trotzdem gehört.

Zettl sah beiseite. Ein weiteres Blatt lag vor dem Fernseher auf dem Boden, das dritte war unter das Fenster geflattert.

GEHEN SIE NICHT ZUR POLIZEI

»Aber sicher, Herr Kommissar.«

DAS WÄRE

Wie war das Wort?

KONTRAPRODUKTIV

»Ich hatte eine anstrengende Nacht, das ist alles.« Zettl öffnete den Mund, um ein Gähnen anzudeuten. »In letzter Zeit schlafe ich schlecht.«

Der kleine Kommissar dachte einen Moment nach.

»Sie haben keine Ahnung, wo wir nach Ihrer Frau suchen könnten? Wo wir eine Spur, einen Anhaltspunkt finden?«

»Nein.«

»Sie sehen keinen Grund für ihr Verschwinden? Hatten Sie Streit? Gibt es jemanden, mit dem sie Ärger hatte? Könnte sie jemand verfolgt haben?«

»Nicht, dass ich wüsste.« Zettl tat, als denke er angestrengt nach. »Glauben Sie mir«, sagte er schließlich, »ich verstehe das alles ebenso wenig wie Sie.«

Mit aller Kraft zwang sich Zettl, den Blick zu heben und dem Kommissar in die Augen zu sehen. Dieser wartete ein paar Sekunden, als wolle er Zettl eine letzte Gelegenheit geben, die Wahrheit zu sagen. Schließlich nickte er nachdenklich.

»Sie halten sich bitte zu unserer Verfügung.«

Er ging zur Tür. Fasziniert beobachtete Zettl, dass das Blatt

GEHEN SIE NICHT ZUR POLIZEI

unter seinem Schuh haften blieb und ein paar Zentimeter über den Teppich geschleift wurde.

»Auf Wiedersehen«, sagte der Kommissar. »Sie haben sicher nichts dagegen, wenn ich diesmal den Vordereingang benutze.«

*

Schröder betrat das Büro, stellte die Aktentasche neben dem Schreibtisch auf den Boden, zögerte kurz, dann ging er zum Fenster und riss es sperrangelweit auf.

»Guten Morgen«, brummte Zorn und legte die Zeitung weg. Seine Stimme klang belegt, als habe er wenig geschlafen. Schröder grüßte ebenfalls, nahm Platz und fuhr seinen Rechner hoch.

»Du warst schon weg, als ich gekommen bin«, sagte Zorn.

Schröder nickte abwesend und begann, in einem Aktenstapel zu wühlen. Zorn sah ihm einen Moment zu.

»Bist du sauer?«

Schröder sah kurz auf.

»Warum? Sollte ich?«

Ein Windstoß fuhr durch das offene Fenster, die Zeitung blähte sich. *FISCHREGEN AM HASENBERG GIBT NOCH IMMER RÄTSEL AUF* prangte fett auf dem Titelblatt, weiter unten stand ein euphorischer Bericht über die bevorstehende Eröffnung des Jahrmarkts an der alten Eissporthalle.

»Herrgott«, knurrte Zorn und deutete auf die Wanduhr neben dem Garderobenständer, »ich bin zwölf Minuten zu spät gekommen. Ist das ein Verbrechen?«

»Nein.«

»Du tust aber so.«

»Das«, Schröder zuckte die Achseln, »täuscht.«

»Und warum bist du dann so komisch?«

»Bin ich nicht. Ich warte.«

»Worauf?«

»Dass mein Rechner hochfährt.«

Zorn nahm die Füße vom Tisch und richtete sich in seinem Stuhl auf. Schröder bemerkte es, verschränkte die Arme vor der Brust und erwiderte seinen Blick. Ein paar Sekunden vergingen.

»Und?«, fragte Schröder schließlich. »Gibt's was Neues?«

»Die Ampel am Steintor ist heute Morgen ausgefallen, ein Krankenwagen ist mit einer Straßenbahn zusammengestoßen.« Zorn deutete auf eine dünne Akte mit den Streifenberichten der letzten Nacht. »Im Edeka am Zoo gab's einen Einbruch, ein Motoroller wurde geklaut und außerdem«, Zorn beugte sich vor, langte nach einer durchsichtigen Plastiktüte und hob sie an, »wurde das hier gefunden.«

Schröders Augen verengten sich, er betrachtete den Inhalt der Tüte. Eine mattglänzende Pistole drehte sich langsam um die eigene Achse.

»Die stammt vom Hafen«, sagte Zorn. »Eine Schulklasse hat heute Morgen einen Ausflug gemacht. Zwei Jungs haben das Ding im Gebüsch gefunden, die Lehrerin hat sie ihnen abgenommen.«

»Geladen?«

»Nee. Aber voll funktionsfähig, wie's aussieht.«

»Zeig mal.«

Zorn reichte die Waffe über den Tisch, Schröder beugte sich vor und griff zu.

»Seit wann benutzt du Mundwasser?«

»Was?«

»Mundwasser«, wiederholte Schröder, den Blick auf die Pistole gerichtet.

»Seit 'ner Weile. Wieso?«

Schröder ging nicht darauf ein, er war mit der Waffe beschäftigt.

»Eine Ceska 75. Die Seriennummer ist abgefeilt. Wie's aussieht, hat sie eine Weile dort gelegen.« Schröder drehte die Tüte in den Händen. Der Pistolenlauf war fleckig, die Griffschalen mit Erde verschmutzt. »Das Ding muss ins Labor, so schnell wie möglich.«

»War das eine Feststellung oder eine Anweisung?«

Wieder trafen sich ihre Blicke über dem Tisch.

»Zunächst einmal war es eine Feststellung«, sagte Schröder und legte die Waffe auf den Schreibtisch. Er zog die Nase kraus und schnüffelte kurz. »Odol, oder?«

»Was?«

»Dein Mundwasser.«

»Gratuliere. Du hast einen tollen Geruchssinn.«

»Schon immer. Deshalb habe ich auch das Fenster geöffnet.«

»Willst du mir damit sagen, dass ich komisch rieche?«

»Ich will damit sagen«, Schröder deutete mit dem Daumen über die Schulter in Richtung des offenen Fensters, »dass draußen Sommer ist, dass die Sonne scheint und dass ich's angenehmer finde, bei frischer Luft zu arbeiten.« Er stemmte sich halb aus seinem Sessel. »Ist es dir zu kalt?«

»Nee.«

»Soll ich's zumachen?«

»Nee.«

Schröder ging trotzdem zum Fenster.

»Deine Hose ist gerissen«, sagte Zorn.

Schröder sah an sich hinab, fuhr mit den Händen über den zerschlissenen Cordstoff an den Oberschenkeln.

»Am Hintern«, half Zorn.

»Herrje«, seufzte Schröder verärgert, als er die zerrissene Hosentasche ertastete. »Das wird passiert sein, als ich über den verflixten Zaun geklettert bin.«

»Den Zaun?«

»Ja.«

»Du bist über einen *Zaun* geklettert?«

»Ja.«

»Heimlich?«

»Nein. Dienstlich.«

»Würdest du«, Zorn dehnte die Stimme, »das etwas genauer ausführen?«

»Aber sicher doch. Wenn du wieder zurück bist.« Schröder deutete auf die Pistole. »Du wirst mich doch nicht mit einer zerrissenen Hose durch das halbe Präsidium schicken? Was sollen denn die Kollegen sagen?«

»Ich hasse Pistolen«, knurrte Zorn.

»Das ist mir bewusst«, lächelte Schröder. »Du sollst sie auch nicht benutzen. Nur in die Ballistik bringen.«

»Mieser kleiner Erpresser«

Schröder breitete die Arme aus.

»Bestell den Technikern schöne Grüße. Die sollen vor allem nach Fingerabdrücken suchen, vielleicht haben wir was im System.«

Zorn grunzte. Stand auf, schnappte die Pistole und verließ das Büro.

*

Eine Dreiviertelstunde später war Zorn zurück. Die Kriminaltechnik war im Erdgeschoss des Präsidiums untergebracht, Zorn hatte nicht widerstehen können und auf dem Rückweg eine Zigarette auf dem Parkplatz geraucht.

»Die melden sich, wenn sich was ergibt«, sagte Zorn.

»Fein.«

Zorn ließ sich in seinen Stuhl sinken, seine Füße landeten wieder auf dem Schreibtisch. Er faltete die Hände im Nacken und starrte eine Weile an die Decke.

»Ich bin übrigens nicht dein Laufbursche, Schröder.«

»Himmelherrgott, nein!« Schröders blaue Augen weiteten sich. »Wie kommst du denn auf so was?«

Zorn ging nicht darauf ein.

»Was war jetzt mit deiner Hose?«, fragte er stattdessen.

»Ich war bei Gregor Zettl. Er hat nicht aufgemacht, also bin ich hinten über den Zaun.«

»Respekt, Schröder.«

»Zettl hat Angst«, sagte Schröder. »Er ist völlig verwirrt, irgendwie überfordert. Gleichzeitig versucht er, normal zu wirken. Es ist, als würde er mit aller Macht versuchen, eine Fassade aufrechtzuerhalten.«

»Hat er was mit dem Verschwinden seiner Frau zu tun?«

»Ich weiß nicht.« Schröder schüttelte nachdenklich den Kopf. »Zettl hat nicht ein einziges Mal gefragt, was wir vorhaben. Was es mit dem Hüftgelenk auf sich hat, wie wir es gefunden haben. Wie es dort hingekommen ist, wer es entfernt hat, wie das geschehen sein kann. Ob seine Frau überhaupt noch am Leben ist. All die Fragen, die wir uns auch gestellt haben. Als würde es ihn nicht interessieren.«

»Vielleicht kennt er die Antworten.«

»Ja«, stimmte Schröder zu. »Vielleicht.«

»Eine andere Möglichkeit wäre, dass er einfach nicht dazu in der Lage ist.«

»Wozu?«

»Sich diese Fragen zu stellen.«

Schröder hob die Augenbrauen. Zorn reckte die Arme nach oben, gähnte, dann öffnete und schloss er die Fäuste in der Luft, als mache er eine gymnastische Morgenübung.

»Ich hab recherchiert«, begann er.

»Ach.«

»Gestern Abend, im Internet.«

»Im *Internet*? Wahnsinn.«

Zorn überhörte die Ironie.

»Erst hab ich mir alte Videos angeguckt, dann hab ich Zeitungsartikel gefunden, meistens die übliche reißerische Scheiße. Trotzdem war das ganz interessant. Zettl war insgesamt dreimal in einer Entzugsklinik, irgendwo im Schwarzwald, er hat sich freiwillig einliefern lassen. Drogen, hieß es. Später war er angeblich wegen Depressionen in Behandlung. Auch von irgendwelchen Psychosen war die Rede, jedenfalls in einem Artikel.«

»Das ist dreißig Jahre her.«

»Stimmt«, nickte Zorn. »Aber es könnte sein, dass er immer noch Medikamente nimmt. Psychopharmaka, irgendwelches Zeugs, das die Stimmung aufhellt. *Wenn* das so sein sollte, ist Zettl zwar zufrieden, aber er kriegt nicht viel von seiner Umwelt mit. Auch nicht vom Verschwinden seiner Frau.«

Darüber dachte Schröder einen Moment nach.

»Zettl wirkt abwesend«, sagte er dann. »Das stimmt, irgendwie …«, er suchte nach dem richtigen Wort, »verhuscht. Als wäre er überfordert. Keine Ahnung, wahrscheinlich hat seine Frau sich um alles gekümmert, schließlich war sie früher schon seine Managerin. Aber er macht nicht den Anschein, als wäre er krank. Auch nicht, als würde er unter Medikamenten stehen. Oder unter Drogen. Du hast ebenfalls mit ihm gesprochen. Sah's für dich anders aus?«

»Nee. Aber ich bin kein Arzt.«

»Ich auch nicht.«

»Was du nicht sagst, Schröder.«

Schröders Festnetztelefon klingelte, er meldete sich knapp. Hörte ein paar Sekunden zu, bedankte sich, legte wieder auf. Bemerkte Zorns fragenden Blick und deutete auf den Hörer.

»Kollege Klapproth von der Fahndung. Noch immer keine Spur von Donata Zettl.«

Sie schwiegen eine Weile. Zorn betrachtete seine Fingernägel, während Schröder sich wieder seinem Rechner widmete. Draußen auf dem Parkplatz quietschten Bremsen, die Türen eines Streifenwagens wurden zugeschlagen.

»Der stand mit Falco auf einer Bühne«, sagte Zorn schließlich.

»Kollege Klapproth?«, fragte Schröder, ohne aufzusehen.

»Gregor Zettl. Ich meine«, Zorn nahm zum zweiten Mal an diesem Morgen die Füße vom Schreibtisch, »hast du ’ne Ahnung, was das bedeutet? Mit *Falco*! Zettl war ein Star, verstehst du? Der hatte alles, was er brauchte, der …«

»Das«, unterbrach Schröder und wandte den Blick von seinem Monitor, »würde ich bestreiten. Du sagst selbst, dass Zettl Probleme hatte. Vielleicht war er gar nicht glücklich mit dem, was damals alles mit ihm passiert ist.«

»Hm«, brummte Zorn. »Stimmt auch wieder.«

Schröder hob erstaunt den Kopf.

»Du gibst mir recht?«

»Das muss ich. Schließlich bist du mein Vorgesetzter.«

»Das bin ich«, bestätigte Schröder ernst. »Und in dieser Funktion lege ich fest, dass wir uns weiter auf die Suche nach Donata Zettl konzentrieren.«

»Und Gregor Zettl?«

»Den behalten wir im Auge.«

»Wir müssen aufpassen«, sagte Zorn, »dass wir uns nicht verzetteln.«

Schröder sah Zorn einen Moment an. Dann stieß er einen anerkennenden Pfiff aus. »Respekt, Chef.«

»Wieso?«, fragte Zorn.

»Ich kenne dich jetzt seit vielen, vielen Jahren«, erklärte Schröder feierlich. »Aber das war mit Abstand das schlechteste Wortspiel, das du jemals gemacht hast. Und das will was heißen.«

*

Den Rest des Tages arbeiteten sie ernsthaft. Sie spekulierten weiter über die Gründe für das Verschwinden von Donata Zettl, suchten nach Spuren, die sie womöglich hinterlassen hatte, an Geldautomaten, bei Einkäufen mit der Kreditkarte. Schröder ließ eine Handyortung einrichten, während Zorn die undankbare Aufgabe zufiel, nach einer Klinik, einem Arzt oder einer chirurgischen Praxis zu suchen, in der das künstliche Hüftgelenk entfernt worden war. Erfolglos, es gab keine Datenbanken, es würde dauern, bis sie einen Treffer hätten – wenn überhaupt. Trotzdem genoss Zorn die stupide, langweilige Recherche. Das Nachdenken und die Gespräche mit Schröder lenkten ihn ab. Dass er die ganze Zeit – ähnlich wie Gregor Zettl – eine Fassade aufrechterhielt, war ihm bewusst, doch er gestand es sich nicht ein. Ebenso, wie er ahnte, dass Schröder dies wusste, die Blicke, die kleinen, wie nebenbei hingeworfenen Bemerkungen entgingen auch Zorn nicht.

Je weiter der Tag vorrückte, desto mehr sank seine Laune, denn bald, das war ihm klar, würde er sich wieder der Leere stellen müssen, die zu Hause auf ihn wartete.

Und als sie sich schließlich auf dem Parkplatz verabschiedeten und Schröder seinem ehemaligen Vorgesetzten einen schönen Feierabend wünschte, nickte dieser, zündete sich eine Zigarette an, inhalierte tief und stieß den Rauch heftig durch die Nase aus.

Verarschen, dachte er dabei, kann ich mich alleine.

Acht

Am frühen Abend stand Gregor Zettl im Gästebad und schrubbte seine Hose in dem kleinen Waschbecken am Fenster. Im Schrank neben der Waschmaschine hatte er eine Tube mit Waschpaste gefunden, Donata hatte sie vor Jahren für den Urlaub gekauft, benutzt hatte sie das Waschmittel *(JETZT NEU MIT INTEGRIERTER BÜRSTE!)* allerdings nie.

Das Wasser tat weh. Logisch, es war eiskalt, seine Fingerspitzen waren bereits taub. Er massierte den dünnen Stoff, drückte die Seife heraus, steckte den Stöpsel ein und ließ neues Wasser einlaufen. Schnaufte, richtete sich vor dem Waschbecken auf, mit der einen Hand stützte er sich am Spiegelschrank ab, mit der anderen massierte er den schmerzenden Rücken. Zettl sah aus wie der Geist in einem alten Kinderfilm, die Haare über den Schläfen standen wirr vom Kopf ab, der Bauch wölbte sich unter dem weißen Hemd, seine haarigen, nackten Beine steckten in schwarzen Kniestrümpfen und ragten unter dem Hemd hervor wie totes, morsches Holz.

Von draußen drang Kinderlachen herein. Er schob die Gardine zur Seite, der Vorgarten war leer, die Abendsonne spiegelte sich in der Windschutzscheibe des Polos. Das Lachen kam von den Nachbarn, irgendwo hinter dem Zaun spielten die Kinder, wahrscheinlich, überlegte er, hatten sie Ferien. Dann fiel ihm ein, dass er nicht einmal wusste, wie alt sie waren, womöglich gingen sie noch gar nicht zur Schule. Er hatte sie noch nie zu Gesicht bekommen, ebenso wenig wie ihre Eltern.

Ein Plätschern ließ ihn herumfahren, das Wasser lief über. Hastig drehte er den Hahn zu, zog den Stöpsel. Eine Pfütze hatte sich unter dem Waschbecken gebildet, seine Strümpfe waren durchnässt, hilflos hob er die Arme und beschloss, die Hose ein wenig einweichen zu lassen. Sein Gesicht schmerzte, die Wangen brannten noch immer, das Rasieren heute Morgen war eindeutig keine gute Idee gewesen. Er streifte die nassen Strümpfe ab, hängte sie über die Duschabtrennung und beschloss, hoch ins obere Bad zu gehen und nach einer Salbe zu suchen, eine von Donatas Tagescremes würde wahrscheinlich helfen.

Das, fand Gregor Zettl, war ein guter Plan, doch er kam nicht dazu, ihn auszuführen. Ein Schatten verdunkelte das schmale Badfenster und als er aufsah, bekam Gregor Zettl den größten Schock seines bisherigen Lebens. Nun, weitere, wesentlich schlimmere Schrecken würden bald folgen, doch bis dahin sollte noch ein wenig Zeit vergehen.

Die Gestalt im Fenster war nicht real, *konnte* nicht real sein. Ein riesiger Schädel thronte über einem viel zu schmalen Körper, ein Alien, schoss es Zettl durch den Kopf, er taumelte zurück. Der Schatten bewegte sich nicht, Zettl sah nur die Umrisse, ein wenig verschoben durch die dünne Gardine, doch die Gestalt sah zu ihm herein, versuchte es zumindest. Ein Quietschen, etwas schabte von außen gegen das Glas. Ein weiteres Quietschen, diesmal kam es von Zettl, ein hohes, ängstliches Wimmern, die Worte *er kommt o gott jetzt ist er da und holt mich*

waren nicht mehr als ein Hauch, verpufften direkt vor seinen Lippen. Er wich weiter zurück, stieß mit dem Rücken gegen die Duschabtrennung, ein Poltern, die Plastiktür klapperte in der Schiene. Als Antwort wurde gegen die Scheibe gepocht.

»Ich weiß, dass du da bist!«

Die Stimme, sie klang dumpf durch das geschlossene Fenster.

»Ich höre dich!«

Zettl kannte sie.

»Mach gefälligst auf, Gregor!«

Alma Gretsch. Ihre Entrüstung war deutlich zu hören.

Sie stand draußen auf der Veranda, schirmte das Gesicht mit den Händen ab, um besser hineinsehen zu können. Zettl stieß geräuschvoll die Luft aus. Der Helm, sie trug ihren Fahrradhelm, deshalb hatte ihr Kopf so riesig gewirkt.

Abwarten, dachte Gregor Zettl, ich warte einfach, irgendwann geht sie weg, sie kann nicht ewig da stehen, ich …

»Rede mit mir, oder ich geh zur Polizei!«

Polizei? Nicht gut.

Zettl fasste einen Entschluss. Er zog sein Hemd über den Kopf, riss Donatas Bademantel vom Haken neben der Dusche, streifte ihn über. Griff ein Handtuch, drei Schritte über den Flur, im Laufen knotete er den Frotteegürtel vor dem Bauch zusammen, riss die Eingangstür auf und schloss, von der plötzlichen Helligkeit geblendet, die Augen.

»Alma«, sagte er und rieb sich mit dem Handtuch über den Kopf, »ich war unter der Dusche. Entschuldige, ich hab dich nicht gehört.«

Sein Lächeln wirkte echt. Beinahe jedenfalls.

Alma Gretsch trug dieselben Sachen wie bei ihrem letzten Besuch. Eine kurzärmelige Bluse und die weiße, enge Leinenhose. Den Helm hatte sie abgenommen, er baumelte am Riemen neben ihrem Oberschenkel. Ihre Augen blitzten, sie war wütend, das war auf den ersten Blick zu erkennen, die Röte unter der gebräunten Haut war nicht zu übersehen.

»Ich war heute bereits dreimal hier!«, sagte sie, nachdem sie ihn von Kopf bis Fuß gemustert hatte. »*Dreimal*, und du machst einfach nicht auf!«

»Ich hab's nicht vergessen, Alma.«

Donatas Bademantel – lila, mit gelben Gänseblümchen bedruckt – spannte unter seinen Achseln, die Ärmel reichten ihm knapp über die Ellbogen.

»Ich komme mir vor wie ein Bittsteller!«

Sie redete laut.

Zu laut.

»So lasse ich mich nicht behandeln!«

Zettl warf einen Blick über ihre Schulter. Ihr Fahrrad lehnte neben dem Polo am Fuß der Mauer, auf der anderen Straßenseite trottete ein junger Mann vorbei, den Blick zu Boden gerichtet, die Hände in den Taschen eines Blaumanns vergraben. Die Tatsache, dass er in einem kreischbunten Bademantel barfuß in der Abendsonne stand, wurde Gregor Zettl nicht bewusst, etwas anderes war wichtiger. Die Sorge, dass jemand mithören konnte.

»Das Geld, Gregor. Du hast es versprochen.«

»Komm erst mal rein, ich mach uns einen …«

du hast keinen Kaffee, du hast noch nicht einmal Strom

»… Kaffee, dann reden wir in Ruhe.«

»Ich finde es gemein«, sagte sie, und ihre Stimme bebte vor Wut, »dass du dich vor mir versteckst. Gemein, feige und schoflig!«

Schoflig. Das Wort hatte er noch nie gehört. Aber er wusste, dass es nichts Gutes bedeutete, das Zittern um ihren faltigen Mund sprach Bände.

»Alma«, sagte er und legte ihr die Hand auf den Oberarm. »Es tut mir wirklich leid, dass ich dich nicht gehört habe, ich …«

»Hast du das Geld?«

»Nein.«

Angriff, dachte Gregor Zettl, ist die beste Verteidigung.

»Aber es gibt eine einfache Erklärung«, fügte er hinzu, ohne zu wissen, was er als Nächstes sagen würde. Als er dann weiterredete, war er selbst überrascht, wie leicht ihm die Lügen über die Lippen kamen, selbstbewusst, mit einem leisen, jovialen Lächeln.

»Ich wollte dich anrufen«, begann er, »aber ich habe ja nicht einmal deine Telefonnummer. Leider, denn dann hättest du erst gar nicht herkommen müssen. Um drei hatte ich einen Termin bei meinem Berater, eine solche Summe muss ich persönlich abholen. Die Bank liegt in der Südstadt, aber als ich losfahren wollte«, er deutete über ihre Schulter, »hab ich die Bescherung gesehen.«

Alma Gretsch verstand nicht.

»Was für eine Bescherung?«

»Mein Wagen«, sagte Zettl. »Jemand hat mir die Reifen zerstochen. Alle vier, kannst du dir das vorstellen, Alma?« Er schaffte es, einen entrüsteten Unterton in seine Stimme zu legen. »Wahrscheinlich ist es gestern Nacht passiert, ich hab es zu spät bemerkt. Die Bank macht um vier zu. Sicherlich, ich hätte ein Taxi nehmen können, aber ich war so *wütend*, ich hab eine ganze Weile gebraucht, bis ich mich wieder beruhigt habe. Und dann war's zu spät.«

Alma Gretsch hatte sich umgewandt, der Polo blitzte im Abendlicht, die zerstochenen Reifen waren nicht zu übersehen.

»Ich verstehe deine Enttäuschung, wirklich.« Zettl sah auf seine Armbanduhr. »Morgen um drei hab ich einen neuen Termin. Ich glaube nicht, dass der Wagen bis dahin repariert ist, aber ich werde schon pünktlich zur Bank kommen, diesmal nehme ich ein Taxi. Auf dem Rückweg komme ich dann einfach bei dir vorbei und bring dir das Geld, was hältst du davon?«

Gott, dachte Gregor Zettl, lass sie nicht schon gestern die kaputten Reifen gesehen haben. Lass sie nicht merken, dass meine Haare trocken sind. Dass ich meine Uhr noch umhabe, kein Mensch geht mit Armbanduhr unter die Dusche, sie …

»Ich komme her«, sagte Gretsch. »Morgen Abend, Punkt sechs.«

Ihr Misstrauen war noch nicht verschwunden.

»Wie du meinst«, nickte Zettl. »Ich hab übrigens vorhin mit Donata telefoniert, ich soll dich grüßen. Ihr ist das Ganze genauso peinlich wie mir, aber das wird sie dir selbst sagen, wenn sie wieder da ist. Sie bleibt noch ein paar Tage in Valencia, nächstes Wochenende …«

»Barcelona.«

»Was?«

»Gestern sagtest du, sie wäre in Barcelona.«

Nicht gut.

»Ach«, er breitete die Arme aus, »das verwechsle ich andauernd. Wie dieser Fußballer, weißt du noch, was der gesagt hat? Mailand oder Madrid, Hauptsache, Italien!«

Er wartete einen Moment, dass Alma Gretsch sein Lächeln erwiderte. Sie tat es nicht. Ein letzter, skeptischer Blick, dann wandte sie sich zum Gehen. Zettl winkte ihr zum Abschied, sah ihr nach, bis sie auf ihrem Rad um die Ecke verschwunden war.

Kaum hatte er die Haustür hinter sich geschlossen, verließ ihn die Kraft. Er sank neben der Garderobe zu Boden und vergrub das Gesicht in den Händen.

*

Mit der Dämmerung kamen die Wolken.

Zorn stand auf den Porphyrfelsen am Fluss und beobachtete, wie sich der Himmel über der Stadt langsam zuzog. Ein Schleier nur, der gemächlich herantrieb, doch weiter im Süden färbte sich der Horizont, hohe Wolkenberge drängten nach, nicht die üblichen, filigranen Gebilde, sondern schwere, in den letzten Strahlen der untergehenden Sonne massiv erscheinende Türme, die jeden Moment vom Himmel zu stürzen schienen.

Zorn wusste nicht genau, warum er hergekommen war. Vielleicht, weil er genug hatte von der muffigen Enge seiner Wohnung, vielleicht auch, weil er einen Ort suchte, an dem er endlich, endlich Ruhe finden würde, und sei es auch nur für einen Moment. Frei von all den Gedanken, gegen die er machtlos war, egal, wie sehr er auch versuchte, sie zu verdrängen, egal, womit er sich betäubte. Sie waren da. Wie Fruchtfliegen, die seinen Kopf umschwärmten, manchmal direkt vor seinen Augen, manchmal etwas weiter entfernt. Nein, keine Fruchtfliegen, dicke, grünlich schimmernde Schmeißfliegen, wenn er sie nicht sah, dann hörte er sie, ein tiefes, widerliches Brummen. In der Nähe waren sie immer.

Er lehnte am rostigen, verbogenen Geländer, dreißig Meter unter ihm vollführte der Fluss eine sanfte Biegung. Durch die Baumkronen sah er die Promenade, folgte mit den Augen der kleinen Brücke hinüber zur Insel mit dem künstlichen See. Die Lichterketten in den Trauerweiden am Ufer flammten auf, zwei Schwäne, nicht viel mehr als helle Punkte, watschelten über das kurzgeschnittene Gras unter den Bäumen. Weit im Süden erkannte er die Kühltürme des Chemiewerks, Dampf stieg senkrecht empor und verlor sich in den langsam näher kommenden Wolken. Rechts von ihm lag die Neustadt, die schmutzigen Betonklötze standen zwischen den Bäumen wie gigantische Legosteine. Am Horizont dahinter ragten die Windräder in den dunkler werdenden Himmel, nach und nach flackerten die Positionslichter auf, Zorn begann, die roten, fluoreszierenden Punkte zu zählen und wusste plötzlich, dass er hier falsch war, dass dies der letzte Ort war, an dem er vergessen konnte.

Vor ein paar Monaten erst hatten sie hier gestanden, nein, sie hatten gesessen, auf der Bank direkt hinter ihm. Es war kalt gewesen, er hatte erbärmlich gefroren, sein Hintern, das wusste er noch, war völlig taub gewesen, er hatte das rissige Holz durch den Mantel gespürt. Sie hatten diskutiert, wie sie ihr Kind nennen sollten, Klaus, Winnetou, Bärbel, die Namen waren zwischen ihnen hin und her geflogen wie Pingpongbälle. Natürlich waren sie sich nicht einig geworden, doch das war nicht wichtig gewesen. Wichtig war, dass sie zusammen waren, sie hatte sich bei ihm untergehakt, ihre Nase hatte getropft, und als sie lachte, hatte ihr Atem in der frostigen Luft gedampft. Dann hatten sie eine Weile nur dagesessen und geschwiegen, Zorn hatte über die kahlen Baumwipfel hinweg hinüber zur Neustadt gesehen, genau wie jetzt, und er hatte begonnen, die Windräder am Horizont zu zählen. Als sie ihn fragte, was er denke, hatte er mit einer Zahl geantwortet (achtundvierzig, so glaubte er, sich zu erinnern). Das, hatte sie erwidert, sei eindeutig *kein* akzeptabler Vorname für ihr Kind, und als er ihr erklärt hatte, dass er damit die Windräder meine, hatte sie ihn angesehen und gefragt, ob er jetzt mit ihr über alternative Energien reden wolle. Darauf hatte Zorn wie so oft keine Antwort gewusst und wie immer, wenn dies der Fall war, hatte er sie geküsst, einen Moment gewartet und mürrisch erklärt, dass er sich jetzt lange genug den Arsch abgefroren habe und endlich nach Hause wolle. Er hatte ihr nicht gezeigt, wie glücklich er war, das war auch nicht nötig gewesen. Sie hatten es beide gewusst.

Jetzt, ein paar Monate später, stand Claudius Zorn wieder auf dem Felsen, roch den nahenden Sommer und spürte, dass es sinnlos war. Es wurde nicht besser. Das Einzige, was er langsam vergaß, war, wie es sich angefühlt hatte. Das *Glück*. Es gab nichts, nur die Gewissheit, dass er es verloren hatte.

Er warf einen letzten Blick über die Stadt. Schlug den Jackenkragen hoch, und als er ein paar Minuten später in den Volvo stieg, dachte er das, was er in den letzten Wochen ständig gedacht hatte.

Scheiße.

Vom Fluss stiegen die ersten Nebelschleier auf.

*

Die Nacht wurde relativ kühl, das Thermometer an der Außenwand neben der Gartentür fiel auf fünfzehn Grad. Der Nebel würde die Siedlung am Waldrand erst in den frühen Morgenstunden erreichen, doch der Rasen im Garten von Gregor Zettl war bereits feucht, winzige Tropfen funkelten auf den dünnen Halmen, auf den schuppigen Blättern der Zypressen.

Eine Gestalt löste sich aus dem Schatten der Hecke, verharrte einen Moment, ging dann neben dem Kiesweg auf das Haus zu, ein dunkler, geisterhafter Schemen. Nichts war zu hören, kein Atmen, kein Rascheln von Kleidung, die gummierten Sohlen bewegten sich lautlos über den Rasen, erreichten die Betonplatten der Veranda hinter dem Haus.

Zwei Minuten Stille.

Nur ein leises, stetiges Tropfen erklang, es kam von dem Wäscheständer, der neben der Tür direkt unter dem Fenster stand. Gregor Zettl hatte seine Hose aufgehängt, darunter hatte sich eine kleine Pfütze gebildet.

Die Gestalt trat vor, sah hinein in das dunkle Haus.

Eine Taschenlampe blitzte auf.

Glas splitterte.

Gregor Zettl bekam Besuch.

TEIL ZWEI

Neun

»Ruhig, Gregor.«

Der Strahl der Taschenlampe war direkt auf Zettls Gesicht gerichtet. Auf seiner linken Wange waren die Abdrücke des Kissens zu sehen, er hatte geschlafen, das Splittern der Glastür hatte ihn aufgeschreckt. Er saß auf dem Sofa, starrte mit blinden, vor Schock geweiteten Augen in das gleißende Licht.

»Hab ich Sie geweckt?«

Der Strahl glitt zur Seite, Schritte knirschten über die Glasscherben auf dem Teppich.

»Sie müssen nicht antworten, das war eine rhetorische Frage. Wir reden, wenn Sie den ersten Schock verarbeitet haben.«

Die Taschenlampe, eine schwarze, wie ein Totschläger wirkende Maglite, wurde zwischen ihnen auf den Couchtisch gelegt, der Lichtkegel richtete sich auf die Schrankwand.

»Es reicht, wenn Sie mir vorerst zuhören.«

Leder knirschte, der Mann lehnte sich im Sessel gegenüber zurück, schlug die Beine übereinander. Zettl war noch immer geblendet, verschwommen erkannte er die schlanken, in einer schwarzen Hose steckenden Beine, den ebenfalls schwarzen Rollkragenpullover, die Umrisse des Gesichts. Kurzes, militärisch geschnittenes, helles Haar. Blond, vielleicht auch grau. Wahrscheinlich Letzteres, die Stimme, ruhig und volltönend, war tief, ein wenig knarrend, wie die eines reifen Mannes.

»Sie hören mir doch zu, oder?«

Flatternd strichen Zettls Finger über das Sofa, fanden die Decke, zogen sie über die nackten Beine. Sein Hemd war zerknittert, er trug es bereits den dritten Tag. Beim Schlafen waren ein paar Knöpfe aufgegangen, der bleiche, haarige Bauch lugte hervor.

»Gregor?«

Zettl reagierte nicht. Speichel glänzte auf seiner Unterlippe.

»Ich muss sichergehen, dass Sie mich verstehen, Gregor. Ob Sie in der Lage sind, meine Fragen zu verarbeiten, rein physikalisch gesehen, meine ich. Es wäre sehr ärgerlich, wenn sich herausstellen würde, dass Sie gar nicht antworten *konnten*, weil Sie gesundheitlich nicht dazu fähig sind. Falls Sie also schlecht hören sollten, würde ich das gern jetzt erfahren. Und nicht erst, nachdem ich Ihnen einen Finger abgeschnitten habe.«

Das Gesicht des Mannes lag im Schatten.

»Oder die Hoden.«

Er hatte sich zurückgelehnt, wie ein Psychiater, der ein Gespräch mit einem langjährigen Patienten führt. So klang er auch. Entspannt, mit einem sonoren, beruhigenden Unterton.

Zettl öffnete den Mund. Der Adamsapfel bewegte sich in seinem faltigen Hals. Er brachte kein Wort heraus.

»Was wäre Ihnen lieber? Ein Finger oder die Hoden?«

Die Stimme, sanfter jetzt. Gleichzeitig drängend.

Der Mann im Sessel beugte sich vor, sein Gesicht erschien aus dem Dunkel, kantige, wie mit dem Messer geschnitzte Züge, eine scharf geschnittene Nase, der Mund seltsam schief, wie verbogen. Dunkle, tiefliegende Augen blitzten auf, dann verschwand der Mann wieder im Schatten.

»Die richtige Antwort wäre, dass Sie weder das eine noch das andere verlieren wollen«, sagte er, es klang ein wenig belustigt. »Und dass das auch gar nicht nötig sein wird, weil Sie genau das tun werden, was von Ihnen verlangt wird. Richtig?«

Zettl schluckte. Dann nickte er.

»Wie alt sind Sie, Gregor?«

»Zweiundfünfzig.«

»Sie sehen wesentlich älter aus. Sie sollten Sport machen. Sich bewegen, an die frische Luft gehen. Ich bin drei Jahre älter als Sie, aber das sieht man mir nicht an. Besitzen Sie ein Fahrrad?«

»Nein.«

Ein Krächzen, nicht viel mehr.

»In drei Minuten sind Sie hinten im Wald. Zum Joggen sind Sie zu fett, aber mit dem Rad könnten Sie ein paar Runden drehen. Eine halbe Stunde am Tag, das würde völlig ausreichen. Herrgott, Gregor«, Zettl sah es nicht, doch er spürte, dass der Mann in den schwarzen Sachen vorwurfsvoll den Kopf schüttelte, »wie kann man sich so gehenlassen? Nehmen Sie Drogen? Trinken Sie?«

Zettl hob den Blick. Das Gesicht seines Besuchers schwamm als heller Fleck in der Dunkelheit. Das allerdings registrierte Gregor Zettl nur am Rande, er war gefangen in einer Blase aus nackter, purer Angst. Der Mann in Schwarz wartete eine Weile, dann sprach er weiter.

»Wir sollten ein paar Dinge klarstellen, bevor wir beginnen. Ich bin jetzt«, der linke Arm bewegte sich, eine Quarzuhr blitzte am Handgelenk, eine mindestens dreißig Jahre alte Casio mit verchromtem Gliederarmband, »seit exakt anderthalb Minuten in Ihrem Haus. Sie hatten also genügend Zeit, den ersten Schock zu verarbeiten. Eigentlich bin ich ein geduldiger Mensch, das haben Sie sicherlich bemerkt. Wenn ich allerdings eine Frage stelle, erwarte ich eine Antwort. Schnell, kurz und präzise. Sie sollten wissen, dass ich mich nicht wiederhole, ich tue es jetzt zum letzten Mal. Stehen Sie im Moment unter dem Einfluss irgendwelcher Mittel, die Ihre Aufnahmefähigkeit beeinträchtigen? Ihr Schmerzempfinden?«

Ein Bild schoss Zettl durch den Kopf. Ein heller, lichtdurchfluteter Raum, das Behandlungszimmer eines Arztes. Ein Schreibtisch, dahinter ein weißgekleideter Mediziner beim Aufnahmegespräch mit einem Patienten. Knappe, sachliche Fragen, um sicherzustellen, dass die Operation komplikationslos verlaufen würde.

»Nein«, brachte Zettl heraus.

»Was ist mit Schlafmitteln? Psychopharmaka?«

»W-warum sollte ich …«

»Ich hasse Gegenfragen, Gregor.«

»Nichts von alledem.«

»Gut.«

Der schwarze Mann klang zufrieden. Zettl sah seine Hände, die langen, schlanken Finger lagen auf den Sessellehnen, sorgfältig gepflegte Fingernägel, wie manikürt. Die feingliedrigen Hände eines Pianisten. Oder eines Chirurgen. Die Fingerspitzen klopften auf das Leder. Erst die linke Hand.

Ta Tack.

Dann die rechte.

Ta Tack Ta Tack.

»Bevor wir anfangen, möchte ich Ihnen etwas zeigen.«

Er griff in die Hosentasche. Es dauerte einen Moment, bis Zettl den Blick fokussiert hatte und erkannte, was ihm der dunkle Mann zwischen Daumen und Zeigefinger entgegenhielt.

»Das ist eine Maschinenschraube, ein gewöhnliches, weit verbreitetes Modell. Vier Zentimeter lang, sechs Millimeter Gewinde.«

Als er sich vorbeugte, sah Zettl sein Gesicht deutlicher. Hagere, asketisch wirkende Züge, tiefe Furchen zogen sich von der Nase hinab zu den Mundwinkeln. Zettl roch Parfüm, ein herber, irgendwie altmodischer Duft. *Old Spice*, er kannte ihn von früher. Der Mann stellte die Schraube aufrecht auf den Tisch, die Taschenlampe rollte ein Stück zur Seite, dann verschwand sein Gesicht wieder im Schatten.

»Es gibt viele Möglichkeiten, jemanden zum Reden zu bringen. Psychischer Druck zum Beispiel, so, wie ich es in den letzten Tagen bei Ihnen getan habe. Spuren hinterlassen, dem«, er machte eine winzige Pause, »*Kunden* zeigen, dass man da ist, aber die wahren Gründe seines Handelns im Dunkeln lassen. Zugegeben, die Botschaft auf Ihrer Windschutzscheibe war nicht sehr einfallsreich, aber sie hat ihren Zweck erfüllt, oder?«

Zettl war nicht sicher, ob er dies als Frage auffassen sollte. Sicherheitshalber nickte er.

»Diese Psychospielchen sind nett, aber auf die Dauer ermüdend. Ich hatte Ihnen geschrieben, dass ich es hasse, Dinge zu beschädigen. Manchmal lässt es sich nicht umgehen, nehmen wir die Reifen Ihres Wagens oder«, der Mann in Schwarz deutete über die Schulter, »Ihre Tür. Ich hätte sie problemlos öffnen können. Aber so war mein Auftritt wesentlich effektvoller. Und er hat seinen Zweck erfüllt. Sie sollten sich sehen, Gregor. Sie schlottern vor Angst. Wie ein Kaninchen in der Falle. Sie haben keine Ahnung, wer ich bin. Sie haben keine Ahnung, was ich von Ihnen will. Und Sie haben keine Ahnung, wozu ich fähig bin. Noch nicht.«

Der Mann in Schwarz ließ seine Worte einen Moment wirken. Seine Finger bewegten sich auf der Lehne.

Ta Tack.

»Diese Schraube wirkt völlig harmlos, oder? Ein normales Stück Eisen.«

Ta Tack Ta Tack.

»Manchmal vergisst man so ein Ding auf dem Sofa, wenn man sich daraufsetzt, merkt man es nicht einmal.«

Ta Tack Ta Tack Ta Tack.

»Angenommen, die Schraube würde auf etwas Hartem liegen, einem Holzstuhl etwa. Dann würden Sie es spüren, Gregor. Sie würden aufstehen, die Schraube in den Werkzeugkoffer tun. Wahrscheinlich würden Sie Ihre Unachtsamkeit verfluchen, aber ein paar Sekunden später hätten Sie es wieder vergessen.«

Ta Tack.

»Anders wäre es, wenn Sie nicht in der Lage wären, sich zu erheben. Wenn Ihre Hände und Beine gefesselt wären, hätten Sie keine Möglichkeit, aufzustehen und das Gewicht abzufedern.«

Die Schraube stand aufrecht, vier Zentimeter hoch. Der Schatten, wesentlich länger, fiel schräg über den Tisch.

»Man müsste die Schraube nicht einmal fixieren, selbst, wenn sie auf der Seite liegt, würde sie sich in Ihr Gesäß drücken. Anfangs wäre das nur ärgerlich.«

Ta Tack Ta Tack.

»Nach einer Weile wird es unangenehm. Ein blauer Fleck bildet sich, später ein Bluterguss, das Eisen bohrt sich langsam in Ihr Fleisch, Millimeter für Millimeter. Jetzt werden Sie einwenden, dass eine Schraube doch gar nicht spitz ist, auch nicht scharf, und das stimmt auch. Aber sie ist aus Metall. Metall ist hart. Im Gegensatz zu

Ihrem Fleisch, Gregor. Es ist eine Frage der Zeit. Ihre Haut wird rot, platzt schließlich auf. Langsam, ganz langsam dringt die Schraube in Ihren Körper ein, bis sie regelrecht«, eine weitere, winzige Pause, »assimiliert ist.«

Ta Tack.

»Ich rede hier nicht von Minuten, Gregor.«

Ta Tack Ta Tack.

»Auch nicht von Stunden. Ich rede von Tagen.«

Der Mann in Schwarz richtete sich auf, legte die Fingerspitzen aneinander. Jetzt erkannte Gregor Zettl, warum seine untere Gesichtshälfte so seltsam verschoben wirkte. Eine Hasenscharte, eine winzige weiße Narbe teilte seine Oberlippe.

»Können Sie mir folgen?«

Nein, das konnte Gregor Zettl nicht. *Wollte* es nicht.

Er nickte trotzdem.

»Gut.« Der Mann in Schwarz nickte ebenfalls. »Es gibt andere, äußerst plumpe, stillose Varianten. Unsauber und blutiger, wesentlich blutiger sogar. Nägel oder Holzschrauben, die mit der Spitze nach oben durch die Sitzfläche eines Stuhles getrieben werden. Der Schmerz ist heftig, sehr heftig sogar, aber nach einer Weile wird der Körper taub, stumpft ab.«

Zettls Blick war auf die Schraube gerichtet. Die Taschenlampe daneben war auf eine alte Fernsehzeitschrift gerollt, sie musste seit Wochen auf dem Couchtisch liegen. *ALLE HOLLYWOOD-BLOCKBUSTER UND TV-PREMIEREN ZU OSTERN!* stand unter dem Bild einer vollbusigen blonden Frau.

»Die Steigerung macht es aus«, sagte der Mann. »Und die Langsamkeit. Die Gelegenheit, jede einzelne Sekunde bewusst zu erleben. Irgendwann kommt der Punkt, an dem Sie alles tun würden, damit es aufhört. Nach zwei Stunden sagen Sie mir, was ich wissen will. Nach fünf Stunden sagen Sie mir, was ich *nicht* wissen will. Sie werden sich selbst wundern, wozu Sie fähig sind, Gregor. Sie werden Gedichte rezitieren, wenn ich Sie dazu auffordere. Sie werden fließend Chinesisch reden, wenn ich es will. Sie werden bereit sein,

Dinge zu tun, Sachen, von denen Sie momentan gar nicht ahnen, dass ein Mensch dazu in der Lage ist.«

Zettls Hände schmerzten. Er sah nach unten, seine Finger krampften sich um die Decke über seinen nackten Beinen.

»Ich brauche eine Information, Gregor. Eine Kleinigkeit nur. Wenn ich erfahren habe, was ich wissen will, werde ich gehen, und wenn Sie die Wahrheit gesagt haben, sehen Sie mich nie wieder. Sie können in Ruhe weiterleben wie gehabt, obwohl *ich* an Ihrer Stelle etwas ändern würde, Ihre phlegmatische, schwerfällige Art erinnert mich eher an ein Dahinvegetieren, aber das«, ein leises, amüsiertes Lächeln schwang in der Stimme des schwarzen Mannes mit, »ist Ihr Problem, nicht meins.«

Ta Tack.

»Bisher haben Sie alles richtig gemacht, Gregor. Sie haben diesem kleinen Polizisten nicht gesagt, dass ...«

»W-woher ...«

»Sie sollten mich nicht unterbrechen.« Der Mann in Schwarz klang jetzt ein klein wenig gereizt. »Später vielleicht, wenn Sie vor Schmerzen schreien, wenn Sie nicht mehr Herr Ihrer Sinne sind, dann akzeptiere ich das. Weil Sie sich dann in einer Ausnahmesituation befinden.«

Ta Tack. Ta Tack.

»Ich sagte Ihnen, dass ich immer in Ihrer Nähe bin. Nein, nicht immer, aber als Sie zum Beispiel mit dem Polizisten geredet haben, stand ich vorn im Gästebad. Ich weiß eine Menge, Gregor.«

Der schwarze Mann saß einen Moment still da. Dann seufzte er, schlug sich mit den flachen Händen auf die Oberschenkel.

»Was meinen Sie? Sollen wir anfangen?«

Nein, das wollte Gregor Zettl beileibe nicht. Immer noch unfähig, sich zu bewegen, beobachtete er, wie sein Besucher neben sich auf den Boden langte. Ein schmaler dunkelbrauner Lederkoffer kam zum Vorschein und landete auf den Oberschenkeln des Mannes. Verschlüsse schnappten, der Koffer klappte auf. Das Innere war mit Schaumstoff ausgekleidet, Metall blitzte. Eine gepflegte Hand tastete über den Inhalt, schloss sich um eine Rolle Teppichklebeband.

»Für Ihre Hände. Und die Füße natürlich auch. Besser geeignet als Kabelbinder, aber darüber kann man streiten.«

Das Klebeband landete neben der Taschenlampe. Die Schraube kippte um, rollte in einem eleganten Halbkreis über den Tisch und fiel lautlos auf den Teppich.

»Was denken Sie, mit Stuhl oder ohne Stuhl? Sie haben doch hier irgendwo einen Stuhl, Gregor? Aus Holz oder aus Plastik?«

Etwas blitzte im Halbdunkel auf. Zähne. Der schwarze Mann lächelte.

»Darauf müssen Sie nicht antworten. Ich habe mich bereits umgesehen, wie Sie wissen. Auch in Ihrer Küche.«

Der Koffer schloss sich, wurde wieder geöffnet.

»Aber vielleicht versuchen wir's zunächst auf eine andere Art.«

Diesmal erschien ein großer Schraubenzieher. Das dachte Gregor Zettl im ersten Moment, dann bemerkte er, dass es sich um etwas anderes handelte. Das Ende war zweigeteilt, wie eine zweizinkige, lange Gabel. Eine sehr, sehr spitze Gabel, stellte Gregor Zettl fest und spürte, wie ihm der Schweiß unter den Achseln hinablief.

»Dazu kommen wir später«, sagte der Mann in Schwarz, als er Zettls Blick bemerkte. Er stellte den Koffer ab, lehnte sich wieder zurück. In der einen Hand drehte er die große Gabel, die andere lag auf der Lehne des Sessels.

Ta Tack.

Wieder sah Zettl ein Bild vor sich. Der Mann gegenüber schoss vor, hob den Arm, die Metallzinken bohrten sich in Zettls Oberschenkel, er spürte das Eisen im Fleisch, langsam, ganz langsam drehte sich die Gabel in seinen Knochen, Blut spritzte aus der Arterie, ergoss sich auf den Teppich, den Fernseher, die …

»Sie sabbern, Gregor.«

Speichel lief über Zettls Unterlippe am Kinn hinab, glänzte auf seiner nackten, blassen Brust. Der Mann in Schwarz sah weg, Ekel lag in seinem Blick.

»Machen Sie sich sauber, das ist unwürdig.«

Zettl fuhr sich mit dem Hemdsärmel über den Mund.

Ta Tack.

»Sind Sie jetzt bereit? Kann ich Ihnen meine Frage stellen?«

Die Gabel drehte sich zwischen den Fingern des Mannes. Zettls Blick hing wie gebannt an den Zinken, sie blitzten im Licht der Taschenlampe. Eine Tranchiergabel vielleicht, nein, der schwarze Plastikgriff deutete eher auf ein Werkzeug.

»Gregor?«

»Ja.«

Zettls Zehen verkrallten sich im Teppich.

»Wo ist Ihre Frau?«

Vier Worte, langsam und deutlich ausgesprochen.

»Überlegen Sie genau, was Sie sagen. Ich stelle die Frage nicht noch einmal.«

Der Mann in Schwarz beugte sich vor. Zettl sah sein Gesicht jetzt deutlich. Hart, kantig, mit weißen, buschigen Augenbrauen. Der Mund verschoben, als betrachte man ihn durch ein gesplittertes Fenster.

»Eine Kleinigkeit noch«, sagte er, und es klang, als wäre ihm noch etwas eingefallen. »Der Brief, den Sie von mir bekommen haben, wo ist der? Ich würde ihn gern wieder mitnehmen. Sie kennen ja den Inhalt.«

Ja, den kannte Gregor Zettl.

»Ich habe mir angewöhnt, so wenig Spuren wie möglich zu hinterlassen. Es ist besser, Sie sagen's mir, solange Sie noch dazu in der Lage sind.«

Zettl schloss einen Moment die Augen, dann deutete er zum Fernseher. Daneben stand ein weißer, mit einer Serviette ausgelegter Bastkorb. Donata hatte ihn immer gefüllt, mit Bananen, Keksen, Schokolade. Die Süßigkeiten hatte Zettl längst gegessen, die Bananen hatte er weggeworfen, sie waren schwarz und völlig verfault gewesen. Jetzt lag nur der Brief im Korb, er hatte die Bögen wieder im Umschlag verstaut und dort abgelegt, ohne weiter darüber nachzudenken.

»Gut«, nickte der schwarze Mann. »Zurück zu meiner Frage.«

Gregor Zettl versteifte sich, rutschte auf dem Sofa nach vorn.

Der Mann im Sessel sah ihm dabei zu. Interessiert, aufmerksam, paradoxerweise auch gleichgültig, als betrachte er keinen Menschen, sondern einen Gegenstand. Einen teures, seltenes Gemälde vielleicht. Oder ein Tier im Zoo, vielleicht auch eine Fernsehsendung. Nicht aggressiv, unmöglich zu sagen, was in ihm vorging. Die dunklen Augen unter den buschigen Augenbrauen blieben ausdruckslos. Die große Gabel drehte sich in seiner linken Hand, schneller, immer schneller, der rechte Zeigefinger

tatacktatacktatack

klopfte auf die Lehne.

Zettl öffnete den Mund.

Der Mann in Schwarz hob die Hand.

»Sie sehen aus, als würden Sie mir die falsche Antwort geben wollen.«

Eine Warnung, sie klang amüsiert.

»Tun Sie das nicht. Überlegen Sie noch einen Moment.«

Gregor Zettl schloss den Mund.

Plötzlich Musik. Dünn, etwas dumpf. Ein stampfender Beat, dazu ein Gitarrenriff, drei Akkorde. Das Intro eines uralten Hits. *Der Kommissar* von Falco. Ein surreales Geräusch, aus einer anderen, weit entfernten Welt. Zettl bekam es kaum mit, er glaubte an eine Halluzination, hervorgerufen durch die Angst, doch der Blick des Mannes gegenüber flackerte kurz, er griff in die Hosentasche, fischte mit Daumen und Zeigefinger ein iPhone hervor. Das Display leuchtete, der Signalton kam aus dem Handy, brach ab. Stirnrunzelnd betrachtete er das Telefon, seine Miene verfinsterte sich. Gregor Zettl schien plötzlich Luft für ihn, als wäre es egal, ob er aufspringen und davonlaufen würde. Nun, selbst wenn Zettl gewollt hätte, er wäre nicht dazu in der Lage gewesen, seine Muskeln hingen wie schlaffe, zerschlissene Fäden zwischen den Gelenken, hilflos hockte er auf dem Sofa wie eine kaputte Marionette.

Ein paar Sekunden vergingen. Der Mann tippte eine Nachricht ein,

Zettl sah den großen Siegelring an seinem kleinen Finger. Das Handy verschwand in der Hosentasche, der Mann in Schwarz stand auf.

»Wie es aussieht, müssen wir unser Gespräch ein anderes Mal fortsetzen.«

Er hob die Hände. Die untere Gesichtshälfte teilte sich. Ein Zähnefletschen, vielleicht auch ein Lächeln, es sollte wohl wie eine Entschuldigung wirken. Seine Zähne, groß, regelmäßig, waren viel zu weiß, um echt zu sein.

»Ärgerlich, sehr ärgerlich. Aber ich werde zu einem Kunden gerufen.«

Dann stand er auf, die große Gabel drehte sich plötzlich wieder in seinen Händen. Zettl wich instinktiv zur Seite. Ein Geräusch, als würde ein Klettverschluss geöffnet. Es kam von Zettls nackten Oberschenkeln, das Leder der Couch klebte an der schweißnassen Haut.

»Das hier«, die Tranchiergabel flog über den Couchtisch und landete mit dem Griff voraus neben Zettl auf einem von Donatas himmelblauen Sofakissen, »lasse ich Ihnen hier, Gregor. Wenn ich das nächste Mal komme, sollten Sie es benutzt haben.«

Zettl verstand kein Wort. Natürlich nicht.

»Der Löwenzahn, Gregor.« Bisher, das war selbst dem verängstigten Gregor Zettl klar, hatte er eine Rolle gespielt, die lange studierte und in vielen Jahren perfektionierte Rolle des skrupellosen, rücksichtslosen Erpressers, eines Mannes, der keine Probleme damit hatte, Menschen zu foltern und zu töten. Jetzt allerdings wirkte die Verärgerung in seinen starren Gesichtszügen echt. »Hinten, an der Grundstücksgrenze. Disteln habe ich ebenfalls entdeckt, direkt am Zaun. Sie müssen etwas unternehmen, ich hatte Sie bereits darauf hingewiesen. Dass Sie sich selbst gehen lassen, ist Ihre Sache. Aber dass Sie Ihren Garten vernachlässigen, nehme ich Ihnen wirklich übel. Das Zeug ist wie Unkraut, einfach rausreißen reicht da nicht. Das müssen Sie ausstechen, mit den Wurzeln.« Er deutete auf die Gabel. »Damit funktioniert das hervorragend.«

Der Mann nahm die Taschenlampe, ging zur Tür, drehte sich noch einmal um.

»Ich komme wieder.«

Er war viel größer als Gregor Zettl, fast einen Meter neunzig. Wenn es stimmte, was er anfangs gesagt hatte, war er Mitte fünfzig, doch sein Körper war straff und sehnig, die Muskeln zeichneten sich unter dem engen Rollkragenpullover ab.

»Ich bin sicher, dass ich Sie hier antreffen werde. Der einzige Ort, an dem Sie sich geborgen fühlen, ist hier, richtig? Sie sind wie ein Kaninchen, das sich nicht aus seinem Bau wagt. Obwohl es weiß, dass es gefressen wird.«

Elastische Schritte knirschten auf gesplittertem Glas.

»Denken Sie gut über meine Frage nach. Und über die Antwort.«

Ein letzter Blick.

Dann war er weg, ebenso plötzlich wie er gekommen war. Und Gregor Zettl war wieder allein in seinem leeren Haus. Ohne Strom, ohne Geld. Alleingelassen mit der Angst, der Ratlosigkeit, einer kaputten Glastür und seiner verschwundenen Frau.

Zehn

Er tanzte.

Es war kurz vor Mitternacht. Und es war still in dem Wohnzimmer im vierzehnten Stockwerk hoch oben über der Stadt. Nur das Atmen des halbnackten Mannes war zu hören und das leise Schleifen, mit dem seine bloßen Füße über den Teppich glitten.

Claudius Zorn hatte die Augen geschlossen, das wirre Haar hing ihm über das Gesicht bis hinab zum Mund. Die Arme hatte er um den Oberkörper geschlungen, seine Hände umklammerten den Bizeps. Er trug nur seine ausgeleierten Boxershorts, früher waren sie dunkelgrün gewesen, im Laufe der Jahre hatten sie die Farbe leicht angefaulter Zitronen angenommen.

Langsam drehte er sich um sich selbst, den Kopf schief gelegt, als lausche er noch immer der Musik, obwohl die großen Boxen der

Bang-&-Olufsen-Anlage seit langem verstummt waren. Die Metallica-Platte rotierte noch auf dem Teller, leise knackte die Nadel auf der letzten Rille.

Zorn bekam davon nichts mit, die Gitarren dröhnten noch immer in seinem Kopf. Er schwankte, sang etwas von *nothing else matters*, obwohl er keine Ahnung hatte, was das bedeutete. Fremdsprachen hatten ihn nie interessiert, sein Englisch war schon immer schlecht gewesen, und es wurde nicht besser, wenn er betrunken war. Torkelnd hob er die Arme, halb, um die Musik in seinem Schädel zu dirigieren, halb, um das Gleichgewicht nicht zu verlieren.

»Never cared for what they do!«, schrie, nein brüllte er plötzlich, baute sich breitbeinig vor dem Sofa auf und begann, Luftgitarre zu spielen, ein kläglicher Versuch, der nach wenigen Sekunden damit endete, dass er nach hinten kippte und rittlings auf dem Hosenboden landete. Er stieß sich den Hinterkopf am Regal, über ihm kippte zuerst eine halbleere Wodkaflasche um und zersplitterte neben ihm auf dem Teppich, dann fiel eine Platte herab und landete direkt auf seinem Schoß. Mit trüben Augen betrachtete er das Cover, zwei Herzen auf weißem Untergrund, eines davon durchgestrichen.

»Trio«, murmelte er. »Schrott. Alles Schrott.«

Die Platte glitt aus der Hülle. Zorn, immer noch vor dem Regal sitzend, nahm sie in beide Hände.

»Ich lieb dich nicht, du liebst mich nicht.«

Ein Nuscheln, mehr brachte er nicht zustande.

Schliebdischnichduliebschmischnich.

Er winkelte die Beine an, betrachtete sein Spiegelbild in der schwarzen, glänzenden Oberfläche, eine verzerrte, groteske Fratze.

»Da da da.«

Eine kurze Bewegung, die Platte flog wie ein Frisbee quer durch den Raum, zerschellte an der Wand, die Splitter fielen hinter dem Sofa zu Boden. Zorn nickte zufrieden, dann richtete er sich auf, er musste sich am Regal abstützen. Schwankend stand er vor seinen geliebten Schallplatten, den Kopf gesenkt, die Unterhose hing tief in der Hüfte. Einen Moment sah es aus, als würde er wieder nach hinten stolpern, doch er gab sich einen Ruck, hob erst den Kopf, dann den Zeigefinger.

»Aufräumen«, lallte er mit wichtiger Miene. »Ich muss aufräumen. Weg mit der Scheiße.«

Und das tat er dann auch. Zunächst zog er die Platten einzeln aus dem Regal, wahllos, eine nach der anderen, Oasis, Ideal, Talking Heads, Nirvana, Ton Steine Scherben – *macht kaputt, was euch kaputt macht, haha!* –, die ersten zerbrach er über dem Knie, dann, als er die Balance verlor, fuhr er mit dem Unterarm über den Regalboden und wischte die Schallplatten im Dutzend zu Boden, schrie, brüllte, lachte und weinte gleichzeitig, trampelte über die Hüllen, hüpfte darauf herum wie ein tobsüchtiger Derwisch, schmiss sie wie beim Tontaubenschießen durch das Zimmer. Es war wie ein Rausch, und als das Regal schließlich leer war, wischte er sich keuchend den Rotz von der Nase und sah sich mit blutunterlaufenen Augen um. Nein, das reichte nicht, er war noch nicht fertig, etwas musste noch zerstört werden, Zorn wackelte am Regal, Scheiße, festgeschraubt, hinten an der Wand. Fluchend hing er mit seinem gesamten Gewicht an den Brettern, der Plattenspieler rutschte ihm entgegen, Zorn riss die Kabel raus, doch bevor er ihn aus dem Fenster werfen konnte, glitt das Gehäuse aus den schweißnassen Händen und zerschellte zu seinen Füßen.

So stand er denn da, schwer atmend wie ein angeschlagener Boxer nach der zehnten Runde, grunzte zufrieden und betrachtete das Chaos. Das Wohnzimmer drehte sich, er schloss die Augen, öffnete sie wieder, rauchen, jetzt musste er rauchen, er stolperte vor, rutschte auf einer Prince-Platte aus, ging vor dem Couchtisch in die Knie, seine Stirn sank auf die Tischplatte. So verharrte er eine Weile, reglos, als wäre er in ein Gebet versunken.

»Macht kaputt, was euch kaputt macht«, murmelte Claudius Zorn noch einmal.

Dann begann er zu schnarchen.

*

Die Ampel schaltete auf grün. Bremslichter flackerten, der silbergraue Saab blinkte und fuhr an. Das Auto war mindestens fünfzehn Jahre alt, das allerdings sah man dem Wagen nicht an. Der Mann in Schwarz pflegte ihn sorgfältig, brachte ihn einmal im Monat in die Werkstatt. Zum einen, weil er ein ordnungsliebender Mensch war, zum anderen hätte er es äußerst ärgerlich gefunden, wegen eines defekten Blinklichtes oder einer abgelaufenen TÜV-Plakette von einer Streife angehalten zu werden.

Langsam rollte der Saab bergab, der Mann in Schwarz achtete darauf, die Höchstgeschwindigkeit nicht zu überschreiten. Die Straße war leer, der Wagen näherte sich der Brücke über den Fluss. Im Radio lief ein alter Hit von Nena. Die Lautstärke wurde hochgedreht, schlanke Finger klopften im Takt auf das Lenkrad, der Siegelring klapperte leise.

Der Mann in Schwarz war zufrieden. Sehr zufrieden.

Die Nachricht, wegen der er seinen letzten Kunden scheinbar überhastet verlassen hatte, war nicht echt gewesen. Eine einfache App, die zu einem bestimmten Zeitpunkt einen Signalton abgab und suggerierte, man habe eine SMS erhalten.

Ein weiterer Teil seines Plans, er hatte diese erste direkte Sitzung im richtigen Moment abgebrochen. Der Mann, das *Kaninchen*, wie er ihn mittlerweile nannte, war kurz davor gewesen, doch es war noch Zeit, die Information sollte erst in ein paar Tagen geliefert werden, ein seltener, glücklicher Umstand, den er nutzen wollte. In Ruhe arbeiten, ohne Druck, ohne körperliche Gewalt. Es war einfach, einen Mandanten so lange zu quälen, bis er redete. Der schwarze Mann hatte Spaß daran, sicherlich, doch noch mehr Freude bereitete es ihm, andere psychisch zu brechen, durch pure mentale Kraft. Es erschien ihm sauberer, eleganter. Und er genoss es, die Menschen durch sein bloßes Erscheinen zum Sprechen zu bringen, ruhig abzuwarten, bis sie förmlich darum *bettelten*, reden zu dürfen, ohne dass man ihnen ein Haar krümmte. Vorerst jedenfalls, das konnte man noch immer, es war die Kür, nachdem die Pflicht erfüllt war. Das war in den Augen des schwarzen Mannes die hohe Kunst, das Nonplusultra, das Maximum. Er bekam selten Gelegenheit dazu, jetzt hatte er sie. Und er würde sie nutzen.

Die Straße vollführte einen Bogen nach links, er passierte eine Haltestelle, gegenüber der flammend rote Schriftzug einer Sparkassenfiliale. Eine Rechtskurve, die Brücke tauchte auf, auf der anderen Seite die hell erleuchteten Mauern der alten Burg. Nebel stieg vom Fluss auf, bildete feinen Dunst auf der Fahrbahn. Der Saab bremste, Reifen quietschten in den Schienen der Straßenbahn.

»Gib mir die Hand«, brummte der Mann mit tiefer Stimme, »ich bau dir ein Schloss aus Sand, irgendwie, irgendwo, irgend…«

Er verstummte.

Nicht etwa, weil er den Text vergessen hätte. Eine blitzschnelle Bewegung im Rückspiegel, sein Kopf wurde nach hinten gerissen, Finger verkrallten sich in seinem Haar. Etwas Kaltes presste sich gegen seinen Hals, unwillkürlich trat er aufs Gas, der Motor heulte auf.

Der Saab geriet ins Schlingern.

*

Gregor Zettl saß noch immer auf dem Sofa. Er hatte sich keinen Millimeter von der Stelle bewegt, sein Blick war starr geradeaus in die Dunkelheit gerichtet, die Hände lagen flach auf der Decke über seinem Schoß. Unmöglich zu sagen, wie lange er so verbracht hatte, katatonisch, reglos wie eine Wachsfigur. Eine Minute? Zehn? Vielleicht auch eine halbe Stunde, er wusste nicht, wann ihn der schwarze Mann verlassen hatte.

Gregor Zettl war ein Mensch mit einer tief verankerten, unbewussten Abneigung gegenüber allem, was ihn zum Handeln zwang. Ein Verdränger. Einer, der unangenehme Tatsachen wegschob und wartete. Solange, bis er sie vergaß und sich die Dinge von allein regelten. Mit der Musik, die ihn jahrelang regelrecht gequält hatte, war ihm das gelungen, er konnte mittlerweile damit leben, dass sich alles, was er hörte, in seinem Kopf zu Melodien formte, die Klänge, die Rhythmen, sie waren zwar da, doch er hatte sie so lange ignoriert, bis er sie kaum noch wahrnahm. Auch mit anderen Dingen hatte das – mit Donatas Hilfe – immer funktioniert, Gregor Zettl war ein geduldiger, geübter Ignorant geworden – ebenso wie Claudius Zorn übrigens, der gerade auf dem besten Wege war, an dieser einfachen, bequemen Philosophie zu zerbrechen.

Aber jetzt? Selbst wenn Zettl gewollt hätte, er *konnte* den Besuch des schwarzen Mannes nicht ignorieren. Das altmodische Aftershave war noch zu riechen, Zettl spürte die kühle Luft, die durch die gesplitterte Glastür hereindrang, hörte, wie die schwere Gardine sich sacht im Wind bewegte und über den Teppich schleifte.

Der Mann war hier gewesen, nein, das war keine Einbildung, er war real. War in sein Leben gestürmt wie ein Taifun über eine Pazifikinsel, er würde keine Ruhe geben, bevor er erreicht hatte, was er wollte. Und wenn er weiterzog, würde alles in Trümmern liegen.

Kein Zweifel, er würde wiederkommen. Widerstrebend rang sich Zettl dazu durch, seine Existenz zu akzeptieren, und nachdem dies geschehen war, folgte der nächste Impuls, ein nahezu körperlich spürbarer Drang, wie ein Jucken an einer schwer zugänglichen Stelle.

Verschwinden. Unsichtbar werden. Wegducken.

Abwarten, dass das Unwetter vorüberzieht. Aber wo?

Langsam entspannten sich seine Muskeln, bald würde er aufstehen können. In die Küche gehen, es waren nur ein paar Schritte. Etwas trinken, Wasser, davon hatte er genug, er kam um vor Durst. Aber er würde dieses Haus nicht verlassen können, es gab keinen Ort, keine Alternative.

Sie sind wie ein Kaninchen, das sich nicht aus seinem Bau wagt.

Das Haus. Gleichzeitig Gefängnis und Zuflucht.

Obwohl es weiß, dass es gefressen wird.

Ein spießiger, enger Betonbau. Trotzdem, es war Zettls Schutzhülle, sein Panzer. Je weiter er sich entfernte, desto schlechter würde es ihm gehen. Gregor Zettl war nicht dumm, er wusste, dass es sich um eine psychische Störung handeln musste, eine Phobie vielleicht. Bisher allerdings hatte er keine großen Probleme gehabt, schließlich hatte er das Haus kaum verlassen müssen, und wenn, war er schnell wieder zurückgekehrt. Wie ein Mensch, der nach jahrelanger Gefängnishaft irgendeine Fensterscheibe einwirft mit dem einzigen Ziel, schnell wieder eingesperrt zu werden. Weil er an der Freiheit zerbricht.

Nein, Flucht war unmöglich. Allein der Gedanke daran raubte Gregor Zettl den Atem. Die Kräfte verließen ihn, als würde die Energie aus seinem Körper gesogen. Ebenso wenig würde er zur Polizei gehen, niemand würde ihm glauben, und schützen würden sie ihn erst recht nicht können. Nicht vor dem Mann in Schwarz.

Er würde wiederkommen.

Er würde seine Frage stellen.

Gregor Zettl hatte keine Ahnung, welche Antwort er geben sollte.

*

Nach zwei Sekunden hatte sich der Mann in Schwarz wieder unter Kontrolle.

Er vergeudete keine Zeit damit, sich zu fragen, wer da hinter ihm auf dem Rücksitz saß, wie er in den Wagen gelangt und warum er so plötzlich über ihn hergefallen war. Dies alles würde er später klären, jetzt ging es darum, schnell zu reagieren.

Er überlegte, nach hinten zu greifen, die Daumen in die Schläfen seines Angreifers zu bohren. Niemand war in der Lage, diesen Schmerz länger als ein paar Sekunden auszuhalten, doch dazu hätte er das Lenkrad loslassen müssen. Nein, er musste die Kontrolle über den Wagen behalten. Der Saab schlingerte im zweiten Gang bergab, der Motor heulte, ein dissonantes Duett mit der Stimme aus dem Radio, die unentwegt weiterplärrte.

Im Sturz durch Zeit und Raum, erwacht aus einem Traum.

Der Mann in Schwarz streckte das linke Bein, trat auf die Bremse. Sofort verstärkte sich der Druck auf seinen Hals, die Finger verkrallten sich fester in seinem Haar, zerrten ihn nach hinten an die Kopfstütze. Er spürte den Atem des Eindringlings an der Wange, keuchend, angestrengt. Im Rückspiegel war nichts zu erkennen, aus den Augenwinkeln sah er sein Profil, nur wenige Zentimeter entfernt, ein Stück der dünnen, gebogenen Nase, schmale Lippen, leicht geöffnet.

Er zog die Beine an, stieß mit dem Knie gegen das Armaturenbrett, das Radio

die Zeit ist reif für ein bisschen Zärtlichkeit, irg...

verstummte, der Saab zog nach rechts, holperte über die Bordsteinkante, fuhr jetzt halb auf dem Bürgersteig.

Ein Ruck am Lenkrad, der Wagen holperte zurück auf die Straße. Der Mann in Schwarz stieß mit dem Kopf gegen die gepolsterte Wagendecke, spürte, wie sein Angreifer auf dem Rücksitz kurz das Gleichgewicht verlor, ein Messer tauchte direkt vor seinen Augen auf, er sah die Klinge, sie war schwarz, den Bruchteil einer Sekunde darauf wurde sie wieder gegen seinen Hals gepresst.

Sie hatten die Mitte der Brücke erreicht, eine Straßenbahn kam ihnen entgegen. Scheinwerfer leuchteten auf. Der Mann in Schwarz schloss geblendet die Augen, presste sich gegen die Lehne des Fahrersitzes, gab plötzlich Gas. Der Saab schoss vor wie ein tollwütiges Nilpferd, direkt auf die Bahn zu. Der Angreifer beugte sich vor, griff in das Lenkrad, riss es im letzten Moment nach rechts. Ein Krachen, Stoßdämpfer ächzten, dann bohrte sich die Kühlerhaube des Saab nur wenige Zentimeter neben einer Laterne in das Brückengeländer.

Eine Sekunde Stille, nur das leise Tuckern des Motors.

»Lass ihn in Ruhe.«

Ein Flüstern, direkt an seinem Ohr. Das Messer presste sich stärker gegen seinen Hals. Etwas Warmes floss an seinem Kehlkopf hinab, ein leichter Schnitt, kaum spürbar. Der Mann in Schwarz bewegte sich nicht, wartete ruhig, was geschehen würde.

Ein Quietschen, hinter ihnen kam die Bahn zum Stehen. Türen öffneten sich, Rufe wurden laut, Schritte polterten über die Brücke, kamen näher. Plötzlich ließ der Druck gegen seinen Hals nach, die Tür hinter ihm öffnete sich, kühle Luft strömte in den Wagen, dann krachte die Tür wieder zu.

Er war allein.

Im Rückspiegel flammten die Bremslichter der Straßenbahn, sie hielt mitten auf der Brücke. Eine Handvoll Menschen strebte auf den Saab zu, der Angreifer rannte ihnen entgegen, eine schlanke Gestalt in Turnschuhen, Jeans und schwarzer Mütze. Er stolperte, fing sich wieder und war kurz darauf hinter der Bahn verschwunden.

Der Mann in Schwarz legte den Rückwärtsgang ein. Jetzt ging es einzig und allein darum, schnell zu reagieren. Niemand hatte ihn gesehen, an seinen Angreifer, da war er sicher, würde sich ebenfalls niemand erinnern. Was genau er vorgehabt hatte, war unwichtig, im Moment jedenfalls. Das Problem war der Wagen, das Nummernschild würde sich bestimmt jemand merken.

Der Saab setzte zurück. Die vordere Stoßstange hatte sich gelöst, schleifte über den Asphalt. Egal.

Menschen drängten sich um den Wagen. Ein Rütteln an der Tür. Hände klopften auf das Wagendach. Aufgeregte, besorgte Stimmen. Der Mann in Schwarz wandte das Gesicht ab, gab Gas. Zunächst fuhr er langsam, schließlich beschleunigte er, ein paar Sekunden später hatte er die Brücke verlassen.

Er würde den Saab in einer Seitenstraße in der Innenstadt abstellen. Dann würde er ihn als gestohlen melden. Nicht sofort, nein. In ein paar Stunden würde sich ein entrüsteter Frührentner bei der Polizei melden und sich wortreich darüber beschweren, dass sein geliebter Wagen verschwunden sei, wahrscheinlich ein paar Jugendliche, die hatten ja heutzutage nichts mehr zu tun, wussten nicht, was sie mit ihrer Zeit anfangen sollten. Immer mussten sie irgendwo reinstarren, in ein Smartphone, einen Monitor, einen Fernseher. Hauptsache, es flimmerte. Kein Wunder, dass sie auf dumme Gedanken kamen. Niemand achtete mehr auf den Besitz anderer, es waren schlimme Zeiten. Sehr schlimme Zeiten.

Als die Polizei auf der Brücke eintraf, war der Saab längst verschwunden. Das Brückengeländer war kaum beschädigt, nur der Lack war ein wenig zerkratzt. Plastiksplitter des linken Scheinwerfers waren auf dem Asphalt verstreut. Daneben lag ein Messer. Die schwarze Klinge blitzte im orangefarbenen Licht der Laternen.

*

Kurz vor Morgengrauen kam Claudius Zorn noch einmal zu sich. Er lag in Embryonalstellung vor der Heizung, direkt unter dem Fenster, spürte den rauen Teppich an der Wange, die linke Hüfte schmerzte. Einen winzigen, klaren Moment lang fragte er sich, wie er dort hingekommen war.

Claudius Zorn hatte keine Ahnung.

Das Deckenlicht brannte, spiegelte sich auf seinen geliebten Platten. Sie waren geborsten, überall im Zimmer verstreut, als seien sie von einem Müllwagen abgekippt worden. Dazwischen lagen seine Sachen, verschwommen erkannte er die zerknüllte Jeans, leere Weinflaschen, Zigarettenpackungen, dazwischen zerfetzte Bücher. Der Plattenspieler lehnte hochkant am Couchtisch. Zorn hatte in seiner Zerstörungswut ganze Arbeit geleistet, der Aluminiumarm mit der Nadel war gebrochen und stand in rechtem Winkel vom Plattenteller ab.

Direkt vor seiner Nase sah Zorn einen Abdruck im Teppich, einen halben Meter lang, ein paar Zentimeter breit. Zorn lag genau an der Stelle, an der bis vor ein paar Wochen noch der Hometrainer gestanden hatte, die Abdrücke hatten sich tief in den Teppichstoff gegraben. Er hatte das verfluchte Ding auf den Sperrmüll gebracht, wie alles, das ihn an

sprich ihren Namen nicht aus, denk ihn nicht mal

sie erinnert hatte. Fluchend hatte er den Hometrainer in den Fahrstuhl gewuchtet, dabei hatte er sich das Schienbein an einem der Pedale gestoßen. Auf dem Weg nach unten hatte er sie vor sich gesehen, ihren sanften, trotzdem erbarmungslosen Blick, mit dem sie ihn jeden Morgen auf das verdammte Teil geschickt hatte, sie hatte keine Ruhe gegeben, bis er sich nicht mindestens zwanzig Minuten abgestrampelt hatte.

Das Fenster über ihm war gekippt, kühle Nachtluft strömte herein. Fröstelnd zog er die Beine bis an den Bauch, seine linke Wade schabte über den Teppich. Da lag er nun, die Hände zwischen die Knie gepresst, ein Mann, der – wie er selbst vor kurzem noch festgestellt hatte – auf die Fünfzig zuging, wie ein einsames, verlorenes

Kind, zu keinem klaren Gedanken fähig. Ein halbnackter, bis zur Besinnungslosigkeit betrunkener Polizist, der nun alles zerstört hatte, was ihm lieb und teuer war.

Etwas kitzelte Zorn am Hals, er hatte die Gardine halb heruntergerissen, wahrscheinlich, als er zum Fenster getorkelt und vor der Heizung zu Boden gegangen war. Er langte nach oben, ein Ruck, die Gardine fiel herab, er zog sie zunächst über seine nackten Beine, schließlich hinauf bis über den Kopf.

Die Welt drehte sich wieder, und kurz bevor er erneut wegdriftete, hatte er einen letzten, klaren Gedanken. Wie schön es doch wäre, wenn er nie wieder aufwachen würde. Nie, nie mehr.

Draußen begann es zu regnen.

Elf

»Du?«

Schröders Zeigefinger lag noch immer auf der Klingel. Er antwortete nicht, stattdessen musterte er Zorn ein paar Sekunden lang vom Kopf bis zu den nackten Füßen. Dieser forstete in seinem dumpf pulsierenden Schädel nach einem Grund für Schröders Erscheinen, doch bevor er eine Frage formulieren konnte, drängte sich Schröder schweigend an ihm vorbei und betrat die Wohnung. Zorn schlug fröstelnd die Arme vor der Brust zusammen, spürte den Durchzug, hinter ihm flog das Wohnzimmerfenster krachend auf. Er schloss die Tür, zog die Unterhose hoch und schlurfte Schröder hinterher.

Das Chaos im Wohnzimmer war überwältigend. Vom Fußboden war so gut wie nichts zu sehen, der Teppich war unter einer Schicht aus zerknitterten Plattenhüllen, Kabeln und zerknüllten Kleidungsstücken verborgen. Das Fenster stand sperrangelweit offen, Zorn sah den bleigrauen Himmel, eine Hälfte der Gardine blähte sich, feiner Nieselregen wehte herein.

Schröder wippte auf den Zehenspitzen vor und zurück und betrachtete Zorns nächtliches Zerstörungswerk mit ausdrucksloser Miene.

»Du räumst um?«, fragte er nach einer Weile.

»Hahaha, Schröder.«

Zorn schob ihn zur Seite, ging steifbeinig zum Fenster und schloss es mit einem Knall.

»Oder hattest du Besuch?«

Schröders Mantel war feucht, Wassertropfen glänzten auf seiner Glatze.

»Quatsch«, murmelte Zorn und fuhr sich mit der flachen Hand über das Gesicht. Seine Stimme klang belegt, als habe er einen Topflappen im Mund. Einen alten, stinkenden Topflappen. »Wer soll mich denn …«

»Keine Ahnung.« Schröder zuckte die Achseln. »Ein Nashorn vielleicht. Oder ein Ork?«

»Deine ironischen Sprüche kannst du dir sparen, ich …«

»Keine Ironie. Wenn, dann Sarkasmus.«

Zorn antwortete nicht. Er hatte keine Ahnung, welchen Tag sie hatten, geschweige denn, wie spät es war. Immerhin, bekotzt hatte er sich offensichtlich nicht, eingepinkelt auch nicht, aber er war kurz davor gewesen. Das jedenfalls sagten ihm seine volle Blase und die Tatsache, dass sein Magen sich anfühlte, als sei er mit vergammelten Fischresten gefüllt. Er kam sich vor, als habe er die letzten Stunden in einer Badewanne randvoll mit Gülle verbracht. Wie sollte er da über den Unterschied zwischen Ironie und Sarkasmus diskutieren?

Schröder stellte seine Aktentasche ab und klaubte eine The-Clash-Platte vom Teppich. Nachdenklich betrachtete er das Cover, ein Mann stand mit gespreizten Beinen da und zertrümmerte eine Gitarre. Die Platte rutschte heraus, im Gegensatz zum kaum beschädigten Cover war sie fein säuberlich in der Mitte gebrochen. Zorn hatte die Platte wie einen Schatz gehütet, es war fast dreißig Jahre her, dass er sie gegen die Originalausgabe eines Tarzan-Buches von 1924 getauscht hatte.

»Warum machst du das?«, fragte Schröder leise.

»Sinnloser, nostalgischer Quatsch. Ich brauch den Kram nicht mehr.« Zorn fuchtelte mit der Hand durch die kalte Luft, dann deutete er auf den Plattenspieler, der noch immer am Couchtisch lehnte. »Den kannst du haben, du kriegst den bestimmt repariert.«

Noch immer hielt Schröder die Hälften der Platte in den Händen.

»Warum machst du das?«, wiederholte er.

Er klang ein wenig anders als sonst. Es schien, als sei seine helle Stimme eine Nuance tiefer, einen Halbton vielleicht. Zorn bekam davon nichts mit. Er wollte nur eins. Eine Ecke, in die er sich verkriechen und eine Decke über den Kopf ziehen konnte.

»Wie spät ist es?«, fragte Zorn.

»Halb acht.«

»Was willst du hier? Willst du mich abholen?« Zorn lachte kurz auf, es klang wie ein klemmender Reißverschluss. »Dienstbeginn ist frühestens in einer halben Stunde, ich hätte sogar pünktlich sein können.«

Schröder sah schweigend zu Zorn auf, offensichtlich erwartete er noch immer eine Antwort. Zorns Blick wanderte durch das Zimmer auf der Suche nach seinen Zigaretten. Seine Lunge brannte, sein Atem ging pfeifend. Letzte Nacht musste er Unmengen geraucht haben, trotzdem, der Drang war unwiderstehlich.

»Ich bleib heute zu Hause.«

»Das wirst du nicht.«

»Lass dir irgendwas einfallen, sag der Borck, dass ich krank bin. Ich geh zum Arzt und lass mich …«

»Du wirst nicht zu Hause bleiben.«

Etwas flackerte in Schröders hellen Augen, etwas, das Zorn noch nie an ihm gesehen hatte.

Wut?

Nein, das konnte nicht sein.

»Du gehst jetzt unter die Dusche«, sagte Schröder leise. »Aber vorher will ich wissen, warum du das getan hast.«

»Langsam könntest du«, diesmal erinnerte Zorns Lachen an das

Bellen einer erkälteten Hyäne, »mal 'ne andere Platte auflegen. Wie oft willst du noch fragen?«

»Bis ich eine Antwort habe.«

Ein paar Sekunden vergingen.

Zorn ging auf Schröder zu, er wollte raus hier, einfach nur raus. Etwas knackte unter seinem nackten Fuß. Er war auf seine Brille getreten. »Scheiße, ja, ich hab mich letzte Nacht besoffen, na und?« Zorn bückte sich, hob die Brille auf. Der linke Bügel war abgebrochen. »Ich hab 'nen Filmriss, ich hab keine Ahnung, was passiert ist, aber das geht niemanden was an!« Klappernd landete die Brille auf dem Couchtisch. »Lass mich heute einfach in Ruhe, ja?«

Schröder ließ Zorn nicht aus den Augen.

»Das ist keine Antwort.«

»Du willst 'ne Antwort?« Zorn hob die Stimme. »Die kann ich dir geben! Ich ertrage die ganze Scheiße einfach nicht mehr! Den ganzen Tag hab ich nur eines zu tun, ich hab zu funktionieren! Das ist es, was ihr von mir erwartet, du, die Borck und all die anderen Nasen! Aber wie es hier aussieht«, er tippte sich mit dem Zeigefinger auf die Brust, eine alberne, theatralische Geste, »hier drin, das interessiert niemanden von euch! Dich auch nicht, wenn du ehrlich bist! Sinnloses Gelaber über Hüftgelenke, sinnloses Aktengewälze, sinnlose Späße, die nicht mal lustig sind! Ich steh diesen Mist nicht mehr durch, jedenfalls nicht nüchtern!«

Die letzten beiden Worte hatte Zorn regelrecht herausgebrüllt. Seine Stimme überschlug sich und ging in ein Husten über. Schröder wartete einen Moment.

»Bist du fertig?«, fragte er dann.

»Was?!«

»Ich fragte, ob du fertig bist.«

»Ja, verdammt!«

»Dann kannst du jetzt unter die Dusche gehen.«

»Das ist *meine* Wohnung! Niemand gibt mir hier Befehle!«

»Die Dusche. Jetzt.«

»Klar«, Zorn verdrehte die Augen, »der feine Herr ist ja jetzt mein

Vorgesetzter, da kann er ja bestimmen, was ich zu tun oder zu lassen habe! Und wenn ich's nicht mache, was dann? Krieg ich 'ne Abmahnung? Verpetzt du mich bei der Borck?«

Zorn sah Schröder mit blutunterlaufenen Augen an. Er trat einen Schritt vor. Knirschend gingen seine Kopfhörer unter seinen Füßen zu Bruch, er achtete nicht darauf. Schröder erwiderte seinen Blick, ruhig und gelassen wie immer.

Drei Sekunden vergingen.

»Ihr kotzt mich so was von an«, murmelte Zorn. »Alle.«

Dann ging er duschen.

*

Gregor Zettl kniete vor der Terrassentür und klaubte Glassplitter vom Teppich. Die größeren Scherben hatte er bereits eingesammelt und in einen Eimer getan, der neben ihm auf dem Boden stand. Er trug noch immer das, was er letzte Nacht angehabt hatte, das weiße Hemd, Kniestrümpfe und eine helle Unterhose. Die Anzughose war noch feucht, er hatte sie vom Wäscheständer genommen, jetzt hing sie ordentlich gefaltet hinter ihm über der Sessellehne.

Es war wichtig, jeden noch so kleinen Splitter zu finden, sehr wichtig, schließlich durfte er sich nicht verletzen, wenn er hinaus in den Garten ging. Mit der flachen Hand strich er über den Teppich, das Gesicht nur Zentimeter vom Boden entfernt, er murmelte leise vor sich hin, ein unverständliches Gebrabbel. Ein letzter prüfender Blick, dann richtete er sich auf, nahm den Eimer, um ihn in den Flur zu bringen. Einen Moment stand er da, beobachtete, wie der Regen am Fenster zum Garten hinablief, der Rasen draußen war nass, von den Hecken tropfte das Wasser, die rosafarbenen Steine auf dem Kiesweg glänzten. Es war nicht sicher, ob er davon etwas mitbekam, sein Blick war glasig, die Augen starr. Als sei er versteinert, nur seine Lippen bewegten sich kaum merklich, stießen vier Worte hervor, immer wieder, eine unablässige, monotone Schleife.

»Ich weiß es nicht.«

Er drehte sich um, ging einen Schritt ins Zimmer. Plötzlich zuckte er zusammen, sein rechter Fuß hob sich, der Eimer entglitt seinen Händen, polterte zu Boden. Zischend sog Zettl die Luft ein, verstummte. Der Eimer kippte neben ihm um, Scherben verteilten sich wieder auf dem Teppich. Er achtete nicht darauf, bückte sich, um zu sehen, worauf er getreten war. Als er sich wieder aufrichtete, brabbelte er wieder vor sich hin, mit gerunzelter Stirn betrachtete er die Schraube, drehte sie zwischen Daumen und Zeigefinger.

Das Eisen frisst sich langsam in Ihr Fleisch, Gregor.

Zettl redete schneller, seine Stimme hob sich, wurde lauter.

Denken Sie gut über meine Frage nach. Und über die Antwort.

Das war es, was Gregor Zettl seit Stunden vor sich hin brabbelte. Die Antwort, er wiederholte sie unablässig, vier Silben, wie ein Mantra. Er wusste, dass sie dem Mann in Schwarz nicht gefallen würde.

ichweißesnichtichweißesnichtichweißesnicht

*

»Du wirst das Zimmer malern müssen, Chef.«

Schröder hatte den Mantel ausgezogen und deutete auf einen dunklen Fleck an der Wand über dem Sofa. Rotwein, schätzte Zorn, er konnte sich nicht erinnern, welchen getrunken zu haben. Länger als eine Viertelstunde war er nicht unter der Dusche gewesen, trotzdem hatte Schröder einen beträchtlichen Teil der Zerstörung beseitigt. Die Schallplatten hatte er vor dem Fenster gestapelt, die Gardine lag gefaltet auf der Couch, daneben, auf dem Sessel, Zorns Sachen und die Sofadecke.

»Hier«, Schröder reichte Zorn die Brille, »so müsste es eine Weile funktionieren.« Er hatte den Bügel wieder befestigt, wie er das angestellt hatte, wusste Zorn nicht. Es war ihm auch egal, er brummte etwas Unverständliches, strich sich das nasse Haar aus der Stirn und setzte die Brille auf. Sein Kopf war ein wenig klarer, und jetzt, da er das Ausmaß der Verwüstung deutlich vor sich sah, wurde ihm bewusst, was er angestellt hatte.

»Scheiße.«

Der Teppich war mit Glasscherben übersät, der Aschenbecher war zu Bruch gegangen, ein paar Flaschen ebenfalls. Ein Wunder, dass er sich nicht verletzt hatte. Sein Schädel pochte noch immer, am Hinterkopf war es am schlimmsten, wahrscheinlich hatte er sich irgendwo gestoßen. An der Deckenlampe vielleicht, sie baumelte schief über dem Couchtisch.

Schröder hob eine zerknüllte Socke auf, legte sie auf den Sessel und setzte sich auf die Lehne.

»Denkst du, es wird besser, wenn du alles zerstörst, was dir wichtig ist?«

Zorn räusperte sich, er war heiser, seine Stimme klang wie ein Reibeisen.

»Keine Ahnung, was du meinst.«

O doch, Zorn wusste sehr genau, was Schröder meinte. Was allerdings nichts an der Tatsache änderte, dass er nicht darüber reden wollte. Das wiederum wusste Schröder, er nickte knapp, stützte die Ellbogen auf den Oberschenkeln ab und das Kinn in die Hände.

»Du musst noch staubsaugen. Sonst zerschneidest du dir die Füße, wenn du das nächste Mal«, seine Stimme senkte sich ein wenig, »*feierst*. Oder als was auch immer du das bezeichnen willst. Und wenn du fertig aufgeräumt hast«, Schröder deutete auf die aufgestapelten Platten unter dem Fenster, »wirst du sie durchsehen und die, die noch ganz sind, stellst du wieder ins Regal. Sind wir uns einig?«

Zorn senkte den Kopf, was Schröder als Zustimmung deutete.

»Fein.« Schröder hob eine volle Plastiktüte an, Glas klirrte. »Die Flaschen schmeißen wir unten in den Müll. Insgesamt hab ich elf Stück gezählt, zwei waren noch halb voll. Ich denke, du brauchst sie vorerst nicht. Und jetzt lass uns gehen.«

Das taten sie dann auch.

*

»Würdest du bitte hochschalten, Schröder?«

Zorn saß auf dem Beifahrersitz und beobachtete mit verquollenen Augen, wie Schröder den Volvo im zweiten Gang durch den morgendlichen Verkehr steuerte. Natürlich hatte Zorn fahren wollen – das tat er immer, schließlich war es *sein* Wagen –, doch auf dem Parkplatz vor dem Hochhaus hatte Schröder ihm die Schlüssel aus der Hand genommen. Gesagt hatte er nichts, doch sein Blick hatte Bände gesprochen.

Schröder rammte den Ganghebel nach vorn. Das Getriebe gab ein empörtes Kreischen von sich, der Motor jaulte auf. Zorn ebenfalls.

»Nicht runter. *Hoch.*«

Sie fuhren, nein, krochen auf der Straße zwischen Altstadt und Neustadt Richtung Norden. Rechts von ihnen tauchte ein halb errichtetes Riesenrad zwischen den Bäumen auf, dann die schmutziggraue Fassade der alten Eissporthalle.

Schröder rührte im Getriebe, fand den dritten Gang. Kurz bevor er den Motor abwürgte, ruckelte der Volvo weiter.

»Okay«, knurrte Zorn. »Ich bin definitiv nicht fahrtauglich. Aber *du* bist es auch nicht. Das warst du noch nie.«

Schröder saß aufrecht hinter dem Steuer, den Blick stur nach vorn gerichtet. Der Regen hatte nachgelassen, quietschend fuhren die Scheibenwischer über die Windschutzscheibe.

»Mach die aus, Schröder. Du versaust mir die Wischerblätter.«

»Ich muss mich aufs Fahren konzentrieren.«

Zorn murmelte, dass er besoffen und völlig verkatert immer noch tausendmal besser fahre als Schröder, dieser gottverdammte Anfänger, lehnte den Kopf zurück und sah aus dem Fenster. Er hatte Durst, die Augen fielen ihm zu, als er sie wieder öffnete, erkannte er die Endhaltestelle der Straßenbahn. Rechts ging es ins Zentrum, zum Präsidium. Schröder allerdings fuhr geradeaus.

»Darf man erfahren, wo die Reise hingeht?«

Keine Antwort. Schröder hatte die Lippen gespitzt und konzentrierte sich mit gerunzelter Stirn auf den Verkehr. Er setzte den Blinker, bremste abrupt, Zorn kippte nach vorn, fluchte, der Sicherheitsgurt spannte sich.

»Himmelherrgott, das ist ein Auto, Schröder, und kein …«

Der Volvo schoss vor, Zorn wurde in die Kopfstütze gepresst.

»… Panzer!«

Auch jetzt reagierte Schröder nicht. Zorn, der sich in seinem ganzen Leben noch nie so gedemütigt, regelrecht erniedrigt gefühlt hatte – das glaubte er zumindest –, schüttelte resigniert den Kopf.

Sie fuhren direkt am Stadtwald entlang stadtauswärts, rechts tauchten die neuen, im Regen glänzenden Dächer der Waldstraßensiedlung auf. Irgendwo dort musste das Haus von Gregor Zettl sein, dachte Zorn, im nächsten Moment hatte er es wieder vergessen.

Der Volvo zuckelte mit vierzig Stundenkilometern in Richtung Westen. Zorn beugte sich vor, drehte die Heizung hoch und ließ sich zurück in die Polster sinken. Dösend beobachtete er, wie die regennasse Landschaft an ihm vorbeizog, eine Bushaltestelle, Villen, halb versteckt hinter hohen Mauern, die Ausflugsgaststätte am Waldrand, hier war er als Kind oft gewesen. Sonntags waren seine Eltern manchmal mit ihm hergefahren und hatten zu Mittag gegessen, das Eis zum Nachtisch hatte er geliebt, die Spaziergänge gehasst, dachte Zorn noch, er hatte nie verstanden, was er geschniegelt und gebügelt, streng gescheitelt und im Sonntagsanzug im Wald anstellen sollte, dann schlief er ein.

*

Reifen knirschten über Kies, der Volvo bremste. Zorn schreckte hoch, sah sich blinzelnd um. Der Regen war stärker geworden, durch die Frontscheibe erkannte er eine dörfliche, ländlich wirkende Siedlung. Es dauerte einen Moment, bis er begriff, dass sie direkt vor Schröders Haus parkten. Zorn konnte nur ein paar Minuten gedöst haben, doch es kam ihm vor, als wären Stunden vergangen. Besser ging es ihm nicht, weiß Gott nicht. Das Pochen in seinem Schädel hatte sich zu einem dumpfen Hämmern gesteigert, seine Kehle war ausgedörrt, der Geschmack im Mund erinnerte an schimmelnde Essiggurken.

»Was wollen wir hier?«

Zorn musste den Satz wiederholen, sein erster Versuch erstarb in einem tonlosen Krächzen. Schröder schaltete den Motor aus. Einen Moment blieb er so sitzen, wie er gefahren war, den Rücken kerzengerade, den Hals vorgereckt. Dann entspannte er sich, zog die Handbremse an und sank nach hinten.

»Willst du mich wieder bei dir einquartieren?«

Das war als Scherz gemeint. Vor ein paar Monaten hatte Zorn in der kleinen Dachwohnung übernachtet, Schröder hatte ihn in seinem Bett schlafen lassen, er war da gewesen, als Zorn jemanden gebraucht hatte. Geredet hatten sie damals nicht viel, doch am nächsten Morgen war es Zorn besser gegangen, viel besser, soweit er sich erinnerte.

»Was ist?«, fragte Zorn, nachdem Schröder noch immer schwieg. »Willst du mir was kochen? Oder warum sind wir hier?«

»Ich koche nicht mehr.«

»Das weiß ich, Schröder. Entweder, man ist Koch oder man ist Bulle. Es geht nur eines, das hast du selbst gesagt.«

Schröder drückte einen Knopf in der Fahrertür, das Seitenfenster surrte ein Stück nach unten. Der Wind fegte winzige Wassertropfen durch den Spalt ins Wageninnere.

»Du versaust mir die Polster«, knurrte Zorn.

»Es ist nur Wasser«, sagte Schröder. »Und ein bisschen frische Luft.«

»Ich weiß selbst, dass ich 'ne Fahne hab.«

Der Regen trommelte auf das Dach des Volvo. Zorn sah die penibel gestutzten Hecken vor den kleinen, gepflegten Häusern. Mülltonnen standen säuberlich aufgereiht wie Soldaten auf dem Fußweg.

»Was wollen wir hier, Schröder?«

»Reden.«

Schröder fuhr das Fenster wieder hoch. Sein Mantel raschelte bei jeder Bewegung, lauter als sonst, fand Zorn, wahrscheinlich, weil sein strapaziertes Hirn auf jedes Geräusch gereizt reagierte. Natürlich registrierte er, wie ernst Schröder den ganzen Morgen gewesen war, ungewöhnlich ernst.

»Worüber willst du reden?«

»Über dich.«

Zorn seufzte. Das, was jetzt folgen würde, war unangenehm. Er würde es so schnell wie möglich hinter sich bringen und wieder vergessen.

»Ich hab mich besoffen, okay. Du hast mich dabei erwischt. Das war peinlich, aber wenn du glaubst, dass ich mich bei dir entschuldige, hast du dich geschnitten. Und ich werd dir auch nicht erzählen, dass das nie wieder vorkommen wird, so was passiert jedem Menschen mal. Mir geht's nicht sonderlich gut, aber ich krieg das wieder hin.«

»Ich weiß, dass du nicht über Malina reden willst. Darüber, dass sie dich verlassen hat. Dass du mit dem Alleinsein nicht zurechtkommst, dass du nicht weißt, was jetzt aus eurem Kind wird. Es geht mich auch nichts an und …«

»Da hast du verdammt nochmal recht!«

Hinter ihnen heulte ein Motor auf, im Rückspiegel erkannte Zorn ein orangefarbenes Müllauto der Stadtwerke.

»Was soll ich machen, Schröder?« Je länger Zorn über seine Situation nachdachte, desto wütender wurde er. »Soll ich den Kopf auf deinen Schoß legen und mich mal ordentlich ausheulen? Dem sensiblen, von allen unterschätzten Kollegen *mein Herz ausschütten* und erzählen, wie ach so beschissen es mir geht? Und dann? Dann streichelst du mir das müde Haupt und erklärst mir, dass alles wieder gut wird?«

»Aber nicht doch.«

Schröder schüttelte den Kopf. Er wirkte traurig, aber nicht nur. Da war noch etwas, Zorn konnte es nicht beschreiben. Ungeduld vielleicht. Oder tatsächlich Wut?

»Du meintest vorhin, dass sich niemand um dich kümmert«, fuhr

Schröder ruhig fort. »Dass allen egal wäre, wie es dir geht, dass du nur zu *funktionieren* hast. Das ist doch richtig, oder?«

»Ja, und?«

»Das ist melodramatische Scheiße.«

Zorn traute seinen Ohren nicht. Bis vor ein paar Sekunden hätte er sein Leben darauf verwettet, dass etwas Vulgäres wie *Scheiße* in Schröders Wortschatz überhaupt nicht existierte, geschweige denn, dass es jemals über seine Lippen kommen würde. Doch das, stellte Zorn verwirrt fest, war noch nicht alles.

»Dein Selbstmitleid ist zum Kotzen.«

»Was wird das hier, 'ne Schocktherapie?« Zorn richtete sich wütend auf. »Jetzt sagen wir dem angehenden Alkoholiker mal richtig schön offen die Meinung, und hops!«, er schnippte mit den Fingern, »sieht er ein, dass er Scheiße gebaut hat und hört mit dem Saufen auf? Und dann lehnen wir uns zufrieden zurück, weil wir«, er lachte freudlos auf, »ein *gutes Werk* getan haben. So ist es doch, gib's zu!«

»So ist es nicht.« Schröder klang wie immer, leise, ruhig. »Du wirst dich eine Weile in deiner Wehleidigkeit suhlen, dann kommst du wieder auf die Beine.«

Zorn kochte. Er wollte nur eines, raus aus dem Wagen. Mit zitternden Fingern suchte er nach dem Türgriff, fand ihn in seiner Wut nicht.

»Ich bin noch nicht fertig«, sagte Schröder.

»Du kannst mich mal!«

Das Müllauto donnerte vorbei, unwillkürlich zog Zorn den Kopf ein. Der Mann auf dem Trittbrett sprang leichtfüßig herab, schnappte zwei Mülltonnen und schob sie zum Auto. Seine orangefarbene Jacke glänzte im Regen, das Haar war durchnässt und klebte an seinem Kopf. Es schien ihm nichts auszumachen.

»Was kommt als Nächstes?«, schnappte Zorn. Er deutete auf den gepflegten Rasen vor Schröders Haus. »Gehen wir jetzt rein und machen 'ne Psychogruppe auf? Deine Mutter kocht Pfefferminztee, serviert Plätzchen, und ich rede mir den Schmerz von der Seele?«

Schröder sah Zorn an. Das erste Mal, seitdem sie hier standen.

»Wann hast du zuletzt nach ihr gefragt?«

»Nach wem?«

»Nach meiner Mutter.«

Zorn verstand kein Wort.

»Du hast behauptet, dass du sie magst«, sagte Schröder.

Das stimmte. Zorn mochte die zierliche Dame mit der bläulichen Dauerwelle und dem leisen, irgendwie vorsichtigen Humor sogar sehr. Eine kleine Frau mit ebenso kindlichen, hellen Augen wie ihr Sohn. Zorn hatte sie seit Monaten nicht gesehen, er wusste nur, dass sie wieder in das Haus gezogen war, nachdem sie eine Zeitlang in einem Altersheim gelebt hatte. Das, was damals geschehen war, hatte er verdrängt, so gut es ging.

»Was soll das jetzt, Schröder?«

»Du hast dich seit Monaten nicht nach ihr erkundigt.« Schröder hatte die Stimme gehoben. Nicht, weil er wütend war. Sondern, um den Lärm des Müllautos zu übertönen, das jetzt vor ihnen rumpelnd um die Ecke verschwand. »Wie es anderen geht, war dir schon immer egal.«

Zorn stieß geräuschvoll die Luft aus und sah beleidigt aus dem Beifahrerfenster. Bemerkte die dunklen, leeren Fenster des Hauses. Die Gardinen waren abgenommen, eine hölzerne Leiter lehnte unter dem Vordach neben der Tür.

»Ich glaub dir sogar, dass du sie magst«, sagte Schröder leise neben ihm. »Mich magst du ja auch. Aber du kümmerst dich nicht um die Menschen, auch nicht um die, die dir wichtig sind. Das hast du noch nie getan.«

Zorn hörte, wie Schröder seufzend Luft holte.

»Ich bin in dem Haus groß geworden, mein Vater hat es gebaut, vor über fünfzig Jahren. Jetzt steht es leer, vor zwei Monaten bin ich ausgezogen. Du erinnerst dich vielleicht, ich hab zwei Tage freigenommen.«

Nein, Zorn erinnerte sich nicht.

»Ich hab jetzt eine Wohnung am Markt«, fuhr Schröder fort. »Ich will das Haus verkaufen. Bisher hab ich noch niemanden gefunden.«

Weit, weit hinten in seinem vernebelten Schädel ahnte Zorn, was

Schröder als Nächstes sagen würde. Der Drang, den Volvo zu verlassen, wurde stärker. Zorn wollte es nicht hören.

»Meine Mutter ist gestorben«, sagte Schröder. »Genau heute vor zehn Wochen.«

Zwölf

Gregor Zettl putzte das Wohnzimmer.

Gebückt stand er vor dem großen, dunklen Regal und wischte Staub, mit den flinken, effektiven Bewegungen einer sorgfältig operierenden Hausfrau. Im Schrank hatte er noch ein sauberes Hemd gefunden, darüber trug er seinen blauen Westover. Seine nackten Beine ragten unter den Hemdschößen hervor, als trüge er ein kurzes, zerknittertes Kleidchen.

Ich lieb dich nicht, du liebst mich nicht.

Leise summte er vor sich hin, einen alten Hit von Trio. Er konnte nicht ahnen, dass Claudius Zorn ein paar Stunden zuvor die Platte in seinen Händen gehalten und mitten durchgebrochen hatte.

Da, da, da.

Zettls hohe Stimme klang zittrig, dünn. Kaum vorstellbar, dass er früher, als er sich noch Greg Zett genannt hatte, damit Geld verdient hatte, eine Menge sogar. Zettl, dessen Gehör präzise arbeitete wie ein Schweizer Uhrwerk, war sich dieses Mankos bewusst gewesen. Er hatte aus der Not eine Tugend gemacht, bei den Plattenaufnahmen hatte er seine Stimme mehr als ein Dutzend Mal aufnehmen lassen, die Toningenieure hatten die Spuren übereinanderlegen und eine Menge Hall dazumischen müssen, es hatte Wochen gedauert, bis Zettl zufrieden gewesen war.

Du liebst mich nicht, ich lieb dich nicht.

Er wandte sich dem Regal mit Donatas Swarovski-Figuren zu. Den Flachbildfernseher hatte er bereits gesäubert, jetzt schob er die Figuren zur Seite, wischte den Staub darunter ab und stellte sie vorsichtig wieder an die ursprüngliche Stelle. Einen Frosch, zwei Schwäne, eine Eule, einen tanzenden Pudel, drei rosafarbene Flamingos. Das Licht spiegelte sich im geschliffenen Glas, Zettl wandte sich um, seine Anzughose hing noch immer über dem Sessel. Prüfend fuhr er mit der Hand über das Hosenbein, der Stoff war noch feucht. Missmutig schob er die fleischige Unterlippe nach vorn, verschränkte die Hände auf dem Rücken. Er sang weiter, den Text hatte er geändert.

Ich weiß es nicht, ich weiß es nicht.

Er wippte ein wenig in den Knien.

Ich weiß es nicht, du weißt es nicht.

Seine Stimme hob sich.

Du weißt es nicht, ich weiß es nicht!

Wurde lauter.

ICH WEISS ES NICHT, ICH WEISS ES NICHT!

Noch lauter.

DA DA DA!

*

»Ich habe dir das nicht erzählt, weil ich Hilfe von dir erwarte«, sagte Schröder. »Oder Trost, oder jemanden, mit dem ich reden kann. Mama war zufrieden, sie ist einfach eingeschlafen. Sie hatte keine Schmerzen, sie war nur müde. Es war einfach an der Zeit, schließlich war sie schon alt.«

Der Regen hatte aufgehört. Sie waren auf dem Weg zurück in die Innenstadt. Schröder saß wie zuvor hinter dem Steuer, sein Blick war stur nach vorn gerichtet, auf die noch immer glänzende Fahrbahn.

»Warum …«, Zorns Stimme versagte, er räusperte sich und setzte noch einmal an. »Warum erzählst du's mir dann?«

»Weil ich will, dass du dein Leben in Ordnung bringst. Weil ich nicht zusehen werde, wie du dich selbst kaputtmachst. Und weil ich will, dass du deine Arbeit tust.«

Der Stadtwald zog jetzt rechts an ihnen vorbei. Der Verkehr war dichter geworden, ein Lkw kam ihnen entgegen. Gischt wirbelte auf, ergoss sich über die Windschutzscheibe. Es dauerte einen Moment, bis Schröder den richtigen Hebel gefunden hatte, er schaltete auf die höchste Stufe, die Wischer rasten quietschend über das Glas. Zorn verkniff sich eine Bemerkung.

»Ich hab sie gemocht«, sagte er stattdessen. »Es tut mir l...«

»Überleg dir gut, was du jetzt sagst.« Schröder sah weiter geradeaus, auch sein Tonfall änderte sich nicht. »Am besten, du bist still, denn wenn du jetzt das Falsche sagst, irgendeine beliebige Floskel zum Beispiel, könnte es sein, dass ich die Beherrschung verliere. Das ist mir zwar noch nie passiert, aber ich fürchte, es wäre für uns beide keine gute Erfahrung.«

Schröder hatte sich ein wenig aufgerichtet, seine Hände umklammerten das Lenkrad noch etwas fester als zuvor. Sein Handy klingelte. Ohne den Blick von der Fahrbahn zu wenden, kramte er das Telefon aus der Manteltasche, meldete sich knapp.

»Gehen Sie schon rein, wir sind gleich da«, sagte er, nachdem er ein paar Sekunden zugehört hatte, und beendete das Gespräch.

Zorn suchte nach den richtigen Worten, fand sie nicht.

»Du hast meiner Mutter viel bedeutet«, sagte Schröder schließlich. »Das weißt du, und du weißt auch, wie sehr sie sich gefreut hätte, dich zu sehen.«

Das Heck eines Busses tauchte vor ihnen auf, die Bremslichter leuchteten. Schröder bremste ebenfalls und kam ruckelnd hinter dem Bus zum Stehen.

DIESE WERBEFLÄCHE KÖNNEN SIE MIETEN!, stand in fetten grauen Buchstaben auf dem verdreckten Heck.

»Es hat dich nicht interessiert, weil du mit deinem eigenen Elend beschäftigt warst. Trotzdem hättest du sie mal besuchen können. Weil man spürt, wenn man anderen etwas bedeutet. Dazu sind wir auf der Welt. Wir sind nicht hier, um in der Ecke zu sitzen und zu jammern. Sondern, um anderen zu helfen.«

Die Türen des Busses hatten sich geöffnet, eine ältere Dame in braunem Mantel und altmodischem Kopftuch stieg steifbeinig aus, stand auf dem Bordstein und sah sich unschlüssig um. Der Bus fuhr an, Schröder gab der Alten ein Zeichen. Sie tippelte vor ihnen über die Straße und als sie sein Lächeln erwiderte, erinnerte sie Zorn ein wenig an die alte Frau Schröder. Zorn beobachtete, wie sie auf der anderen Straßenseite hinter dem Torbogen der Ausflugsgaststätte verschwand, und fühlte sich, als habe ihm jemand einen Eimer Gülle über den Kopf geschüttet.

»Ich will jetzt nichts von dir hören«, sagte Schröder. »Ich will einfach nur, dass du nachdenkst. Und wenn du das gemacht hast, dann wirst du nicht reden, sondern etwas *tun*. Ich ertrage deinen Zynismus nicht mehr, deine Wehleidigkeit, deine Selbstgerechtigkeit.«

Die Worte, ruhig, gelassen, fast gleichgültig. Trotzdem, jedes einzelne ein Schlag in Zorns ohnehin schon rebellierenden Magen.

Schröder fuhr an, würgte den Motor ab. Startete neu, der Volvo holperte nach vorn, soff wieder ab.

»Leerlauf«, murmelte Zorn.

»Mir ist dieses Gespräch genauso zuwider wie dir.« Schröder rammte den Ganghebel in die Mitte, startete erneut. »Eine allerletzte Frage gibt es noch, dann haben wir's hinter uns.« Er sah in den Rückspiegel, setzte den Blinker. »Kann ich dir irgendwie helfen?«

Zorn langte nach oben, hielt sich am Griff über dem Beifahrerfenster fest.

»Nein.«

»Dann«, sagte Schröder und fuhr ruckelnd an, »musst du allein klarkommen.«

*

Zettl stand am Fenster und starrte hinaus in den Garten. Sein Blick war leer, Speichel glänzte auf seiner Unterlippe. In der Hand hielt er einen gläsernen Flamingo, drehte ihn zwischen den Fingern.

Vor dem Haus wurde eine Autotür zugeschlagen, noch eine. Zettl drehte sich nicht um, er hörte es nicht, ebenso wenig die schweren Schritte auf der Straße.

Ein paar Sekunden vergingen.

Plötzlich ein Donnern, die Haustür bebte in den Angeln.

Zettl fuhr zusammen, die Glasfigur fiel zu Boden.

*

Sie erreichten die Kreuzung am Waldrand. Ein paar Meter vor ihnen schaukelte der Bus nach rechts in Richtung Innenstadt, verwundert registrierte Zorn, dass Schröder nach links fuhr, zur Waldstraßensiedlung. Vor Gregor Zettls Haus parkte ein Streifenwagen, die Haustür stand halb offen, ein Kaugummi kauender Uniformierter lehnte daneben an der Wand, die Hände in den Hosentaschen vergraben.

Schröder zog die Handbremse an, lehnte sich zurück, schloss einen Moment die Augen. Der Volvo parkte einen knappen Meter vom Bordstein entfernt.

Der Uniformierte spuckte den Kaugummi aus und kam auf sie zu.

»Na dann«, seufzte Schröder und löste den Sicherheitsgurt. »An die Arbeit.«

*

»Entschuldigen Sie, dass wir einfach so hereinplatzen, Herr Zettl.«

Sorgfältig putzte sich Schröder die Schuhsohlen ab, ging durch den Flur ins Wohnzimmer, Zorn folgte ihm. Zettl stand mit dem Rücken am Fenster zum Garten und beobachtete die beiden Uniformierten, die vor dem Wohnzimmerregal knieten, Schubladen herauszogen und den Inhalt inspizierten. Der Schock war ihm deutlich ins Gesicht geschrieben.

»Es wäre nett, wenn Sie sich etwas überziehen würden«, sagte Schröder.

Zettl antwortete nicht. Der Kragen über dem blauen Westover stand schief, das Hemd darunter war falsch geknöpft. Schröder nahm die Anzughose vom Sessel und reichte sie Zettl. Dieser sah erst

Schröder an, dann Zorn, bevor er nach der Hose griff und umständlich begann, sie anzuziehen.

»Was … was ist hier los?«

Zorn, dem das Ganze genauso unverständlich war, versuchte, eine undurchdringliche, dienstliche Miene aufzusetzen. Schröder griff in die Innentasche seines Mantels und holte ein gefaltetes DIN-A4-Blatt hervor.

»Das ist ein Durchsuchungsbeschluss.«

Zettl griff nach dem Blatt, Zorn sah, dass seine Finger zitterten. Der Ehering, tief in das wulstige Fleisch vergraben, blitzte. Mit bebenden Lippen überflog Zettl das Schreiben, die Hose rutschte herab und hing um seine Waden. Schröder ging zu ihm, nahm ihm das Papier aus der Hand und verstaute es wieder in seinem Mantel.

»Seit drei Tagen suchen wir jetzt nach Ihrer Frau«, sagte er knapp. Zorn registrierte die ungewohnte Härte in seiner Stimme. »Bisher haben wir keinerlei Unterstützung von Ihnen erhalten, Herr Zettl. Hauptkommissar Zorn und ich arbeiten mit Hochdruck an dieser Sache …«

Klar doch, dachte Zorn.

»… und wir sind zu dem Schluss gekommen, dass Sie uns etwas verschweigen.«

Ach, überlegte Zorn verkatert, sind wir das?

Sein Hals war trocken, der Schädel brummte, als würde ein Rasierapparat auf höchster Stufe laufen.

Mit einer knappen Geste deutete Schröder auf Zettls Füße. Dieser begriff, zog die Hose hoch, knöpfte sie zu und stopfte das Hemd in den Bund.

»Verstehen Sie, was ich sage?«

Zettl nickte. Noch immer stand er mit dem Rücken zum Fenster, die Hände gegen das Glas gepresst, als bemühe er sich, so weit wie möglich Abstand zu halten.

»Ich …« Er schluckte, nestelte am Hemdkragen. »Ich habe Ihnen alles gesagt, was ich weiß.«

»Das ist nicht viel. Nichts, um genauer zu sein.« Schröder vergrub die Hände in den Manteltaschen und sah sich um. »Ihre Frau hat kein Büro. Sie hat hier gearbeitet. Wo?«

»Oben.« Zettl deutete auf die Treppe. »Die Tür geradeaus.«

Schröder nickte einem der Beamten zu, dieser erhob sich schwerfällig und ging die Treppe hoch.

»Keine Sorge«, sagte Schröder. »Wir werden so wenig Unordnung wie möglich machen.«

Zeitungen, Briefe, Rechnungen lagen auf dem Teppich verstreut. Der zweite Uniformierte schob die Papiere zusammen und verstaute sie, eines nach dem anderen, in einer Kiste.

»Was ist hier passiert?«

Schröder war vor der Gartentür in die Hocke gegangen und inspizierte das Loch im Glas, ein gezackter Riss zog sich quer über die Scheibe.

»Ich bin gestolpert«, sagte Zettl. »Ein ... ein Missgeschick.«

Schröder richtete sich auf, legte den Kopf ein wenig schief, sah Zettl an. Seine Miene verriet nicht, ob er ihm glaubte. Ein paar Sekunden vergingen.

»Brauchen Sie Hilfe, Herr Zettl?«

Die Frage kannte Zorn, Schröder hatte sie ihm vor ein paar Minuten ebenfalls gestellt. Zettls Antwort kannte Zorn ebenfalls, er hatte dieselbe gegeben.

»Nein.«

Schröder nickte, als habe er nichts anderes erwartet.

»Wir brauchen den Computer Ihrer Frau.«

Zettl begann sich zu kratzen. Erst am Oberschenkel, dann am Hintern. Seine Fingernägel fuhren über den feuchten Hosenstoff, ein unangenehmes Geräusch, in Zorns Ohren klang es wie rostige Messer auf Porzellantellern.

»Sie hat doch einen Computer?«, hakte Schröder nach.

»Einen Laptop«, nickte Zettl. »Donata hat ihn mitgenommen. Warum ...«

»Wir suchen nach einem Grund für ihr Verschwinden.« Schröder trat in den Flur und ging nach rechts in die Küche. »Etwas, das uns sagt, wo sich Ihre Frau womöglich aufhalten könnte.«

Zorn sah, wie Schröder hinter der Durchreiche durch die kleine Küche lief, Schränke öffnete, den Inhalt inspizierte. Töpfe klapperten, Besteck klirrte, ein Eimer wurde zu Seite geschoben.

»Einen Hinweis, vielleicht nur eine Kleinigkeit.« Schröders Kopf erschien in der Durchreiche, er hielt einen Messerblock in der Hand. »Das hier zum Beispiel.«

Zorn verstand kein Wort. Zettl ebenfalls nicht, er sah Schröder mit offenem Mund an.

»Keramikmesser, richtig?« Schröder stellte den Block in der Durchreiche ab, zog eines der Messer heraus. Es war schwarz, die Klinge funkelte. »Eines fehlt. Haben Sie eine Ahnung, wo es ist?«

Zettl schüttelte den Kopf.

»Seit wann ist es verschwunden?«

»Das weiß ich nicht.«

»Es wäre hilfreich«, Schröder hatte die Stimme gehoben, er sah Zettl direkt in die Augen, »wenn Sie einen Moment darüber nachdenken würden.«

Das tat Zettl. Offenkundig mit keinem Ergebnis.

Schröder wartete einen Moment, dann verschwand er hinter der Durchreiche, betrat wieder das Wohnzimmer.

»Letzte Nacht«, sagte er, »gab es einen Unfall auf der Brücke, direkt unterhalb der Burg. Nichts Dramatisches, der Unfallwagen wurde als gestohlen gemeldet, wahrscheinlich ein paar Halbwüchsige, denen langweilig war. Eine Sache allerdings ist komisch. Die Kollegen haben ein Messer sichergestellt. Aus schwarzer Keramik, direkt an der Unfallstelle.« Er deutete auf den Messerblock. »Ich kenne mich mit Messern nicht aus, aber ich würde sagen, diese Modelle sind relativ selten, oder?«

Schröder nickte dem Beamten zu, dieser nahm den Messerblock und verstaute ihn umständlich in einer Plastiktüte.

»Ich … wir …« Zettl räusperte sich. »Ich benutze die Messer so gut wie nie. Ich habe gar nicht bemerkt, dass eines fehlt.«

»Sie haben sicher nichts dagegen, wenn wir das prüfen.«

Schröder gab Zorn ein Zeichen, knöpfte den Mantel zu und ging zur Tür. Dort drehte er sich noch einmal um, als sei ihm etwas eingefallen. Die Geste, mit der er sich über die Stirn fuhr, erinnerte Zorn an die alten *Columbo*-Filme.

»Wo ist die Pistole Ihrer Frau?«

Wie bitte?, dachte Zorn.

»Wie bitte?«, fragte Zettl.

»Die Pistole«, wiederholte Schröder. »Sie hatte doch eine.«

»Nein.« Zettl blinzelte, seine Verwirrung war echt. »Wieso fragen Sie?«

»Weil wir sie gefunden haben. Unten am Hafen.«

»Das muss ein Irrtum sein«, murmelte Zettl.

»Bevor der Staatsanwalt eine Hausdurchsuchung anordnet«, sagte Schröder, »will er triftige Gründe sehen, es ist nicht einfach, in die Privatsphäre anderer Menschen einzudringen. Auch nicht in Ihre, Herr Zettl.«

Zettls ohnehin schon große Augen hatten sich geweitet. Zorn wandte sich ab und tat, als würde er sich die Fingernägel säubern.

»Ich will Sie nicht mit Einzelheiten belästigen«, fuhr Schröder fort. »Aber die Polizei wird äußerst hellhörig, wenn eine funktionsfähige Waffe gefunden wird. Vor allem, wenn es sich um ein unregistriertes, in der Unterwelt verbreitetes Modell mit abgeschliffener Seriennummer handelt.«

»Aber was hat das mit Donata zu tun?«, fragte Zettl.

»Eine Menge. Ihre Fingerabdrücke sind drauf.«

*

»Warum hast du mir das nicht erzählt?«

Sie standen vor dem Haus, Zorn hatte sich eine Zigarette angesteckt.

»Aus zwei Gründen«, sagte Schröder. »Der erste ist, dass ich's erst heute Morgen erfahren hab. Das Labor hat mich um halb acht angerufen. Genaueres wollten sie noch nicht sagen, das erfahren wir heute Nachmittag.«

Zorn betrachtete die halb aufgerauchte Zigarette, verzog das Gesicht und schnippte sie über den Zaun ins Nachbargrundstück.

»Und der zweite?«

»Grund?«

»*Yes.*«

»Ich bin davon ausgegangen, dass es dich nicht sonderlich interessiert.«

Die Haustür öffnete sich, einer der Uniformierten erschien, er trug ein knappes Dutzend Akten, die er bis unter das Kinn gestapelt hatte.

»Die waren oben«, sagte er in breitem Sächsisch, »im Arbeitszimmer.«

Ooohrweetszümmer.

»Danke.« Schröder machte ihm Platz und schloss die Haustür wieder.

Der Himmel hatte sich aufgeklart, die Sonne strahlte zwischen den Wolken hindurch. Schröder trat aus dem Schatten der Veranda, hielt das Gesicht in die Sonne und schloss für einen Moment die Augen.

»Glaubst du, wir finden was?«, fragte Zorn und beobachtete, wie der Beamte die Akten im Kofferraum des Streifenwagens verstaute.

»Ich hoffe es«, sagte Schröder, ohne die Augen zu öffnen. »So geht's jedenfalls nicht weiter.«

Das, überlegte Zorn, konnte man auf vielerlei Arten deuten. Es erschien ihm besser, nicht weiter darauf einzugehen.

Schröder kramte aus den Manteltaschen die Autoschlüssel hervor.

»Fühlst du dich besser?«, fragte er.

»Sicher doch.«

Das stimmte, zumindest teilweise. Zorns Schädel tat noch immer weh, doch das Brummen hatte nachgelassen, als wäre der Rasierapparat in seinem Kopf eine Stufe heruntergeschaltet worden.

»Ich hasse Autofahren«, seufzte Schröder und sah hinüber zur

Straße. Der Volvo parkte ein paar Meter hinter dem Streifenwagen, von hier aus wirkte es, als würde er mitten auf der Straße stehen. Zorn hatte den Wagen seit Wochen nicht gewaschen, trotzdem blitzte die Sonne auf der schwarzen Kühlerhaube.

»Hier.« Schröder reichte Zorn die Autoschlüssel und ging die Stufen hinab in den Vorgarten. »Beim Fahren bist du definitiv besser als ich.«

»Ja«, nickte Zorn, folgte Schröder und als er kurz darauf den Motor startete, ging ihm noch etwas anderes durch den Kopf:

Das ist aber so ziemlich das Einzige.

Dreizehn

Verwirrung.

Er stand in der kleinen Küche vor der Spüle. Das Wasser rauschte aus dem Hahn, floss über seine Handgelenke, Gregor Zettl spürte die Kälte, den Schmerz. Er widerstand dem Drang, die Hände zurückzuziehen. Gebückt stand er da, beobachtete, wie das Wasser in den Abfluss gurgelte.

Eine Minute verging.

Noch eine.

Der Schmerz kehrte zurück, ja, jetzt kam der Moment, an dem es nicht mehr auszuhalten war, er biss die Zähne aufeinander, zählte bis zehn, dann drehte er das Wasser ab. Die Finger waren steif, er musste die Handfläche benutzen.

Er richtete sich auf, wärmte die Hände unter den Achseln. Sein Blick war leer, flackerte durch die Küche, als suche er etwas, an dem er sich festhalten könne, blieb schließlich an dem kleinen Wandbrett mit den Vorräten hängen.

Eine Dose Ravioli und eine Büchse Bohneneintopf standen dort, daneben zwei Tüten Milchreis und eine Packung Putengeschnetzeltes. Das musste eigentlich in der Mikrowelle aufgetaut werden, er würde es wohl zum Schluss essen. Außerdem hatte er noch etwas Knäckebrot und eine halbe Großpackung Trauben-Nuss-Schokolade, den Rest hatte er aufgegessen.

Drei, vielleicht vier Tage, überlegte Gregor Zettl, würden seine Vorräte reichen. Eine überflüssige Rechnung, es ging einzig und allein darum, seinen gemarterten Verstand zu beschäftigen, nicht an all die Dinge zu denken, die bald geschehen würden. Etwas, an dem er sich festhalten konnte, ein Geländer auf der schmalen Brücke über das Chaos und das, was sich mehr und mehr in seinem Kopf breit machte.

Verwirrung.

*

»Eigentlich sind diese Sets ziemlich praktisch.«

Schröder betrachtete den Messerblock aus Zettls Küche. Zorn saß ihm gegenüber hinter seinem Schreibtisch und nippte an einem Kaffee, es war der dritte. Die Fahrt ins Präsidium hatten sie schweigend verbracht, die Sonne stand hoch am Himmel und schien schräg durch das Bürofenster, der Tag würde schön werden.

»Eins für Fleisch«, Schröder deutete auf die schwarzen, geschwungenen Griffe, die aus dem Block ragten, »eins für Brot, eins für Gemüse.« Er streifte ein paar Gummihandschuhe über, öffnete eine durchsichtige Plastiktüte neben seiner Tastatur, holte vorsichtig ein weiteres Messer hervor. »Das hier haben die Kollegen heute Nacht sichergestellt. Ein Obstmesser.«

Das Messer glitt in den Block.

»Passt perfekt.«

»Das muss nichts bedeuten«, sagte Zorn. »Ich will nicht wissen, wie viele von diesen Messersets am Tag verkauft werden.«

»Eine Menge«, nickte Schröder. »Und wir können es kaum nachverfolgen, das meiste geschieht sowieso übers Internet. Obwohl ich den Dingern nichts abgewinnen kann. Sie sind extrem scharf, aber eine falsche Bewegung, und sie brechen wie morsches Holz.« Er zog das Messer heraus, verstaute es wieder in der Plastiktüte und betrachtete es nachdenklich. »Es *könnte* aus Donata Zettls Küche stammen.«

»Selbst wenn«, fragte Zorn, »was würde uns das bringen?«

Er ging zum Fenster und goss Kaffee ein. Den vierten. Sein Magen rebellierte, doch das war egal.

Schröder brummte etwas Unverständliches.

»Was?«, fragte Zorn, die Kanne in der Hand.

»Aspirin«, wiederholte Schröder abwesend, den Blick noch immer auf das Messer gerichtet. »Du solltest es mit Aspirin versuchen.«

Zorn hielt es für besser, nicht darauf einzugehen. Er stellte die Kanne zurück, lehnte sich ans Fensterbrett und legte die Finger um seine Tasse, als wolle er sich wärmen.

»Bringt es was, Gregor Zettl so unter Druck zu setzen?«

»Es war ein Versuch«, seufzte Schröder.

»Der hat keinen Schimmer, was hier passiert. Er ist völlig überfordert, aus welchen Gründen auch immer. Helfen kann er uns jedenfalls nicht.«

»Vielleicht«, Schröder kratzte sich am Kinn, »will er ja nicht.«

»Dann wäre er der beste Schauspieler, den ich je getroffen habe.«

»Was nicht verwunderlich wäre, wenn man seine Vergangenheit betrachtet.«

Zorn blies in seinen Kaffee. Überlegte einen Moment, dann stellte er die Tasse neben die Kaffeemaschine und verschränkte die Arme vor der Brust.

»Wie machen wir weiter?«

»Das«, erwiderte Schröder, »ist eine hervorragende Frage.«

»Und die Antwort?«

»Hm.« Schröder streifte die Handschuhe ab, deutete auf das Messer. »Wir schicken es ins Labor.«

»Bringt das was?«

»Wir haben die Pistole mit ihren Fingerabdrücken, und wir haben das Messer. Vielleicht finden sie was. Warten wir's ab.«

»Aber«, Zorn hob theatralisch die Arme, »wir können doch nicht nur rumsitzen, Chef! Wir müssen was tun!«

»Es gibt ja noch die Akten, die wir vorhin sichergestellt haben.«

»Was für'n Glück«, knurrte Zorn.

»Das mache ich. In zwei Stunden müsste ich damit durch sein. Ich weiß«, fügte Schröder hinzu, als er Zorns verwunderten Gesichtsausdruck bemerkte, »wie gerne du das übernehmen würdest. Ebenso wie ich weiß, dass ich dich heute Morgen ein wenig hart angefasst habe.«

Zorn sah auf seine Fingernägel.

»Du musst dich nicht entschuldigen.«

»Oh«, lächelte Schröder. »Das hatte ich nicht vor. Nicht im Geringsten.«

»Schröder, ich … es tut mir …«

»Psst!«

Schröder legte den Zeigefinger an die Lippen, Zorn verstummte kleinlaut.

»Ich glaube«, sagte Schröder nach einer Weile, »du solltest ein bisschen an die frische Luft.«

»Ist das jetzt 'ne Anweisung?«

Darüber dachte Schröder einen Moment nach.

»Wenn ich's mir recht überlege, könnte man es so bezeichnen. Es gibt jemanden, den wir befragen sollten. Und da ich hier beschäftigt bin, müsstest du das übernehmen. Du hast doch nichts dagegen?«

»Aber nicht doch.« Zorn deutete eine Verbeugung an, ging zur Tür und nahm seine Jacke vom Haken. »Chef.«

*

Zwölf.

Er saß am Küchentisch, vor ihm stand ein Porzellanteller, daneben, auf einer Papierserviette, ein Weinglas mit Wasser. Die Schokolade hatte er in kleine Stücke zerteilt, zwölf braune, regelmäßige Rechtecke lagen auf dem Teller.

Zettl fuhr mit dem Zeigefinger über den Teller, als sei er nicht sicher, welches Stück er nehmen sollte. Schließlich wählte er eines, dessen Kante ein wenig abgebrochen war, schob es in den Mund, kaute bedächtig.

Noch elf Stück.

Ein Erdnusskrümel lag neben dem Teller, er leckte den Zeigefinger an, tippte auf den Krümel. Betrachtete ihn einen Moment, ein Schmatzen, der Finger verschwand in seinem Mund.

»Schokolade«, murmelte Gregor Zettl kauend. »Gut.«

Er lehnte sich zurück, verschränkte die Hände vor dem dicken Bauch, überlegte, welches Stück er als nächstes wählen sollte. Plötzlich ein Krachen.

DONG!

Zettl runzelte die Stirn. Jemand klopfte mit der Faust an die Haustür. Er lauschte einen Moment, weit hinten in seinem Kopf erschien der Ton, ein tiefes G. Nein, ein Gis, korrigierte sein Hirn, er griff zu, hielt das nächste Stück zwischen Daumen und Zeigefinger. Biss zunächst nur eine Ecke ab.

DONG!

Er aß den Rest. Seine Zunge erschien zwischen den fleischigen Lippen, verschwand wieder, kauend lehnte er sich über den Teller, zählte.

Zehn. Noch zehn Stücke.

Das dritte Klopfen, lauter jetzt. Eine Terz höher.

DONG!

»Gregor!«

Eine Frauenstimme, durch die Tür gedämpft, trotzdem deutlich zu hören.

Gregor Zettl trank einen Schluck Wasser.

»Ich gehe hier nicht weg, Gregor!«

Er nahm die Serviette, wischte sich die Mundwinkel ab. Mit dem Daumennagel pulte er ein Stück Traube zwischen den Zähnen hervor, betrachtete es ein paar Sekunden mit schief gelegtem Kopf, dann steckte er es wieder in den Mund.

»Mach auf! Sofort!«

Er seufzte. Richtete sich in seinem Stuhl auf, fuhr mit den Handflächen über die Hosenbeine. Sie waren noch immer ein wenig feucht, aber das störte ihn nicht mehr.

»Ich rufe die Polizei! Und es ist mir egal, was deine Nachbarn sagen!«

Zettl stand auf. Zog die Hose hoch, strich die Hemdsärmel glatt. Zögerte, nahm ein weiteres Stück vom Teller.

Neun.

Eine gute Zahl, fand Gregor Zettl.

»G R E G O R !«

Fast ein Kreischen.

Er schob den Stuhl unter den Tisch, Metall schabte über die Bodenfliesen. Er sah sich noch einmal in der Küche um, ging in den Flur. Mit den flachen Händen strich er das wirre Haar zurück, räusperte sich. Dann riss er schwungvoll die Tür auf.

»Alma!« Er lächelte. Schokolade klebte an seinen Zähnen, eine braune, schmierige Masse. »Komm rein, ich hab schon auf dich gewartet.«

Vierzehn

»Ja?«

Die Stimme eines älteren Herrn, mürrisch, müde, verschlafen. Ein Eindruck, der durch den blechernen Klang der Wechselsprechanlage noch verstärkt wurde.

»Kriminalpolizei«, sagte Zorn, »ich hätte Sie gern gesprochen.«

»Ach!« Das klang wesentlich munterer. »Dritter Stock, bitte.«

Die mintgrüne Fassade der Mietskaserne war frisch gestrichen, in den nummerierten Parkbuchten davor blitzten kleine, gepflegte Mittelklassewagen in der Sonne. Die Mülltonnen standen in eingezäunten, mit Vorhängeschlössern gesicherten Verschlägen. Ein vorwiegend von Rentnern bewohntes Viertel im Süden der Stadt, das, was man allgemein als *gutbürgerliche Gegend* bezeichnet.

Der Summer ertönte. Zorn betrat das Haus, es duftete nach Bohnerwachs und Apfelsinen, ein Geruch, der ihn an seine Kindheit erinnerte. Schwerfällig stapfte er die Treppe empor, mit der rechten Hand hielt er sich am Geländer fest, seine Finger glitten über den polierten Handlauf. Keine Kritzeleien an den Wänden, Kränze aus Strohblumen an den Türen, daneben handgefertigte Klingelschilder, die Fußabtreter genau parallel zu den Kanten ausgerichtet.

Der Mann wartete im dritten Stock auf dem Absatz. Ein großer älterer Herr mit vollem, etwas zerzaustem grauem Haar in Strickjacke, Jeans und Pantoffeln.

»Herr Völx?«, fragte Zorn ein wenig außer Atem. »Adam Völx?«

Zweiundvierzig Stufen hatte er gezählt. Eindeutig zu viele. Trotzdem nahm er die letzten beiden Stufen auf einmal, griff die entgegengestreckte Hand und wich unwillkürlich zurück, als sich die andere jovial auf seine Schulter legte.

»Ich hätte nicht erwartet, dass so schnell jemand vorbeikommt. Nur, weil mein Wagen gestohlen wurde.«

»Das tun wir im Normalfall auch nicht.«

Ein fester, trockener Händedruck. Dunkle Augen unter buschigen Brauen musterten Zorn, ein freundlicher, abschätzender Blick. Kantige Gesichtszüge, ein voller, sinnlicher Mund, etwas verschoben, die Oberlippe von einer dünnen Narbe geteilt. Der Mann war jünger, als das eisgraue Haar auf den ersten Blick vermuten ließ, Mitte fünfzig, schätzte Zorn.

»Kommen Sie rein.«

Die Hand auf Zorns Schulter wanderte zum Rücken, er wurde in die Wohnung geschoben. Zorn roch Rasierwasser, eine altmodische, schwere Marke. Wieder fühlte er sich in seine Kindheit versetzt, *Old Spice*, erinnerte er sich, sein Patenonkel hatte es immer benutzt.

»Ich habe nur ein paar Fragen, es wird nicht lange dauern.«

»Erst mal mach ich uns Tee. Oder lieber Kaffee?«

»Nee, danke, ich …«

»Sie haben recht, Tee ist magenfreundlicher.« Der Mann schloss die Wohnungstür, legte umständlich eine Sicherungskette vor und wandte sich augenzwinkernd wieder an Zorn. »Dann können Sie das wirre Gerede eines alten Mannes besser ertragen.«

*

»Hast du das Geld?«

»Aber Alma.« Zettl senkte die Stimme, eine Mischung aus Bedauern und Enttäuschung. »Sicher doch. Ich hab's schließlich versprochen.«

Er legte den Arm um ihre Schulter, drückte sie sanft auf das Sofa, nahm im Sessel gegenüber Platz. Die flache Brust von Alma Gretsch hob und senkte sich, ihr Gesicht unter der Solarbräune war gerötet.

»Kaffee.« Er sprang wieder auf. »Ich mach uns erst mal Kaffee, und dann …« Zettl hielt inne, fasste sich an den Kopf. »Herrje, der ist ja alle. Ich hab vorhin den letzten getrunken.«

»Ich will keinen Kaffee.«

Sie war ein wenig heiser vom Schreien.

»Kann ich dir was anderes anbieten? Ein Wasser?«

»Ich will gleich wieder los.«

»Sicher doch.« Zettl nickte, setzte sich wieder. »Aber jetzt, wo du einmal hier bist, können wir doch ein bisschen plaudern, oder?«

Alma Gretsch erwiderte sein Lächeln nicht. Sie war offensichtlich zu Fuß gekommen, ihr Fahrrad hatte er jedenfalls nicht gesehen. Auch den Helm hatte sie nicht dabei, stattdessen lag eine hellblaue Handtasche in ihrem Schoß, ihre Finger spielten nervös mit dem verchromten Verschluss.

»Ich fühle mich nicht wohl«, sagte sie. »Und ich möchte das alles so schnell wie möglich hinter mich bringen.«

»Das verstehe ich, Alma.« Er schlug die Beine übereinander, spürte, wie der Hosenbund seinen Bauch einklemmte, der Stoff war noch immer klamm. »Es ist mir peinlich, dass sich alles so verzögert hat.«

»Nun, wir haben's ja bald hinter uns.«

Sie öffnete den Reißverschluss ihrer Tasche, kramte einen Moment, blickte auf. Ihre Blicke trafen sich, er sah ihre Augen, sie waren gerötet, die Äderchen um die Pupillen geplatzt. Zwei, drei Sekunden vergingen, sie sah zur Seite, ihr Blick wanderte durchs Zimmer, blieb hinter ihm an der kaputten Glastür hängen.

»Ein kleines Missgeschick«, sagte Zettl. »Ich bin gestolpert, letzte Nacht, als ich mir ...«

»Das Geld, Gregor.«

Er stockte.

»Zwölftausendfünfhundert Euro.«

Ihre Stimme zitterte, die Lippen bebten, ein Herpesbläschen klebte in ihrem linken Mundwinkel.

»Natürlich, Alma.« Zettl beugte sich vor, sein Fuß stieß an etwas Hartes. Er bückte sich, seine Finger schlossen sich um einen kühlen Plastikgriff. »So, wie wir's besprochen haben.«

Alma Gretsch blinzelte verwirrt, als sie den Gegenstand in seinen Händen bemerkte, eine lange, an den Enden etwas gebogene Gabel. Zettl bemerkte ihren Blick.

»Der Löwenzahn.« Er deutete nach draußen. »Das Zeug ist wie Unkraut, damit sticht man die Wurzeln aus, einfaches Rausreißen reicht da nicht.«

Die Worte des schwarzen Mannes, Silbe für Silbe.

Sie straffte sich, ihre Finger kneteten die Handtasche im Schoß.

»Ich möchte jetzt gehen.«

»Donata ist vorhin zur Bank gefahren.« Ein Blitzen, die Gabel drehte sich in seinen Fingern, wirbelte um die eigene Achse. »Sie wird jeden Moment hier sein.«

»Donata ist in Spanien, Gregor.«

»Sie ist letzte Nacht wiedergekommen. Der Flug war ein Albtraum, sagt sie, in Valencia streiken die Fluglotsen, sie hatte vier Stunden Verspä...«

»Barcelona. Das hast du schon beim letzten Mal behauptet.«

»Ich weiß, entschuldige.«

Zettl schlug die Beine übereinander. Lächelte.

Dann begann er, mit den Fingern auf die Sessellehne zu klopfen.

Ta Tack.

*

Die Wohnung war moderner eingerichtet, als Zorn erwartet hatte. Helle, fast spartanisch wirkende Möbel, die – so tippte Zorn jedenfalls – ein Vermögen gekostet haben mussten.

Er stand im Wohnzimmer, aus der Küche drang leises Klappern. Die Farbe der Tapete erinnerte an die Fassade des Hauses, ein helles, leicht blau schimmerndes Grün. Kein Teppich, breite, polierte Eichendielen. In einer Ecke stand ein großer Drachenbaum, die Blätter reichten fast bis zur Zimmerdecke. Auch in den Fenstern standen überall Blumen, hingen in eisernen Ampeln von der Decke. Keine Bilder, nur eine rote E-Gitarre hing zwischen den Fenstern an der Wand. Zorn trat näher, strich über das glänzende, an den Rändern abgeschabte Holz, den geschwungenen Tremolohebel, er fuhr über die Saiten, lauschte dem leisen metallischen Klang.

»Eine Fender Jazzmaster.«

Zorn sah sich um. Sein Gastgeber stand in der Tür, in der Hand ein Tablett mit einer Kanne, Tassen, einer Zuckerdose.

»Eines der letzten Modelle, die Produktion wurde neunzehnhundertachtzig eingestellt. Spielen Sie Gitarre, Herr Kommissar?«

Zorn schüttelte den Kopf.

»Ich selbst«, sagte Adam Völx, »hab es jahrelang versucht, bis ich mir irgendwann eingestehen musste, dass ich ein Stümper bin. Es ist mir einfach nicht gegeben, ich habe mich damit abgefunden, obwohl ich Musik über alles liebe. Aber es ist wohl besser«, ein schiefes, fast entschuldigendes Lächeln hob die gespaltene Oberlippe, »wenn ich denen zuhöre, die es wirklich können.« Er deutete auf die Gitarre. »Sie ist wunderschön, nicht?«

Das stimmte, fand Zorn. Trotzdem antwortete er nicht.

»Ingwertee?«

Adam Völx deutete auf zwei Stühle an einem runden Korbtisch. Zorn nahm Platz und beobachtete, wie das Geschirr verteilt wurde, mit langsamen, konzentrierten Bewegungen.

Das Fenster war gekippt, von außen drang Kindergeschrei herein.

»Die Leute beschweren sich immer über den Krach«, sagte Adam Völx und goss Tee ein. »Ich mag Kinder. Leider habe ich selbst keine. Was ist mit Ihnen? Haben Sie welche?«

Nein, dachte Zorn.

Ja. Bald.

»Ich bin nicht hier, um mit Ihnen über mein Privatleben zu reden.«

»Natürlich nicht.« Der Mann hob entschuldigend die Hände, ein Siegelring blitzte auf. »Entschuldigen Sie, Herr Kommissar.«

Eine Wand des Zimmers wurde von einem hellen Regal eingenommen, schwere Bildbände waren nebeneinander aufgereiht. Darunter stand ein teurer Plattenspieler. Und Schallplatten, längst nicht so viele, wie Zorn hatte.

Gehabt hatte. Aber trotzdem eine Menge, mindestens hundert, schätzte er.

»Ich habe sie früher gesammelt.« Völx war seinem Blick gefolgt. »Irgendwann habe ich aufgehört. Ich kann mit dem modernen Kram nichts anfangen.«

»Sagt Ihnen der Name Gregor Zettl etwas?«, fragte Zorn.

»Ist das der, der meinen Wagen gestohlen hat?«

Zorn antwortete nicht.

»Nie gehört, tut mir leid.« Völx nippte an seinem Tee, deutete auf Zorns Tasse. »Trinken Sie. Der Ingwer ist frisch, das getrocknete Zeugs taugt nichts. Er muss heiß sein, sonst schmeckt er nicht.«

Zorn nahm einen Schluck, der Tee war bitter, brannte im Magen.

»Ihr Wagen«, sagte er, »war letzte Nacht in einen Unfall verwickelt. Wir …«

»Herrgott, ist was passiert?«

»Es gab keine Verletzten. Der Fahrer ist mit dem Wagen geflüchtet, aber es gibt Aussagen, dass eine zweite Person das Auto verlassen hat.«

»Und dabei handelt es sich um diesen«, Völx überlegte kurz, »Zettl?«

Auch darauf ging Zorn nicht ein.

»Wir haben Ihren Wagen vor zwei Stunden sichergestellt, in einer Seitenstraße hinter dem Zoo. Die Stoßstange hat einiges abbekommen.«

»Das macht nichts, ich bin gut versichert.« Völx lehnte sich zurück. Auch die Sessel waren aus Korb, knarrten bei jeder Bewegung. »Ich benutze den Wagen selten, er steht immer vor dem Haus. Sie haben sicher bemerkt, dass die Parkbuchten nummeriert sind, meine ist die Fünf, der Parkplatz wird mit der Wohnung vermietet. Den Diebstahl habe ich erst heute Morgen bemerkt. Und bevor Sie fragen«, er lächelte sanft, fast entschuldigend, »ich habe den Wagen nicht gefahren. Letzte Nacht habe ich meine Wohnung nicht verlassen, das tue ich seit Jahren nicht mehr.«

Zorn öffnete den Mund.

»Nein«, unterbrach Völx, »es gibt keine Zeugen. Sie sehen ja, dass ich allein lebe. Oder wollten Sie etwas anderes fragen?«

Nein, das wollte Claudius Zorn im Moment nicht.

*

»Ich frage mich, wo sie bleibt.« Zettl sah auf die Uhr. »Wahrscheinlich ist sie noch einkaufen. Ja, genau«, er kratzte sich an der Schläfe, »sie wollte Kaffee mitbringen.«

Alma Gretsch saß kerzengerade auf der Kante des Sofas. Sie umklammerte die Henkel ihrer Handtasche so fest, dass die Fingerknöchel weiß hervortraten.

»Aber ich denke«, die große Gabel rotierte in Zettls rechter Hand, die linke lag auf der Lehne des Sessels, »dass sie jeden Moment hier ist.«

Ta Tack.

»Hast du Hunger, Alma?«

Ta Tack.

»Ein Stück Schokolade vielleicht?«

Ta Tack.

*

»Sie sehen blass aus, Herr Kommissar.«

Zorn nahm die Brille ab, wischte sie an seinem Ärmel ab. Er wusste nicht, was er noch fragen sollte. Mehr noch, er hatte keine Ahnung, was er hier wollte, bei einem älteren, offensichtlich gut situierten Herrn, dessen einziges Verbrechen darin bestand, sich seinen Wagen stehlen zu lassen. Und fürchterlichen Tee zuzubereiten.

Einerseits. Andererseits war da etwas, das Claudius Zorn störte, er konnte es nicht genau beschreiben. Der Mann wirkte *zu* entspannt, ein kleines bisschen zu … harmlos. Als wäre jedes Wort, jede Geste geplant, genau kalkuliert, um genau diesen Eindruck zu erwecken. Nun ja, vielleicht irrte Zorn sich, er war müde, hatte kaum geschlafen, aber er nahm sich vor, noch einmal darüber nachzudenken, wenn sein Kopf ein wenig klarer war.

»Sie sollten auf Ihre Ernährung achten. Das Zeug hier«, Völx deutete auf die Kanne, »schmeckt fürchterlich, ich weiß. Aber es ist gesund. Und wenn man sich einmal an den Geschmack gewöhnt hat, ist es auch nicht mehr so schlimm.«

Der Mann im Sessel gegenüber lächelte, Zorn fragte sich, ob die Zähne hinter der gespaltenen Oberlippe echt waren. Die dunklen, fast schwarz wirkenden Augen musterten ihn wohlwollend, er bemerkte ein Pflaster am Hals, direkt unter dem Adamsapfel.

»Danke für Ihren Ratschlag, Herr Völx. Aber ich weiß selbst, was gut für mich ist. Das hier«, Zorn schob die Tasse mit dem Zeigefinger von sich, »gehört definitiv nicht dazu.«

»Ich wollte Ihnen nicht zu nahe treten, Herr Kommissar.«

Zorn stemmte sich aus dem Sessel hoch.

»Keine Sorge, das sind Sie nicht.«

*

»Dieser Fischregen.«

Ta Tack.

»Ich habe gelesen, dass sie immer noch keine Erklärung haben. Jetzt spekulieren sie, dass ein schwedisches Fangschiff in der Ostsee in einen Sturm geraten ist und …«

»Sei still, Gregor.«

»… nein, kein Sturm, eine Wasserhose.«

Zettl dachte angestrengt nach.

»Oder Windhose?«

Ta Tack.

»Jedenfalls einer von diesen Wirbelstürmen, die bis hinauf in die Stratosphäre reichen, die saugen alles an, wie riesige Staubsauger, obwohl ich mir nicht vorstellen kann, dass ein solche Masse über Hunderte von Kilometern …«

»Hör auf mit der Scheiße.«

Ihre Augen hatten sich verengt, sie funkelte ihn an.

»Du hast recht, Alma. Es ist absurd.«

Die Sonne fiel schräg ins Zimmer, bildete ein helles, leicht verschobenes Viereck auf dem Teppich. Ein Parallelogramm, unterbrochen von den dunklen Streifen des Fensterkreuzes.

»Ich weiß längst, dass ihr mich an der Nase herumführt, du und Donata«, sagte Alma Gretsch. »Ich hab's die ganze Zeit geahnt.«

»Das siehst du falsch, liebe Alma.«

»Lügner.«

Ein Ratschen, die Handtasche öffnete sich, mit zitternden Fingern kramte sie ihr Handy hervor. Tränen liefen über ihre faltigen Wangen, ihr Gesicht glänzte, leuchtete jetzt feuerrot.

»Alma, ich …«

»Ich rufe die Polizei.«

Zettl richtete sich auf.

»Bitte, sei doch vernünftig.«

»Ich soll *was* sein?« Sie schniefte, wischte sich mit einer fahrigen Bewegung über die Augen. »Ihr habt mich betrogen! Das war alles, was ich hatte, jetzt ist es weg, meine gesamten Ersparnisse! Mein

Gott, wie konnte ich nur so dumm sein!« Ihr Blick war auf das Telefon gerichtet, es klang, als spräche sie mit sich selbst. Sie versuchte, die Tastensperre zu lösen, es funktionierte nicht. »Wahrscheinlich habt ihr euch die ganze Zeit schlappgelacht über die dumme Trine, sitzt hier in eurem protzigen Haus, mit all den Sammeltassen, den albernen Glasfiguren und dem riesigen Fernseher, und amüsiert euch über mich, während ich ...«

Ihre Stimme versagte, ein dünner Schweißfilm bedeckte ihr Gesicht, die Arme. Ein Zittern überfiel ihren Körper, das Telefon entglitt ihren bebenden Fingern, fiel zu Boden.

»Alma.«

Zettl hatte sich vorgebeugt, legte ihr die Hand auf das Knie.

»Fass mich nicht an!«

Er zuckte zurück, sie sank vor dem Sofa nieder, suchte auf allen vieren nach dem Handy. Zettl stand auf, starrte hilflos auf sie hinab, die große, gebogene Gabel noch immer in der Hand. Er sah ihren Rücken, die Schulterblätter traten deutlich hervor, das kurzgeschnittene graue Haar im Nacken, der Hals glänzte vor Schweiß.

»Alma, das ist ein Missverständnis. Du kennst Donata, wahrscheinlich ist was dazwischengekommen.«

»Ich konnte sie nie leiden.«

»Lass uns morgen noch einmal reden.«

»Dieses ... Mannweib!«

Er konnte sie kaum verstehen, ihre Stimme klang seltsam verwaschen. Sie kroch vor ihm auf dem Boden, ihre Finger glitten über den Teppich, tasteten nach dem Telefon, nur ein paar Zentimeter davon entfernt. Trotzdem griff Alma Gretsch nicht zu, als wäre sie blind.

»Die Polizei. Ich rufe die Polizei, das lasse ich nicht mit mir machen.«

Sie stieß mit der Stirn gegen den Couchtisch, eine Blumenvase kippte um, ein längliches, geschwungenes Ding aus rotem Muranoglas, Donata hatte sie vor zwei Jahren aus Venedig mitgebracht. Zettl fing sie mit einer Hand auf, kurz bevor sie zu Boden fiel, aus einem Reflex heraus.

»Bitte.« Er stellte die Vase wieder auf, die langen Zinken der Gabel klirrten gegen das Glas. »Du musst mir vertrauen, Alma.«

Ein Grunzen, er verstand kein Wort.

»Was sagst du?«

Alma Gretsch antwortete nicht.

*

Zorns Stiefel knarrten auf den Eichendielen, vor der Tür besann er sich, wandte sich nach rechts und blieb vor dem Regal mit den Schallplatten stehen. Etwas Klassik, ein wenig Rockmusik, das meiste aus den Achtzigern. Sämtliche Falco-Platten, Trio, Spliff, dazwischen Manfred Krug und Rio Reiser. Völx schien einen ähnlichen Geschmack zu haben, stellte Zorn erstaunt fest. *Fast* jedenfalls, korrigierte er sich angewidert, als er eine Celine-Dion-Platte neben einem Doppelalbum von Peter Maffay entdeckte. Beides in etwa so erstrebenswert wie ein Bandscheibenvorfall, fand Zorn.

Auch die Bücher, stellte er aus der Nähe fest, hatten alle mit Musik zu tun. Dicke Bildbände über Bob Dylan und Nirvana, Biographien von Jimi Hendrix und Johnny Cash, dazwischen Dutzende Fachbücher. *Geschichte der Neuen Deutschen Welle,* las Zorn, daneben ein Buch über die Grundlagen der Harmonielehre.

»Was machen Sie eigentlich, wenn eine kaputtgeht?«, fragte er und wunderte sich selbst, woher dieser Gedanke plötzlich kam.

»Sie meinen die Schallplatten?«

Völx, der ebenfalls aufgestanden war, kam näher.

»Angenommen, eine zerbricht. Kann man die kleben?«

»Kann ich mir nicht vorstellen.« Völx neigte skeptisch den Kopf. »Kleber bildet einen Rückstand, egal, ob Sie Epoxidharz oder Sekundenkleber nehmen. Die Übergänge wird man immer hören. Wahrscheinlich versaut man sich sogar die Nadel. Abgesehen davon glaube ich nicht, dass man Vinyl überhaupt kleben kann.«

Sie standen nebeneinander vor den Schallplatten wie Besucher in einem Museum. Völx hatte die Hände auf dem Rücken verschränkt, er war etwas größer als Zorn, obwohl sein Rücken leicht gebeugt war. Plötzlich fühlte Zorn sich verunsichert, fast eingeschüchtert. Erklären konnte er das nicht, der Mann neben ihm strahlte etwas aus, eine physische Präsenz, die ihm vorher nicht aufgefallen war.

»Haben Sie auch welche, Herr Kommissar?«

»Ein paar«, wich Zorn aus.

Völx fuhr mit der Hand über die Platten, eine vorsichtige, fast zärtliche Geste.

»Wie ordnen Sie sie?«

Alphabetisch, schoss es Zorn durch den Kopf. Er sprach es nicht aus.

»Gar nicht«, sagte er stattdessen.

»Es macht mir Spaß, sie zu betrachten, neu zu ordnen, ich muss sie nicht einmal anhören. Es hat etwas Beruhigendes, fast Religiöses. Ich weiß, das klingt albern.«

Nein, dachte Zorn, tut es nicht.

»Früher«, sagte Völx, »habe ich sie nach Interpreten sortiert. Manchmal auch nach Titeln. Momentan«, er deutete von links nach rechts, »habe ich sie so geordnet, wie sie mir am besten gefallen.«

Völx zog eine Platte heraus.

Westernhagen live, las Zorn auf dem bunten Cover.

»Die«, sagte Völx, »höre ich momentan am liebsten.«

Die Platten waren beiseitegerutscht, Zorn griff nach der nächsten. Diesmal erkannte er den jungen Mann auf dem Cover sofort, den lasziven Blick unter langen Wimpern, die vollen, knallrot geschminkten Lippen.

»Meine zweitliebste«, sagte Völx. »Selbst jetzt noch, nach all der langen Zeit.«

»Krass«, murmelte Zorn. »Echt krass.«

*

»Alma?«

Sie lag vor dem Sofa auf der Seite, die Beine bis zum Bauch angezogen, ihr Gesicht war durch den Couchtisch verdeckt. Ein Zittern durchlief ihren Körper, Zettl hörte ein schnelles, rhythmisches Pochen, als würde ein Specht gegen einen Baum klopfen. Er beugte sich vor und sah ihre Füße, die gegen die Couch trommelten.

»Himmelherrgott!«

Ohne nachzudenken schob er den Tisch weg, griff sie unter den Achseln. Kraftlos hing sie in seinen Armen, er spürte ihre feuchten, kalten Lippen am Hals. Schnaufend hievte er sie auf das Sofa. Sofort sank sie zur Seite, er packte sie an den Schultern, drückte ihren schlaffen Körper gegen die Lehne, das Gesicht nur wenige Zentimeter von ihrem entfernt. Ihr Blick war glasig, saurer Atem schlug ihm entgegen.

»Ich versteh dich nicht!«

Ihre Lippen bewegten sich, mehr als ein Blubbern war nicht zu hören. Zettl ließ sie los, wartete einen Moment, sie blieb sitzen. Er wandte sich um, riss die Tür zum Garten auf, frische Luft strömte ins Zimmer. Langsam, wie in Zeitlupe, sank sie erneut zur Seite, Zettl hastete zurück, ein Krachen, er stieß sich das Schienbein am Tisch, dann war er wieder bei ihr. Im letzten Moment richtete er sie wieder auf, kniete vor dem Sofa, mit der einen Hand rieb er das schmerzende Bein, mit der anderen hielt er sie an der Schulter. Wieder schlug ihm ihr Atem entgegen, er musste sich zwingen, sich nicht abzuwenden.

»Was ist los, Alma?«

Ihre Augen hatten sich geweitet, sie starrte auf einen Punkt, der meilenweit hinter seiner Schulter liegen musste. Der Schweißfilm auf ihrem Gesicht glänzte, die Sonnenbräune war einem kalkfarbenen Grau gewichen. Wieder bewegten sich ihre Lippen.

»Zu…«

»Ja?«

»Zu… Zucker.«

Ihre linke Hand tastete über das Sofa, fand die Handtasche.

Schnaufend, den Blick noch immer starr nach vorn gerichtet, wühlte sie in der Tasche, die Finger verkrampft, zu Krallen gebogen, verhakten sich in den Henkeln.

»Warte.«

Zettl kippte die Tasche um, der Inhalt verteilte sich auf dem Sofa. Ein Schlüssel, Kleingeld, ein schwarzes Etui, eine quadratische, in glänzendes Zellophan eingewickelte Packung. Er griff nach dem Etui, versuchte, den Reißverschluss zu öffnen.

»Insulin?«

»N-nein.«

Er schob ein paar Münzen zur Seite, nahm die kleine Packung. *DEXTRO ENERGY* stand in roten Großbuchstaben darauf, *ENERGIE FÜR HELDEN!*

»T-Trau... Trauben...«

»Traubenzucker?«, half Zettl.

Ihr Kopf senkte sich kaum merklich. Die Haut an ihrem Hals war wie zum Zerreißen gespannt, die Sehnen traten darunter hervor wie Stricke, er sah die Schlagader, der Puls pochte, schnell, hektisch. Ihr Mund öffnete sich, Speichel trat auf ihre Lippen.

»Gleich, Alma.«

Zettl riss die Packung auf. Die quadratischen, schneeweißen Plättchen entglitten seinen Fingern, verteilten sich auf dem Sofa, dem Teppich. Jetzt wurde ihr Blick klarer, ihre Augen folgten seinen Händen, beobachteten, wie er eines der Plättchen zwischen Daumen und Zeigefinger nahm.

»Keine Sorge. Gleich haben wir's geschafft.«

Zettl kniete vor ihr, als würde er ein Kind füttern. Die Hand mit dem Traubenzucker näherte sich ihrem halb geöffneten Mund, sie versuchte, den Blick zu fokussieren, schaffte es nicht, ihre Augen wurden wieder trüb.

»Der verfluchte Diabetes, stimmt's?« Zettl sprach beruhigend auf sie ein. »Gleich geht's dir besser, Alma. Morgen wirst du wieder ...«

Die Hand verharrte in der Luft, nur ein paar Zentimeter von ihren Lippen entfernt. Er runzelte die Stirn, seine großen, runden

Augen verengten sich. Er stutzte, kaute auf der Unterlippe. Das dünne Haar über seinen Ohren stand wirr vom Kopf ab, er wirkte wie ein Clown.

Ein nachdenklicher, verunsicherter Clown.

Ein paar Sekunden vergingen.

Durch die offene Gartentür drang Kindergeschrei herein.

Alma Gretsch saß vor ihm, hilflos, gelähmt.

»Morgen«, wiederholte Zettl nachdenklich, »geht's dir besser.«

Er sah sie an. Diesmal erwiderte sie seinen Blick. Unfähig, etwas zu sagen, doch ihre Augen weiteten sich. Fragend, ängstlich.

»Wollen wir das, Alma?«

Zettl betrachtete den Traubenzucker, steckte ihn in den eigenen Mund. Es knackte leise, als er das Blättchen zerkaute. Weißer Staub klebte auf seinen wulstigen Lippen.

»Schmeckt gut«, nickte Gregor Zettl. »Sehr gut.«

Er stützte sich auf dem Teppich ab, seine Finger schlossen sich um einen schwarzen, kühlen Plastikgriff. Die große Gabel, sie war in der Hektik heruntergefallen, lag neben Almas Geldbörse auf dem Boden. Ächzend richtete er sich auf. Mit der Hüfte schob er den Sessel zur Seite, ging zur Gartentür, sah einen Moment hinaus. Wippte auf den Zehenspitzen vor und zurück, die Hände hinter dem Rücken verschränkt. Dann drehte er sich zu ihr um.

»Wollen wir das?«

*

»*Wer* ist das, sagten Sie?«

Zorn wiederholte den Namen.

Völx nahm ihm die Platte aus der Hand. Sein Blick wanderte über das Cover. Ein paar Sekunden vergingen, plötzlich begriff er. Sämtliche Farbe wich aus seinem Gesicht, er stieß leise die Luft aus. Zorn, der sich zur Tür gewandt hatte, bemerkte es nicht.

»Wiedersehen«, sagte Zorn. »Danke für Ihre Zeit.«

Völx starrte noch immer auf die Platte. Zorn musste den Satz wiederholen, schließlich blickte Völx auf, sah Zorn an, als sähe er ihn zum ersten Mal.

»Ich danke *Ihnen*«, erwiderte er. »Ich danke Ihnen sehr, Herr Kommissar.«

*

Er stand am Fenster und sah hinaus in den Garten. Seine untersetzte, leicht gebückte Silhouette zeichnete sich schwarz im Sonnenlicht ab. Staub wirbelte im Schein des hereinfallenden Lichts. Der Lärm draußen hatte zugenommen, die Kinder auf dem Nachbargrundstück stritten um ein Spielzeug, eine Schaufel vielleicht, oder um eine Puppe. Eines begann zu weinen, eine warme, beruhigende Frauenstimme erklang. Kurze, tippelnde Kinderschritte folgten, das Klappen einer Tür. Dann war es still.

Fast.

Es klang wie das Hecheln eines Hundes, ein Geräusch, das Gregor Zettl nicht gefiel. Überhaupt nicht.

Schuff schuff schuff

Der Rhythmus formte sich in seinem Kopf, ein Dreivierteltakt, erst langsam, dann immer schneller werdend. Zettl drehte sich um, Alma Gretsch saß auf dem Sofa, starrte die schwarze Mattscheibe des Fernsehers an, ihr Kopf lag schief, sie bewegte sich nicht. Nur dieses

Schuff schuff schuff

Hecheln, es drang aus ihrem Mund,

SCHUFF SCHUFF SCHUFF

vielleicht auch aus der Nase, er konnte es nicht mit Sicherheit sagen.

»Hm«, machte Gregor Zettl.

Er kratzte sich am Kopf, räusperte sich.

»Was machen wir jetzt?«

*

Kurz vor Mittag, die mintgrüne Fassade der Mietskaserne strahlte in der Sonne. Die Haustür öffnete sich, Claudius Zorn erschien, kniff die Augen zusammen und sah erst nach links, dann nach rechts, er wusste im ersten Moment nicht, wo er den Volvo abgestellt hatte. Als die Tür lautlos hinter ihm ins Schloss fiel, hatte er den Wagen entdeckt, er stand hinter den umzäunten Mülltonnen in einer der Parkbuchten unter einer Kastanie.

Zorns Feuerzeug klickte, er inhalierte tief, vergrub die Hände in den Jackentaschen und stapfte los. Im Erdgeschoss des nächsten Hauseingangs stand ein Fenster offen, ein dünner Mann mit schütterem, zurückgekämmtem Haar hatte die Ellbogen auf das Fensterbrett gestützt und sah hinaus. Zorn hatte ihn noch nie gesehen, war aber sicher, dass der Mann schon dort gestanden hatte, als er vor einer halben Stunde angekommen war. Wahrscheinlich verbrachte er den größten Teil des Tages am Fenster.

»Mahlzeit«, grüßte Zorn und entriegelte den Volvo.

Der dünne Mann antwortete nicht.

Zorn öffnete die Tür, dachte, dass der Wagen dringend in die Waschanlage musste, dann bemerkte er den Zettel unter dem linken Scheibenwischer. Er stutzte, ging nach vorn.

DAS IST EIN PRIWATPARKPLATZ, las Zorn, die Zigarette im Mundwinkel. *NUR IDIOTEN PARKEN HIER*

Das Geräusch, das Zorns Kehle entfuhr, erinnerte an das Knurren eines schlechtgelaunten Auerochsen. Er sah die Straße hinab, dann fiel sein Blick auf das Fenster im Erdgeschoss. Der dünne Mann hatte sich nicht bewegt, er erwiderte Zorns Blick, ohne eine Miene zu verziehen.

»Kleiner Tipp«, sagte Zorn. »*Privat* schreibt sich mit V.«

Der dünne Mann sah ihn schweigend an. Er trug ein weißes, geripptes Unterhemd, am Hals ein wenig ausgefranst. Zorn konnte nur seinen Oberkörper sehen, doch er hätte seine Seele darauf verwettet, dass er eine Jogginghose trug. Und Adiletten, dazu weiße Strümpfe.

»Was soll dieser Wisch?« Zorn deutete auf den Volvo. Der Parkplatz war mit Betonsteinen gepflastert, Unkraut wucherte zwischen den Ritzen. »Du hockst den ganzen Tag am Fenster und überwachst einen Parkplatz, der nie benutzt wird? Hast du nichts Besseres zu tun?«

Er duzte den Mann. Das tat er immer, wenn er wütend wurde.

Claudius Zorn hatte Kopfschmerzen, kein Wunder, die letzte Nacht hatte er zusammengekauert im Wohnzimmer vor seiner Heizung verbracht. Seine Plattensammlung lag in Trümmern, die Wohnung sah aus, als – wie hatte Schröder gesagt? – hätte ihm ein Ork einen Besuch abgestattet. Dazu kam das Sodbrennen. Alles in allem keine gute Kombination.

O ja, Claudius Zorn war wütend. Sehr wütend sogar.

»Es ist *mein* Parkplatz«, stellte der dünne Mann fest.

»Du hast gar kein Auto.«

»Ich habe ihn gemietet.«

»Aber du hast«, wiederholte Zorn, »kein Auto!«

»Das ist unwichtig.«

»Ach!«

»Es geht um Recht und Ordnung.«

»Sicher doch.« Zorn lachte auf. »Darum geht's euch immer.«

Der dünne Mann zuckte die Achseln.

»Blockwart«, knurrte Zorn. »Parkplatznazi.«

Mit der Zunge schob er die Zigarette in den anderen Mundwinkel, dann begann er den Zettel in kleine Stücke zu reißen. Der dünne Mann sah zu, wie die Fetzen vor seinem Fenster auf das Pflaster segelten.

»Ich habe bereits die Polizei informiert.«

»Echt?«

Zorn sah in die Sonne. Seine Wut wich einer müden Resignation. Es war sinnlos, mit einem Mann zu diskutieren, der seine einzige Aufgabe darin sah, ein paar Quadratmeter Beton zu überwachen. Dass er, Zorn, im Unrecht war, dass er die Parkverbotsschilder zwar gesehen, aber wie immer ignoriert hatte, kam ihm nicht in den Sinn.

Er schnippte die Zigarette gegen die Hauswand, Funken flogen.

»Ich habe Ihre Nummer notiert«, sagte der dünne Mann.

Zorn stieg in den Wagen, ließ den Motor an.

»Leck mich.«

Und fuhr davon.

*

Adam Völx, wie sich der schwarze Mann nach außen, in seiner bürgerlichen Existenz nannte, stand am Fenster. Sein Körper hatte sich gestrafft, der Blick war klar, stechend, die Fassade des freundlichen, jovialen Frührentners hatte er abgestreift wie einen zerknitterten Sonntagsanzug.

Unten brauste Zorns verschmutzter Volvo davon, er registrierte es nicht. Regungslos stand er da, wie versteinert, nur die Sehnen unter den hohen Wangenknochen zuckten. Ein paar Sekunden vergingen, schließlich gab er sich einen Ruck. Die Schallplatte hielt er noch immer in den Händen, er betrachtete das Cover, strich mit den Fingern über die glänzende Pappe.

»Wer hätte das gedacht«, murmelte er. »Wer hätte das gedacht.«

*

Er sah hinaus in den Garten, die Hände noch immer auf dem Rücken verschränkt. Dieses Hecheln.

Schuff schuff schuff

Es störte ihn. Gregor Zettl mochte keine Hunde.

»Ich muss kurz ins Bad, Alma.«

Er stieß sich mit den flachen Händen von der Scheibe ab, als wollte er Schwung holen, trat einen Schritt ins Zimmer.

»Ich weiß, es ist unhöflich, aber«, er hob die Hände, »die Natur, ich kann nichts dagegen tun. Du entschuldigst mich einen Moment, ja?«

Langsam, wie in Zeitlupe, kippte Alma Gretsch zur Seite. Ihr Hinterkopf schabte über die Lehne des Sofas, dann lag ihre Wange auf der Sitzfläche. Die Beine bewegten sich nicht, ihr Körper bildete jetzt einen rechten Winkel, ihre Augen, glasig, von einem milchigen Schimmer überzogen, glotzten ein wenig dümmlich ins Leere.

»Herrje, was für eine Unordnung.«

Zettl umrundete den Sessel, bückte sich, klaubte die Traubenzuckerblättchen vom Teppich, die Münzen, die Geldbörse, legte alles auf den Tisch. Rückte die Vase zurecht, dann ging er zur Tür, drehte sich noch einmal um.

»Sie wird bestimmt gleich hier sein«, sagte er. Überlegte einen Moment, dann nickte er, als wollte er seine Worte bekräftigen. »Brauchst du noch was?«

Keine Antwort, natürlich nicht. Von der Tür aus konnte er ihr Gesicht nicht sehen, nur ihren grotesk gekrümmten Rücken und einen Teil der Oberschenkel. Das Hecheln

schuff schuff schuff

drang hinter dem Couchtisch hervor, leiser jetzt, doch es schien, als nehme die Geschwindigkeit zu.

»Bin gleich wieder da.«

Er verschwand im Flur. Vor der Tür zum Bad blieb er stehen, die Hand bereits auf der Klinke. Er ging zurück, schloss die Wohnzimmertür, dann lief er hastig in die Küche, leichtfüßig, auf Zehenspitzen, wie ein Tänzer. Drehte sich einmal um die eigene Achse, als habe er vergessen, was er wollte. Schließlich nahm er den Porzellanteller mit den Schokoladenstückchen, trug ihn, den Arm ausgestreckt wie ein Kellner, zum Bad. Als die Tür hinter ihm ins Schloss fiel, lehnte er den Kopf an die Wand und atmete tief durch. Nahm ein Stück Schokolade, schob es in den Mund, schloss die Augen. Kauend stand er da, lauschte.

Nichts zu hören. Nur das eigene Schmatzen. Gut so.

»Ich hab nichts gemacht«, murmelte Zettl. »Gar nichts.«

Er stellte den Porzellanteller auf dem Waschbecken neben der Toilette ab. Rieb die verschwitzten Hände an den Hosenbeinen ab. Zählte die restlichen Stücke.

Noch acht.

Besser als nichts.

Fünfzehn

Er sah Schröder schon von weitem. Zorn straffte sich ein wenig, beschleunigte den Schritt und lief über den Parkplatz auf das Präsidium zu, wo Schröder neben dem Eingang stand, als würde er auf jemanden warten.

»Wartest du auf mich?«, fragte Zorn dann auch.

»Ja.« Schröder hatte die Arme vor der Brust verschränkt, hielt das Gesicht in die Sonne, den Mantel hatte er aufgeknöpft. »Wir müssen was besprechen.«

Zorn kramte seine Zigaretten hervor, sah in die Schachtel, verstaute sie wieder in der Lederjacke. Trat einen Schritt vor, wieder zurück, räusperte sich.

»Und was?«

»Wir haben eine Menge zu tun«, begann Schröder. »Bevor wir damit anfangen, würde ich gern ein paar Dinge klären.«

Zorn hob die Schultern.

»Von mir aus.«

»Alles, was uns beide betrifft, lassen wir außen vor. Dich. Mich. Meine Mutter. Malina. Darüber reden wir später, wenn die Arbeit erledigt ist.«

Es war warm, die Zweige der großen Kastanie auf dem Parkplatz bewegten sich sacht im Wind, die Streifenwagen blitzten im Schein der Mittagssonne. Die Luft war klar, der Regen am Morgen hatte den Staub herausgewaschen.

»Ich erwarte keine Entschuldigungen von dir.« Schröder sah Zorn an, seine Augen leuchteten in der Sonne. Etwas schwang in seiner Stimme mit, etwas Hartes. Kantige Steine unter einer weichen, samtigen Decke. »Keine Erklärungen. Vorerst.«

Über ihnen im zweiten Stock wurde das Fenster eines Besprechungsraums geöffnet. Undeutliches Stimmengewirr drang heraus.

»Haben wir uns verstanden?«, fragte Schröder und fügte leise hinzu: »Chef?«

Zorn räusperte sich erneut.

»Okay.«

Schröder machte keine Anstalten weiterzusprechen. Zorn wollte hineingehen, Schröder hielt ihn am Arm zurück.

»Lass uns noch ein bisschen in der Sonne bleiben.«

Da war er wieder, der alte Schröder. Freundlich, zuvorkommend, höflich.

Ein warmer Windstoß strich über den Parkplatz. Eine Haarsträhne fiel Schröder ins Gesicht, er fuhr sich mit der flachen Hand über den Kopf, legte sie wieder quer über den kahlen Schädel.

»Und? Hat's was gebracht?«, fragte er schließlich.

»Was meinst du? Die Vernehmung oder die frische Luft?«

»Nun«, erwiderte Schröder mit einem leisen Lächeln, »Letzteres offensichtlich nicht viel, wenn man dich so ansieht.«

»Ist das 'n Vorwurf?«

»Eine Tatsache.«

»Deine ironischen Sprüche kannst du dir sparen.« Zorn rieb sich den Nacken. Die Sonne stach ihm in die Augen, er kniff sie zusammen. »Ich bin müde. Ich hab 'nen Kater.«

Und ich rühre nie wieder Alkohol an, fügte er in Gedanken hinzu.

»Ironie bedeutet«, erklärte Schröder gelassen, »dass man das Gegenteil dessen sagt, was man meint.«

»Dann war's halt Sarkasmus.«

»Auch das nicht. Ich habe lediglich festgestellt, dass du nicht sonderlich gut aussiehst. Ohne rhetorische Kinkerlitzchen.«

»Ich weiß selbst, wie ich mich fühle.«

»Das«, lächelte Schröder, »ist zumindest ein kleiner Fortschritt.«

Zorns Augen verengten sich zu schmalen Schlitzen.

»Kann es sein, dass du mich gerade verarschst, Schröder?«

»Aber nicht doch, *Señor*.«

Zorn überlegte einen Moment.

»Was war das jetzt? Sarkasmus oder Ironie?«

»Weder noch. Das war Spanisch.«

»Du kannst mich mal.«

Schröder runzelte die Stirn.

»Was ist?«, fragte Zorn nach einer Weile.

»Ich überlege, ob du das möglicherweise sarkastisch gemeint haben könntest.«

»Nee, Schröder. Und ironisch auch nicht.«

»Stimmt. In Anbetracht der Tatsache, dass ich dein Vorgesetzter bin, war das einfach nur vorlaut.«

Darüber musste Zorn ein wenig nachdenken. Die Gehwegplatten vibrierten unter seinen Stiefeln, weiter hinten donnerte eine Straßenbahn vorbei.

»Würde mein Vorgesetzter gestatten, dass ich jetzt reingehe?«, fragte er. »Die Sonne geht mir auf den Sack.«

»Zunächst hätte dein Vorgesetzter gern seine Frage beantwortet.«

»Nämlich?«

»Ob das Verhör was gebracht hat.«

Zorn zog an der Zigarette zwischen seinen Lippen, hustete, betrachtete verwundert die Kippe. Er hatte keine Ahnung, wie sie in seine Hand gekommen war, geschweige denn, wann er sie angezündet hatte.

»Du meinst Adam Völx?«

»*Yes*.«

»Auf den ersten Blick wirkt er wie ein älterer Herr, der selten Besuch kriegt und ätzenden Tee kocht. Den Wagen benutzt er so gut wie nie, er denkt, ein paar Kids hätten die Kiste geklaut und 'ne nächtliche Spritztour unternommen.«

»Und auf den zweiten?«

»Blick?«

»Yep.«

Zorn atmete aus. Der Zigarettenrauch verlor sich in der klaren Luft.

»Ich kann's nicht genau beschreiben. Zwischendurch hatte ich das Gefühl, als würde Völx eine Rolle spielen. Der Mann ist wesentlich besser in Form, als er tut. Der war irgendwie«, Zorn überlegte, »nicht echt. Als würde er mir den harmlosen Frührentner nur vormachen.«

»Warum sollte er das tun?«

»Keine Ahnung.«

Schröder vergrub die Hände in den Taschen seiner Cordhose.

»Kann es sein, dass er das Auto selbst gefahren hat? Dass die Sache mit dem Diebstahl gelogen ist?«

Zorn zuckte die Achseln, trat die Zigarette aus. Er hatte nur ein paarmal daran gezogen.

»Die Karre ist uralt, Schröder. Die kriegt man mit 'ner gebogenen Nadel auf. Und Völx ist nicht mal sicher, ob er den Wagen abgeschlossen hatte. Sagt er jedenfalls.«

Schröder nickte, öffnete die große Glastür, deutete einladend nach innen.

»Wollen wir dann? Es wäre hilfreich, wenn du dich noch ein bisschen konzentrieren würdest.«

*

»Ich hab die Akten durchgesehen. Die, die wir heute Morgen bei der Hausdurchsuchung mitgenommen haben«, fügte Schröder hinzu, als er Zorns verständnislosen Blick bemerkte.

Sie saßen im Besprechungsraum, die Klimaanlage summte. Eine Thermoskanne mit Kaffee stand auf dem Tisch, daneben ein Teller mit Keksen. Zorns Gesicht glänzte, er war auf dem Klo gewesen, hatte den Kopf unter den Wasserhahn gehalten, um ein wenig munterer zu werden. Das hatte geholfen, ob es langfristig nutzen würde, musste sich zeigen.

»Ich hab die Konten der Zettls geprüft«, fuhr Schröder fort. Vor ihm lag ein leerer Notizblock, er drehte einen Bleistift in den Händen. »Die Steuererklärungen der letzten Jahre ebenfalls. Donata Zettl hat diverse Firmen angemeldet, manche nur ein paar Monate lang. Zuerst hat sie die Einkünfte ihres Mannes verwaltet, die sind natürlich im Laufe der Zeit immer weniger geworden. In den neunziger Jahren war sie über eine Marketingfirma an einem Schneeballsystem beteiligt, ein Pyramidenspiel, das überall im Osten gespielt wurde. Man musste dreitausend Mark einzahlen und dann vier Mitspieler suchen, irgendwann ist die Kette natürlich abgerissen, die …«

»Ich erinnere mich«, unterbrach Zorn.

»Dann hat sie sich als Maklerin versucht, Dächer für Solaranlagen vermietet, eine Importfirma gegründet, Aktien verkauft, Versicherungen und so weiter.«

»Sie hat also ihre Kohle damit verdient, anderen Menschen Scheiße anzudrehen.«

Schröder hob die Augenbrauen.

»Es gibt auch ehrliche Versicherungsmakler.«

»Pff!«, machte Zorn.

»Ein bisschen dubios ist das alles schon«, gab Schröder zu. »Sie hat immer wieder Bargeld auf das Konto eingezahlt. Keine großen Summen, nie mehr als ein paar hundert Euro. Die Frage ist, woher sie das Geld hatte. Andererseits sind die Steuererklärungen sauber. Reich sind die Zettls nicht, es scheint, als ob jahrelang gerade so viel Geld reingekommen ist, dass sie irgendwie zurechtgekommen sind. Bis vor kurzem jedenfalls.«

»Wie meinst du das?«

»Das Konto ist seit einer Woche gesperrt. Ich habe mit der Bank telefoniert, sie sind mit der Rate für das Haus im Rückstand. Und eine Menge Rechnungen sind offen, der Strom ist vor drei Tagen abgestellt worden.«

»Das«, murmelte Zorn, »erklärt, warum wir Donata Zettl nicht über ihre Kreditkarte orten konnten. Weil sie die nicht benutzen kann.«

»Das wäre die eine Erklärung. Die andere ist, dass sie tot ist.«

Zorn nickte. Dann beugte er sich vor und streckte die Hand aus.

»Gib mir mal deinen Bleistift.«

Das tat Schröder.

»Ich muss nachdenken«, erklärte Zorn. »Das geht vielleicht besser, wenn ich auf etwas rumkauen kann.«

Er schob den Stuhl zurück, streckte die Beine aus und verschränkte die Arme vor der Brust, den Bleistift wie eine Zigarre im

Mundwinkel. Schröder ließ sich seine Verwunderung nicht anmerken.

»Und?«, fragte er nach einer Weile. »Hilft's?«

»Eigentlich bleiben nur zwei Möglichkeiten.«

»Die wären?«

»Entweder Donata Zettl ist tot, oder sie lebt.«

»Das«, nickte Schröder ernst, »ist eine hervorragende Erkenntnis.«

»Liegt bestimmt am Bleistift.« Zorn nahm den Stift aus dem Mund, betrachtete das zerkaute Ende und legte ihn vor sich auf den Tisch. Schluckte, um den bitteren Geschmack im Mund loszuwerden. »Gehen wir erst mal davon aus, dass sie lebt.«

»Wir haben das Hüftgelenk.«

»Aber keine Leiche.«

»Und einen Ehemann, der keine Ahnung hat, was los ist.«

»Glauben wir ihm das?«

»Ja«, sagte Schröder. »Vorerst.«

Zorn kratzte sich am Kinn.

Ich muss mich rasieren, dachte er. Dringend.

»So, wie's aussieht«, sagte er, »ist es Donata, die sich um die Finanzen der Zettls kümmert. Das alles ist ihr über den Kopf gewachsen. Das Haus, die Rechnungen, sie hat sich übernommen. Sie ist abgetaucht, weil das Geld alle ist. Keine Ahnung, vielleicht hat sie irgendwo Schwarzgeld gebunkert und sich in die Karibik abgesetzt.«

»Ohne Hüftgelenk?«, fragte Schröder.

Zorn seufzte, hob ratlos die Hände und ließ sie auf die Oberschenkel fallen. Er hatte sich Mühe gegeben, hatte stundenlang recherchiert, nirgendwo hatte er einen Anhaltspunkt gefunden, wo das Gelenk entfernt wurde. Kein Krankenhaus, keine Arztpraxis, nichts. Jedenfalls nicht in Deutschland. Das Einzige, was er herausgefunden hatte, war, dass Donata Zettl in den letzten zwölf Monaten weder einen Arztbesuch noch einen Krankenhausaufenthalt bei ihrer Krankenkasse abgerechnet hatte.

Schröder stand auf, schob den Notizblock zur Seite. Darunter lag ein Foto Donata Zettls, er nahm es, ging zu einem Flipchart neben der Tür und befestigte das Bild mit einem Magneten in der Mitte. Dann setzte er sich wieder, griff abwesend nach dem Bleistift, den Blick nachdenklich auf das Foto gerichtet. Donata Zettl sah ernst in die Kamera, eine herbe Frau in den Fünfzigern mit streng frisiertem, kurzem Haar und markanten, fast harten Gesichtszügen.

»Findest du die attraktiv?«, fragte Zorn.

»Schönheit«, murmelte Schröder, »liegt immer im Auge des Betrachters.«

Darauf wusste Zorn keine Antwort.

»Die Frage ist«, Schröder drehte den Bleistift in den Händen, »was ...«

»Vorsicht«, unterbrach Zorn, auf den Stift deutend. »Der schmeckt beschissen.«

»Ich hatte nicht vor, ihn zu essen. Die Frage ist«, wiederholte Schröder und legte den Stift weg, »was die beiden verbindet. Donata und Gregor Zettl.«

»Liebe?«, sagte Zorn und dachte daran, wie sehr er dieses Wort hasste. Ein Scheißwort. Das Unwort des Jahres. Nein, des Jahrhunderts. Das beschissenste Wort der Welt.

»Sie haben getrennte Schlafzimmer«, sagte Schröder.

»Vielleicht hat sie Zettl nur wegen der Kohle geheiratet, er hat ja früher genug verdient. Jetzt, wo nichts mehr kommt, hat sie ihn im Stich gelassen.«

»Und er hat sich damals mit ihr zusammengetan, weil sie sich um ihn gekümmert hat? Erst seinen Beruf und später sein Leben in Ordnung gehalten hat?«

»Könnte sein.«

Die Tür öffnete sich, Frieda Borck erschien.

»Entschuldigen Sie die Verspätung.« Ihr Gesicht war gerötet, sie war in Eile. Sie setzte sich an die Stirnseite, atmete tief durch und sah auf die Uhr. »Ich muss in einer halben Stunde zum Haftrichter. Die Drogenfahndung hat heute Morgen zwei russische Dealer festgenommen. Ein knappes Pfund Crystal Meth, in einer Dachwohnung am

Hauptbahnhof. Das Zeug ist mittlerweile überall. Aber darum«, die Staatsanwältin seufzte, »bin ich nicht hier.«

»Sondern?«, fragte Zorn.

»Donata Zettl.« Sie deutete auf das Flipchart mit dem Foto. »Wie lange fahnden wir jetzt nach ihr?«

»Seit gestern«, sagte Schröder.

»Irgendwas Neues?«

»*Nothing.*«

Frieda Borck kaute an ihrer Unterlippe.

»Lohnt sich der Aufwand? Kann es sein, dass sie einfach nur abgetaucht ist?«

»Gute Frage«, nickte Zorn.

»Danke für das Kompliment.« Sie klang ein wenig schnippisch. »Eine Antwort wäre mir lieber.«

»Wir sind nicht sicher«, sagte Zorn. »Wenn man's nüchtern betrachtet, wär es durchaus denkbar, dass sie sich einfach aus dem Staub gemacht hat und …«

»Tun Sie das?«, unterbrach Frieda Borck.

Zorn verstand nicht.

»Was?«

»Die Sache *nüchtern* betrachten. Sind Sie dazu in der Lage, Kollege Zorn?«

»Klar doch, ich …«

Jetzt begriff Zorn, wie die Frage gemeint war. Die Staatsanwältin sah ihn prüfend an, den Kopf leicht schief gelegt. Aus den Augenwinkeln registrierte er, wie Schröder ihr einen Blick zuwarf, unmerklich den Kopf schüttelte.

Die sprechen sich ab, dachte er. Schröder hat ihr alles erzählt, die weiß, wie er mich heute früh gefunden hat. Die zerreißen sich das Maul über mich, wahrscheinlich …

Frieda Borck riss ihn aus seinen Gedanken.

»Passen Sie auf, dass Sie nicht vom Stuhl fallen, Herr Hauptkommissar.«

Zorn war nach vorn gerutscht, er hing auf der Stuhlkante, die

Beine ausgestreckt, die Hände in den Hosentaschen. So hatte er die ganze Zeit dagesessen, ohne dass es ihm bewusst gewesen war. Er rappelte sich auf, setzte zu einer heftigen Erwiderung an. Schröder kam ihm zuvor.

»Es gibt einiges, das auf ein Verbrechen deutet«, sagte er. »Wir haben das Hüftgelenk, wir haben ein Messer, das möglicherweise aus ihrem Haushalt stammt. Und wir haben die Pistole mit Donata Zettls Fingerabdrücken.«

»Was sagt das Labor?«, fragte Frieda Borck, den Blick noch immer auf Zorn gerichtet.

»Die Pistole hat höchstens ein paar Tage am Hafen gelegen, vielleicht nur Stunden. Und sie ist kürzlich benutzt worden.« Schröder griff nach dem Bleistift, legte ihn wieder zurück. »Was das Keramikmesser betrifft: keine Hinweise auf Donata Zettl. Keine Fingerabdrücke. Es gibt ein paar Faserspuren, außerdem Hautreste und Blut. Das allerdings stammt hundertprozentig von einem Mann.«

Zorn wand sich auf seinem Stuhl, Frieda Borck ließ ihn nicht aus den Augen. Wie immer, wenn er sich unter Druck gesetzt fühlte, versuchte er, besonders cool und desinteressiert zu wirken. Was ihm – wie immer – nicht sonderlich gelang. Scheinbar gelassen erwiderte er den Blick der Staatsanwältin, die Hände auf dem Schoß verkrampft, unter dem Tisch wippten seine Beine hektisch auf und ab. Fast hätte er erleichtert aufgeatmet, als sie sich – nach einer Ewigkeit, wie es schien – an Schröder wandte.

»Was schlagen Sie vor?«

»Wir konzentrieren uns auf die Akten aus ihrer Wohnung, ich bin noch nicht alles durchgegangen. Vielleicht findet sich da noch ein Hinweis.«

»Gut.« Stuhlbeine schabten über das Linoleum, Frieda Borck stand auf. »Zwei Tage, dann schließen wir die Akte, zumindest vorläufig. Es gibt genug zu tun.«

»Sicher doch«, murmelte Zorn und unterdrückte ein Gähnen.

Sie zögerte.

»Wie alt sind Sie eigentlich?«

»Alt genug«, brummte Zorn. »Warum?«

»Es wird Zeit, dass Sie sich endlich mal wie ein erwachsener Mensch benehmen.«

Ein Nicken zu Schröder. Ein letzter Blick zu Zorn. Dann ging sie.

*

»Ich weiß, dass Sie ungern telefonieren. Mir geht es ebenso.«

Adam Völx saß im Wohnzimmer, das Handy am Ohr. Auf dem Tisch neben ihm stand ein Porzellankännchen, frischer Tee dampfte in einer Tasse. Er hatte sich im Korbstuhl zurückgelehnt, die langen Beine übereinandergeschlagen, als säße er in einem französischen Straßencafé. Nur sein linker Fuß wippte ein wenig auf und ab.

»Ich rufe Sie an, weil ich etwas klarstellen will. Es wird nicht lange dauern.«

Völx trank einen Schluck Tee, hörte einen Moment zu.

»Sie haben mich angeheuert, weil ich Ihnen Informationen verschaffen soll«, begann er. »Sie haben mich ausgewählt, weil ich als absolut zuverlässig gelte. Weil ich pünktlich liefere und jeden Auftrag, den ich annehme, zu Ende führe. Ich bringe Menschen zum Reden, liefere Antworten auf Fragen. Warum diese Fragen gestellt werden, interessiert mich nicht. Ich biete eine Dienstleistung an. Diese Leistung erfordert Zeit. Sie haben eine Anzahlung geleistet, wir haben einen Termin vereinbart, in genau«, er sah auf die Anzeige seiner altertümlichen Quarzuhr, »siebenunddreißig Stunden. Ich brauche Ruhe für meine Arbeit, absolute Ruhe. Was ich damit meine?«

Völx schwieg einen Moment.

»Ich bin angegriffen worden.«

Ein Klirren, Völx rührte in seiner Teetasse, betrachtete den Löffel, legte ihn bedächtig auf die Untertasse, während er der monotonen Stimme am anderen Ende der Leitung lauschte.

»Sollte sich herausstellen, dass einer Ihrer Leute in diesen Angriff verwickelt ist, müsste ich unsere Zusammenarbeit neu überdenken. Nun«, er redete etwas lauter, offensichtlich, um die Stimme am anderen Ende zu übertönen, »es wäre immerhin denkbar, dass Sie Ihre Organisation nicht so im Griff haben, wie man es eigentlich erwarten sollte. Vielleicht sind Sie auch ungeduldig, wollen mich mit diesem Zwischenfall unter Druck setzen. Falls dies der Fall sein sollte, wäre ich gezwungen, Gegenmaßnahmen zu ergreifen. Sie bezahlen mich wegen meiner Fähigkeiten«, fuhr er ruhig fort. »Ich würde nicht zögern, diese Fähigkeiten gegen Sie einzusetzen.«

Der Korbsessel knarrte, schlanke, sorgfältig gepflegte Finger strichen über den Stoff der schwarzen Hose, Völx zupfte eine Fussel vom Oberschenkel, schnippte sie fort.

»Im Moment rede ich im Konjunktiv. Ich bin sicher, dass Sie mit diesem Begriff etwas anfangen können, Sie sprechen ein hervorragendes Deutsch.«

Völx reckte das Kinn, zog den Kragen seines Pullovers herunter und kratzte sich am Hals. Eine Ecke des Pflasters hatte sich gelöst, er drückte es wieder fest.

»Betrachten Sie's, wie Sie wollen. Von mir aus auch als Drohung. Und jetzt Schluss damit, ich habe Ihnen alles gesagt.«

Kindergeschrei drang von außen herein, Völx stand ruckartig auf, schloss das Fenster. Das Handy klemmte zwischen Daumen und Zeigefinger, er hielt es ein Stück vom Ohr weg, die knarrende, metallische Stimme drang aus dem Lautsprecher, verstummte schließlich. Völx dachte einen Moment nach.

»Gut «, sagte er dann. »Ich betrachte das als zusätzlichen Auftrag. Über die Kosten reden wir später.«

Er unterbrach die Verbindung, nahm den Akku aus dem Handy. Zwei Minuten später lagen das Telefon und die zerschnittene Prepaid-Karte im Papierkorb. Völx hatte eine Platte aufgelegt, stand am Fenster und widmete sich seinen Blumen. Gebückt stand er da, zupfte mit einer Pinzette ein paar welke Blätter von einem Philodendron und ging seinen Plan für die nächsten Tage durch.

Einiges hatte sich geändert, er musste reagieren. Die Frage war, ob er im Sinne seiner Auftraggeber oder in seinem eigenen handeln würde. Dies, beschloss er, würde er später entscheiden, zunächst würde er den neuen Auftrag planen, eine klare, schnell erledigte Sache. Sachte, fast zärtlich strich er über die Pflanze und lauschte einem über dreißig Jahre alten Hit, den staubigen Keyboardklängen, dem maschinenartigen, pappigen Sound des Drumcomputers und der engelsgleichen Stimme Gregor Zettls – früher bekannt als Greg Zett –, die dünn aus den Boxen drang.

Sechzehn

»Hast du der irgendwas erzählt?«

Zorn stand, die Jacke unter den Arm geklemmt, im Büro. Schröder studierte eine Akte, sein Finger glitt über endlose Zahlenkolonnen. Er runzelte die Stirn, kreiste etwas ein und nahm das nächste Blatt.

»*Wem* habe ich *was* erzählt?«

»Der Borck. Wie du mich … dass ich …«

»Komisch.« Schröder brummte, blätterte zurück, wieder vor. »Donata Zettl hat Solarmodule aus China importiert, per Schiff, insgesamt drei Container, den letzten vor drei Monaten.«

»Ich hab dich was gefragt, Schröder.«

Schröder reagierte nicht, blätterte weiter.

»Es gibt zwei weitere Container, laut Frachtpapieren kommen die aus Tschechien. Einer ist letzte Woche geliefert worden, der andere gestern Nacht. Er müsste noch immer am Stadthafen stehen. Über den Inhalt kann ich nichts finden, es fehlen ein paar Seiten.« Schröder lehnte sich zurück, strich sich nachdenklich, fast verträumt über die Glatze. »Dass man aus China per Schiff importiert, leuchtet mir ein. Aber aus Tschechien?«

Schröder starrte an die Decke. Das Büro strahlte in der Nachmittagssonne, Staubkörner tanzten im Licht. Durch das gekippte Fenster drang der Verkehrslärm der Schnellstraße. Zorn streifte die Jacke über, Schröder registrierte die Bewegung, sah auf, straffte sich, als erwache er aus einem Traum.

»Ich habe ihr natürlich nichts erzählt«, sagte er, lauter jetzt, sachlich. »Es ist deine Sache, wie du deine Nächte verbringst, wie du deine Wohnung behandelst und auch, wie du mit deiner Plattensammlung umgehst. Aber Frieda Borck ist nicht dumm. Und sie hat Augen im Kopf.«

Zorn seufzte.

»Sehe ich wirklich so scheiße aus?«

»Schlimmer«, lächelte Schröder.

»Dann«, sagte Zorn müde, »geh ich jetzt nach Hause und leg mich ein bisschen hin. Dein Einverständnis vorausgesetzt.«

»Das«, Schröder schüttelte bedauernd den Kopf, »wird nicht möglich sein.«

»Warum nicht? Es ist …« Zorn, der die Hand bereits auf der Klinke hatte, stockte. Etwas war ihm eingefallen, er ließ die Hand wieder sinken. »Sie hat einen Container am Hafen?«

»So sieht's jedenfalls aus.«

»Die Pistole mit ihren Fingerabdrücken. Die lag doch auch am Hafen.«

»Richtig«, nickte Schröder. »Sehr gut kombiniert.«

»Wirst du jetzt wieder sarkastisch?«

»*Wenn*, dann wär's Ironie.«

»Wie auch immer.«

»Das kann Zufall sein, das Hafengelände ist riesig«, sagte Schröder. »Wir sollten prüfen, ob die Pistole in der Nähe des Containers lag. Und wir müssen das Ding öffnen. Aber dazu brauchen wir einen Beschluss, den kriegen wir erst morgen.«

»Okay.« Zorn schob die Brille auf die Stirn, rieb sich müde die Augen. »Und warum darf ich dann jetzt nicht Feierabend machen?«

»Das darfst du.«

»Du hast eben gesagt …«

»Ich sagte, dass du nicht schlafen gehen kannst.«

Schröder nahm einen Zettel vom Tisch, stand auf, drückte ihn Zorn in die Hand.

»Was ist das?«, fragte Zorn verwirrt.

»Eine Einkaufsliste.«

»Wofür?«

Schröder öffnete die Tür, schob den verdutzten Zorn auf den Flur und lächelte ihm aufmunternd zu.

»Für den Baumarkt.«

*

Später, als dieser lange, lange Tag dann endlich zur Neige ging und im Westen die Fassaden der Hochhäuser im weichen, goldfarbenen Licht der untergehenden Sonne glühten, saßen Claudius Zorn und der dicke Schröder auf Zorns Sofa, die Ellbogen auf die Knie gestützt, die Schultern gebeugt, erschöpft, doch zufrieden wie böhmische Eisenbieger nach getaner Arbeit.

»Trotzdem«, murmelte Zorn, »weiß wäre besser gewesen.«

Es roch nach frischer Farbe, der Teppich war gesaugt, selbst das Fenster hatte Schröder geputzt. Im Flur standen zwei Farbeimer, daneben drei prall gefüllte Müllsäcke, vollgestopft mit geborstenen Schallplatten, zerknülltem Zeitungspapier und den Resten der Plastikfolie, mit denen Schröder den Teppich abgedeckt hatte.

»Hab Geduld«, sagte Schröder. »Wenn's trocken ist, wird's heller.«

Schröders Liste war eindeutig gewesen: Klebeband, Folie, Abstreifgitter, Einweghandschuhe, Wischlappen, eine Packung Schwämme *(VISKOSE).* Zwei Farbwalzen *(LAMMFELL!!!)*, ein kurzer und ein langer Pinsel für die Stellen hinter den Heizungsrohren. Ein Farbeimer *(DISPERSIONSFARBE, MIND. 12 LITER).*

Müde, ohne viel nachzudenken, hatte Zorn alles in den Einkaufswagen gestopft, nur bei der Farbe hatte er kurz gestutzt, denn den Farbton *(CHAMPAGNER!)* hatte Schröder ebenfalls vorgegeben. Daheim, beim Öffnen des Eimers hatte er festgestellt, dass ihn die Farbe an schimmelnden Rhabarbermost erinnerte. Jetzt war er nicht mehr sicher.

»Sieht'n bisschen aus wie Eiter.«

»Das wird schon, Chef.«

Schröder schob einen dreieckigen Papierhut aus der Stirn und sah sich um. Zorn trug einen identischen Hut. Als Schröder gekommen war, hatte er eines von Zorns T-Shirts übergestreift, eine Zeitung genommen und zwei Malerhüte gefaltet. Das, hatte er knapp bemerkt, gehöre dazu, nachdem er dem verdutzten Zorn den Hut auf den Kopf gesetzt und sorgfältig zurechtgerückt hatte, schließlich wäre er nicht zum Spaß hier, es gäbe eine Menge Arbeit, da müsse man sich schützen.

Die nächsten Stunden hatten sie vorwiegend schweigend verbracht, Zorn hatte die Ecken abgeklebt, während Schröder den Teppich, das Sofa und das Regal mit den Planen abdeckte. Ruhig und konzentriert hatten sie nebeneinander gearbeitet, es war still gewesen in der Wohnung im vierzehnten Stockwerk hoch über der Stadt, abgesehen vom Kratzen der Pinsel, dem Schmatzen der Bürsten und dem gelegentlichen Rascheln der Planen. Nicht lange, und Zorn hatte vergessen, warum er das alles tat, er war versunken, fokussiert auf das gleichmäßige, eintönige Auf und Ab der Bürste, ein spiritueller, meditativer Akt, wie eine Zeremonie. Irgendwann hatte Schröder beiläufig gefragt, wie es denn nun weitergehen solle. Die Lampe, hatte Zorn erwidert, die Deckenlampe müsse noch abgeschraubt werden, der Schraubenzieher liege irgendwo in der Küche. Schröder hatte nicht geantwortet, er kniete vor der Heizung und klebte das Fensterbrett ab, während Zorn allmählich klar wurde, dass Schröder nicht nach der Arbeit gefragt hatte, weder hier noch im Präsidium, nein, etwas anderes war gemeint, Malina. Zorn hatte einen Pinsel genommen, gefragt, was Schröder an seiner Stelle tun würde, und begonnen, über den Fußbodenleisten zu streichen. Darum, hatte Schröder erwidert, ginge es nicht, Zorn müsse eine Entscheidung treffen, es gäbe nur zwei Möglichkeiten, entweder er kämpfe um Malina, oder er lasse das alles hinter sich. Endgültig, hatte er hinzugefügt, dann hatte er sich aufrichtet, das Klebeband weggelegt und die Handschuhe übergestreift. Er könne nicht zusehen, wie sich ein Mensch selbst zerstöre, er sei Polizist geworden, weil er anderen helfen wolle, und bei ihm, Zorn, werde er keine Ausnahme machen, es sei denn, es würde sich als sinnlos erweisen. Was er damit meine, hatte Zorn gefragt, während Schröder eine Farbrolle – Lammfell, hatte er vorher erklärt, würde die Farbe am besten aufnehmen – auspackte und behutsam in den Eimer tunkte. Meine Zeit, sie ist mir zu wichtig, hatte Schröder geantwortet und die Rolle sorgfältig abgestrichen. Ich will sie nicht vergeuden. Wenn ich merke, dass etwas keinen Sinn hat, dann lasse ich's sein. Irgendwann.

Da hatte Zorn kurz gezögert, und während er neben der Tür auf dem Boden kniete, formte sich ein Gedanke in seinem Kopf, nein, kein Gedanke, eine Ahnung, weit entfernt, mehr ein Hauch als eine Idee. Schröder begann, die Wand unter dem Fenster zu streichen, Zorn widmete sich weiter seinem Pinsel, malte einen fünf Zentimeter dicken Steifen über die Fußbodenleisten, sorgfältig, pedantisch, widmete sich dann den Ecken und später, als er sein Werk mit der Bürste beendet und die erste Wand fertig war, hatte er sich sofort der Wand hinter dem Sofa zugewandt, einen Spachtel genommen und die Weinflecken abgekratzt, denn die, hatte Schröder gesagt, würde man nicht übertünchen können, auch mit der besten Farbe der Welt nicht.

»Ich find's schick«, sagte Schröder.

»Ganz schön spießig.«

»Es ist sauber.«

Schröder stand auf, stemmte die Hände in die Hüften und streckte den Rücken. Zorns T-Shirt spannte über seinem Bauch, gleichzeitig war es zu lang, es hing über der Cordhose bis hinab zu den ausgebeulten Knien. Der Saum um den Hals war ausgefranst, die Aufschrift – *DIE ÄRZTE-Tour 2003* – war verblichen. Schröders Gesicht war mit Farbe besprenkelt, winzige Spritzer, wie Sommersprossen um die Nase verteilt.

»Willst du duschen?«, fragte Zorn.

»Nee, das mach ich zu Hause.«

Schröder ging zum Fenster. *Irgendwie schwul, brutal und laut!* war undeutlich auf der Rückseite des Shirts zu lesen. Zorn folgte ihm nach einer Weile, dann standen sie nebeneinander und sahen hinab in die Abenddämmerung. Zwei Männer, ein großer und ein kleiner, über und über mit Farbe bekleckst, die Hände auf dem Rücken gefaltet, Hüte aus Zeitungspapier auf dem Kopf.

»Wo wohnst du jetzt eigentlich?«

»Am Markt.« Schröder deutete nach Osten, wo die Hochstraße tief unter ihnen wie eine monströse, zertretene Schlange in der Innenstadt verschwand. Der Verkehr war dicht, die ersten Fahrzeuge hatten das Licht eingeschaltet. »Die Wohnung ist groß, viel zu groß. Aber ich musste die Möbel irgendwie unterkriegen.«

In den letzten Wochen war er stiller geworden, fiel Zorn wieder ein, ernster als sonst. Das hatte Zorn bemerkt, immerhin. Interessiert hatte es ihn nicht, er war zu beschäftigt gewesen, hatte sich in seinem Leid gesuhlt wie ein depressives Wildschwein in einer schlammigen Pfütze.

Schröder seufzte leise.

»Was ist?«, fragte Zorn.

»Meine Eltern. Immer wenn ich an sie denke, seh ich nach oben.«

Zorn folgte Schröders Blick, die ersten Sterne waren erschienen, ein Kondensstreifen leuchtete im schwindenden Licht. Schröder schloss die Augen, neigte den Kopf, als würde er lauschen.

»Komisch«, sagte er nach einer Weile.

»Was ist komisch?«

»Eigentlich müsste ich mich ihnen hier oben näher fühlen.«

»Das stimmt.« Zorn hatte den Kopf in den Nacken gelegt, der Hut segelte hinter ihm auf den Teppich. Schräg über ihnen blinkten die Positionslichter eines Flugzeugs auf. »Vorausgesetzt, sie wären wirklich irgendwo dort.«

»Wir wissen beide, dass das Unsinn ist. Physikalisch gesehen.«

»Genauso sinnlos wie vom Himmel fallende Fische«, sagte Zorn.

»Ja«, nickte Schröder. »Trotzdem frag ich mich, woher das kommt. Dass ich immer nach oben guck. Selbst, wenn ich bei ihnen am Grab bin.«

»Selbstschutz.« Zorn kratzte sich am Arm. Die Farbe war getrocknet, juckte auf der Haut. »Man will sich einfach nicht vorstellen, wie sie in der Erde vermodern.«

»Das ist ja das Schlimme.« Schröder holte tief Luft, dann sah er Zorn an, das erste Mal an diesem Abend. Seine Augen leuchteten wie tiefblaue Kristalle. »Ich wehre mich dagegen, aber genau das tue ich. Jeden Tag.«

Darauf wusste Claudius Zorn keine Antwort. Schröder, der keine Erwiderung erwartet hatte, ging in den Flur. Zorn sah weiter aus dem Fenster, hörte, wie er den Mantel überstreifte, Plastik raschelte, dann erschien Schröder wieder in der Tür, in jeder Hand einen Müllsack.

»Den Rest nimmst du morgen mit runter, ja?«

»Mach ich.«

Das Haus vibrierte. Ein Hubschrauber näherte sich donnernd, es schien, als verlangsame er direkt vor dem Fenster, die Rotoren blitzten auf, dann drehte er in Richtung Krankenhaus ab.

»Danke«, murmelte Zorn und drehte sich um.

Aber da war Schröder schon gegangen.

*

Bester Gregor,
seit unserer letzten Begegnung ist ein wenig Zeit vergangen, und da ich leider nicht genau abschätzen kann, wann sich ein nächstes Treffen arrangieren lässt – ich habe heute einen weiteren Auftrag angenommen, der möglicherweise ein wenig Zeit beanspruchen wird –, möchte ich Ihnen meine Wenigkeit und mein Anliegen kurz in Erinnerung rufen. Obwohl ich fest davon ausgehe …

*

»… dass Sie mich nicht vergessen haben.«

Zettls wulstige, mit Schokolade verklebten Lippen bewegten sich beim Lesen, das Papier zitterte in seinen nassen Händen. Er stand im

Flur, aus der geöffneten Tür zum Bad hinter ihm drang das Rauschen der Toilettenspülung. Das Blatt, in der Mitte gefaltet, war durch den Spalt unter der Haustür geschoben worden, er hatte es auf dem Abtreter gefunden, wie lange es dort gelegen hatte, wusste er nicht.

»Die Verzögerung«, las er mit bebender Stimme weiter, »ist …«

*

… äußerst bedauerlich, da ich unserem nächsten Treffen mit großer Freude entgegensehe. Ich habe neue Erkenntnisse, Gregor. Nicht über Ihre Frau – leider, leider –, doch was das betrifft, bin ich sicher, dass Sie die Zeit nutzen und mich nach Kräften unterstützen werden. Ich bin überzeugt, dass Sie mich nicht enttäuschen werden! Falls doch, sollten Sie sich die Konsequenzen noch einmal in Erinnerung rufen, denn diese – vor allem, was Ihre körperliche Unversehrtheit betrifft – haben sich nicht geändert, trotz der oben erwähnten neuen Erkenntnisse. Ja, Gregor, diese betreffen Sie, und ich versichere Ihnen, dass ich es kaum erwarten kann, mit Ihnen zu plaudern. Wohlgemerkt, NACHDEM wir unser Gespräch, das neulich etwas abrupt unterbrochen wurde, beendet haben. Sie wissen ja: erst die Arbeit, dann das Vergnügen (falls Sie die Plattitüde entschuldigen).
Also, mein Lieber: Halten Sie sich bereit!

PS: Betrachten Sie dieses Schreiben nicht nur als freundlichen Gruß, sondern auch als Zeichen, dass ich ab und zu in Ihrer Nähe bin. Ich habe durchaus bemerkt, dass die Polizei bei Ihnen war. Wir wissen beide, dass Sie nicht mehr in der Lage sind, das Haus zu verlassen.

Sollten Sie allerdings in Betracht ziehen, Hilfe zu holen, werde ich davon erfahren, Gregor. Muss ich Ihnen erklären, was dann geschehen würde, mit Ihnen und Ihrer Frau? Ja, Gregor, auch mit Ihrer Frau, denn FINDEN werde ich sie in jedem Falle, allerdings habe ich momentan weder den Auftrag noch die Absicht, sie zu töten. DAS allerdings kann sich schlagartig ändern. Übrigens: Was Ihre Person betrifft, Gregor, habe ich noch keine Entscheidung getroffen. Lassen Sie sich überraschen. ☺

PPS: Der Löwenzahn!!!!!

*

Die Buchstaben verschwammen vor seinen Augen, flimmerten im gelblichen Licht, das von außen durch das geriffelte Sicherheitsglas der Haustür drang.

Eine Minute verging, eine weitere.

Dann straffte sich Gregor Zettl, er drehte den Kopf, langsam, wie in Zeitlupe, sah hinter sich ins Wohnzimmer. Sein Blick war starr, die Augen, weit geöffnet, glänzten wie blaue Glasmurmeln. Er hob die Hand, wedelte mit dem Brief durch die Luft.

»Wir haben Post, Alma!«

Ein gutgelaunter Ruf ins Nebenzimmer.

»Wir bekommen Besuch!«

Besuuuuhuuuch!

Fröhlich, darunter ein leichtes Vibrieren.

»Ist das nicht toll?«

Das metallische Schwingen des Wahnsinns.

Siebzehn

Es war dunkel, endlich. Zorn saß auf dem Sofa, seine Haut fühlte sich trocken an, rissig. Er hatte lange geduscht, zu lange. Die Leere in seinem Kopf füllte sich wieder, er dachte an das, was heute passiert war, wie Schröder ihn am Morgen gefunden hatte, ihre Fahrt zum Haus der Eltern, daran, wie der Regen eingesetzt hatte, als Schröder ihm beiläufig erklärt hatte, dass seine Mutter tot war. Das alles war erst ein paar Stunden her, doch es kam ihm vor, als seien Monate vergangen, er sah die Scheibenwischer vor sich, hörte das monotone Quietschen des Gummis auf der Frontscheibe des Volvos, Bilder wie aus einem alten Schwarzweißfilm. Die Erinnerung schwappte in seinen Kopf zurück wie ansteigendes Meerwasser, er spürte den schalen Geschmack des Alkohols, obwohl er sich gerade die Zähne geputzt hatte, dachte an Gregor Zettl und seine verschwundene Frau, an das Messer, die Pistole, Frieda Borck, an Schröder, der es nicht ertragen hatte, im leeren Haus seiner toten Eltern wohnen zu bleiben. Schröder, der jetzt irgendwo in der Nähe des Markts allein in einer riesigen Wohnung saß, weil er es nicht übers Herz gebracht hatte, sich von den alten Möbeln zu trennen. Schröder, der ihm geduldig geholfen hatte, das Chaos in seiner Wohnung zu beseitigen und jetzt von ihm erwartete, dass er dasselbe mit seinem Leben tat. Der ihm gesagt hatte, dass er eine Entscheidung treffen müsse.

Zorn stand auf. Sein linkes Knie knackte, er gähnte, schaltete das Licht ein. Die plötzliche Helligkeit blendete ihn. Er blinzelte, sah zum Fenster, dort schwebte eine dünne, geisterhafte Gestalt in der Dunkelheit. Es dauerte einen Moment, bis er begriff, dass es sich um sein Spiegelbild handelte.

Es roch anders, der übliche Geruch nach kaltem Zigarettendunst wurde von der frischen Farbe überdeckt. Er hatte in den letzten Stunden nicht geraucht, auch jetzt verspürte er keine Lust dazu. Spätestens morgen früh würde das vorbei sein, darüber machte er sich keinerlei Illusion. Er hatte tagsüber mehr als genug geraucht, wahrscheinlich eine Zigarette nach der anderen, ohne es groß zu bemerken. Sein Körper war immer noch randvoll mit Nikotin, das reichte für die nächsten Stunden.

Die Farbe war trocken, das Wohnzimmer sauber. Irgendwie *zu* sauber, es erschien ihm seltsam hohl, unpersönlich, substanzlos. Kein Wunder, dachte Zorn, als sein Blick auf das hohe Regal mit den leeren Einlegeböden fiel, Schröder hatte sie abgewischt, das Holz glänzte. Zwölf Platten besaß Zorn noch, ein kleiner, kümmerlicher Haufen stapelte sich vor der Heizung, daneben lehnte der kaputte Plattenspieler.

So stand er denn da, eine Hand am Lichtschalter, mit der anderen kratzte er sich am Hintern und allmählich formte sich der letzte, wichtigste Gedanke in seinem Kopf. Die Entscheidung, von der Schröder gesprochen hatte. Zorn hatte sie längst getroffen, vorhin, als er auf dem Teppich gekniet und den Pinsel in die Farbe getaucht hatte. Bewusst war er ihm da allerdings nicht geworden, dieser Entschluss, er war plötzlich da gewesen, ohne dass Zorn es registriert hatte.

Es gab einen dritten Weg, den sie gehen konnten. Er, Malina und das Kind. Das war es, was es zu klären gab, dachte Claudius Zorn mit einem leisen Seufzen, lauschte dem hohlen Klang der eigenen Stimme, und kurz bevor er das Licht löschte, kam ihm noch ein letzter Gedanke.

Die Farbe. Er wusste jetzt, woran ihn dieses trübe, gelblich schimmernde Grau erinnerte.

»Affenkotze«, brummte Claudius Zorn. »Sieht aus wie Affenkotze.«

Von wegen Champagner.

*

»Alles muss man alleine machen.«

Zettl stand vor der Schrankwand und ordnete die Glasfiguren über dem Fernseher. Den Brief hatte er darunter in einer Schublade verstaut.

»Du könntest ruhig ein bisschen mithelfen.«

Blasses, milchiges Mondlicht fiel durch das Gartenfenster ins Wohnzimmer, funkelte auf den Figuren, spiegelte sich auf seiner Glatze, fluoreszierte um die feinen, wirr vom Kopf abstehenden Haaren über seinen Ohren.

»Fang bloß nicht an, mir die Schuld zu geben.« Er klang mürrisch, eine trotzige Rechtfertigung. »Ich hab nichts gemacht. Nicht mal angefasst hab ich dich, das musst du zugeben, Alma.«

Sie saß hinter ihm auf dem Sofa. Er hatte die Leiche wieder aufgerichtet, ihre rechte Seite wurde von der Lehne des Sofas stabilisiert, links stapelten sich ein paar geblümte Kissen, die verhindern sollten, dass die Tote wieder zu Seite sackte.

»Ich hab niemandem was getan. Noch nie, in meinem ganzen Leben nicht.« Er nahm einen Delphin, hielt ihn gegen das Fenster, kniff ein Auge zusammen und beobachtete, wie sich das Mondlicht in der geschliffenen Rückenflosse spiegelte. »Ich war immer nett, zu allen. Selbst zu diesen Idioten, die sich meine *Fans* nannten.«

Zettl stellte den Delphin zurück, trat einen Schritt zur Seite, dann schob er die Figur einen Zentimeter nach links, griff nach der nächsten, einem pinkfarbenen Pudel.

»Ich wollte immer bloß meine Ruhe. Mehr nicht.«

Er wog die Figur in der Hand, hauchte über das Kristall, wischte das Glas am Hemdsärmel ab, dann stellte er den Pudel an seinen alten Platz. Betrachtete sein Werk, nickte zufrieden und drehte sich um.

»Warum hast du mich nicht in Ruhe gelassen?«

Er faltete die Hände hinter dem Rücken, musterte sie streng, als warte er auf eine Antwort. Hoch aufgerichtet saß Alma Gretsch im Halbdunkel vor ihm, ein wenig steif, trotzdem hätte man meinen können, Zettl rede mit einem unbeteiligten, etwas gelangweilten Besucher.

»Ich mach dir keine Vorwürfe, Alma. Aber dann mach du mir gefälligst auch keine. Ich hab dich nicht gebeten, herzukommen. *Du* warst es, die keine Ruhe gegeben hat!« Seine Stimme hob sich, wurde schrill. »Woher soll ich denn wissen, wo das Geld ist? Ich kann mir ja nicht mal mehr was zu essen kaufen!«

Er trat einen Schritt vor, stieß mit dem Knie gegen den Sessel. Sein Gesicht war verschmiert, eine braune, verkrustete Masse klebte am Mund, den Lippen, den Schneidezähnen. Schokolade. Das letzte Stück hatte er vor einer halben Stunde gegessen.

»Die Kreditkarte ist gesperrt. Das Auto ist kaputt. Hier«, er deutete nach unten, »das ist meine letzte saubere Hose! Ich hab sie im Waschbecken gewaschen, mit kaltem Wasser. Der Strom ist abgestellt. Das ist jetzt kein Vorwurf, wirklich nicht, Alma. Aber ich will nicht wissen, was *du* an meiner Stelle tun würdest. Obwohl, dir kann das ja alles egal sein, du bist tot.«

Zettl schwieg einen Moment, als warte er auf eine Antwort.

»Die Polizei war hier«, fuhr er dann fort, etwas ruhiger. »Die behandeln mich wie einen Verbrecher. Sie stellen Fragen, immer und immer wieder, das meiste versteh ich gar nicht.«

Er griff nach der Sessellehne, als wollte er sich festhalten. Schokolade klebte an den Handflächen, unter den Fingernägeln. Als er die Lehne losließ, blieben feuchte Abdrücke zurück, eine Mischung aus Schweiß und geschmolzener Schokolade. Der Sessel knarrte, Zettl setzte sich.

»Alle suchen nach ihr.«

Sein Blick irrte umher, flackerte durchs Zimmer. Fiel auf die Schublade unter dem Fernseher, Zettl schluckte, wurde blass.

»Er … er kommt wieder. Keine Ahnung, wo er jetzt ist, aber ich glaube«, er senkte die Stimme zu einem vertraulichen Flüstern, »er wird mich töten. Ich hab noch nie solche Angst gehabt. Noch nie. Kannst du dir vorstellen, dass ich andere Probleme habe, als mich um dein *blödes Geld* zu kümmern?«

Zettl hatte sich vorgebeugt, seine Hände, zu Fäusten geballt, lagen auf den Knien. Alma Gretschs Augen, halb geöffnet, starrten blicklos an ihm vorbei ins Leere.

»Ich kann doch nichts dafür!«

Wieder sah er sich um, schob die Unterlippe vor, wirkte jetzt mehr denn je wie ein trotziges Kind.

»Und was machen wir jetzt, Alma?«

Eine Seite ihres Gesichts lag im Schatten, die andere leuchtete fahl, das Mondlicht legte sich wie ein silbriger Schleier auf ihre Pupillen.

»Kaffee trinken?« Er lachte auf, ein leises, hysterisches Krächzen. »Jetzt kann ich's dir ja sagen, der ist schon seit Tagen alle! Donata liebt Kaffee, sie trinkt morgens mindestens drei Tassen. Sie muss ihren Kreislauf ankurbeln, sagt sie immer, ohne Kaffee kommt sie nicht in Schwung.«

Ein leises Klatschen, Zettl schlug sich mit den Handflächen auf die Oberschenkel, beugte sich über den Couchtisch, rückte die Vase zurecht, räusperte sich. Es folgte eine absurde verlegene Pause, sie saßen einander gegenüber, zwei schemenhafte Gestalten, ein älteres Paar, das sich zufällig getroffen hat und kein passendes Gesprächsthema findet.

»Hast *du* einen Plan, Alma?« Sein Lachen war mürrisch, freudlos. »Nein, natürlich nicht. Dich geht das ja alles nichts mehr an.«

Er lauschte einen Moment, dann nickte er, als habe er eine Antwort erhalten.

»Ich hab dir ja gesagt, dass ich dir keinen Vorwurf mache, aber ein bisschen sauer bin ich trotzdem. Findest du nicht, dass du's dir ein bisschen zu einfach machst? Ich will jetzt nicht unhöflich sein«, er hob entschuldigend die Hände, »aber *du* bist es, die tot ist. Irgendwann wirst du anfangen«, ein kurzes Zögern, »zu stinken. Verzeih den Ausdruck, aber wir müssen uns den Tatsachen stellen. Es bringt ja nichts, wenn wir hier um den heißen Brei herumreden.«

Zettl rutschte auf dem Sessel nach vorn. Etwas blitzte auf dem Teppich, er bückte sich, hob ein Stück Traubenzucker auf. Es musste heruntergefallen sein, als er ihre Handtasche nach Kleingeld durchsucht hatte.

»Die kommen wieder. Die Polizisten und«, ein Räuspern, »er. Ich weiß nicht, vielleicht sollte ich's ihnen erzählen? Das mit dem Mann, meine ich. Der eine Kommissar scheint nett zu sein, der Kleine in der ausgebeulten Hose. Er hat gefragt, ob ich Hilfe brauche, und weiß Gott«, ein Knacken, der Traubenzucker barst zwischen Zettls Schneidezähnen, »die kann ich brauchen. Aber wie soll ich das anstellen? Das Erste, was sie finden werden, bist du, Alma. Und dann? Was sag ich dann?«

Kauend lehnte Zettl sich zurück, schlug die Beine übereinander. Sein Fuß streifte ein Bein der Leiche, die Tote kam in Bewegung. Ihr Kopf sank auf die Brust, als wollte sie nicken, der Oberkörper kippte nach vorn. Zettl sprang auf, drückte sie im letzten Moment zurück in die Kissen. Hinter ihm ein Klappern, die Vase rollte über den Couchtisch, er hielt sie fest, stellte sie wieder auf, ohne die Tote aus den Augen zu lassen. Er kniete vor ihr, die Hände auf ihren Schultern. Ihre Augen, halb geöffnet, blitzten im Mondlicht, er nahm den Geruch wahr, einen süßlichen, kaum wahrnehmbaren Duft unter ihrem Parfüm, wich zurück, sank schnaufend wieder in den Sessel.

»Dieses verdammte Haus hat nicht mal einen Keller.« Er legte die Fingerspitzen aneinander, taxierte sie mit zusammengekniffenen Augen, schüttelte den Kopf. »Oben kann ich dich nicht verstecken. Du wiegst mindestens sechzig Kilo. Selbst, wenn meine Bandscheiben in Ordnung wären, ich krieg dich niemals die Treppe hoch.«

Er beugte sich vor, rückte die Vase erneut zurecht. Nach links, dann ein paar Zentimeter nach rechts, bis sie wieder exakt in der Mitte des Tisches stand. Sein Blick streifte die Tote, steif saß sie auf dem Sofa, das Kinn auf der Brust, andächtig, wie in ein Gebet versunken, die Hände gefaltet auf dem Schoß. Die Finger waren verkrampft, zu Krallen gebogen, Zettl sah die Altersflecken auf den Handrücken, die Adern, bläuliche Linien, wie knotige Stricke unter der wächsernen Haut. Seufzend wandte er den Blick ab, kaute auf der Unterlippe und sah nachdenklich auf seine Hände. Plötzlich versteifte er sich, blickte sie mit großen Augen an, als habe sie etwas gesagt.

»Ach, und wie stellst du dir das vor? Ich trau mich schon kaum bei Tageslicht aus dem Haus! Früher, da war's einfacher. Da wusste ich, dass Donata hier auf mich wartet, wenn ich zurückkomme.«

Er stand auf, lief im Zimmer auf und ab, ganz in ein Gespräch vertieft, das ausschließlich in seinem Kopf stattfand. Aufgeregt blieb er stehen, sein Zeigefinger schoss vor, er deutete auf die Brust der Toten, dann durch das Fenster hinaus in die Nacht.

»Ich soll da raus? Nachts, mit dir im Gepäck? Und dann, was soll ich dann machen? Mit einer *Leiche*? Ich krieg da draußen keine Luft, verstehst du? Ich kann da nicht raus! Das hier«, er drehte sich einmal um die eigene Achse, »ist mein Gefängnis, ich kann hier nicht weg!«

Er ging zum Fenster und sah hinaus in den Garten. Die letzten Worte hatte er fast geschrien, sein Atem ging stoßweise, kreisförmige Flecken bildeten sich direkt vor seinem Mund auf dem Glas, verschwanden nach ein paar Sekunden wieder.

»Ich kann doch nichts dafür.«

Ein Murmeln nur, erstickt von den Tränen, die über seine Wangen liefen.

»Sie ist weg. Ich weiß nicht, was ich ohne sie tun soll.«

Der Mond stand fast senkrecht über dem Haus. Die Kiesel auf dem schmalen Weg funkelten wie Edelsteine, der Rasen schimmerte im Licht, links und rechts gerahmt von der Hecke, dichte, kompakte Mauern. Der Zaun am Ende des Grundstücks warf einen scharfen, wie mit dem Messer geschnittenen Schatten.

Dahinter lauerte die Nacht wie eine zum Schlag erhobene Hand.

TEIL DREI

Achtzehn

Um drei Uhr morgens kam der Nebel.

Innerhalb weniger Minuten fiel die Temperatur um drei Grad, der würzige Duft der frühsommerlichen Nacht wich einem schneidenden Geruch nach klammen Handtüchern, die Luft wurde feucht, Wassertröpfchen materialisierten sich, schwebten über der Stadt in der Dunkelheit, ein unsichtbares, gewichtsloses Nichts, das langsam dichter wurde, schließlich herabsank und einen Schleier bildete, eine weiße, beklemmende Glocke über dem Boden, nur die Spitzen der Kirchtürme und die Hochhäuser im Westen ragten heraus in den Nachthimmel.

Kein Wind. Kaum Menschen. Die wenigen, die noch unterwegs waren, gingen hastig, die Schultern gebeugt, mit schnellen Schritten durch den Nebel, gefangen in einer Welt, die auf ein paar Quadratmeter geschrumpft war. Sie sahen nicht auf, wenn sie einander begegneten, schemenhafte Gestalten, die Sekunden später wieder in einer engen, dunstigen Blase gefangen waren, sie grüßten sich nicht, liefen wortlos aneinander vorbei. Das lag allerdings nicht am Wetter. Sie interessierten sich einfach nicht füreinander.

Unten am Fluss ballte sich der Nebel am dichtesten, hing über den Uferwiesen, den Wehren, verhüllte die Brücken, trieb in träge wirbelnden Schwaden zwischen den Bootsanlegern. Am nördlichen Stadtrand vollzog der Fluss eine scharfe Linkskurve, rechts davon lag das Industriegebiet, am Tage schon selten besucht, jetzt, in der Nacht, still und verlassen wie ein Dorf in der russischen Taiga. Eine breite, frisch asphaltierte Straße führte nach Westen, gesäumt von hohen Laternen, die das Gebiet sonst taghell erleuchteten, jetzt allerdings nur einen trüben orangefarbenen Schimmer erzeugten. Die Kühltürme, die Hochspannungsleitungen, die Metallzäune des Umspannwerks, die Wellblechbaracken der Stadtwerke, all dies war im Nebel verborgen.

Ein Brummen, zunächst nicht definierbar. Das Geräusch kam näher, Scheinwerfer blinkten auf, die Umrisse eines Taxis schälten sich aus dem Dunst. Reifen knirschten, der Wagen hielt an einer Kreuzung. Das Licht über dem Rückspiegel wurde eingeschaltet, der Mann auf dem Rücksitz beugte sich vor, er musste den Kopf einziehen, reichte dem Fahrer wortlos das Geld. Ein Siegelring blitzte auf, dann stand er auf der Straße, die Tür des Taxis schloss sich mit einem vom Nebel gedämpften Knallen. Einen Moment stand er da, ein sehniger, hochgewachsener Mann in dunkler, enganliegender Kleidung, und beobachtete, wie das Taxi verschwand, schlagartig, als würde ein Vorhang zugezogen. Dann sah er nach links. Trübes rotes Licht blinkte im Nebel, ein zwinkerndes, entzündetes Auge. Die Bahnschranke, die Schienen dahinter führten zum Hafen, verliefen parallel zu dem langgestreckten, rechteckigen Becken, endeten auf einer Wiese irgendwo im Niemandsland.

Adam Völx sah auf seine Digitaluhr, wischte das beschlagene Glas ab. Dann lief er los, auf das blinkende Licht zu. Die Sicht betrug kaum zwei Meter, trotzdem ging er zügig, mit federnden Schritten, zeigte keinerlei Anzeichen von Unsicherheit, Vorsicht oder gar Angst. Ein Schild tauchte im Nebel auf: *HAFENGELÄNDE! UMSCHLAGVERKEHR FREI – HELMPFLICHT!* Er bückte sich, schlüpfte unter der geschlossenen Schranke hindurch, ging über die Schienen, die Sicht wurde etwas besser. Die Straße verlief schnurgerade, rechts von einem mannshohen Zaun gesäumt. Irgendwo dahinter musste das Hafenbecken sein, er roch das schlammige Wasser, passierte einen rostigen, halb auf dem Fußweg stehenden Schuttcontainer, erreichte eine Einfahrt. Eine kümmerliche Birke reckte eine Handvoll blattlose, verkrümmte Äste empor, dahinter stand eine niedrige Baracke, Licht fiel aus einem Fenster und warf ein trübes Rechteck auf einen schmalen Rasenstreifen davor.

Völx blieb stehen, versteifte sich plötzlich. Lauschte, als habe er etwas gehört. Sein Kopf sank auf die Brust, er schloss die Augen, verharrte reglos wie ein Raubtier, das Witterung aufnimmt. Sein Atem kondensierte in der kühlen Luft, mischte sich mit dem wabernden Nebel im schwefligen Schimmer der Laternen.

Ein paar Sekunden vergingen. Dann wich die Anspannung. Als er schließlich auf die Baracke zuging, bewegte er sich lautlos, geschmeidig wie zuvor. Nur ab und an knirschte ein Kieselstein unter den gummierten Sohlen seiner Turnschuhe.

*

Ein Klatschen, der Schrubber landete im Eimer. Das Wischwasser schwappte, es war schmutzig, trübe Bläschen zerplatzten lautlos auf der Oberfläche.

Inge Maiwald stellte den Eimer vor den Spinden ab, seufzte, streckte den schmerzenden Rücken und sah sich in der Baracke um. Ein schiefer, bis zur Decke reichender Aktenschrank, die Türen waren zerkratzt. Daneben ein verblichenes Plakat, die Ränder wellten sich, waren eingerissen. *UNSER HAFEN – DREHSCHEIBE ZUR WELT* stand unter dem Foto eines Containerschiffs. Der alte Schreibtisch wackelte, unter einem der Tischbeine lag ein zerknickter Bierdeckel. Die Plastikrollos, früher weiß, jetzt von einem schmierigen Grau, hingen schief vor Tür und Fenster. Der feuchte Boden glänzte im harten Schein der Neonröhren, sauber, wie es schien. Allerdings nur auf den ersten Blick, im Laufe der Jahre hatte sich der Dreck tief in das poröse Linoleum gefressen. So sehr sie auch schrubbte, die schwarzen Schlieren der Arbeitsschuhe verblassten im besten Fall ein wenig, ganz zu schweigen von den tiefen Kratzern der Metallstühle und den Brandlöchern, die täglich mehr zu werden schienen. Sie war die Einzige, die in diesem engen Kabuff für Ordnung sorgte, der Tagschicht war das egal, die putzten sich nie die Schuhe ab, lüfteten nie, rauchten, obwohl es verboten war, und als ob das nicht reichte, traten sie ihre Kippen auf dem Boden aus.

Ein weiteres Seufzen. Sie hatte den obersten Knopf ihres Hemdes geöffnet, schloss ihn jetzt wieder, zog den Schlips zurecht. Nahm einen Lappen, wischte das Fensterbrett ab, dann den Tisch. Im Herbst wurde sie siebenundfünfzig, dies war der letzte Job, den sie in ihrem Leben bekommen würde. Wachschutz. Eine sinnlose Arbeit, es gab weder etwas zu bewachen, noch etwas zu schützen. Der Hafen, das wusste sie aus der Zeitung, wurde kaum genutzt, eine Totgeburt. Tagsüber herrschte schon kaum Betrieb, und in den drei Monaten, seit sie hier Nachtdienst hatte, war noch nie etwas passiert. Keine Zwischenfälle, keine Besuche, nur die regelmäßigen Telefonate mit der Zentrale. Sie war die einzige Frau, ihre Kollegen, blasse, unrasierte Männer mit leeren Augen und hängenden Schultern, kannte sie kaum, keine Gespräche, ein paar belanglose Worte beim Schichtwechsel, mehr nicht. Nein, Spaß hatte sie nicht, aber es war besser, als allein zu Hause zu sitzen und tatenlos zuzusehen, wie das Dasein ihr zwischen den Fingern zerrann. Ihr Leben lang hatte sie gearbeitet, fast dreißig Jahre war sie Verkäuferin in einem Getränkeladen gewesen, hatte Flaschen sortiert, Kisten gestapelt, bis ihr Chef schließlich aufgab, als direkt gegenüber ein Supermarkt eröffnete.

Das entfernte Bellen eines Hundes drang durch die dünnen Wände. Der zerschlissene Abtreter hing über der Heizung, sie legte ihn wieder an seinen Platz vor der Tür, nahm die Uniformjacke von der Stuhllehne, streifte sie über und sah auf die Wanduhr neben dem großen Aktenschrank. Drei Minuten vor vier, etwas zu früh. Die Abläufe waren ihr wichtig, Punkt vier, keine Sekunde früher, würde sie sich einen Tee kochen, die Zeitung vom Fensterbrett nehmen und das Kreuzworträtsel lösen.

Sie überlegte, ob sie das kleine Kofferradio einschalten sollte, dann fiel ihr Blick auf die enge Kochnische. Sie runzelte die Stirn, als sie die fleckigen Tassen in der Spüle bemerkte, trat näher, griff nach dem Lappen, wollte das Wasser aufdrehen. Dazu allerdings kam es nicht.

Die Tür hinter ihr ging auf, feuchtkalte Luft strömte in den Raum.

»Guten Abend«, sagte Adam Völx. »Ich hoffe, ich komme nicht ungelegen.«

*

Der Schreck saß nicht tief, ein paar Sekunden, dann hatte sie sich wieder gefasst. Sie legte den Lappen zurück in die Spüle, drehte sich um, ein wenig unsicher, wie sie sich verhalten sollte. Völx hatte die Tür hinter sich zugezogen, das Plastikrollo klapperte leise gegen den Rahmen.

»Sie gestatten?«

Er lächelte, deutete auf den nassen Boden. Sorgfältig trat er sich die Schuhe ab, ein großer, etwas übertriebener Schritt, er stand vor dem Schreibtisch, hob entschuldigend die Hände. Die schwarze Regenjacke war feucht, sie bemerkte die Lederhandschuhe, die dunkle, enganliegende Hose. Kleine Tropfen glitzerten in seinem dichten grauen Haar. Er war ungefähr in ihrem Alter, schätzte sie. Tiefe Falten um die dunklen Augen, eine markante, gebogene Nase. Sehnig, schlank, muskulös. Ein attraktiver Mann, trotz der gespaltenen Oberlippe, fand sie, vielleicht aber auch gerade deshalb. Unwillkürlich strich sie das Haar hinter die Ohren, eine unbewusste, fast mädchenhafte Bewegung. Völx registrierte es, sein Lächeln wurde breiter.

»Ich arbeite nicht hier. Verlaufen hab ich mich auch nicht, obwohl das«, er deutete nach draußen, wo der Nebel wie ein wattiger Kokon um die Baracke hing, »durchaus nachvollziehbar wäre. Ich kenne die Gegend, ich habe ab und zu hier zu tun. Heute allerdings bin ich aus einem bestimmten Grund hier. Sie scheinen eine kluge Frau zu sein, ich will Ihre Intelligenz nicht mit faden Ausreden beleidigen.«

Völx zwinkerte ihr zu, seine dunklen Augen blitzten auf. Sie mochte seine Stimme, sie klang warm, fast weich. Trotzdem schüchterte er sie ein. Nicht etwa, dass sie sich bedroht gefühlt hätte, nein, sein charmantes, selbstsicheres Auftreten verunsicherte sie.

»Ich brauche eine Information«, sagte Völx.

Sie öffnete den Mund, er kam ihr zuvor.

»Nein, ich bin nicht befugt, Sie danach zu fragen. Wie gesagt, ich arbeite nicht hier. Trotzdem hoffe ich, dass Sie mir helfen werden, Frau ...«, er trat näher, musterte das Namensschild unter dem Kragen ihrer Jacke, »Maiwald.«

Ein Klicken, die Neonröhre flackerte, ging aus, wieder an.

»Es geht um einen Container. Nach meinen Informationen müsste er vor ungefähr einer Woche hier eingetroffen sein. Ich würde gern wissen, ob er sich noch auf dem Gelände befindet. Wenn ja, brauche ich die Nummer und den genauen Standort.«

Es wurde still. Nur der Sekundenzeiger der Wanduhr tickte. Einmal. Zweimal.

»Das«, sie räusperte sich, setzte noch einmal an, »das kann ich Ihnen nicht sagen.«

»Können Sie nicht oder dürfen Sie nicht?«

»Beides.

Er musterte sie einen Moment.

»Sie sind hier als Wachschutz angestellt. Mir ist klar, dass Sie die bürokratischen Abläufe nicht kennen. Die Frage ist, ob Sie wissen, wo die Frachtpapiere aufbewahrt werden. Und ob Sie Zugang zu diesen Unterlagen haben.«

»Ich habe Ihnen gesagt, dass ich ...«

»Ich habe gehört, was Sie gesagt haben. Ich will nicht unhöflich sein, aber Sie verschwenden meine Zeit.«

»Kommen Sie in zwei Stunden wieder.« Sie hatte sich ein wenig versteift, ihre Stimme klang gepresst. »Das Büro ist ab halb sieben besetzt.«

»Das ist mir bekannt. Ebenso, wie ich weiß, dass momentan außer Ihnen niemand auf dem Gelände ist.«

»Gehen Sie jetzt, oder ich muss die Zentrale informieren.«

Adam Völx seufzte, schob den Handschuh zurück, sah auf die Uhr.

»Das habe ich befürchtet.«

Ein leises, fast bedauerndes Lächeln, als er auf den schäbigen Metallstuhl vor dem Schreibtisch deutete.

»Nehmen Sie bitte Platz, Frau Maiwald.«

*

»Sie sollten das nicht persönlich nehmen.«

Die Türen des großen Aktenschranks waren sperrangelweit geöffnet. Adam Völx stand davor, wippte auf den Absätzen, sein Blick streifte über die Ordner, er studierte die Beschriftungen auf den Rücken.

»Es geht mir ausschließlich um die Information. Manchmal«, er griff nach einem Ordner, schlug ihn auf, »kommt es vor, dass jemand tatsächlich nicht redet. Meistens stellt sich heraus, dass er wirklich nichts weiß, es gab aber auch schon Kunden, die nicht reden *wollten*. Hartnäckige Menschen.«

Ein leises Knallen, er klappte den Ordner zu, zog den nächsten hervor.

»Wenn das passiert, entferne ich die Zunge. Im Endeffekt ist es egal, ob jemand nicht reden kann, oder ob er's nicht will. In beiden Fällen ist es ein nutzloses Organ, finden Sie nicht?«

Völx hob den Blick, sah kurz auf die Frau hinab. Sie saß mit dem Rücken zu ihm am Tisch, rang schnaufend nach Luft. Ihr Kopf war auf die Brust gesackt, die Schultern bebten, etwas Blut lief an ihrem Nacken hinab.

»Sie sollten sich die Haare neu färben.« Er wandte sich wieder der Akte zu. »Man sieht die Ansätze. Obwohl Sie das gar nicht nötig haben, das Grau steht Ihnen gut. Man sollte zu seinem Alter stehen, ich ...«

Völx stutzte. Die Frau hinter ihm begann zu zittern, der Tisch wackelte, ihre Oberschenkel schlugen von unten gegen die Tischplatte. Völx achtete nicht darauf, er war mit dem Ordner beschäftigt, öffnete den Klemmbügel, schloss ihn wieder. Sirrend glitt der Reißverschluss seiner Jacke nach unten, er holte ein Handy aus der Innentasche, fotografierte ein engbeschriebenes Blatt.

»Da haben wir's.«

Er nickte zufrieden, schlug mit dem behandschuhten Knöchel gegen den Ordner, schob ihn zurück an seinen Platz. Schwungvoll fielen die Schranktüren ins Schloss, ein Schlüssel klirrte. Völx wog ihn abschätzend in der Hand, dann hängte er ihn zurück an einen

Haken neben dem Fenster. Plötzlich erstarrte er mitten in der Bewegung. Hob den Kopf, lauschte. Dann ein Ruck, blitzschnell rannte er um den Tisch, ein Papierkorb fiel um, er riss die Tür auf. Stand da, eine Hand auf der Klinke, die andere im Türrahmen, spähte mit zusammengekniffenen Augen in den wabernden Dunst.

Zwei Sekunden vergingen. Drei.

Hinter ihm klapperten die Rollos gegen die Fenster, die Frau wimmerte leise. Nebelschwaden drangen in die Baracke, das Plakat blähte sich im kalten Luftzug.

Zehn Sekunden.

Als er sich umwandte, glänzte sein Gesicht feucht vom Nebel. Die Tür fiel hinter ihm ins Schloss, er überlegte kurz, schüttelte nachdenklich den Kopf. Schließlich hob er das Kinn, sah sich in der Baracke um.

»Dann wollen wir mal Ordnung schaffen.«

Er hob den Mülleimer auf, sammelte ein paar zerknüllte Papiere ein, ging zurück zur Tür, zog das Rollo gerade. Die Frau am Tisch war Luft für ihn, er holte den Lappen aus der Spüle, wischte die Schranktüren ab, dann wandte er sich dem Tisch zu. Ein Becher mit Stiften war umgefallen, er brummte verärgert, sammelte sie ein, wischte ein paar Blutspritzer vom Tisch.

Die Frau hob den Kopf. Völx hielt inne, ihre Blicke trafen sich. Er hatte nur zweimal zugeschlagen, eine präziser Hieb mit dem Ellbogen auf die Nasenwurzel, nicht zu hart, um das Genick nicht zu brechen. Danach ein sorgfältig platzierter Faustschlag knapp über das Kinn. Ihre Augen waren zugeschwollen, blutunterlaufene Schlitze. Er hatte sie geknebelt, das Klebeband vor ihrem Mund, verschmiert von einer Mischung aus Tränen und Blut, blähte sich im Rhythmus ihres flachen Atems.

Völx runzelte die Stirn, schob ihren Schlips zur Seite, klaubte etwas vom Stoff ihres Uniformhemds. Richtete sich auf und hielt etwas Weißes zwischen Daumen und Zeigefinger. Nachdenklich, mit etwas schief gelegtem Kopf betrachtete er den Schneidezahn, verstaute ihn in der Hosentasche.

Als er wieder nach dem Lappen griff, trafen sich ihre Blicke. Sie sagte nichts – wie auch? –, sah ihn nur an. Die Angst, die Panik schienen verschwunden, da war nichts. Nur die Frage nach dem *Warum*.

»Meine Zeit«, lächelte Völx, »ist äußerst kostbar. Sie hätten sofort antworten sollen.«

Er stieß sich vom Tisch ab, richtete sich auf, ließ den Blick durch die Baracke schweifen. Nickte zufrieden, dann schlug er die Handflächen gegeneinander, ein dumpfes, vom Leder gedämpftes Geräusch. Schließlich wandte er sich wieder ihr zu, musterte sie, als wollte er ihr Gewicht abschätzen.

»Ich denke«, sagte er augenzwinkernd, »Sie machen heute etwas früher Feierabend, oder?«

Neunzehn

»Gott, ist das eklig.«

Zettls Stimme klang dumpf in der Dunkelheit. Die Fensterscheiben zum Garten waren beschlagen, diffuses Laternenlicht drang durch den Nebel herein, reichte kaum aus, um den vorderen Teil des Wohnzimmers mit einem fahlen, geisterhaften Schimmer zu überziehen. Die Ecken, die Tür zum Flur, die Durchreiche in die Küche, all dies blieb im Dunkel verborgen, verschluckt von der Schwärze des Hauses.

»Aber was soll ich machen?«

Der Sessel knarrte, Zettl beugte sich vor. In der einen Hand hielt er eine Büchse, in der anderen einen Löffel. »Bohnensuppe. Keine Ahnung, welcher Teufel mich geritten hat, als ich das Zeug gekauft habe. Warm schmeckt sie schon nicht, aber so?«

Fett glänzte auf seinem Kinn, er verzog das Gesicht.

»Ich würde so gern etwas Richtiges essen. Ein Steak. Mit Pommes und Gurkensalat. Nicht diesen Fertigkram aus dem Supermarkt, sondern handgemachten, mit Dill. Er muss frisch sein, Donata nimmt immer frischen. Und geröstete Zwiebeln, die streut sie drüber. Ganz zum Schluss, damit sie nicht aufweichen.«

Ein Schlürfen, der Löffel deutete in Richtung Sofa, irgendwo dort saß die tote Alma Gretsch in der Dunkelheit. Kalte Bohnensuppe tropfte herab, auf Zettls Hosenbein, die Sessellehne, den Teppich zu seinen Füßen.

»Wie ist es mit dir, Alma? Kochst du? Ich meine«, ein kurzes, hysterisches Kichern, »*hast* du gekocht? Früher?«

Der Löffel verschwand in der Büchse, Metall klapperte auf Metall.

»Jetzt hab ich nur noch die Ravioli. Und den Milchreis.«

Zettl lehnte sich zurück, schlug die Beine übereinander. Er neigte die Büchse, kratzte die restlichen Kartoffelstücke mit dem Löffel heraus.

»Und was mach ich dann?«

Schmatzend drehte er die Dose in der Hand, betrachtete das Etikett.

»Was Richtiges«, wiederholte er murmelnd, »ich würde so gern was Richtiges essen.«

Er legte den Kopf in den Nacken, hob die Büchse an den Mund. Laut schlürfend trank er die restliche Flüssigkeit, Brühe und geronnenes Fett liefen an seinem Mund entlang, dem Hals, ergossen sich auf den Kragen, die Hemdbrust. Er achtete nicht darauf, wischte mit dem Ärmel den Mund ab. Der Stoff färbte sich dunkel, die scharfe Metallkante hatte Zettls Lippen aufgeschnitten.

Ein lautes Rülpsen.

»Entschuldige, Alma«, murmelte Zettl. Er ging zum Fenster, leckte die Finger ab, einen nach dem anderen. Ein leichter Wind war aufgekommen, der Nebel trieb in Schwaden über den Garten.

»Ich hab immer noch Hunger. Und ich hab Angst.«

Seine Zunge fuhr über die dicken, von Blut und Suppe verschmierten Lippen. Er schmatzte, pulte etwas zwischen den Zähnen hervor, betrachtete es nachdenklich. Bohnenkraut, vielleicht auch ein Stück Petersilie. Als er es an die Fensterscheibe schmierte, sah es aus wie eine zerquetschte Fliege.

»Was mach ich jetzt?«

Die Büchse in seiner Hand klapperte leise gegen die Glastür. Plötzlich ein Ruck, er riss die Tür auf, rannte hinaus in den Nebel. Nach drei Schritten blieb er stehen. Die Büchse fiel neben ihm zu Boden.

Ein leises, kindliches Schluchzen. Geduckt stand Gregor Zettl im Garten, er hielt die Oberarme umklammert, krümmte sich wie in Erwartung eines Schlages. Das feuchte Gras benetzte seine Hosenbeine, die Strümpfe waren nass.

Zettl presste die Lippen aufeinander. Hob den Fuß, langsam, wie in Zeitlupe, schaffte er einen Schritt in Richtung Zaun, nach vorn gebeugt, als müsse er gegen einen Orkan anlaufen.

Ein Windstoß, der Nebel lichtete sich kurz. Mit weiten, ängstlich aufgerissenen Augen starrte Zettl in die Dunkelheit. Der Geräteschuppen am Ende des Grundstücks tauchte auf, daneben der weiße Kaminofen, eine weitere Böe, in der Ferne hinter dem Zaun leuchteten die Laternen der Schnellstraße.

Er sank auf die Knie. Öffnete den Mund zu einem gequälten, stummen Schrei. Als er aufstand, hatte er die Büchse wieder in der Hand. Grasflecken prangten auf der Hose, sein Haar stand wirr vom Kopf ab. Ein weiteres Schluchzen, Zettl holte aus, die Büchse flog durch die Nacht, landete klappernd auf dem Dach des Geräteschuppens.

Ein Käuzchen schrie. Zettl drehte sich um. Sah zurück zum Haus. Das Dach glänzte feucht. Die Fassade, flirrender Beton in der Dunkelheit. Die Fenster, schwarze gähnende Rechtecke. Dahinter noch schwärzere, tiefe Finsternis.

Gregor Zettl ging zurück ins Haus. Hinter ihm flackerten die Lichter der Schnellstraße, gingen schlagartig aus. Er bemerkte es nicht. Die Tür schloss sich, dann war er verschwunden, als hätte das Haus ihn verschluckt.

*

Der Stromausfall legte das gesamte nördliche Stadtgebiet lahm. Das Nordbad, der Zoo, ein Großteil der Neustadt versanken im Dunkel. Der S-Bahn-Verkehr kam zum Erliegen, Ampeln fielen aus. Wie durch ein Wunder kam es kaum zu Unfällen, abgesehen von einem angetrunkenen Mopedfahrer, der in die Zapfsäule einer unbeleuchteten Tankstelle raste, und einem schlaflosen Rentner, der seine nagelneue, vermeintlich defekte Espressomaschine in einem Wutanfall zu Boden warf und sich dabei den großen Zeh brach. In einem Nachtclub gegenüber der alten Burg ging schlagartig die Musik aus, ein Dutzend übernächtigter Teenager taumelte hinaus, verwirrt von der plötzlichen Stille standen sie in der Morgendämmerung wie eine verirrte Schafherde. Die ersten Frühaufsteher quälten sich aus den Betten, verschlafene Hausfrauen standen händeringend vor ihren abtauenden Kühlschränken, während ihre Ehemänner müde durch die dunklen Wohnungen schlurften, auf der Suche nach dem Sicherungskasten.

Ansonsten geschah zunächst nicht viel.

Langsam verzog sich der Nebel, es wurde allmählich hell.

Zwanzig

»Wie lange müssen wir hier eigentlich noch rumstehen, Schröder?«

»Bis sie die Frachtpapiere gefunden haben.«

Zorn zertrat seine Zigarette im rissigen Beton. Die Fläche war groß wie ein Fußballfeld und bot Platz für Hunderte Container. Höchstens ein Dutzend stand scheinbar wahllos auf dem Hafengelände verteilt, die rostigen Behälter wirkten verloren im morgendlichen Dunst. Tiefliegende Wolken hingen über dem Hafen, mischten sich mit den Resten des Nebels zu einer trüben Wand.

»Du hast da noch Farbe, Schröder.«

»Wo?«

Zorn deutete auf Schröders Glatze. Über dem rechten Ohr klebte ein getrockneter Farbklecks in den dünnen Haaren.

»Wo gehobelt wird«, Schröder zuckte die Achseln, »da fallen Späne.«

»Hast du nicht geduscht?«, fragte Zorn.

»Sicher doch.«

»Warm?«

»Nee.«

Vor ihnen durchschnitt ein doppelter Schienenstrang den Asphalt, dahinter glänzte das Hafenbecken, ein schwarzer, spiegelglatter Teppich. Zwei riesige, fünf Stockwerke hohe Edelstahlzylinder reckten sich am anderen Ufer in die Höhe, gesäumt von den Ruinen der ehemaligen Verwaltungsgebäude. Hohe Industrielaternen reihten sich davor, sie brannten nicht, die schlanken Masten spiegelten sich im Wasser.

»Weil's kein warmes Wasser gab?«, fragte Zorn.

»Der Stromausfall interessiert mich nicht. Ich dusche immer kalt.« Schröder kratzte sich am Ohrläppchen, pulte einen Farbrest hervor. »Morgens jedenfalls.«

»Angeber.«

Ein Rumpeln durchbrach die Stille, am anderen Ufer setzte sich ein Güterzug in Bewegung, blieb nach ein paar Metern wieder stehen. Zorn vergrub die Hände in den Jackentaschen, lauschte dem Dröhnen, mit dem die Waggons aneinanderstießen.

»Es kann doch nicht so schwer sein«, knurrte er, »einen dämlichen Container zu finden.«

»Sie beeilen sich.«

Schröder deutete nach rechts. Drei Männer in leuchtend orangefarbener Schutzkleidung saßen rauchend auf einem Stapel ausgedienter Eisenbahnschwellen, dahinter, halb von mannshohem Gebüsch verborgen, erkannte Zorn die schmutzig graue Rückwand der Bürobaracke.

»Das seh ich«, murmelte Zorn und sah hinüber zu den drei Arbeitern, die müde auf ihre klobigen Arbeitsschuhe starrten. »Sie sind schon völlig außer Atem.«

Der rechte, ein dunkelhaariger, unrasierter Mann mit buschigem

Schnauzbart, schob den Helm in den Nacken, hielt sich ein Nasenloch zu und beugte sich laut prustend vor. Flatschend landete eine Rotzlache zwischen seinen Füßen. Die anderen beiden reagierten nicht.

»Eigentlich«, sagte Zorn achselzuckend, »ist ja alles da, was man für einen Containerhafen braucht. Sie haben Schienen, sie haben Kräne, sie haben Eisenbahnen und sie haben Container.«

»Ja«, nickte Schröder.

Sie schwiegen einen Moment.

»Und eine Schranke«, sagte Schröder.

Zorn nickte. Dann deutete er auf das Hafenbecken zu ihren Füßen.

»Wasser haben sie auch.«

»Mehr als genug.«

»Alles da.«

Ein weiteres Prusten, es klang wie das Trompeten eines verschnupften Elefanten. Der schnauzbärtige Mann wischte sich schniefend die Nase ab.

»Bis auf den Strom«, sagte Zorn.

»Stimmt.«

Hinter der Baracke stob ein Krähenschwarm auf.

»Wenn der Strom wieder da ist«, sagte Schröder, »fangen sie bestimmt an zu arbeiten.«

»Ja«, erwiderte Zorn ernst. »Hundertprozentig.«

Der Schnauzbärtige sank mit dem Hinterkopf an die Barackenwand und schloss die Augen. Der Mittlere sah ihn an, gähnte, schob den Helm in die Stirn und folgte seinem Beispiel. Der Linke überlegte kurz, war offensichtlich unschlüssig, dann griff er in die Brusttasche seines Overalls und kramte eine zerknüllte Zigarettenpackung hervor.

»Irgendwas fehlt«, sagte Zorn.

»Was denn?«, fragte Schröder.

Die Krähen hatten sich über dem Hafenbecken versammelt, drehten eine Runde und verschwanden krächzend zwischen den beiden Silos.

»Na ja.«

Zorn ging drei Schritte vor, bis er direkt an der Kaimauer stand. Er sah nach links, das künstliche Hafenbecken zog eine hundert, vielleicht zweihundert Meter breite, schnurgerade Schneise in die Landschaft, breit wie eine frisch geteerte Autobahn, verschwand weiter hinten im Dunst, wo es irgendwo in einer eleganten Kurve in den Fluss mündete.

»Ich bin kein Profi, aber«, Zorn kratzte sich am Hinterkopf, »müssten hier nicht diese Dinger sein, diese«, er schnippte mit den Fingern wie jemand, der nach dem richtigen Wort sucht, »du weißt schon, die Teile, die man immer im Fernsehen sieht?«

Schröders Schritte knirschten neben ihm auf dem Beton. Fragend sah er zu Zorn auf, dieser starrte stirnrunzelnd zu Boden. Eine Weile standen sie so da, einen halben Meter unter ihnen gluckste das brackige Wasser leise gegen den Kai.

»Ich hab's!«

Ein Klatschen, Zorn schlug sich mit der flachen Hand an die Stirn.

»Ja?«, fragte Schröder.

»Schiffe!«

Zorn sah Schröder mit großen Augen an. Dieser erwiderte seinen Blick, ohne eine Miene zu verziehen.

»Stimmt«, sagte er. »Weit und breit kein Schiff.«

»Wie gesagt, ich bin kein Profi, aber irgendwie«, Zorn schob nachdenklich das Kinn vor, »ist das schon seltsam, oder? Ein Hafen ohne Schiffe?«

»Hm.« Schröder nickte bedächtig, dann deutete er zum anderen Ufer. Der Güterzug hatte sich keinen Millimeter bewegt, der Motor der Diesellok tuckerte. »Immerhin gibt's einen Zug.«

»Ich will hier nicht den Korinthenkacker raushängen lassen, Schröder. Aber das ist hier ein Hafen und kein Bahnhof, oder?«

»Korrekt.«

Zorn beugte sich vor und starrte flussabwärts. Schröder tat es ihm gleich, beide standen sie nebeneinander wie ein Pärchen, das am Straßenrand nach einem Taxi Ausschau hält.

»Vielleicht«, Zorn schirmte die Augen mit der Hand ab, »kommt ja gleich eins.«

»Ein Schiff?«

»Ja.«

»Unwahrscheinlich.«

»Warum?«

»Weil das Wasser zu flach ist.«

»Ach!«

»Hier«, Schröder deutete hinab in das Hafenbecken, »ist es tief genug. Aber dort«, er wies flussabwärts, »ist es zu seicht.«

»Dann kommt gar kein Schiff hierher?« Zorn klang enttäuscht.

»Jedenfalls nicht, solange der Fluss nicht begradigt wird.«

»So ein Pech aber auch.«

Schröder nickte stumm.

Zorn schniefte, zog die Schultern hoch. »Was denkst du«, er deutete auf den Kran, dessen riesige Silhouette sich dunkel vor dem grauen Himmel abzeichnete, »was so'n Ding kostet?«

»Keine Ahnung. Auf jeden Fall haben sie hier dreißig Millionen investiert.«

»Dreißig Millionen.« Zorn brummte beeindruckt.

»*Yes.*«

»Für einen Hafen ohne Schiffe.«

*

»Ich muss mich bei Ihnen entschuldigen«, sagte die Büroleiterin, die sich als Frau Häring vorgestellt hatte, eine hochgewachsene, resolute Dame mit blondem, zum Pferdeschwanz gebundenem Haar. »Es ist ein bisschen chaotisch heute Morgen.«

»Ach nee«, brummte Zorn.

»Wir vermissen eine Kollegin vom Wachdienst«, erklärte die Büroleiterin ein wenig außer Atem. In der Hand hielt sie ein Klemmbrett, ein grauer Arbeitskittel blähte sich in der Morgenbrise. »Zum Glück hat uns die Zeitarbeitsfirma Ersatz geschickt.«

Sie deutete auf einen schlaksigen Wachmann, der mit ihr aus der Baracke gekommen war und unsicher etwas abseits neben einem Hydranten stand.

»Was ist denn passiert?«, fragte Schröder.

Frau Häring zuckte die Achseln.

»Wissen wir noch nicht. Frau Maiwald ist gestern Abend pünktlich zum Dienst erschienen, als die Frühschicht eingetroffen ist, war sie nicht da. Ärgerlich, aber«, sie fasste Schröder am Arm, senkte die Stimme, »irgendwie auch verständlich. Die Bezahlung ist miserabel, sie haben kaum was zu tun und sind teilweise völlig überqualifiziert.«

»Das«, sagte Zorn, »kenn ich gut.«

Frau Häring hob die gezupften Augenbrauen.

»Es kommt natürlich auf die Vorgesetzten an«, erklärte Zorn ernst. »Die müssen ihre Leute motivieren, auch wenn sie völlig unterfordert sind. *Mein* Chef zum Beispiel macht das hervorragend, der motiviert mich dermaßen, dass ich manchmal gar nicht weiß, wohin mit der ganzen«, Zorn wedelte mit der Hand, »Motivation. Jetzt zum Beispiel ist es grad ganz, ganz schlimm, ich bin so was von motiviert, ich muss aufpassen, dass ich … Aua!«

Zorn krümmte sich plötzlich, sah Schröder mit schmerzverzerrtem Gesicht an.

»Du bist mir auf den Fuß gelatscht!«

»Echt?«

Schröder lächelte unschuldig zu Zorn auf. Die Hacke seiner Sandale bohrte sich noch immer in Zorns Schuhspitze.

»Wie unachtsam.«

Er trat einen Schritt zurück. Die Büroleiterin musterte ihn mit gerunzelter Stirn, dann sah sie zu Zorn, der sich schnaubend den Fuß rieb. Ihr Blick wurde noch skeptischer.

»Also.« Sie räusperte sich, deutete auf die Betonfläche hinter ihnen. »Dort finden Sie den Container. Falls es Fragen gibt«, sie winkte den Wachmann heran, dieser kam unsicher näher, »wenden Sie sich an Herrn …«

Ein fragender Blick.

»Zalandt«, half der Wachmann, »Etto Zalandt.«

Er wirkte wie ein Fremdkörper in der schlechtsitzenden Uniform. Die dunkelblaue Jacke war ein paar Nummern zu klein, die Hose, offensichtlich seine eigene, war schwarz, von einem anderen Stoff.

»Genau, Herr Zalandt.« Sie drückte ihm das Klemmbrett in die Hand. »Sie melden sich nachher im Büro, wir müssen die Papiere fertig machen.«

Zalandt nickte und rückte seine große Brille zurecht. Das altmodische Drahtgestell verdeckte das halbe Gesicht, wie es schien. Er war um die fünfzig, die glatten, bartlosen Wangen ließen ihn jünger wirken.

»Auf Wiedersehen, meine Herren.«

Ein knappes Nicken zu Schröder, ein letzter misstrauischer Blick zu Zorn, dann stöckelte die Büroleiterin mit wippendem Pferdeschwanz davon.

»Nette Frau«, sagte Schröder.

Er nahm den Wachmann am Arm, ging mit ihm auf die Container zu.

»Pass auf«, er wandte sich über die Schulter an Zorn, deutete dabei auf das Hafenbecken, »dass du nicht reinfällst. Vor lauter Motivation.«

»Hahaha.«

Zorn zog eine Grimasse, dann tapste er missmutig hinterher.

Er humpelte ein bisschen.

*

»Der hier?«

Schröder klopfte mit der flachen Hand gegen rostiges Metall, ein dumpfes, hohles Dröhnen erklang. Sie standen am Gitterzaun am Ende des Geländes, einem zweieinhalb Meter hohen Ungetüm aus verzinktem Stahl, davor reihten sich die Container aneinander.

»Ich denke schon.«

Zalandt, der Wachmann, sah auf das Klemmbrett, verglich eine

Nummer mit den Zahlenkolonnen auf den Behältern. Die Uniformmütze saß ihm schief auf dem Hinterkopf, auch sie war zu klein. Sein Haar, etwas zu lang, hing über den Kragen der zerknitterten Uniformjacke.

Schröder sah nach oben. Rost blühte auf der Rückwand, die braune Farbe blätterte ab. Vier senkrechte Aluminiumstreben verschlossen den Container, Schröder trat näher, musterte einen blau lackierten Stahlbügel, der quer zwischen den Stangen verankert war.

»Abgeschlossen.«

Zorn kam langsam herbeigeschlendert. Als Schröder aufsah, stützte er sich mit einer Hand am Container ab und hinkte demonstrativ zum Zaun.

»Herrje«, Schröder klang besorgt, »hast du Schmerzen?«

Zorn antwortete mit einem Blick, den er für äußerst vernichtend hielt, lehnte sich an den Zaun, winkelte das Bein an und stützte die Schuhsohle an einem Metallpfahl ab.

»Was ist da eigentlich drin?«, fragte er den Wachmann.

Zalandt sah auf den Zettel.

»Installationsmaterial.«

»Wir würden gern mal reingucken.«

Schröder deutete stumm auf das Schloss.

»Dann«, sagte Zorn, »sollten wir's öffnen, oder?«

Zalandt nestelte verlegen an seinem Schlips. Seine Finger waren schlank, die Nägel sauber, gepflegt. Die feingliedrigen Hände eines Akademikers.

»Ich weiß nicht, ob ich dazu befugt bin.«

»Aber wir sind's. Besser gesagt«, Zorn deutete auf Schröder, »er.«

»Richtig«, nickte Schröder.

»Er ist nämlich der Chef, müssen Sie wissen«, erklärte Zorn ernst.

»Und der Chef«, Schröder zog ein gefaltetes Papier aus der Innentasche seines Mantels und reichte es dem Wachmann, »hat einen Durchsuchungsbeschluss.«

Zalandt studierte das Papier.

»Es wäre nett«, sagte Schröder, »wenn Sie vorn Bescheid geben würden. Wir brauchen Werkzeug, vielleicht kann Frau Häring einen der Kollegen herschicken.«

»Ich bin nicht sicher, ob …«

»Sie können das gerne prüfen lassen, Herr …«

»Zalandt.«

Der Wachmann zögerte noch immer.

»Ich an Ihrer Stelle«, Zorn stieß sich vom Zaun ab, kam näher und legte dem Uniformierten jovial einen Arm um die Schulter, »würde mich langsam losmachen.«

Zalandt wich zurück, die Berührung war ihm offensichtlich unangenehm. Er überflog den Durchsuchungsbeschluss ein weiteres Mal. Zorn verdrehte die Augen.

»Falls Sie noch ein bisschen Motivation brauchen, sagen Sie's ruhig. Mein Chef«, ein kurzer Blick zu Schröder, »kennt sich damit aus.«

Zalandt verstaute den Zettel in der Tasche. Sah einen Moment zu Boden, dann verschwand er zwischen den Containern. Seine Schritte verhallten zwischen den hohen Wänden.

»Wichtigtuer«, murmelte Zorn.

Schröder antwortete nicht. Er stand gebeugt vor dem Container, inspizierte das Siegel über der Verriegelung.

»Unversehrt.«

Ein nachdenkliches Brummen, Schröder richtete sich auf, sah an Zorn vorbei über den Zaun. Unwillkürlich wandte Zorn den Kopf, folgte Schröders Blick über eine vertrocknete Wiese. Hüfthohe Disteln wucherten zwischen bröckelnden Betonplatten. Ein rostiges Förderband stand schief im Dunst. Hundert Meter dahinter verlief der Fluss parallel zum Hafen, verborgen hinter verkrüppelten Bäumen und dichtem Gestrüpp. Zum Ufer hin fiel das Gelände leicht ab, der Nebel hatte sich über dem Wasser gehalten, grauweiße Schwaden trieben dahin.

»Irgendwo dort ist die Pistole gefunden worden.« Schröder deutete durch das Zaungitter auf das Förderband. »Vorgestern, laut KTU hat sie nicht lange da gelegen. Die Fingerabdrücke waren frisch, sie sind eindeutig von Donata Zettl. Das bedeutet, dass sie dort war. Vor drei, vielleicht auch vier Tagen.«

»Die Frage ist, was sie da wollte«, sagte Zorn, klopfte die Jackentaschen nach seinen Zigaretten ab und fügte hinzu: »Ohne Hüftgelenk.«

»Die Spurensicherung soll sich da noch mal umsehen.«

Schröders Handy vibrierte, er fischte es aus der Manteltasche, meldete sich knapp, hörte eine Weile zu. Zorn, die Kippe bereits im Mundwinkel, schirmte das Feuerzeug mit der Hand ab und beobachtete, wie Schröders Miene sich zusehends verfinsterte.

»Nein, ich brauche keinen Wagen, das ist hier gleich um die Ecke. Ich bin sofort da«, sagte Schröder und beendete das Gespräch. Ein langer, nachdenklicher Blick zu Zorn, dieser stand noch immer an den Zaun gelehnt da, in der Hand das Feuerzeug.

»Scheiße«, sagte Schröder.

Zorn klappte die Kinnlade herunter, als ihm Schröders ungewöhnliche Ausdrucksweise bewusst wurde. Unwillkürlich drehte er ihre Rollen um, antwortete in Schröders Worten.

»Wie meinen?«

»Der Stromausfall«, erklärte Schröder. »Ich muss los.«

»Jetzt?« Die Zigarette klebte an Zorns Unterlippe, wippte beim Sprechen auf und ab. »Hast du Schiss, dass dein Kühlschrank abtaut?«

»Sie haben die Ursache gefunden. Drüben«, Schröder deutete hinüber zu den Silos, hinter denen sich ein Hochspannungsmast in den trüben Himmel reckte, »ein Trafohäuschen am Umspannwerk.«

»Würdest du mir bitte erklären, was …«

»Du wartest hier.«

»Was zum Teufel«, die Kippe löste sich von Zorns Unterlippe, fiel zu Boden und verschwand in einem Gully, »ist los, Schröder?«

Schwere Schritte hallten zwischen den Containern, ein Arbeiter in orangefarbenem Overall erschien. Er nickte den beiden zu, scheppernd landete ein Werkzeugkasten auf dem Beton.

»Ich bin der Ronny.«

»Klar doch«, nickte Zorn, »der Ronny.«

Er erkannte den Mann sofort, der Schnauzbart war unübersehbar.

»Hier«, Schröder zeigte auf das Schloss. »Wenn's Fragen gibt, wenden Sie sich an meinen Kollegen.«

Ein zustimmendes Schnaufen drang irgendwo unter dem Schnauzbart hervor.

Schröder verschwand bereits zwischen den Containern. Zorn zwängte sich an Ronny vorbei, dieser hatte den Helm in den Nacken geschoben und stand, die Hände in die Hüften gestemmt, vor dem Container, musterte das Schloss mit zusammengekniffenen Augen.

»Titanbügel«, murmelte er fachmännisch, »mit doppelter Kugelverriegelung.«

»Was, verdammt nochmal«, rief Zorn, »hast du in 'nem *Trafohäuschen* zu suchen, Schröder?«

Schröder drehte sich im Laufen um, ging ein paar Schritte rückwärts weiter.

»Das willst du nicht sehen, Chef.«

»Versenkter Zylinder mit selbstsichernden Muttern.« Ronny kniete vor dem Schloss, wiegte skeptisch den Kopf. »Mit Aufbohrschutz.«

»*Was* will ich nicht sehen?«

Schröder rief etwas über die Schulter, dann verschwand er hinter einem Stapel ausgedienter Lkw-Reifen. Zorn öffnete den Mund, schloss ihn wieder. Hinter ihm richtete sich Ronny ächzend auf.

»Hab ich das richtig verstanden? Hat der gerade …«

»Ja«, unterbrach Zorn leise. »Er hat gerade *Leiche* gesagt.«

Einundzwanzig

»Warum hat es so lange gedauert, bis Sie hier waren?«

Schröder stellte die Frage bereits zum zweiten Mal. Der junge Mann vom Bereitschaftsdienst der Stadtwerke saß auf einem Stapel

Gasbetonsteine, den Blick auf die Stahlspitzen seiner Arbeitsschuhe gerichtet. Er war fast noch ein Kind, nicht viel älter als zwanzig, schätzte Schröder. Das Haar, dunkel, mit blonden, gefärbten Strähnchen, hing ihm tief in die Stirn. Unter der blauen Latzhose trug er ein kurzärmeliges T-Shirt, das rote Logo der Stadtwerke war über der Brusttasche eingestickt.

»Als der Strom ausgefallen ist, waren wir unterwegs zum Schalthaus in der Südstadt.«

Der Junge sprach leise, flüsterte fast. Er saß mit dem Rücken zum Trafohäuschen, die graue, mit verblassenden Graffitis beschmierte Rückwand war halb hinter wildwachsenden jungen Birken verborgen.

»Warum?«

»Ein Türkontakt hatte ausgelöst, wir mussten sofort los. Wir haben zwanzig Minuten gebraucht, bis wir dort waren, kein Wunder bei dem verdammten Nebel. Diesmal war's falscher Alarm, wahrscheinlich der Wind oder ein Marder. Das passiert ständig. Trotzdem müssen wir uns an die Vorschrift halten, das Gelände prüfen, ein Protokoll aufsetzen. Das dauert 'ne Weile. Dann hat uns die Zentrale hierhergeschickt. Wir mussten noch mal quer durch die ganze Stadt, und als wir dann hier waren …« Der Junge schluckte, vergrub das Gesicht in den Händen. Seine Stimme drang dumpf zwischen den Fingern hervor. »Scheiße, ich hab so was noch nie gesehen. Und ich will's auch nie wieder sehen.«

Die Tür des Trafohäuschens stand halb offen. Das gelbe, dreieckige Schild mit dem gezackten Blitz und der Aufschrift *HOCHSPANNUNG! VORSICHT LEBENSGEFAHR!* leuchtete zwischen den Ästen. Zwei Uniformierte spannten ein Absperrband, vier Männer in den weißen Schutzanzügen der Spurensicherung liefen umher, unterhielten sich leise. Ein fünfter hockte vor der Tür und fotografierte den Innenraum.

»Nie wieder«, wiederholte der Junge.

Schröder hatte nur eine halbe Minute im Trafohäuschen verbracht. Die Luft war noch heiß gewesen in dem engen, stickigen Raum, aufgeladen, vibrierend vor Elektrizität. Der Geruch nach verkohltem Fleisch, geschmolzenem Metall und verbranntem Gummi hatte ihm den Atem geraubt. Ein kurzer Blick auf die verkrümmte Gestalt am Boden hatte ihm genügt. Der Starkstrom hatte den Körper regelrecht verdampft, zu Asche pulverisiert. Die Kleidung, teilweise noch qualmende Fetzen auf schwarzer, bis auf die Knochen verbrannter Haut, klebte an der Leiche. Nur die Schuhe waren halbwegs unversehrt geblieben. Frauenschuhe, hatte Schröder noch registriert, dann hatte er die dünnen Rauchfäden bemerkt, die aus den leeren Augenhöhlen stiegen und war gegangen.

»Ich nehme an, dass die Station abgeschlossen war?«

»Klar. Aber das Ding ist über zwanzig Jahre alt. Ein Ruck mit der Brechstange, und man ist drin. Wahrscheinlich reicht ein Schraubenzieher.«

»Keine Überwachung?«

Ein Kopfschütteln, gefolgt von einem kurzen, freudlosen Prusten.

»Videokameras?«

Das Prusten wurde lauter. »Die Station soll übernächsten Monat abgeklemmt werden. Die Schaltanlage ist noch luftisoliert, völlig überaltert. Drüben«, der Junge deutete nach rechts, wo die Masten des Umspannwerks hinter den Bäumen aufragten, »wird 'ne neue gebaut.«

Ein Mann der Spurensicherung kam näher, mit großen, vorsichtigen Schritten. Schröder schüttelte stumm den Kopf, der Mann nickte, ging wieder zurück und verschwand zwischen den jungen Birken.

»Ich frage mich«, Schröder setzte sich auf eine Kabeltrommel, »warum jemand da einbrechen sollte.«

»Es gibt immer wieder Verrückte.« Der Junge strich sich das Haar aus der Stirn, seine Finger zitterten. Schröder bemerkte ein Tattoo, *MARLENE FOREVER* stand auf der Innenseite des Unterarms. »Kids, die einfach nur 'ne Mutprobe machen wollen. Typen, die Buntmetall klauen. Normalerweise sind die längst weg, wenn wir kommen.« Ein Schlucken, gefolgt von einem trockenen Schluchzen.

»An der Sammelschiene liegen zwanzig Kilovolt an, es bleibt nicht viel übrig, wenn man da drankommt.«

»Ich hab's gesehen.«

»Die haben uns Fotos gezeigt, in der Ausbildung. Damit man weiß, was einen erwartet. Wenn man dann aber davorsteht, wenn man's direkt sieht, dieser ... dieser Geruch, dieser *Gestank*. Das war kein Mensch mehr. Das war«, die Schultern des Jungen bebten, »das war ein *Ding*.«

Es war heller geworden, allmählich fraß sich die Sonne durch den Dunst. Ein Lastwagen donnerte heran, höchstens zwanzig Meter entfernt, bog nach rechts zum Hafen ab. Schrott klapperte auf der Ladefläche, Bremsen quietschten, dann verschwand der Lkw zwischen den Silos.

»Haben Sie vielleicht 'ne Zigarette?«, fragte der Junge.

»Ich rauche nicht.«

»Ich auch nicht. Bis jetzt jedenfalls.«

Schröder stand auf. Ein Leichenwagen kam langsam näher, parkte am Straßenrand neben einem verlassenen Imbiss. Die Tür klapperte schief in den Angeln, das Dach war zur Hälfte eingefallen. *MONI'S GRILLIMBISS – FUTTERN WIE BEI MUTTERN!* stand auf einem windschiefen Schild über dem vernagelten Fenster.

»Darf ich jetzt gehen?« Der Junge sah auf. Seine Augen, von einem ähnlich tiefen Blau wie Schröders, glänzten. »Bitte?«

»Gleich.« Schröder gab einem der Uniformierten ein Zeichen. »Wir nehmen noch Ihre Personalien auf.«

Der Beamte kam langsam näher, Schröder ging ihm entgegen, flüsterte ihm etwas zu. Dann nahm er sein Handy, wählte eine Nummer. Nach dem ersten Rufton meldete sich eine aufgeregte, laute Stimme, ein paar Sekunden hörte Schröder mit unbewegter Miene zu, dann unterbrach er knapp.

»Wie weit bist du?«

*

»Erklärst du mir vielleicht mal, was hier los ist? Ich steh hier rum wie bestellt und nicht abgeholt! Und ich hab keinen Bock, mich …«

»Ich fragte«, wiederholte Schröder ruhig, »wie weit du bist.«

Zorn lehnte am Zaun, das Telefon in der Hand. Er redete laut, schrie fast. Zum einen, weil er wütend war, zum anderen, weil er den Trennschleifer, mit dem Ronny mittlerweile das Schloss bearbeitete, übertönen musste.

»Keine Ahnung, wie lange das hier noch dauert!«

»Bleib, wo du bist, ich bin gleich da.«

»Ist das jetzt 'ne Anweisung?«

»Yes.«

»Ich bin nicht dein Laufbursche Schröder! Ich …«

Ein Klicken, die Verbindung war unterbrochen. Kopfschüttelnd verstaute Zorn das Handy in der Lederjacke, holte seine Zigaretten hervor. Sein Blick fiel auf das halbe Dutzend zertretener Kippen auf dem ölfleckigen Beton, er seufzte, steckte die Schachtel wieder ein.

Ronny kniete vor dem Container, Funken stoben, Metall kreischte, der Trennschleifer jaulte auf, verstummte dann mit einem weinerlichen Wimmern.

»Tja«, brummte Ronny und legte den Trennschleifer zur Seite. »Akku alle.«

»So'n Pech aber auch«, knurrte Zorn. »Und nun?«

Ein Achselzucken. Stirnrunzelnd stützte Ronny die Hände auf den Oberschenkeln ab und inspizierte sein Werkzeug, das sorgfältig ausgebreitet zwischen den Containern lag. Er griff eine Eisensäge, musterte sie, warf einen Blick auf das Schloss, wieder auf die Säge, legte sie zurück. Nahm einen Bolzenschneider, öffnete die Zangen, schloss sie wieder. Das hatte er bereits dreimal getan, schon beim ersten Versuch hatte er festgestellt, dass die Zangen nicht um die Schlossbügel passten.

»Zu klein«, kommentierte Zorn dann auch.

»Hm.«

Klirrend landete der Bolzenschneider auf dem Boden. Ronny wühlte zwischen Schraubenziehern, Kombizangen und Seitenschneidern, dabei murmelte er etwas von *beschissenem C40-Stahl* und *gehärteten axialen Sperrleisten.*

»Wie wär's mit 'ner Eisenfeile?«, fragte Zorn.

»Sicher doch.« Im Blick, den Ronny ihm zuwarf, lag eine Mischung aus Mitleid und Verachtung. Die Augenbrauen waren buschig, sträubten sich unter dem Helm in alle Richtungen und wirkten, als habe er sich zwei Miniaturausgaben seines eindrucksvollen Schnäuzers auf die Stirn geklebt.

»Eisenfeile«, wiederholte er kopfschüttelnd, »als ob ich bis Weihnachten Zeit hätte.«

Zorn, der handwerklich in etwa so begabt war wie ein Balletttänzer, deutete auf einen dunkelgrünen Plastikkoffer neben dem Werkzeugkasten.

»Aufbohren?«

Ronny richtete sich auf, sah Zorn an.

»Haste Strom?«

Zorn tastete zuerst die Vordertaschen der Jeans ab, dann die hinteren.

»Nee.«

Klopfte die Jacke ab.

»Hm.«

Griff in die Innentasche.

»Hier auch nicht.«

Ronny hielt ein Nasenloch zu, flatschend landete eine giftgrüne Rotzlache zu Zorns Füßen. Dann wandte er sich dem Container zu, näherte sein Gesicht dem Vorhängeschloss bis auf wenige Zentimeter, inspizierte es mit zusammengekniffenen Augen von allen Seiten wie ein Insektenforscher einen seltenen Käfer.

»Eisenfeile«, knurrte er dabei. »Ich fass es nicht.«

»Mein Gott«, Zorn wandte sich gekränkt ab, »man wird doch wohl mal 'nen Vorschlag machen dürfen.«

*

»Und?«

Schröder erschien zwischen den Containern. Ronny reagierte nicht, er war in das Schloss vertieft, während Zorn am Zaun lehnte und Schröder ausdruckslos anstarrte.

»Das kann dauern. Es gibt Probleme mit den axialen Trennleisten.«

»*Sperr*leisten«, korrigierte Ronny, ohne sich umzusehen.

»Darf ich?«

Schröder schob Ronny zur Seite, warf einen kurzen Blick auf das Schloss.

»Was ist mit der Leiche?«, fragte Zorn.

Schröder antwortete nicht, wandte sich stattdessen an Ronny.

»Haben Sie ein Brecheisen?«

Ein Schniefen. Winzige Tropfen glänzten auf Ronnys Bart.

»Welche Leiche?«

»Ein Brecheisen«, wiederholte Schröder geduldig. »Bitte.«

»Hab ich nich.«

»Und was«, Zorn trat einen Schritt näher, »hat das mit dem Stromausfall zu tun?«

»Das Brecheisen?«, fragte Ronny.

Metall klapperte, Schröder kramte einen Meißel aus dem Werkzeugkasten, wog ihn prüfend in der Hand.

»Das erklär ich dir später.«

Ein kurzer, kräftiger Ruck, das Schloss klirrte auf dem Boden.

»Respekt«, murmelte Ronny.

Zorn starrte Schröder mit offenem Mund an.

»Was ist?«, fragte dieser. »Wollen wir dann endlich?«

*

Es dauerte einen Moment, bis sich ihre Augen an das Halbdunkel gewöhnt hatten. Ihre Schritte hallten von den hohen Wänden wider, Schmutz knirschte unter den Sohlen. Zorn hob den Kopf, Rost rieselte von der Decke, er rieb sich die Augen, blinzelte. Atmete den schweren Geruch von Diesel und Metall, hörte Schröders ruhigen Atem. Hinter ihnen schwangen die schweren Türen in ihren Angeln. Eine, die linke, knallte dröhnend gegen die stählerne Außenwand.

Eine Weile standen sie da, betrachteten das, was im hinteren Drittel des Containers bis knapp unter die Decke gestapelt war. Holzpaletten, darauf weiß lackiertes Metall, teilweise in Folie eingeschweißt, mit schwarzen Bändern gegen das Verrutschen gesichert.

»Wer hätte das gedacht«, sagte Zorn schließlich.

»Ja«, nickte Schröder. »Wer hätte das gedacht.«

*

Zorn verließ den Container als erster. Drüben hinter dem Zaun stapfte eine schlanke Gestalt zwischen den hohen Disteln über die Wiese. Zalandt, der Wachmann, schien Feierabend zu haben, er lief, den Blick zu Boden gerichtet, langsam davon. Zorn beobachtete, wie Zalandt hinter dem Förderband verschwand, dann drehte er sich um. Schröder stand vor dem Container, er sah nach oben in den diesigen Himmel, die Hände tief in den Manteltaschen vergraben.

»Fassen wir zusammen.« Er reckte sich, als wolle er die Muskeln lockern. »Eine Frau ist verschwunden. Bis heute Morgen hatten wir so gut wie keine Spuren. Nur einen verwirrten Ehemann, eine Pistole mit ihrem Fingerabdrücken darauf und ein Keramikmesser. Was haben wir noch?«

»Ich nehme an, das ist 'ne rhetorische Frage?«

Schröder antwortete nicht. Er holte tief Luft, drückte die Schultern nach hinten, den Kopf noch immer gen Himmel gewandt. Seine Fäuste pressten den Mantel nach unten, der dünne Stoff spannte über seinem Bauch.

»Eine Leiche«, murmelte er dann. »Wahrscheinlich eine Frau, keine zweihundert Meter Luftlinie von hier in einer Trafostation gefunden. Es wird dauern, bis sie identifiziert ist. Bis dahin sehe ich keine Verbindung zu Donata Zettl. Die Frage ist«, er wandte sich um, deutete auf den Container und runzelte nachdenklich die Stirn, »ob uns das da weiterhilft.«

»Du hast was vergessen«, sagte Zorn, der Schröders Blick gefolgt war.

»Ich höre?«

»Das Hüftgelenk.«

»Nein«, widersprach Schröder, »vergessen hab ich's nicht. Ich hab einfach keine Lust mehr, über künstliche Hüftgelenke zu spekulieren. Das ist mir zu absurd.«

»Und das da drin?« Zorn deutete auf die offenen Containertüren, die linke schwang noch immer knirschend in den rostigen Angeln. »Findest du das nicht absurd?«

»Ölradiatoren?«

»Ja«, bestätigte Zorn. »Ölradiatoren.«

»Doch, doch. Deshalb passt es ja auch zusammen, irgendwie.«

Zorn runzelte skeptisch die Stirn.

»Hüftgelenke und Ölradiatoren?«

»Es kommt auf die Betonung an«, sagte Schröder.

»Ach.«

»Künstliche Hüftgelenke und tschechische Ölradiatoren.« Schröder schloss die Augen, lauschte den eigenen Worten nach. »Das hat was. Klingt fast schon poetisch. Nach Dadaismus.«

Darüber musste Claudius Zorn einen Moment nachdenken.

»Nee«, sagte er schließlich. »Das klingt einfach nur bescheuert.«

Zweiundzwanzig

Dieses Geräusch.

Fürchterlich.

Als würden Betonplatten aneinander schaben.

kkkkrrrrkkkkksssss

Oder Mühlsteine. Ein rhythmisches Knirschen. Wie Knochen, die aneinandergepresst wurden. Tote, brüchige Knochen. Ein trockenes Kratzen, zunächst wie aus weiter Ferne, dann langsam näher kommend, immer

KKKKKRRRRRRRRRKKKKKSSSS

näher, bis es seinen Kopf ausfüllte, lauter wurde, immer lauter. Schmerz verbiss sich in seinem Unterschenkel, loderte hinauf bis zur Hüfte, er zuckte zusammen, öffnete die Augen.

Gregor Zettl stand mitten im Wohnzimmer, er war mit dem Schienbein gegen die Kante des Couchtischs gestoßen. Wie er dort hingekommen war, wusste er nicht. Tränen brannten in seinen Augen, verschwommen erkannte er die Umrisse der toten Alma Gretsch, sie saß direkt vor ihm auf dem Sofa. Sofort wandte er den Blick ab, blinzelte, betrachtete das Chaos im Zimmer.

Die Türen der Schrankwand standen sperrangelweit offen, Schubladen waren herausgezogen, der Inhalt – Papiere, Bücher und zerfledderte Zeitschriften – lag überall im Zimmer verstreut. Die Weingläser in der Vitrine waren umgekippt, einige lagen auf dem Boden, Donatas Kristallfiguren blitzten zwischen den Scherben.

Zettl schwankte. Sein Bein tat weh, die Kiefer schmerzten, das Geräusch

KKKKKRRRRRRRRRKKKKKSSSS

dröhnte in seinem Kopf, als würden die Mühlsteine direkt zwischen seinen Schläfen mahlen. Etwas hakte in seinem Hirn, der Drang, die Geräusche zu analysieren, ihre Tonhöhe zu bestimmen, war verschwunden, selbst, wenn er gewollt hätte, es wäre ihm nicht gelungen.

Er musste so etwas wie ein Blackout gehabt haben, hatte weder bemerkt, dass der Nebel sich verzogen hatte, noch dass die Nacht dem Tag gewichen war. Die letzten Stunden waren wie im Zeitraffer vergangen, ein dunkler, dahinrasender Film, unterbrochen von kurzen, lichten Momenten, in denen er zu sich gekommen war, allerdings nur, um sofort wieder abzutauchen. Einmal, erinnerte er sich, hatte er vor der Heizung gekniet und die Stirn gegen die Wand geschlagen, ein anderes Mal – das musste kurze Zeit später gewesen sein – war er im Bad zu sich gekommen, er hatte auf einem Stuhl gestanden, über ihm schwankte der Deckenstrahler, halb aus den Dübeln gerissen. Der Gürtel von Donatas Bademantel war über einen der Lampenarme geschlungen gewesen, ein Ende hielt er in der Hand, während unter ihm der Inhalt des Badezimmerschranks auf den Fliesen verstreut war, kurz vorher hatte er nach Kopfschmerztabletten gesucht, vergeblich.

Ein kühler Luftzug wehte um seine Beine, die Tür zum Garten stand halb offen. Er hatte sie geschlossen, als er im Morgengrauen zurück ins Haus gelaufen war, da war er sicher, er konnte sich noch an das Klirren der Scheibe erinnern, als er sie hinter sich zugezogen hatte. Über dem Riss im Glas klebte eine Seite der Fernsehzeitung, sorgfältig mit Klebeband befestigt, er wusste nicht, wann er das getan hatte, die Schere und die Rolle lagen noch neben der Schwelle.

Zettl massierte die schmerzenden Schläfen, die Kiefer. Dachte an den, der das Loch ins Glas geschlagen hatte, das war vor zwei Tagen gewesen, der Mann

wo ist Ihre Frau

würde wiederkommen, bald. Kein guter Gedanke, Zettl schloss die Augen, spürte den Teppich unter den nackten Fußsohlen. Seine Strümpfe hingen über der Heizung, sie waren feucht, die Sohlen schwarz, er musste noch einmal im Garten gewesen sein, irgendwann.

Er schwankte, die Zehen in den Teppich verkrampft, als würde er Halt suchen. Kalter Schweiß glänzte auf seiner Stirn, dem kahlen Schädel, lief über die feisten, verquollenen Wangen, die fest aufeinandergepressten Lippen. Er lauschte dem Knirschen in seinem Kopf, die Muskeln seiner Kiefer bewegten sich unter der fleckigen Haut, das Geräusch, eine wirre, schleifende Kakophonie

KKKKKRRRRRRRRRKKKKKSSSS

schwoll an, dröhnte in seinem Schädel.

Es kam von seinen eigenen Zähnen.

*

»Du hast mich stehenlassen wie den letzten Drops.«

Zorn schaltete einen Gang höher. Der Volvo holperte über Eisenbahnschienen, bog auf die Hauptstraße in Richtung Innenstadt.

»Vor dem Container«, ergänzte Zorn, als Schröder nicht antwortete. Hinter ihnen verschwand der Hafen im Dunst. Der Vormittag war angebrochen, die Sonne stand höher, noch immer ein blasser Fleck hinter einer grauen Wolkenschicht.

»Du kriegst 'nen Anruf und haust einfach ab. Klar, du bist mir keine Rechenschaft schuldig, schließlich bist du der«, Zorns Fingerspitzen trommelten auf dem Lenkrad, »Chef. Die Obergurke. Und ich würde niemals auf die Idee kommen, deine wichtigen Anweisungen in Frage zu stellen. Trotzdem würde ich gern wissen, warum du …«

»Weil du das nicht sehen wolltest.«

Schröder rückte den Sicherheitsgurt zurecht. Zorn warf ihm einen kurzen Blick zu, dann sah er wieder nach vorn.

»Woher weißt du, dass ich …«

»Weil *ich's* gesehen habe. Das reicht.«

»Und das legst du einfach so fest?«

»Yes.«

Links tauchte die graue Fassade eines Einkaufszentrums auf. Der riesige Parkplatz war leer, nur ein einsamer Laster parkte neben dem Stellplatz für die Einkaufswagen. Die Plane war zerrissen, flatterte im Wind.

»Mir geht diese Vorgesetztenscheiße am Arsch vorbei.« Zorn hob die Stimme, der Volvo holperte jetzt über Kopfsteinpflaster. »Und mir ist egal, wer von uns wem was zu sagen hat, irgendwelche Dienstgrade interessieren mich 'nen Dreck. Aber ich krieg langsam das Gefühl, dass du mich rumscheuchst, Schröder. Und zwar nicht, weil du der Chef bist, sondern weil du dich revanchieren willst, weil ich dich«, Zorn verhedderte sich ein wenig in seinen eigenen Worten, »na ja, schließlich hab ich dich früher auch durch die Gegend gejagt.«

»Das hast du«, erwiderte Schröder. Mehr nicht.

»Und?«

»Was, und?«

»Willst du mir hier irgendwas beweisen, Schröder?«

»Ich will meine Arbeit richtig machen. Wenn wir zu einer Leiche gerufen werden, muss einer von uns beiden hin und sich das ansehen.«

»Warum nicht ich?«

Das klang ein wenig trotzig.

»Weil du nicht weißt, was zwanzigtausend Volt aus einem Menschen machen können.«

»Aber *du* weißt das?«

»Jetzt schon.«

Schröder atmete tief ein. Im Rückspiegel sah Zorn, wie er sich das Gesicht rieb. Langsam dämmerte ihm, dass Schröder einen völlig anderen Grund gehabt hatte. Er hatte ihn *schützen* wollen.

»Hältst du mich für'n Weichei?«, fragte Zorn nach einer Weile.

Schröder zuckte die Achseln und sah aus dem Fenster. Sie fuhren an einem Baumarkt vorbei. *ALLES MUSS RAUS! HOL'S DIR!* stand in riesigen gelben Lettern an der Fassade.

»Sieht übrigens scheiße aus«, sagte Zorn.

»Wer?«

»Die Farbe.«

»Welche Farbe?« Schröder klang nicht sonderlich interessiert.

»Die, die du mir aufgeschrieben hattest. Champagner.«

»Das wird schon, wenn sie trocken ist.«

»Die *ist* trocken. Sieht trotzdem aus wie Kotze.«

»Sagtest du gestern nicht was von«, Schröder überlegte, »Eiter?«

»Da war sie noch nass. Jetzt sieht's aus wie Kotze.«

»Beim nächsten Mal«, seufzte Schröder und gab Zorn einen Klaps auf den Oberschenkel, »darfst du die Farbe selbst aussuchen.«

»Das«, erwiderte Zorn und gab Gas, »ist wirklich lieb, Chef.«

*

»Jetzt sind es zwei Wochen.«

Gregor Zettl saß im Sessel. Den linken Ellbogen hatte er auf dem Knie abgestützt, er sah nach unten, schirmte das Gesicht mit der Hand ab, als wolle er sein Blickfeld einschränken.

»Fast jedenfalls. Dreizehn Tage.«

Seine Stimme drang müde zwischen den Fingern hervor.

»Seit dreizehn Tagen ist sie jetzt verschwunden.«

Gregor Zettl wollte nichts sehen. Nicht das Chaos, nicht den Schmutz. Vor allem nicht das, was ihm gegenüber auf dem Sofa saß.

»Das sind«, er seufzte, überlegte einen Moment, »dreihundertzwölf Stunden. So lange war ich noch nie allein.«

Er öffnete den Mund, bewegte den Unterkiefer, um die Muskeln zu lockern. Erst nach links, dann nach rechts. Die Gelenke knackten wie totes Holz.

»Das müssten über achtzehntausendfünfhundert Minuten sein, oder?«

Er runzelte die Stirn, rechnete nach.

»Nein.«

Sein rechter Zeigefinger bohrte sich unterhalb des Ohrs in die Haut, massierte den schmerzenden Kiefer.

»Achtzehntausendsiebenhundertzwanzig.«

Ein weiteres Knacken.

»Früher hat sie mich auch allein gelassen, aber das war was anderes. Wenn wir auf Tour waren, hat sie mir immer ein Einzelzimmer bestellt. Weil sie wollte, dass ich meine Ruhe habe. Und weil sie mich vor diesen ganzen Pressemenschen schützen wollte. Und vor den«, ein kurzes, freudloses Lachen, »*Fans*. Das meiste davon hab ich gar nicht mitbekommen. Aber ich wusste, dass sie immer in meiner Nähe war.«

Sein Blick war nach unten ins Leere gerichtet, auf eine Stelle irgendwo zwischen seinen nackten Füßen. Als er nach einer Weile den Kopf hob, zuckte er zusammen, als erwachte er aus einem Traum. Noch immer vermied er es, die Tote anzusehen, er schloss die Augen, lehnte sich zurück. Schluckte. Spürte den metallischen Geschmack im Mund, als hätte er an einem Geldstück gelutscht.

Die Treppe knackte leise, oben klapperte ein Fenster. Aus der Durchreiche zur Küche drang das gleichmäßige Tropfen des Wasserhahns.

PLONG PLONG PLONG PLONG

Dazu, direkt hinter ihm

ticktickticktick ticktickticktick

das Ticken der Wanduhr. Vor ein paar Tagen noch hätte sein Hirn die Töne zu Noten geformt, den Beat

PLONG ticktickticktick PLONG ticktickticktick

erkannt, das Ticken, genau eine Oktave höher als das rhythmische Tropfen, viermal so schnell, wie Basedrum und Hi Hat eines Drum-Computers. Jetzt allerdings blieb sein Kopf leer.

Sein Kinn klappte herunter, dann sackte sein Kopf zur Seite. Speichel troff aus seinem Mundwinkel, dann begann er leise zu schnarchen.

Gregor Zettl war eingeschlafen.

Dreiundzwanzig

»Hier steht der Container.«

Schröder hatte einen Plan des Hafens an die Wand gepinnt, sein kurzer Zeigefinger tippte auf eine Stelle in der Mitte. Zorn kniff die Augen zusammen, stemmte sich aus seinem Sessel und kam hinter dem Schreibtisch hervor, verschränkte die Arme und musterte den Plan. Es dauerte einen Moment, bis er sich orientiert hatte, sein Blick folgte der blauen, geschwungenen Linie des Flusses, ein hellblaues Rechteck markierte das Hafenbecken, daneben erkannte er den Containerstellplatz, die Silos, die Bürogebäude.

»Hier«, Schröders Finger fuhr eine dünne Linie entlang, »ist der Zaun. Und da«, er deutete auf die brachliegende Wiese zwischen Hafenbecken und Fluss, »haben wir die Pistole gefunden. Direkt neben dem Förderband.«

Er hatte die Stelle mit einem Kreuz markiert.

»Und was sagt uns das?«, fragte Zorn.

»Diese Pistole«, erklärte Schröder geduldig, »wiegt knapp ein Kilo. Sie hat keine Beine, keine Räder und auch keine Flügel. Allein kann sie dort also nicht hingekommen sein, was wiederum bedeutet, dass sie jemand hingebracht haben muss. Dieser *Jemand* war so freundlich, seine Fingerabdrücke auf der Pistole zu hinterlassen, weshalb wir wissen, dass es Donata Zettl war. Natürlich wäre es denkbar, dass die Waffe von einer anderen Person dort deponiert wurde, um eine falsche Spur zu legen, aber das würde keinerlei Sinn ergeben. Donata Zettl muss also vor drei Tagen dort gewesen sein, kurz, nachdem der Container geliefert wurde. Nachts ist der Hafen taghell erleuchtet, jedenfalls, wenn kein Stromausfall ist. Das Förderband liegt außerhalb im Schatten, sie könnte sich hier versteckt haben«, Schröder deutete auf das Kreuzchen, zog dann eine Linie zum Hafengelände, »während sie den Container hervorragend im Blick hatte.«

Zorn dachte einen Moment nach.

»Beeindruckende Assoziationskette«, brummte er dann.

»*Grazie.*«

Schröder ordnete den Scheitel.

»Stellt sich nur noch die Frage«, sagte Zorn, »warum sie diesen ganzen Aufwand betrieben hat.«

»Sie hat den Container bewacht. Zumindest beobachtet.«

»Die Ölradiatoren?« Zorn schüttelte den Kopf. »Wer um alles in der Welt versteckt sich hinter einem Förderband und guckt sich einen Container mit dämlichen *Ölradiatoren* an?«

»Darüber reden wir, wenn die Spurensicherung den Container untersucht hat. Im Moment interessiert mich etwas anderes. Das Trafohäuschen«, Schröders Finger glitt über die Karte, »ist hier. Schräg gegenüber vom Hafen, keinen halben Kilometer entfernt. Zurzeit wissen wir nur, dass darin die Leiche einer Frau gefunden wurde, wahrscheinlich etwas älter, über fünfzig.«

»Donata Zettl ist ebenfalls eine Frau.«

»Hervorragend kombiniert«, lobte Schröder ernst. »Und deshalb brauchen wir einen DNA-Abgleich.«

»Das wird dauern.«

Schröder nickte stumm.

»Das Hüftgelenk«, sagte Zorn nach einer Weile, »wäre eine Möglichkeit. *Falls* es sich bei der Toten um Donata Zettl handelt, müsste man was finden, egal, in welchem Zustand die Leiche ist. So'n Ding hinterlässt Spuren im Körper. Wobei man sich natürlich fragen könnte«, er kratzte sich am Kopf, »wie Donata Zettl *überhaupt* zum Hafen gekommen ist. Ohne Hüftgelenk.«

»Vielleicht wurde das Gelenk ausgetauscht.«

»Aber wo? Ich hab sämtliche Krankenhäuser abgeklappert, ich ...«

»Keine Ahnung«, unterbrach Schröder ungeduldig. »Irgendeine Praxis in Kuweit, ein Quacksalber auf Haiti, was weiß ich? Dieses Hüftgelenk geht mir auf die Nerven!«

Schröder klang frustriert. Mehr noch, stellte Zorn verwundert fest, er war regelrecht wütend.

»Wir wissen nicht, wie es in den Papierkorb gekommen ist«, fuhr Schröder fort. »Wir wissen nicht, wie, wann und wo es entfernt wurde. Geschweige denn, von wem. Vielleicht wurde Donata Zettl tatsächlich gefoltert. Egal, von welcher Seite ich's betrachte, ich komme immer zum selben Ergebnis: Das alles ergibt keinen Sinn. Und alles, was sinnlos ist, beleidigt meine Intelligenz.«

Zorn kam nicht zu einer Antwort, die Tür öffnete sich und Frieda Borck erschien.

*

»Die Trafostation wurde aufgebrochen«, sagte Schröder. »Wahrscheinlich mit einem Brecheisen.«

»Was ist mit der Leiche?«, fragte Frieda Borck.

Sie sah müde aus, fand Zorn. Er hatte Schröder das Wort überlassen und hing, die Beine ausgestreckt, in seinem Sessel und betrachtete gelangweilt eine Büroklammer.

»Eine Frau mittleren Alters. Also wohl eher kein Buntmetalldieb. Und auch kein Jugendlicher, der Randale machen wollte.«

»Selbstmord?«

»Unwahrscheinlich«, erwiderte Schröder. »Nach Aussage der KTU gibt es Spuren einer weiteren Person.«

Zorn griff nach der Büroklammer, bog erst das eine, dann das andere Ende nach außen. Runzelte die Stirn, knickte die Klammer in der Mitte.

»Was haben wir zur Identität der Toten?«, fragte die Staatsanwältin. Das Haar hatte sie mit einem gelben Band zu einem Zopf gebunden, ein paar widerspenstige Locken kringelten sich hinter ihren Ohren.

»Vorerst nicht viel. Ein paar verkohlte Kleidungsreste. Die Schuhe sind halbwegs unversehrt.«

Konzentriert betrachtete Zorn die Büroklammer, knickte sie noch einmal, drehte sie in den Fingern, stellte sie dann neben seiner Tastatur auf den Schreibtisch.

»Ansonsten«, fuhr Schröder fort, »noch etwas Schmuck, teilweise geschmolzen.«

»Ich nehme an, darum kümmern Sie sich?«, fragte Frieda Borck.

»Ja«, erwiderte Schröder. »Ich denke schon.«

Zorn saß, die Ellbogen auf den Knien, die Hände unter dem Kinn gefaltet, auf dem Stuhl, den Blick verträumt auf die Büroklammer gerichtet. Schröder und Frieda Borck waren vergessen, seine Gedanken galten einzig der Frage, ob er einen Liegestuhl, einen Pudel oder einen Einkaufswagen gefaltet hatte.

»Was ist mit dem Container?«, fragte die Staatsanwältin. »Wer von Ihnen übernimmt das?«

Schröder deutete stumm auf Zorn. Dieser reagierte nicht, er kaute auf der Unterlippe, voll und ganz in sein Kunstwerk vertieft.

Ein paar Sekunden vergingen.

Dann räusperte sich Frieda Borck.

Zorn zuckte zusammen, sah auf. Verwirrt registrierte er Schröder und die Staatsanwältin, die mit verschränkten Armen vor dem

Schreibtisch standen und mit hochgezogenen Augenbrauen auf ihn herabblickten.

»Was ist?«, fragte er unschuldig.

Die Staatsanwältin sah ihn an. Ihre Augen blitzten.

»Ich will Sie sprechen, allein. In zwei«, sie sah auf ihre Armbanduhr, »nein, in drei Stunden, bei mir im Büro.«

Ein letzter, fast mitleidiger Blick zu Schröder, dann rauschte sie aus dem Büro.

*

»Sie wollten die Information, ich habe sie beschafft. Auf welche Art das geschehen ist, hat Sie nicht zu interessieren.«

Adam Völx stand am Fuß der alten Burg in einer Telefonzelle, einer der wenigen, die noch funktionierten. Spaziergänger strömten an ihm vorbei, niemand achtete auf den distinguierten Herrn in Trenchcoat und altmodischem braunem Filzhut.

»Es gibt keinerlei Spuren, natürlich nicht. Weder zu mir noch zu Ihnen. Und wenn ich«, er stockte, lauschte der blechernen Stimme am anderen Ende, dann fuhr er mit erhobener Stimme fort, »und wenn ich beschließe, einen Zeugen zu beseitigen, dann geschieht das einzig und allein zu meinem Schutz. Und zu Ihrem, vergessen Sie das nicht.«

Es war stickig in der engen Zelle, der Geruch nach Erbrochenem und vergorenem Alkohol ekelte Völx an. Er verzog das Gesicht, schob den Fuß vor und öffnete die Tür einen Spalt.

»Das tut mir leid.« Völx klang bedauernd, sein Gesichtsausdruck besagte das Gegenteil. »Sie wollten die Nummer und den Standort. Beides habe ich Ihnen geliefert. Wenn sich später herausstellt, dass diese Information nutzlos ist, kann das nicht mein Problem sein. Ich bin nicht dafür verantwortlich, dass die Polizei den Container überwacht. Ich erwarte das volle Honorar. Was den Rest meines Auftrags betrifft …«

Die blecherne Stimme wurde lauter. Völx hielt den Hörer ein

wenig vom Ohr, rückte mit der anderen Hand seinen grauen Schlips zurecht.

»Falls sie in der Stadt sein sollte, werde ich sie finden.«

Ein Windstoß wehte eine zerknüllte Zeitung gegen die Scheibe.

»Ich melde mich bei Ihnen.«

Pause. Völx lauschte einen Moment.

»Nein. *Ich* melde mich.«

Er legte auf.

*

Zorn nahm sich nicht die Zeit anzuklopfen. Er betrat das Büro, warf eine Akte auf den Schreibtisch der Staatsanwältin und begann sofort zu reden.

»Die Spurensicherung hat das Ding auseinandergenommen. Auch die Suchhunde haben nichts gefunden.«

Frieda Borck verstand offensichtlich nicht, was er meinte.

»Der Container«, ergänzte Zorn, »ist sauber. Nur Ölradiatoren, insgesamt zwölf Paletten. Ich habe auch die Gegend um das Förderband absuchen lassen, da, wo die Pistole gefunden wurde. Keine weiteren Spuren. Nichts. *Nothing*, wie mein werter Vorgesetzter sagen würde.«

Er verschränkte die Arme vor der Brust, wartete auf eine Antwort. Vergeblich, sie sah ihn nur an. Zorn deutete mit dem Kinn auf die Akte.

»Steht alles da drin.«

Frieda Borck schob die Akte zur Seite, ohne sie eines Blickes zu würdigen.

»Ich persönlich«, fuhr er fort, »würde das Ganze nicht weiterverfolgen, das führt zu nix. Wir rennen einem Phantom hinterher. Aber das«, er zuckte die Achseln, »ist nur meine Meinung. Ich bin hier ja nur der Laufbursche.«

»Ihren Sarkasmus können Sie sich sparen.«

Zorn kratzte sich am Ohr.

»Ich dachte eigentlich«, murmelte er, »das wäre ironisch gewesen, aber ich werd das wohl nie lernen. Schröder hat's mir neulich erklärt, aber ich ...«

»Halten Sie die Klappe, Zorn.«

Das tat er verblüfft.

»Sie stolpern hier rein wie ein Viertklässler, der seine Hausaufgaben gemacht hat und seine Belohnung will. Sie tun so, als hätten Sie sonst was geleistet, aber das«, ihr Zeigefinger tippte auf die Akte, während sie ihn nicht aus den Augen ließ, »ist Routine, Zorn. Ihre ganz normale alltägliche Arbeit.«

Frieda Borck stand auf, kam um den Schreibtisch herum.

»Was erwarten Sie, 'nen Lutscher?«

Zorn schaffte es nicht, ihrem Blick standzuhalten. Er sah zur Decke, die Neonröhre brannte. Der Strom war seit Stunden wieder da, die Staatsanwältin hatte nicht bemerkt, dass das Licht noch eingeschaltet gewesen war.

»Oder einen Eintrag ins Hausaufgabenheft? Eine Belobigung, wie fleißig der kleine Claudius heute im Unterricht mitgemacht hat?«

Hauptkommissar Zorn hatte viele Schwächen. Eine davon war mangelnde Schlagfertigkeit, und so begnügte er sich notgedrungen mit einem missmutigen Schniefer.

»Sie sind ein Kindskopf, die Konsequenzen Ihres Tuns sind Ihnen egal. Früher haben Sie selbst was auf die Mütze gekriegt, wenn Sie Mist gebaut haben. Jetzt ist es ein anderer, der seinen Kopf hinhalten muss.«

Sie stand dicht vor ihm, er roch ihren Atem, Pfefferminz und Menthol.

»Ich weiß, dass Ihnen das klar ist, Zorn. Sie sind nicht dumm. Denken Sie drüber nach. Ändern Sie was. Wenn Sie's nicht für sich tun, dann tun Sie's für Schröder. Haben Sie sich mal gefragt, wie's ihm geht?«

Nein, das hatte Claudius Zorn nicht. Jedenfalls nicht ernsthaft.

»Klar doch«, sagte er trotzdem.

»Was er nach Feierabend macht?«

Zorn öffnete den Mund, Frieda Borck unterbrach ihn.

»Haben Sie nicht! *Wenn* Sie's getan hätten, dann hätten Sie mitgekriegt, dass es ihm beschissen geht! Er hat schon genug zu tun, um den Laden hier am Laufen zu halten, er kann sich nicht auch noch ständig um Sie kümmern. Abgesehen davon bin ich nicht sicher, ob er das überhaupt noch *will.* Irgendwann verliert jeder Mensch die Geduld, selbst, wenn er so außergewöhnlich ist wie Schröder.«

Zorns Blick wanderte zum Fenster. Draußen hatte sich der Himmel etwas aufgeklart, die Sonne stand bleich hinter einem bleifarbenen Schleier. Die Staatsanwältin redete weiter, ihre Stimme drang kaum noch an sein Ohr. Später würde er nicht sagen können, wann genau er den Entschluss gefasst hatte, wahrscheinlich schon viel früher, als Schröder mit dem Malerpinsel neben ihm gestanden hatte, doch bewusst wurde es ihm erst in diesem Moment. Dass er nicht warten durfte, er musste es sofort tun.

»Zorn?«

Er sah sie an. Ihre Augen funkelten, die gelben Punkte um ihre Pupillen glitzerten wie Goldstaub.

»Verstehen Sie, was ich meine?«, fragte sie.

»Ich denke schon.«

»Haben Sie mir irgendwas zu sagen?«

»Nee«, erwiderte Zorn.

Und ging.

*

Er kam ins Büro, nahm sofort seine Jacke vom Haken.

»Ich müsste mal kurz weg.«

Schröder saß am Schreibtisch, blätterte in einem Stapel Papiere.

»Wohin?«, fragte er abwesend.

»Mein Leben ändern.«

Der Sessel rollte ein Stück zurück, Schröder sah Zorn fragend an.

Öffnete den Mund, doch Zorn, eine Hand bereits auf der Klinke, kam ihm zuvor.

»Dauert nicht lange.«

Vierundzwanzig

»Himmelherrgott.«

Zettl schrak zusammen. Er wusste nicht, was ihn geweckt hatte, das Hupen eines Autos oder das Knattern eines Mopeds, irgendwo draußen auf der Straße. Sein Hals war trocken, er rieb sich den verspannten Nacken, bewegte den schmerzenden Unterkiefer. Es dauerte einen Moment, bis er wusste, wo er sich befand, sein Blick, anfangs trübe und verwirrt, wurde klarer, verdüsterte sich.

»Du bist ja immer noch da.«

Der Kopf der Toten war nach hinten auf die Sofalehne gesackt. Ihr Mund stand weit offen, die Zähne wirkten riesig, gefletscht wie das Gebiss eines Raubtiers. Die Haut, wächsern und blass, glänzte wie lackiert. Es schien, als wäre Alma Gretsch in den letzten Stunden dünner geworden, die Wangen waren eingefallen, die Haut spannte über dem Schädel, die Arme, knochig und mager, ragten wie dürre Äste aus dem T-Shirt hervor. Er sah ihre

Krallen

Hände, im Schoß verkrampft, die Augen, schmale, pupillenlose Schlitze, sahen blicklos an ihm vorbei, schienen direkt auf den Fernseher gegenüber gerichtet.

»Ist dir langweilig?«

Er nahm die Fernbedienung, drückte eine Taste. Der Bildschirm blieb schwarz. Natürlich.

»Kommt sowieso nur Mist. Krawall, Lärm, etwas anderes interessiert die Leute nicht. Ablenkung, irgendetwas, worüber sie sich aufregen können. Alles Dreck. Hauptsache, es wird eingeschaltet.«

Zettl schob das Kinn vor, kratzte sich am unrasierten Hals. Ein schleifendes Geräusch erklang, wie Sandpapier auf Holz.

»Ich sollte da mal mitmachen, kannst du dir das vorstellen? *Promi Big Brother*«, er spie das Wort regelrecht hinaus, »die haben mich eingeladen. Zusammen mit David Hasselhoff. Der war der Einzige, den ich kannte. Von den anderen hatte ich noch nie gehört. Gecastete Eintagsfliegen, abgehalfterte Politiker, ein Boxer war auch dabei, glaub ich. Die haben Geld geboten, ziemlich viel, meinte Donata. Ich hab sie nicht gefragt, wie viel das war, aber es war mehr«, sein kurzer Zeigefinger schoss vor, wies auf die Brust der Toten, »als du von uns gekriegt hättest, Alma. Viel mehr!«

Er hatte sich aufgerichtet, sackte zitternd wieder in sich zusammen.

»Geld«, murmelte er. »Alle wollen sie Geld. Als ob's nichts Wichtigeres gäbe. Warum hast du mich nicht in Ruhe gelassen, Alma? Du hättest es zurückbekommen, aber nein, du konntest ja nicht abwarten.«

Ein Seufzen.

»Ich hab Hunger.«

Seine Fingerspitzen bewegten sich auf der Sessellehne.

Ta Tack.

»Durst.«

Tack.

Die Finger flitzten über die Lehne, klopften im Takt der Silben.

»Irgendwas muss ich tun.«

Tack Tack Tack Tack Tack Tack.

Wie Morsezeichen. Schneller, immer schneller.

»Aber was?

Ta Tack Tack?

»Ich kann hier nicht einfach nur rumsitzen.«

Ruckartig stand er auf. Der Sessel kippte nach hinten, wieder nach vorn, stieß gegen seine Kniekehlen. Er stolperte vor, ruderte mit den Armen, um das Gleichgewicht zu halten.

»Sie kommt wieder. Diese Unordnung«, er bückte sich, klaubte eine von Donatas Kristallfiguren vom Teppich, »wird ihr nicht gefallen.«

Ächzend richtete er sich auf, ging zur Schrankwand, stellte die Figur an ihren Platz. Sein Blick fiel auf den Fernseher, er sah die Gestalt auf dem Sofa, die sich schemenhaft im Bildschirm spiegelte.

»Danach«, murmelte er, »kümmere ich mich um dich.«

*

Es dauerte länger, als er erwartet hatte. Auf der Hochstraße hatte er eine Weile im Stau gestanden, der nachmittägliche Berufsverkehr hatte bereits eingesetzt. Trotzdem war er ruhig, von der üblichen Ungeduld keine Spur. Zorn wunderte sich über diese seltsame Gelassenheit, doch er dachte nicht darüber nach, lauschte der Musik, während er am Fluss entlang in Richtung Norden fuhr.

Zweitausend Stunden hab ich gewartet.

Rio Reiser. Die CD hatte seit Ewigkeiten im Handschuhfach gelegen, die Hülle war zerkratzt, im letzten (oder vorletzten) Winter hatte er sie zum Eiskratzen benutzt.

Ich hab sie alle gezählt und verflucht.

Der Volvo fuhr über eine kleine Brücke, die Straße wurde kurvig, folgte dem Fluss jetzt am anderen Ufer.

Ich hab getrunken, geraucht und gebetet.

Zorn bremste an einem Zebrastreifen. Summte den Text mit.

Hab dich flussauf – und flussabwärts gesucht.

Schief, ein wenig brummig, wie immer. Als er kurz darauf ausstieg und die Wagentür hinter ihm ins Schloss fiel, hatte er die Melodie noch immer im Kopf.

Doch jetzt tut's nicht mehr weh.

Zügig ging er über die Wiese, erreichte den Kiesweg am Rand des Plateaus. Ein paar Schritte, dann teilte sich der Weg. Drei Stufen hinab, links die Bank, verborgen hinter einer hohen Hecke.

Nee, jetzt tut's nicht mehr weh.

Sie stand am Zaun, wartete bereits. Hörte seine Schritte, drehte sich um.

Und alles bleibt still und kein Sturm kommt auf, wenn ich dich seh.

Zorn war der erste, der etwas sagte.

»Hallo, Malina.«

*

Nachdenken. Das ging am besten, wenn er sich bewegte.

Gemächlich schlenderte Adam Völx an der Flusspromenade entlang. Vier Stunden mindestens, bis es dunkel wurde, vorher würde er nichts unternehmen. Gut so, es gab einiges, worüber er sich klarwerden musste.

Adam Völx mochte keine Komplikationen. Er ließ sich Zeit, bevor er einen Auftrag annahm, viel Zeit. Plante die Abläufe, die Risiken. Wenn er dann zusagte, nannte er sein Honorar, die Anzahlung, den Liefertermin. Die Motive seiner Auftraggeber interessierten ihn nicht, wichtig war nur, dass sie pünktlich zahlten. Keine Treffen, keine Diskussionen, auf welche Art er seine Arbeit erledigte.

Ein Radfahrer kam ihm entgegen, lose Betonplatten klapperten unter den Reifen. Völx trat zur Seite, blieb stehen, schob den Filzhut aus der Stirn. Ein sorgfältig gekleideter Herr mittleren Alters auf seinem nachmittäglichen Spaziergang. Unauffällig, bieder, harmlos. Wie alle, die auf der Uferpromenade unterwegs waren.

Der Fluss schob sich träge nach Norden, die letzten Überreste des Nebels trieben in Fetzen zwischen den Bäumen an den Ufern. Der Nebel war hilfreich gewesen, hatte es leichtgemacht, die Spuren zu verwischen. Es war ein einfacher, klarer Auftrag gewesen. Er hatte die Möglichkeiten abgewogen, in Anbetracht der Kürze der Zeit hatte er sich für den schnellsten Weg entschieden. Kein Taktieren, kein Verstecken, offenes, klares Auftreten. Der Tod der Wachfrau war Teil des Plans gewesen, eine logische Konsequenz, sie hatte sein Gesicht gesehen. Er hatte sie beseitigt, keinerlei Spuren hinterlassen. Auch das war einfach gewesen, er kannte die Gegend genau, hatte es oft genug getan.

Alles hatte reibungslos funktioniert. Aber es gab Dinge, die Adam

Völx nicht gefielen. Jemand hatte ihn angegriffen. Er wusste noch immer nicht, wer dahintersteckte.

Er ging weiter, mit schlurfenden, kurzen Schritten, die Schultern gebeugt. Ein rostiger Ausflugsdampfer dümpelte am Ufer, das Deck war verlassen, irgendwo im Inneren kläffte ein Hund. Eine Horde Frauen in grellen, enganliegenden Laufhosen überholte ihn, mit wiegenden Hüften und geröteten Gesichtern staksten sie vorbei, ihre Laufstöcke klapperten auf den Gehwegplatten. Wie auf Kommando bogen sie ab, stöckelten über die schmale Straße und verschwanden auf der Treppe hinauf zu den Felsen, ein steifbeiniger Vogelschwarm mit betonierten Frisuren. Völx rümpfte die Nase, wartete, dass sich die schwere Parfümwolke verzog.

Die Polizei war bei ihm gewesen. Sicherlich, der Kommissar war harmlos gewesen, offensichtlich ein Dummkopf. Trotzdem, allein die Tatsache, dass er ihn aufgesucht hatte, war unschön.

Vor einem Imbiss blieb er stehen. Ein bulliger kurzhaariger Mann mit freundlichen Augen drehte Würstchen auf einem Grill, zwei weitere Männer in blauen Nylonjacken lehnten am Geländer, sahen, ein Bier in der Hand, gelangweilt zu. Völx grüßte, lockerte den Schlips, bestellte einen Kaffee und gesellte sich zu ihnen, ein jovialer, freundlicher Herr, etwas kurzatmig nach einem langen Spaziergang. Er machte eine belanglose Bemerkung über das Wetter, einer der Männer reagierte mit einem Grunzen, der andere mit einem missmutigen Rülpser. Völx blies in seinen Kaffee, lächelte und lauschte dem Rascheln der dünnen Nylonjacken. Während er überlegte, dass die beiden wesentlich gesprächiger sein würden, wenn er ihnen die Finger brechen würde, wanderte sein Blick über die steile Felswand, den rissigen, überwucherten Porphyr, hinauf zu dem schiefen Zaun am Rand des Plateaus und zu den beiden Gestalten, die sich dunkel vor dem trüben Himmel abzeichneten.

*

»Danke, dass du gekommen bist.«

Das klang förmlich. Ziemlich dämlich sogar, Zorn hatte sich seine Worte nicht zurechtgelegt. Als er sie angerufen hatte, war nur ein Gedanke in seinem Kopf gewesen. Dass es schnell gehen musste, dass er nicht zögern durfte. Kein Überlegen, kein Nachdenken. Das Telefonat war kurz gewesen.

Gut, hatte sie gesagt. Mehr nicht.

Er strich mit der Hand über das Geländer, spürte das kühle, rostige Metall. Tief unter ihnen blitzte der Fluss zwischen den Baumkronen. Rauch quoll zwischen den Wipfeln hervor, er roch den Duft gegrillter Würstchen.

»Ich hab mich damit abgefunden«, sagte er. »Dass es nicht funktioniert. Und ich weiß jetzt, dass es sinnlos ist, nach den Gründen zu suchen. Es ist einfach so. Es hat 'ne Weile gedauert, bis mir das klargeworden ist.«

Drei Monate. Vielleicht auch vier.

»Wir haben's versucht, aber es hat nicht geklappt. Warum, ist nicht mehr wichtig. Es ist eine Tatsache, nicht mehr zu ändern.«

Schweigend stand Malina neben ihm. Ihr Gesicht war runder geworden, der Bauch wölbte sich unter einem weiten, dünnen Mantel aus grauer Wolle. Das Haar war gewachsen, fiel in dunklen Wellen unter einer gelben Stoffmütze auf ihre Schultern.

»Ich muss Ordnung schaffen«, er tippte sich an die Schläfe, »hier drin, in meinem Kopf. Wahrscheinlich bin ich zu doof, aber ich kann mich nur auf eine Sache konzentrieren. Das alles macht mich wahnsinnig, ich bin kurz davor, alles zu versauen. Mein Leben, meinen Job, alles. Es zerreißt mir den Kopf.«

Und das Herz. Das auch.

»Ich muss wissen, wie's weitergeht, Malina. Was in ein paar Monaten ist, in ein paar Jahren. Das ist das erste Mal in meinem Leben, dass ich 'nen Plan brauche. Nicht für mich. Doch, für mich auch«, verbesserte er sich mit einem Blick auf ihren Bauch, »aber vor allem für das Kind.«

Er sah hinüber zur Neustadt, die Wohnblöcke schwammen im

Nebel wie gestrandete Containerschiffe. Irgendwo dahinter, im Dunst verborgen, drehten sich die Windräder. Achtundvierzig, er hatte sie gezählt. Damals, als er zuletzt mit Malina hier gestanden hatte. In einer anderen, längst vergangenen Zeit.

»Ich hab lange gebraucht, bis ich's kapiert habe«, sagte er. »Aber ich glaube, ich funktioniere besser, wenn ich allein lebe. Ohne Beziehung.«

Was für ein Scheißwort.

»Aber im Moment geht's um was anderes. Um Verantwortung.«

Noch ein Scheißwort. Ausgelatscht wie ein alter Pantoffel.

»Du sollst wissen, dass ich da sein werde, Malina. Ich will mich nicht in dein Leben einmischen, aber wenn du mich brauchst, werd ich dir helfen. Egal, was zwischen uns ist. Oder mal war.«

»Du meinst«, ihr Blick war noch immer in die Ferne gerichtet, »dass wir *Freunde* bleiben?«

»Ja.«

»Was für'n Scheißwort.«

»Stimmt.« Er grinste. »Hast du ein besseres?«

Sie schüttelte den Kopf. Er sah ihr Profil, die kleine, gebogene Nase. Die langen Wimpern. Die pulsierende Ader am Hals. Den Leberfleck unter ihrem Ohrläppchen, sie liebte es, dort berührt zu werden.

Alles bleibt still, und kein Sturm kommt auf, wenn ich dich seh.

»Ich will dabei sein«, sagte er. »Ich kann dir beim Einkaufen helfen. Tüten schleppen. Ein Kinderbett aufbauen. Auf den Spielplatz gehen. Im Winter Schlitten fahren und im Sommer ins Schwimmbad. Was man so macht als Vater. Wenn das für dich okay ist.« Ein Stirnrunzeln, er schüttelte verwundert den Kopf. »Scheiße, ich hab noch nie so viel auf einmal gequatscht.«

Er hatte geredet, ohne viel nachzudenken. Die Worte waren da gewesen, einfach so. Jetzt waren sie aufgebraucht.

Malina hielt sich mit der einen Hand am Geländer fest, mit der anderen schob sie die Mütze aus der Stirn, eine unbewusste, wie nebenbei ausgeführte Geste. Zorn hatte sie hundertmal gesehen, wahrscheinlich öfter.

»Stimmt«, sagte sie.

»Was stimmt?«

»Ich hab dich noch nie so viel reden hören.«

Schweigend wartete er, dass sie fortfuhr. Und als sie ihn schließlich ansah, bemerkte er – auch das wohl zum hundertsten Mal –, wie schwer es war, die Farbe ihrer Augen zu bestimmen. Jetzt, im trüben Nachmittagslicht, schimmerten sie grün, mit grauen (oder blauen?) Sprenkeln um die Pupillen.

»Du bist der Vater«, sagte sie. »Du kannst ihn sehen, wann immer du willst.«

»Ihn?«

Sie nickte stumm.

Ein Sohn. Er bekam einen Sohn.

»Danke«, sagte er.

Eine Böe fegte über das Plateau. Zorn sah nach unten, die Baumwipfel bewegten sich sacht im Wind. Kindergeschrei drang zwischen den Zweigen empor.

*

»Ein Eis! Ich will ein Eis! Mit Gummibärchen!«

Das Kind, ein höchstens vierjähriges Mädchen mit verschmiertem Gesicht und riesigem Fahrradhelm auf dem Kopf, zerrte an der Hand seiner Mutter. Völx zerknickte den Kaffeebecher, warf ihn in einen Papierkorb, schlenderte davon. Das Mädchen plärrte hinter ihm weiter.

Sein Nacken war ein wenig verspannt, er musste sich eine Sehne gezerrt haben, wahrscheinlich, als er die Leiche aus dem Hafen getragen hatte. Völx achtete auf seinen Körper, täglich absolvierte er ein hartes, genau kalkuliertes Pensum, noch immer hatte er die Muskeln eines durchtrainierten Vierzigjährigen. Trotzdem, er wurde nicht jünger. Ein paar Jahre noch, zwei, höchstens drei, dann würde er sich zur Ruhe setzen. Vielleicht auch vorher, wenn sich herausstellen sollte, dass er nicht mehr schnell genug war.

Geld hatte er genug. Und er hatte das Haus in der Algarve, hoch auf einem Felsen über dem Atlantik. Vermissen würde er nichts. Adam Völx tötete nicht aus Spaß, er tat es, um sich zu schützen, weil es nötig war. Das Einzige, was er immer genossen hatte, war die Macht, ein intensives, pulsierendes Gefühl, stärker als alles. Diese absolute, endgültige Kontrolle über andere Menschen. Aber auch das, überlegte er, würde sich mit dem Alter legen, ebenso wie der Sexualtrieb und das Interesse an anderen, profanen Dingen des Lebens.

Seine Schritte hallten auf einer kleinen Betonbrücke, leise pfiff er vor sich hin, lief auf den künstlichen See zu.

Er würde ein Taxi nehmen und nach Hause fahren. Dort würde er sich umziehen, Tee trinken, vielleicht ein wenig Gitarre spielen, Musik hören. Die Schallplatte lag noch immer im Plattenspieler, das Cover mit dem bleichen, grell geschminkten Jüngling lehnte auf dem Fensterbrett an einem Blumentopf. Völx hatte seit gestern nichts anderes mehr gehört.

Er hatte geschrieben, dass er sich auf das Gespräch freuen würde.

Ein Rauschen, die Fontäne schaltete sich ein, ein riesiger Wasserstrahl schoss hoch in den grauen Himmel. Der Wind trug winzige Tropfen herüber, Völx rieb sich das Gesicht, sein gespaltener Mund verzog sich zu einem schiefen Lächeln.

O ja, er freute sich. Sehr sogar.

*

Zorn sah die Fontäne in die Höhe rauschen, ein majestätischer Anblick. Das Wasser wirbelte empor, schien einen Moment still zu stehen, sank wieder in sich zusammen und stand schließlich senkrecht über dem See, eine brodelnde, schäumende Säule.

»Wir werden uns beide um ihn kümmern«, sagte Malina. »Wir werden für ihn da sein, egal, was zwischen uns mal war.«

War. Vergangenheit. Präteritum, wie Schröder gesagt hätte.

Es war zu Ende. Malina hatte ausgesprochen, was er so lange nicht hatte wahrhaben wollen. Zorn lauschte in sich hinein, doch da war nicht viel. Eine gewisse Wehmut vielleicht. Die Trauer, die er in den letzten Tagen, Wochen, Monaten empfunden hatte, der Schmerz, die Eifersucht, die Zweifel, all dies war vorbei.

Bye bye Junimond.

Wahrscheinlich schon seit einer ganzen Weile, er hatte sich an diese Gefühle geklammert, warum, wusste er nicht. Vielleicht, weil er sich in diesem Elend hatte suhlen wollen, vielleicht, weil er nicht hatte akzeptieren wollen, dass es nicht seine Entscheidung gewesen war. *Sie* hatte *ihn* verlassen, das war es, was er nicht verkraftet hatte. Er war verletzt gewesen, eingeschnappt wie ein Kind, dem man das Lieblingsspielzeug weggenommen hatte.

Er hörte, wie Malina sagte, dass sie vernünftig sein würden. Dass es weder um sie noch um ihn gehe, sondern um das Kind. Dass sie miteinander zurechtkommen würden, auch wenn sie kein Paar mehr waren.

»Weil wir erwachsen sind«, sagte sie.

»Genau«, nickte Zorn, der Kindskopf. Der Viertklässler, wie ihn Frieda Borck vor ein paar Stunden erst bezeichnet hatte.

Schweigend sahen sie in die Ferne, beobachteten die schäumende Wassersäule, die Gischt, die als feiner Schleier über den Fluss in Richtung Neustadt trieb. Eine seltsame, nicht unangenehme Leere machte sich in Zorns Kopf breit. Es war alles gesagt.

»Wollen wir gehen?«, fragte sie, als habe sie seine Gedanken gelesen. Kein Wunder, sie kannte ihn, besser als jeder andere. Warum sollte es jetzt anders sein?

Fast hätte er sie am Arm genommen, um ihr die Stufen zum Weg hinaufzuhelfen, ließ es dann aber sein. Stumm gingen sie ein paar Schritte, den Blick zu Boden gerichtet, jeder in seine eigenen Gedanken versunken. Ein Jogger keuchte ihnen entgegen, Zorn trat zur Seite, um den Weg freizumachen. Der Name, fiel ihm ein, sie hatten noch immer keinen Namen für ihren Sohn, doch als er fragen wollte, ob sie schon eine Idee habe, kam Malina ihm zuvor.

»Geht's Schröder wieder besser?«

»Na ja, er ist jetzt der Chef, ich …« Zorn stutzte. »Was meinst du mit *besser?*«

Sie standen am Rand der Wiese. Ein paar Teenager lümmelten rauchend auf einer Decke, ein pickliger Junge mit umgedrehtem Basecap und tief in den Hüften hängenden Jeans versuchte, ein Lagerfeuer zu entfachen.

Malina antwortete nicht.

»Wann hast du ihn zuletzt getroffen?«, fragte Zorn.

»Vorgestern.«

Vor zwei Tagen. Zorn öffnete den Mund, sie kam ihm zuvor.

»Du weißt, wie sehr ich ihn mag. Wir sehen uns ab und zu, und wenn, reden wir nicht viel. Auch nicht über dich«, fügte sie hinzu, als sie Zorns verwunderten Blick bemerkte. »Ich hab ihn gefragt, wie's dir geht, aber er meinte nur, dass er dich im Auge behalten würde, mehr nicht.«

Das, dachte Zorn, hat er auch getan.

»Und du«, sagte Malina, »solltest dasselbe tun. Auf ihn aufpassen. Seine Familie ist unheimlich wichtig für ihn, du hast gesehen, wie fertig er war, als sein Vater gestorben ist. Er hat sich nichts anmerken lassen, aber der Tod seiner Mutter hat ihn völlig aus der Bahn geworfen.«

Zorn wurde blass.

»Er hat's dir erzählt?«

»Ich war auf der Beerdigung.«

Scheiße. Mehr fiel ihm nicht ein.

»Es war kaum jemand da. Außer ein paar Kollegen, Frieda Borck und mir.«

Alle hatten es gewusst, selbst Frieda Borck. Alle, bis auf ihn.

Malina ging weiter. Zorn zögerte, sah, wie sie ein wenig schwerfällig über die Wiese auf den Parkplatz zuging, dann folgte er ihr. Er wusste nicht, was er sagen sollte, also fragte er, ob er sie mitnehmen solle. Nein, erwiderte Malina, sie würde ein Stück laufen, das Gehen sei gut in ihrem Zustand. Einverstanden, nickte er und hoffte, dass sie ihm seine Erleichterung nicht ansah, sie könne ihn jederzeit anrufen, immer, und als er dann später im Auto hinab in die Innenstadt fuhr, war er froh, allein zu sein. Allein mit seinen Zweifeln, dem schlechten Gewissen und dem Gefühl, kaum mehr als ein paar kleine Schritte vorangekommen zu sein. Das Gespräch mit Malina war ein Anfang gewesen, sicherlich, doch wenn er sein Leben tatsächlich ändern wollte, gab es noch eine Menge zu tun.

Eine ganze Menge.

Fünfundzwanzig

Gregor Zettl war unzufrieden.

Er hatte sich Mühe gegeben, wirklich, hatte den Inhalt der Schubladen vom Boden geklaubt, die Kissen geordnet, den Couchtisch abgewischt, selbst den Sessel hatte er weggerückt und ein paar Staubflusen hervorgekehrt, die gelbe Tagesdecke lag zusammengefaltet über der Lehne. Sogar das Fenster hatte er geputzt, die Heizung abgewischt und den Staub vom Fensterbrett gefegt.

Trotzdem. Er war unzufrieden.

Zwei Dinge, die ihn störten: Der Teppich, er bekam ihn nicht sauber. Er hatte dieses verflixte Ding mit einem Handfeger bearbeitet, Zentimeter für Zentimeter, hatte Krümel, Traubenzucker, getrocknete Kartoffelstücke, Suppenreste und Gartendreck zusammengeklaubt. Jedes Mal, wenn er frustriert aufgeben wollte, hatte er an Donata gedacht, daran, dass sie ihm Vorwürfe machen würde, warum, würde sie fragen, schaffte er es nicht, das Haus in Ordnung zu halten? Er sah sie in der Tür stehen, den Mantel noch zugeknöpft, sie würde müde sein nach der langen Reise. Schimpfen würde sie nicht, das tat sie nie, aber die Enttäuschung, die würde sie nicht verbergen können. Kopfschüttelnd würde sie hoch auf ihr Zimmer gehen, dort würde sie bleiben und eine Weile nicht mit ihm reden. Der Gedanke, dass sie ihn sofort wieder verlassen würde, hatte ihm Kraft gegeben, er hatte weitergemacht, war kniend durch das Zimmer gerobbt, ohne auf seinen schmerzenden Rücken zu achten, jede einzelne Glasscherbe hatte er eingesammelt. Die Splitter, teilweise im Gewebe verhakt, schnitten ihm in die Finger, die Suppenflecken, zu einer klebrigen Kruste verfestigt, hatten sich tief in den Stoff gefressen. Es war sinnlos ohne Staubsauger.

Er hatte sich aufgerichtet, stand keuchend am Fenster. Sein Gesicht war gerötet, Schweiß glänzte auf der Stirn. Der Teppich war die eine Sache.

Frustriert streckte er den Rücken, sein Blick fiel auf das Sofa. Dort saß das andere, was ihn störte.

»Du gehst mir auf die Nerven.«

Zitternd stand Zettl da, suchte nach Worten, um seiner Hilflosigkeit Luft zu machen. Der Angst, der Verzweiflung.

»Du ...«

Er fand keine Worte. Die Hilflosigkeit wich der Panik, gemischt mit einer gleißenden Wut. Gregor Zettl krümmte sich, seine Fäuste hämmerten gegen die Schläfen, einmal, zweimal, dieses Chaos im Kopf, es war nicht auszuhalten. Aufhören, es sollte aufhören, seine Zähne vergruben sich in der Unterlippe, Blut schoss hervor, der Geschmack, Kupfer und etwas anderes, Fauliges, nahm ihm den Atem. Zischend sog er die Luft ein, spürte die Fleischreste zwischen den Zähnen, Gott, das war widerwärtig, eklig, dieser Geschmack, er musste ihn loswerden, jetzt, sofort. Von einem Moment auf den anderen gab es nichts Wichtigeres mehr, er musste die Zähne putzen, sonst würde er ersticken. Er rannte los, schrammte im Vorbeilaufen mit der Hüfte am Sessel entlang, achtete nicht darauf, weiter, er musste weiter, stürmte aus dem Zimmer, stieß sich den nackten Zeh an der Schwelle zum Flur, lief mit schmerzverzerrtem Gesicht weiter zur Badezimmertür, die schließlich krachend ins Schloss fiel.

Das Haus erbebte. Fensterscheiben vibrierten in ihren Rahmen. In der Küche klapperten ein paar Teller. Oben, in Donatas Zimmer, rollte ein Bleistift über den Schreibtisch und fiel zu Boden. Im Wohnzimmer rutschte ein Kissen vom Sofa, die tote Alma Gretsch sank langsam zur Seite.

Dann war es still.

Plötzlich ein Schrei. Die Badezimmertür flog auf, Keramik splitterte, als die Klinke gegen die geflieste Wand donnerte. Gregor Zettl stand in der Tür, bebend vor Wut. Sein Blick flackerte, ein tiefes, kehliges Knurren drang aus seiner Kehle.

Die Zahnpasta war alle.

*

»Schönen Feierabend.«

Zorn griff nach dem Autoschlüssel, ein Piepen, die Zentralverriegelung des Volvos klackte. Schröder hob die Hand zum Abschied und schlenderte in seinem typischen, etwas watschelnden Gang über den Parkplatz davon.

»Schröder?«

Schröder blieb stehen, drehte sich um. Die Aktentasche schlug gegen seinen kurzen Oberschenkel. Zorn öffnete die Tür, deutete nach innen.

»Soll ich dich mitnehmen?«

»Danke, aber ich laufe lieber«, sagte Schröder, lächelte und strich mit der Hand über den Bauch. »Ein bisschen Bewegung kann mir nicht schaden.«

Zorn nickte. Vor zwei Stunden hatte Malina dasselbe gesagt, fast haargenau die gleichen Worte benutzt.

»Was machst du heute Abend?«, fragte er. »Wir könnten …«

Er drehte den Autoschlüssel in den Händen, überlegte.

Ins Kino gehen? In die Oper? Zum Italiener?

»… ein Bier trinken.«

Als Zorn wieder im Büro erschienen war, hatte Schröder nur kurz aufgesehen. Zorn war sicher, dass er wusste, mit wem er sich getroffen hatte, er musste es zumindest ahnen, trotzdem hatte er nicht gefragt. Zunächst hatte Zorn seine Jacke aufgehängt, und als er erzählen wollte, dass er jetzt endlich einen Anfang gemacht habe, zumindest, was Malina betraf, hatte Schröders Telefon geklingelt. Er hatte eine

Weile mit der Rechtsmedizin gesprochen, dann war Frieda Borck erschienen, und Zorn hatte beschlossen, später mit Schröder zu reden.

»Ich meine«, verbesserte sich Zorn, »*ich* trinke Bier. Und du Cola. Oder wir trinken beide 'ne Cola«, fügte er hinzu, als ihm der Müllsack mit den leeren Flaschen einfiel, den Schröder am gestrigen Morgen aus seiner Wohnung getragen hatte.

»Das ist lieb, aber ich bleib lieber zu Hause.« Schröder hob die Aktentasche. »Ich hab mir ein bisschen Arbeit mitgenommen.«

»Wie du meinst.«

»Trotzdem danke.«

»Bitte.«

Sie schwiegen einen Moment.

»Na dann«, Zorn klopfte auf das Dach des Volvos, »schönen Feierabend.«

»Das«, lächelte Schröder, »sagtest du bereits.«

Zorn nickte. Räusperte sich verlegen. Schröder verschränkte die Hände auf dem Rücken, die Aktentasche wippte gegen seine Kniekehlen.

»Malina hat mich angerufen.«

»Was?« Zorn, der Anstalten gemacht hatte, in den Wagen zu steigen, erstarrte mitten in der Bewegung. »Wann?«

»Nachdem ihr gesprochen habt. Da warst du noch unterwegs ins Präsidium.«

»Was hat sie ...«

»Was sie gesagt hat? Nichts. Jedenfalls nicht viel.«

Zorn überlegte irritiert, ob er jetzt wütend werden sollte.

»Wieso«, fragte er, »hast du das nicht erzählt?«

»Weil's da nicht viel zu erzählen gibt.«

Zorn stand noch immer da, eine Hand auf dem Türrahmen, den Fuß bereits im Wagen. Schröder kam näher, sah zu Zorn auf.

»Du machst alles richtig«, sagte er leise.

Und ging davon.

*

»Bleib sitzen!«

Er stand über ihr, das Gesicht vor Ekel verzerrt. Seine Hände, schweißnass, waren zu Fäusten geballt. Er hatte sie anfassen müssen. Noch einmal, das wusste er, würde er das nicht über sich bringen, aber er hatte es einfach nicht ertragen, sie liegen zu sehen, halb unter den Kissen begraben, zur Seite gesackt wie eine Marionette. Deshalb hatte er sie wieder aufgerichtet, ihr Körper war steif, hatte sich angefühlt wie kalter, ölverschmierter Gummi.

»Hör auf zu grinsen!«

Alma Gretsch hatte sich weiter verändert. Das lag nicht nur an der einsetzenden Dämmerung, im Zwielicht wirkten ihre Zähne riesig, auch der Kopf schien gewachsen, viel zu groß für die mageren Schultern. Die Haut spannte über dem Schädel wie schmutziges Pergament. Das kurzgeschnittene graue Haar klebte an den Schläfen, dort, wo ihre Wange auf dem Sofa gelegen hatte, waren die Abdrücke des Stoffes zu erkennen.

»Weißt du, was ich mich gerade frage?«

Zettl musterte sie aus verquollenen Augen. Aus dem Badezimmer drang Rauschen herüber, er hatte getrunken, solange, bis er glaubte, sein Bauch würde platzen. Das Wasser lief noch immer, er hatte den Hahn nicht abgestellt. Herpesbläschen blühten auf seiner Unterlippe, Wasser lief von seinem Kinn, tropfte auf ihre Oberschenkel, bildete feuchte Flecken auf den Jeans.

»Wer sagt mir eigentlich, dass du nicht gelogen hast, hm? Da kann ja jeder kommen und behaupten, jemand würde ihm Geld schulden. Das hört man ja ständig, dass irgendwelche Betrüger unterwegs sind. Wie ist es mit dir, Alma? Bist du eine Betrügerin? Wolltest du mich für blöd verkaufen?«

Er legte den Kopf schief, als erwarte er tatsächlich eine Antwort. Ihre Augen, kristallfarbene Schlitze, starrten über seine Schulter ins Nichts.

»Das wird sich bald zeigen«, flüsterte er. »Sie wird bald kommen, und dann werden wir ja sehen, ob du gelogen hast.«

Er beugte sich weiter zu ihr hinab, stützte die Hände auf den

Oberschenkeln ab. Seine Zunge schoss zwischen den fleischigen Lippen hervor, fuhr über die verkrusteten Mundwinkel, über die Zähne.

»Blöde Kuh. Dämlich grinsen, mehr kannst du nicht. Rumsitzen, mir auf die Nerven gehen. Und«, er schnüffelte, »stinken.«

Naserümpfend richtete er sich auf, reckte die Schultern. Wasser gluckste in seinem Bauch. Er ging um den Couchtisch herum, riss die Gartentür auf. Sah hinaus in die Abenddämmerung, ein tiefer Atemzug folgte, gierig wie der eines Ertrinkenden.

*

Ein heiseres Krächzen. Der Rabe auf dem Dach des Geräteschuppens spreizte die Flügel. Misstrauisch, den Kopf schief gelegt, den Schnabel geöffnet, sah das Tier hinüber zum Haus, beäugte die keuchende Gestalt, die plötzlich in der Tür erschienen war. Ein paar Sekunden vergingen, dann glättete sich das gesträubte Gefieder, ein jahrmillionenalter Instinkt sagte dem Vogel, dass der Mensch dort auf dem Kiesweg zwischen den Hecken harmlos war, ein verlorenes, ängstliches Wesen, übergewichtig, mit wirr abstehenden Haaren, keinerlei Gefahr verbreitend. Krallen klackerten auf der Dachpappe, der Rabe hüpfte zur Seite, pickte zwischen Zweigresten in der Dachrinne, während der Mann sich wieder umdrehte und zurück nach drinnen ging. Auf der Schwelle bückte er sich, hob etwas auf. Dann verschwand er, als hätte das Haus ihn aufgesogen.

*

»Grenzenlose Sauberkeit«, murmelte Zettl.

In der Hand hielt er eine Flasche Glasreiniger. Sie hatte direkt auf der Schwelle gelegen, fast wäre er darüber gestolpert, als er zurück ins Haus ging.

»Auch bei hartnäckigen Verschmutzungen.« Er betrachtete das Etikett, weiße Schrift auf blauem Grund. »Kein Nachwischen. Keine

Rückstände«, er hob die Stimme, von einem hysterischen Kichern geschüttelt, »geeignet für alle feucht wischbaren Oberflächen.«

Ein nachdenkliches Brummen. Er ging zur Couch. Hinter ihm schwang die Glastür in ihren Angeln. Er achtete nicht darauf, ebenso wenig bemerkte er, wie draußen im Garten Bewegung entstand.

»Keine Rückstände«, wiederholte Zettl, hob die Sprühflasche und richtete sie wie eine Pistole auf die Stirn der toten Alma Gretsch.

*

Mit einem leisen Klatschen landete der Rucksack auf dem Rasen. Aufgeschreckt flatterte der Rabe hinüber zum Kamin, der Zaun bewegte sich, eine Hand umfasste das Holz, ein Schatten schwang sich über die Kante, landete im weichen, feuchten Gras, lautlos, nur die enganliegende schwarze Kleidung raschelte leise.

Der Rabe spreizte die Flügel. Vor einer Minute noch hatte er gespürt, dass er in Sicherheit war, derselbe, uralte Instinkt sagte dem Tier jetzt, dass das, was da im Zwielicht zwischen den Hecken stand, das Gegenteil bedeutete. Gefahr.

Ein Krächzen. Der Rabe verschwand hinter der Hecke.

*

»Ich finde, es ist einen Versuch wert.«

Zischend schoss ein Dunstschleier aus der Düse, direkt in das Gesicht der Toten. Stirnrunzelnd beobachtete Zettl, wie sich die Wolke langsam senkte, atmete den scharfen, stechenden Geruch. Wartete. Seine Miene verfinsterte sich.

»Hm«, brummte er. »Keine Rückstände, das steht zumindest drauf.« Wieder studierte er das Etikett, er musste die Flasche dicht vor die Augen halten, es wurde immer dunkler im Zimmer. »Auch bei hartnäckigen Verschmutzungen. Vielleicht irre ich mich ja, aber du«, die Flasche hob sich, zielte wieder auf den Kopf der Toten, »bist ja wohl die hartnäckigste Verschmutzung, die man sich vorstellen kann, Alma.«

Ein weiteres Zischen. Noch einmal.

»Ich bin doch nicht blöd!«

Das Gesicht, der Hals, die Arme der Leiche glänzten feucht, das Haar glitzerte, Tropfen rannen über die wächsernen Wangen wie Tränen, Reste des Reinigungsmittels wirbelten durch die Luft.

»Das versteh ich nicht. Du bist doch eine«, er kniff die Augen zusammen, las auf dem Etikett, »*feucht wischbare Oberfläche*, oder nicht?«

Zettl schüttelte den Kopf. Sein Blick flackerte, wanderte zwischen der Sprühflasche und der Toten hin und her. Ein Tropfen glänzte an ihrer Nase, wurde größer, löste sich schließlich und landete auf dem T-Shirt.

»Hier steht's doch!« Er hielt ihr die Flasche entgegen, schlug mit dem Handrücken gegen das Etikett. »Keine Rückstände! Himmelherrgott, warum hältst du dich nicht einfach dran, Alma?«

Die letzten Worte hatte er fast geschrien. Speichel spritzte aus seinem Mund, mischte sich mit den letzten Tröpfchen des Glasreinigers. Zischend holte er Luft, schmatzte angewidert, seine kurzen Finger wanderten in den Mund, pulten zwischen den Zähnen.

»Hier!«

Vorwurfsvoll streckte er ihr die Hand entgegen, ein Fleischrest klebte an seinem Zeigefinger. Schnaubend wischte er die Hand an ihrer Jeans ab, richtete sich auf, sah auf die Tote hinab.

»Dir ist das alles egal«, murmelte er. »Du sitzt hier rum, verpestest die Luft.«

Er fuhr sich mit dem Handrücken über die Nase.

»Und ich?«

Ein weinerliches Schniefen. Dann straffte er sich, brüllte plötzlich aus vollem Hals: »ICH KANN MIR NICHT MAL ...«

*

»... DIE ZÄHNE PUTZEN!«

Zettls Stimme hallte zwischen den Hecken wider. Das Fenster bebte, die Sprühflasche flog von innen gegen die Scheibe. Der Mann, der direkt davor auf der kleinen Veranda in einem Gartenstuhl saß, reagierte nicht. Er hatte die Beine übereinandergeschlagen, sah in den wolkigen Abendhimmel und lauschte dem gedämpften Schluchzen, das aus der Schwärze des Hauses durch die halboffene Tür drang. Der Rucksack lehnte neben ihm an der Hauswand, er wirkte entspannt, ein Hausbesitzer, der nach einem langen Arbeitstag auf der Veranda sitzt und den lauen Sommerabend genießt.

Und das tat Adam Völx auch.

Sehr sogar.

Sechsundzwanzig

Es war bereits dunkel, als Claudius Zorn nach Hause kam. Klappernd landete der Schlüssel auf dem Brett unter dem Spiegel, er kickte die Stiefel von den Füßen und ging ins Wohnzimmer. Schaltete das Licht ein, sah sich stirnrunzelnd um. Das Zimmer wirkte leer, steril, wie ein Wartesaal, viel zu hell, unpersönlich.

Ein Seufzen, das Licht ging wieder aus. Drei große Schritte, Zorn riss das Fenster auf, hielt das Gesicht in die Abendluft. Eine kühle Brise wehte ihm das Haar aus der Stirn, Zorn schloss die Augen, wartete, dass der Geruch der Farbe sich verzog.

Auf dem Nachhauseweg hatte er an einer Tankstelle gestoppt und den Volvo in die Waschanlage gefahren, er hatte den Kofferraum gesaugt – hastig, aber sorgfältig, in der dämlichen Hoffnung, dass ihn niemand aus seinem Bekanntenkreis bei dieser peinlichen, spießigen Beschäftigung erwischte –, dann hatte er plötzlich Hunger verspürt. Er hatte sich eine Currywurst gekauft, und als er die klebrige Pappe in einen überquellenden Papierkorb stopfte, war sein Blick auf einen kleinen Laden schräg gegenüber gefallen. Kurz entschlossen war er über die Straße gegangen, und als er eine Viertelstunde später wieder im Volvo saß, lag auf dem Beifahrersitz eine Plastiktüte mit einer elektrischen Zigarette.

»Na ja.«

Zorn drehte die E-Zigarette in den Fingern, ein großer, unförmiger Kugelschreiber, das Mundstück erinnerte an das Maul eines schnappenden Fisches.

Damit, hatte der Verkäufer gesagt, ein glupschäugiger Kerl in Turnschuhen und Kapuzenshirt, würde man nichts falsch machen, die würde man nicht rauchen, nein, die wurde *gedampft*, keine Schadstoffe, kein Tabak, kein Teer, nur blankes, reines Nikotin. Früher habe er drei Schachteln am Tag geraucht, aber jetzt, er stierte Zorn aus trüben Augen an, sei alles anders, er habe sein Leben geändert. Das, hatte Zorn gedacht, war ja der Grund, weswegen er hier war, und während der Verkäufer mit schleppender Stimme etwas von ökologischem Gleichgewicht, Nikotingehalt und Umweltverträglichkeit herunterleierte, hatte Zorn sich kurz gefragt, ob der Mann unter Drogen stand oder einfach nur durch das Zeug in den kleinen Ampullen sediert worden war, die sich zu Dutzenden, wenn nicht zu Hunderten in einem Regal hinter dem Tresen aufreihten. Die Aromen, hatte der Verkäufer genuschelt, seien völlig unbedenklich, garantiert deutsche Herstellung, und außerdem, hatte er mit einem Blick auf Zorns abgewetzte Lederjacke hinzugefügt, seien diese *Liquids* wesentlich billiger, Zorn würde eine Menge Geld sparen, mindestens hundert Euro im Monat. Dann hatte er begonnen, die unterschiedlichen Geschmacksrichtungen aufzuzählen und angeboten, Zorn könne in Ruhe alles durchtesten, worauf dieser seine Kreditkarte gezückt und erwidert hatte, er würde nur bezahlen und es dann zu Hause probieren.

Tja. Und da war er nun. Zu Hause.

Hinter ihm das frisch gestrichene Wohnzimmer, unter ihm die Stadt mit ihren glänzenden Dächern, den blitzenden Lichtern, den Menschen, die sich allmählich auf ihren Sofas vor den Fernsehern versammelten und die Tagesschau ansahen. Die schlanken Türme der Marktkirche reckten sich in den Abendhimmel, irgendwo dort musste Schröder sein, Zorn wusste noch immer nicht, wo er jetzt wohnte, jedenfalls nicht genau.

Nun, dachte Zorn, darum würde er sich als Nächstes kümmern. Der Anfang war gemacht. Er hatte die Wohnung aufgeräumt, unten blitzte der Volvo sauber auf dem Parkplatz, der Kofferraum war gesaugt, die Fußmatten ausgeklopft, selbst die Sitze hatte Zorn abgewischt, nachdem er Unmengen an alten Kaffeebechern, zerknüllten Zigarettenschachteln und leeren Feuerzeugen vom Boden geklaubt hatte.

Er hatte begonnen, das Chaos zu beenden, sowohl in seiner Umgebung als auch im Kopf. Er hatte mit Malina gesprochen. Es war vorbei. Endgültig.

War das gut? Nicht gut?

Gut, entschied Zorn, er wusste jetzt, woran er war, sie wussten es beide. Sicherlich, es war traurig, eine Bankrotterklärung, gleichzeitig aber eine Befreiung, dachte er und spürte einen schalen, säuerlichen Geschmack im Mund. Die Currywurst lag ihm schwer im Magen, aber das war eine Sache, die er nicht ändern würde, oft genug hatte er versucht, seine Ernährung umzustellen, das klappte nicht, sinnlos, es weiter zu versuchen. Anders war es mit dem Trinken, der Alkohol stellte kein Problem dar, hatte ihm zwar geholfen, zu vergessen, aber das war nicht mehr nötig. Es gab nichts mehr, das er vergessen musste.

Blieb noch das Rauchen.

Zorn bedachte das Ding in seiner Hand mit einem scheelen Blick. Drückte auf den Knopf hinter dem durchsichtigen Tank, ein leises, elektrisches Knistern ertönte, er spitzte die Lippen, sog am Mundstück, atmete aus, einmal, zweimal. Etwas, wahrscheinlich das Nikotin, brannte in seinem Hals, der Dampf schmeckte süßlich, nach Kirsch, vielleicht auch Vanille, Zorn hatte nur mit halbem Ohr hingehört, als der Verkäufer die unterschiedlichen Aromen heruntergeleiert hatte, er nuckelte ein drittes Mal, jetzt dachte er an feuchtes Holz, nein, alte Strümpfe, und als er sich fragte, ob er *überhaupt* etwas schmeckte, vibrierte das Handy in seiner Tasche.

*

»Ich weiß, dass du ein schlechtes Gewissen hast«, sagte Schröder.

Zorn hatte sich auf das Sofa gesetzt, das Telefon am Ohr.

»Wieso?«, fragte er und sog an der Zigarette.

»Wegen meiner Mutter.«

Zorn stieß den Rauch aus. Nein, kein Rauch, es war Dampf. Harmloser, ungefährlicher Dampf, hatte der glupschäugige Verkäufer gesagt.

»Das stimmt«, sagte Zorn.

Noch immer hatte er das Licht nicht eingeschaltet, er kam sich irgendwie albern vor, ein erwachsener Mann, der wie ein Baby an einem unförmigen Plasteding nuckelte und nicht wusste, wonach es schmeckte.

»Ich fühl mich wie der letzte Idiot.«

Mango vielleicht. Nein, Pfirsich. Oder doch Vanille?

»Gut so.«

Zorn hörte das leise Lächeln heraus, sah es regelrecht vor sich, Schröders blitzende Augen, die kleine Lücke zwischen den Schneidezähnen.

»Rufst du deshalb an? Um mir zu sagen, dass ich mir wie ein Idiot vorkommen soll?«

Ein Knistern, der Knopf an der Zigarette leuchtete auf. Eine Mischung aus mehreren Aromen, hatte der Verkäufer gesagt.

»Nein.«

»Wie jetzt? Ich soll mir *nicht* wie ein Idiot vorkommen?«

Zorn inhalierte. Mango-Pfirsich?

»Doch«, sagte Schröder. »Du hast's dir verdient.«

Pfirsich-Vanille?

»Du hättest es mir sagen können, Schröder.«

»Du hättest es sehen müssen, Chef.«

Vanille-Mango?

»Vielleicht«, sagte Zorn. »Aber ich hab jetzt keine Lust zu streiten.«

Er hörte Schröders ruhigen Atem, im Hintergrund erklang leise Klaviermusik.

»Ich rufe an, weil ich dir was sagen will.«

»Ach nee.«

Pfirsich-Mango?

Nein, das hatte Zorn schon ausgeschlossen.

»Ich will dir sagen, dass du nichts tun sollst, worauf du keine Lust hast. Du musst dich nicht mit mir verabreden, nur, weil du dich schuldig fühlst. Es ist dir wahrscheinlich selbst nicht klar, aber du würdest es nicht für mich tun, sondern für *dich*. Damit du dein Gewissen beruhigst. Das ist alles, was ich mit dir klären will. Ich komme allein zurecht.«

Schröder klang sanft, fast schüchtern, wie immer. Doch das täuschte. Diese warme, verletzliche Stimme und Schröders pummeliges, harmloses Äußeres waren die Gründe, weswegen er immer wieder unterschätzt wurde. Zu Unrecht, das wusste Zorn.

»Ich brauche niemanden, dem ich mein Herz ausschütten kann. Und ich brauche kein Mitleid. Von niemandem, auch von dir nicht.«

Zorn wusste nicht, was er erwidern sollte. Schlimmer noch, er hatte keine Ahnung, was er überhaupt *denken* sollte, und so konzentrierte er sich in seiner Ratlosigkeit auf das Ding in seiner Hand, nuckelte daran, als hänge sein Leben davon ab.

»Alles okay?«, fragte Schröder.

»Sicher doch.«

»Du klingst, als hättest du ’nen Asthmaanfall.«

»Ich denke nach, Schröder.«

»Scheint ziemlich anstrengend zu sein.«

Zorn antwortete nicht. Seine Zunge fühlte sich rauh an, pelzig. Der Gaumen brannte. Das, hatte der Verkäufer gesagt, würde sich geben, es dauerte eine Weile, bis man das richtige *Feeling* für die *Liquids* entwickle.

»Ich mach dir keine Vorwürfe«, sagte Schröder. »Du bist, wie du bist, es ist nicht zu ändern. Verstehst du, was ich meine?«

Nein, das tat Zorn nicht. Irgendwann vielleicht, aber er würde darüber nachdenken müssen.

»Ja«, sagte er trotzdem.

Von Ferne wehte Glockengeläut heran. Die Marktkirche, irgendwo dort musste Schröder jetzt sein. Wo genau, dachte Zorn zum zweiten Mal, wusste er nicht.

»Kann sein, dass wir morgen zeitig anfangen müssen«, sagte Schröder. »Die Rechtsmedizin will sich melden, sobald sie was haben.«

Zorn nickte stumm. Spürte das kühle Leder der Couch im Rücken.

»Schlaf gut«, sagte Schröder.

»Ja«, sagte Zorn. »Du auch.«

*

Der letzte Glockenschlag hallte über den Markt, schwebte noch eine Weile zwischen den Türmen der Kirche. Schröder legte das Telefon auf den Tisch, dann schloss er das Fenster. Einen Moment hielt er inne, sah hinab auf die Straße. Eine Oberleitung spannte sich zwischen den schmutzigen Fassaden über der engen Straßenschlucht. Die Fenster im Haus gegenüber waren dunkel, nur im Erdgeschoss blitzten Mountainbikes im Schaufenster eines Fahrradladens. Daneben die gelb flackernde Reklame eines Imbisses, ein paar Studenten saßen mit hochgeschlagenem Kragen auf den Stufen vor dem Eingang, tranken Bier, rauchten und aßen Würstchen von mit Senf beschmierten Papptellern.

Schröder zog die Gardine zu, schaltete die Stehlampe an. Das Zimmer war klein, bot gerade genug Platz für das schmale Bett, das Bücherregal und den Schreibtisch mit dem Computer. Er machte das Radio aus. Als er sich am Bett vorbei in Richtung Tür schlängelte, stieß er mit dem Fuß an seine Aktentasche, blieb einen Moment stehen, zögerte kurz, dann verließ er das Zimmer und ging über den langen Flur nach hinten in die Küche.

Die Wohnung, fast zweihundert Quadratmeter groß, erstreckte sich über die komplette dritte Etage eines vierstöckigen Altbaus, der vor über hundert Jahren zwischen den verfallenden Fachwerkhäusern rund um den Markt aus dem Boden gestampft worden war. Zuletzt waren die Räume an ein Fitnessstudio vermietet gewesen, die Tapeten waren fleckig, mussten dringend gestrichen werden, dunkle Vierecke zeigten die Stellen an, wo früher Dienstpläne, Hochglanzfotos von grinsenden, durchtrainierten Sportlern und Werbeplakate für Nahrungsergänzungsmittel gehangen hatten.

Schröder lief an den vom Flur abgehenden Räumen entlang, den Blick zu Boden gerichtet, hastig, als wolle er so schnell wie möglich vorbei. Seine Schritte, es waren genau siebzehn, knarrten auf den Dielen, hallten von den Wänden wider.

Die Wohnung war riesig, doch er brauchte den Platz. Die hohen Zimmer hinter den verschlossenen Türen waren vollgestopft mit den Möbeln seiner Eltern, unzählige Kisten stapelten sich zwischen zurückgelassenen Sportgeräten bis unter die Decke. Nach dem Tod seiner Mutter hatte Schröder sein Elternhaus nur noch einmal betreten, kurz nur, die verlassenen Zimmer hatten ihn förmlich erdrückt. Das Haus, in dem er sein ganzes Leben verbracht hatte, war zu einem Grab geworden. Die Wohnung am Markt hatte er gemietet, ohne sie vorher zu besichtigen, wichtig war nur, dass sie groß genug war. Dann hatte er eine Umzugsfirma beauftragt, sein Elternhaus leerzuräumen. Er selbst hatte es nicht übers Herz gebracht, die Sachen anzufassen, geschweige denn, etwas davon wegzuwerfen. Irgendwann, hatte er damals gedacht, würde er die Dinge ordnen, sich den Erinnerungen stellen. Und dann, wenn das geschafft war, würde er sich um eine endgültige Bleibe kümmern.

Jetzt, zwei Monate später, hatte er die Zimmer noch immer nicht betreten.

Die Küche, der einzige Ort, den Schröder neben dem kleinen Zimmer am anderen Ende des Flures benutzte, war sauber, nur eine leere Tasse stand in der Spüle. Er schloss die Tür hinter sich, atmete aus, als würde eine Last von ihm abfallen. Das Licht in der Dunstabzugshaube ging an, er schob einen Teekessel auf die Herdplatte. Setzte sich an den kleinen Küchentisch, faltete die Hände im Schoß und starrte eine Weile ins Leere.

»Ich brauch kein Mitleid.«

Ein Murmeln, es klang trotzig.

Das Haus vibrierte, eine Straßenbahn rumpelte vorbei.

»Von niemandem.«

Das Wasser im Kessel begann zu brodeln.

*

Völx saß auf dem Gartenstuhl auf der Veranda, den Kopf an die Hauswand neben der Glastür gelehnt und lauschte. Seine Augen waren geschlossen, sie hatten ein wenig nachgelassen, doch sein Gehör war noch immer so gut wie früher. Vom Nachbargrundstück drangen leise Geräusche herüber, wahrscheinlich stand ein Fenster offen, er hörte Kinderstimmen, einen laufenden Fernseher. Sachte rauschte der Wind in den hohen Hecken.

Im Haus hinter ihm war es still geworden. Aus der angelehnten Tür strömte warme, stickige Luft heraus, es roch nach Schweiß, stockiger Wäsche und etwas anderem. Völx kannte diesen Geruch, er rümpfte die Nase, öffnete die Augen, richtete sich auf. Als er sich mit der Hand über den Hinterkopf wischte, rieselte etwas Putz aus seinem Haar.

Tiefe Schatten lagen über dem Garten. Der Weg, den er genommen hatte, war deutlich zu erkennen, eine dunkle Linie zog sich vom Zaun über das feuchte Gras hin zum Haus.

Er hob den Arm. Das Zifferblatt der altmodischen Quarzuhr leuchtete auf, erlosch wieder.

Elf Minuten nach acht.

Er hatte Zeit, viel Zeit. Die ganze Nacht, wenn es sein musste. Adam Völx war ein geduldiger Mensch. Timing war der wichtigste Teil des Spiels. Und ein Spiel, das hatte er beschlossen, würde es werden, er musste nur auf den richtigen Moment für seinen Auftritt warten.

Ein dumpfes Flattern, links geriet die Hecke in Bewegung. Völx sah auf, der Rabe erschien schwankend auf einem Ast, kaum zu erkennen, das schwarze Gefieder verschmolz mit dem dunklen Gezweig. Belustigt beobachtete Völx, wie das Tier sich in die Rinde krallte, versuchte, auf dem hin und her schwingenden Ast das Gleichgewicht zu halten und schließlich zur Ruhe kam.

Ein paar Sekunden vergingen. Die dunklen Augen des Menschen senkten sich in die ebenso schwarzen Knopfaugen des Vogels. Dann öffnete Adam Völx den Mund.

»Ksch!«

Diesmal flatterte der Rabe endgültig davon. Es schien, als wolle er größtmöglichen Abstand gewinnen, er flog senkrecht auf, dann drehte er mit einem Krächzen in Richtung Innenstadt ab und verschwand in der Nacht.

Der Abspann der Tagesschau drang durch die Hecke, verstummte abrupt, als das Fenster des Nachbarhauses mit einem Knall geschlossen wurde. Völx streckte den Rücken, die Metallbeine des Campingstuhls schabten auf dem Boden.

Plötzlich ein Poltern, direkt hinter ihm, als würden Möbel gerückt. Das hohe, weinerliche Jammern eines verängstigten Mannes, gedämpft hinter der angelehnten Glastür.

Adam Völx straffte sich.

Es wurde Zeit.

*

Zorn hörte das Flattern, als der Rabe nur ein paar Meter entfernt am Fenster vorbeiflog, sehen konnte er das Tier in der Dunkelheit nicht. Selbst wenn, er hätte nicht darauf geachtet, seine Gedanken waren weit, weit weg. Ebenso wie die Elektrozigarette, die lag irgendwo unten, vierzehn Stockwerke tiefer, zerschellt auf den Betonplatten des Fußwegs vor dem Haus.

Das Aroma, hatte er irgendwann festgestellt, war nebensächlich. Völlig egal, ob Mango, Pfirsich, Vanille oder Hundekuchen. Es schmeckte einfach beschissen. Punkt. Aus.

Das war das eine. Das andere war die Vorstellung, in aller Öffentlichkeit mit diesem blöden Ding durch die Gegend zu laufen, nuckelnd wie ein Baby an der Flasche. Genauso könnte er ein Schild um den Hals tragen, *SEHT HER, ICH BIN EIN DROPS! ES SCHMECKT BESCHISSEN, ES SIEHT SCHEISSE AUS, ABER ICH KANN NICHT ANDERS! ICH BIN SÜCHTIG!* Die Kollegen würden sich nichts anmerken lassen, aber tuscheln, das würden sie, o ja. Natürlich nur, wenn er nicht in der Nähe wäre. Den Ausschlag allerdings gab der Gedanke an Schröders Gesicht, oder, schlimmer noch, an das von Frieda Borck.

Zorn schloss das Fenster. Nahm die Schlüssel und verließ die Wohnung. Er musste nachdenken, noch ein wenig durch die Nacht fahren. Aber vor allem musste er eines: Zigaretten kaufen.

Das Leben ändern, gut und schön. Aber übertreiben, dachte Claudius Zorn und stieg in den Fahrstuhl, musste man's nun wirklich nicht.

TEIL VIER

Siebenundzwanzig

»Ich bin überrascht, mein Bester.«

Adam Völx klang eher belustigt. Falls er tatsächlich *überrascht* sein sollte, war es seiner Stimme nicht anzumerken. Zettl stand neben der Tür und starrte wie gebannt in das gleißende Licht der Taschenlampe. Sämtliche Farbe war aus seinem Gesicht gewichen, die Haut verschmolz regelrecht mit der Wand hinter ihm. Das Licht reflektierte in seinen Augen, die Pupillen waren verengt wie Stecknadelköpfe. Darunter der Mund, ein gähnendes Loch, umrandet von Lippen, die an zwei gekrümmte Blutegel erinnerten.

»Ich hatte zwar erwartet, Sie in diesem Zustand anzutreffen, aber nicht«, der Strahl der Lampe flackerte kurz zum Sofa, huschte über die Tote, »in Gesellschaft.«

Wieder richtete Völx die Lampe auf Zettl.

»Ist sie das?«

Zettl wich zurück, als wolle er in der Raufasertapete verschwinden. Sein Ehering blitzte auf, er schirmte die Augen mit der Hand ab. Ein paar Sekunden vergingen, nur das Rauschen des Wassers drang aus dem Bad.

»Ist sie das?«, wiederholte Adam Völx.

Keine Antwort.

»Sie wussten doch«, seufzte Völx, »dass ich wiederkomme, ich hab's Ihnen sogar geschrieben. Gut, Sie stehen trotzdem unter Schock, dafür habe ich Verständnis. Aber Sie hatten genug Zeit, sich wieder zu fangen. Ich will wissen, ob die Tote auf dem Sofa Ihre Frau ist. Die Frage ist einfach, geradezu simpel, Gregor. Die Antwort ebenfalls. Ein Ja oder ein Nein genügt.«

Zettl ließ die Hand sinken, starrte schweigend in die Taschenlampe. Seine Augen wirkten wie Risse in der teigigen Haut.

»Wir hatten uns doch geeinigt, dass ich Sie Gregor nenne?«

Zettls Lippen bewegten sich unmerklich.

»Was sagen Sie, Gregor?«

»Ich stehe nicht unter Schock.«

»Nein? Dann sollte Ihnen die Antwort umso leichter fallen.«

»Sie heißt Alma.«

»Ich verstehe Sie nicht, Sie müssen lauter reden.«

»Ihr Name ist Alma Gretsch. Sie war hier, weil sie …«

»Das interessiert mich nicht. Wer ist sie?«

»Eine Freundin von Donata.«

»Wusste sie, wo Ihre Frau ist?«

Ein Kopfschütteln.

»Und Sie wissen's ebenfalls nicht.«

Keine Frage, eine Feststellung.

Zettls Schultern sackten nach vorn. Er wirkte kleiner, als er in Wirklichkeit war. Ein Gefangener, an die Wand gepresst vom unbarmherzigen Strahl der Maglite. Der Lichtkegel wanderte nach unten, über das schmutzige, schief geknöpfte Hemd, die fleckige Hose hinab zu den Füßen, verharrte auf den nackten, in den Teppich gekrallten Zehen, richtete sich wieder auf das Gesicht.

»Das stimmt doch. Oder, Gregor?«

Furcht spiegelte sich in Zettls verwirrten Zügen, natürlich. Doch in den Augen blitzte jetzt etwas auf, womit Adam Völx nicht gerechnet hatte.

»Es stimmt.«

Trotz.

»Ich habe keine Ahnung.«

Einen Moment nur, das kurze Flackern einer Kerze im Luftzug.

»Halten Sie mich für dämlich, Gregor?«

»Ich … verstehe nicht, was …«

»Ob Sie glauben, ich wäre dumm. Geistig minderbemittelt. Einfältig. Töricht. Beschränkt, irgendetwas in der Art, suchen Sie sich was aus.«

»Nein.«

»Das ist gut. Ich weiß genau, wie Ihre Angetraute aussieht, schließlich suche ich nach ihr. Die Frage, ob es sich hierbei«, der Lichtstrahl flackerte wieder zur Seite, streifte die tote Alma Gretsch, »um Ihre Frau handelt, war ein Test. Ob Sie die Wahrheit sagen oder irgendwelche Tricks versuchen, um Ihr mieses kleines Leben zu retten. Mich womöglich *verarschen*. Aber das tun Sie nicht, stimmt's?«

Zettl hob kurz den Blick, starrte direkt in die Lampe.

»Nein.«

Er konnte Adam Völx hinter dem gleißenden Fleck nicht erkennen, aber hören konnte er die ruhige, samtige Stimme des schwarzen Mannes gut.

»Liebt Ihre Frau Sie?«

Die Frage kam unerwartet. Zettl runzelte die Stirn.

»Lassen Sie sich Zeit«, sagte Völx. »Überlegen Sie gut, von der Antwort hängt Ihr Leben ab.«

»Ja.«

»*Was*, ja?«

»Sie liebt mich.«

»Hat sie sich bei Ihnen gemeldet?«

»Nein.«

»Und Sie? Haben Sie versucht, mit ihr Kontakt aufzunehmen? Per Telefon?«

»Der Akku ist alle.«

»Man kann einen Akku aufladen, Gregor.«

»Ich habe keinen Strom.«

»Das stimmt«, Völx lachte auf, »der ist ja abgestellt. Entschuldigen Sie, mein Fehler.«

Er ließ die Lampe sinken. Zettl entspannte sich etwas, blinzelte, schüttelte den Kopf. Riss die Augen auf, kniff sie wieder zusammen. Er hatte Schwierigkeiten, den Blick zu fokussieren.

»Was … was haben Sie mit mir vor?«

»Aber Gregor, Sie wissen doch, warum ich hier bin. Ich suche nach Ihrer Frau. Sie haben keine Ahnung, wo sie ist. Das glaube ich Ihnen mittlerweile, Sie würden sich eher die Hand abhacken, als mich anzulügen. Sie sagen, dass Donata Sie liebt. Falls das tatsächlich der Fall ist, wird sie sich Sorgen machen. Sie kennt Sie, weiß also, dass Sie allein völlig hilflos sind. Und sie wird wissen, dass Sie nicht aus dem Haus können. Was sagt uns das?« Völx wartete nicht auf eine Antwort. »Es ist logisch. Sie wird herkommen. Wir müssen nur warten. Wir werden uns schon die Zeit vertreiben, Gregor, aber zunächst«, der Strahl der Lampe wanderte zur Tür, flackerte hinaus in den Flur, »gehen Sie erst mal ins Bad und stellen das Wasser ab.«

Keine Reaktion. Nur Verwirrung.

»Husch, husch, Gregor! Ich hasse Verschwendung.«

*

»Wie lange ist sie tot?«

Völx saß auf der Kante des Couchtischs, direkt gegenüber der Leiche. Die Taschenlampe lag neben ihm, der Strahl war auf die Wand über dem Sofa gerichtet.

»Ich … ich weiß es nicht.«

Zettl stand wieder neben der Tür. Seine Hände strichen über die Tapete, dicke, fleischige Spinnen auf der Suche nach etwas, woran sie sich festhalten konnten. Völx sah sich nicht um, sein Blick hing an der Toten, neugierig, fasziniert wie ein Automechaniker beim Betrachten eines seltenen Oldtimers.

»Dem Geruch nach«, ein kurzes Schnüffeln, »vierundzwanzig Stunden mindestens.«

Völx strich mit dem behandschuhten Finger über ein paar Einstiche in der Armbeuge der Toten, nahm eine ihrer krallenartigen Hände, bog die Finger, fachkundig wie ein erfahrener Orthopäde.

»Die Leichenstarre lässt nach«, murmelte er nachdenklich, dann hob er die Stimme. »Sind Sie so nett und machen die Tür wieder auf? Ich will nicht unhöflich sein, Gregor, aber Sie riechen fast genauso streng wie die Dame hier.«

Schritte schlurften hinter ihm über den Teppich, Zettls Schatten spiegelte sich in der Mattscheibe des Fernsehers, ein gebeugter, vorbeihuschender Schemen.

»Sie werden nicht schreien, oder?«

Völx strich die Augenlider der Leiche nach unten.

»Es wäre bedauerlich, wenn ich Ihnen das Genick brechen müsste, bevor wir Gelegenheit bekommen, uns ein wenig zu unterhalten.«

Einen Moment schien es, als schlafe Alma Gretsch, dann klappten die Lider ruckartig auf. Völx brummte, als hätte er genau das erwartet.

Die Tür öffnete sich, frische Luft strömte herein.

»Was«, Völx fuhr mit den Daumen über die wächsernen Lippen der Leiche, zog die Mundwinkel nach oben, »wollte sie hier?«

»Geld.«

Alma Gretsch grinste, als würde sie ihm zustimmen.

»Geld, das Sie nicht haben?«

Zettl stand stumm in der Tür zum Garten. Ein Windstoß wehte herein, die Gardine blähte sich um seine Beine.

»Ach je«, Völx beugte sich über die Tote, strich über das Haar, die eingefallenen, wie nach innen gesogenen Wangen, »immer wieder dieses verflixte Geld. Man hat nur Ärger damit. Entweder, weil man welches braucht. Und wenn man's dann hat, muss man Angst haben, dass es einem weggenommen wird.«

Er nahm ihren Kopf in beide Hände, bewegte ihn vorsichtig hin und her. Halswirbel knackten wie brechendes Holz. Zettl stöhnte leise auf.

»Sie müssen entschuldigen«, Völx sah kurz über die Schulter, »ich habe selten Muße, mich in Ruhe mit den Toten zu beschäftigen.« Er wandte sich wieder um, tätschelte die Wange der Leiche. »Wer weiß, wozu ich's noch gebrauchen kann.«

Völx griff nach der Handtasche, die neben Alma Gretsch auf dem Sofa lag. Schlüssel klapperten, er kramte die leere Traubenzuckerpackung hervor, betrachtete sie grübelnd. Dann schwang er die Beine herum und sah Zettl an.

»Wie haben Sie's gemacht, Gregor?«

»Ich … ich habe nichts …«

Schweiß glänzte auf Zettls Stirn, lief über die feisten, unrasierten Wangen.

»Sie hat sich gespritzt«, unterbrach Völx. »Sie war Diabetikerin. Ich denke, sie hatte einen hypoglykämischen Schock. Die gute Frau war unterzuckert, wahrscheinlich hat sie sich aufgeregt. Sie hatten Streit, richtig?«

Zettl griff hinter sich nach dem Vorhang, der Stoff entglitt seinen zitternden Händen.

»Im Normalfall ist das kein Problem, man ruht sich aus, wartet, bis der Stress vorbei ist und nimmt etwas Glukose zu sich.«

Völx sah zu Zettl auf. Lauernd, verschmitzt.

»Sie haben da was am Mund, Gregor. Ist das Traubenzucker?«

Zettl zuckte zusammen, wischte sich mit dem Handrücken über die rissigen Lippen. Ein Reflex, die unbewusste Reaktion eines Ertappten.

»Ich … ich hab ihr nichts getan.«

»Nein«, die gespaltene Oberlippe des schwarzen Mannes verschob sich zu einem schiefen Lächeln, »das haben Sie nicht. Natürlich nicht.«

Zettl schwankte, hielt sich am Heizkörper fest. Eine seiner Socken fiel zu Boden, er griff nach der anderen, ohne sich dessen bewusst zu werden.

»Ganz ehrlich.« Das Lächeln wurde breiter, eine gespenstische Mischung aus Häme und Anerkennung. »Das hätte ich Ihnen nicht zugetraut.«

Zettl hielt den Strumpf in den Händen, seine kurzen Finger umklammerten den Stoff, die Sohle war steif, starr vor Schmutz.

»Ich … ich hab nichts gemacht.«

»Richtig«, nickte Völx ernst. »Sie hat das Bewusstsein verloren, dann ist sie ins Koma gefallen. Obwohl«, er fasste sich an die Schläfe, als fiele ihm etwas ein, »der Traubenzucker hätte sie gerettet.«

Die Socke entglitt Zettls Händen, er bemerkte es nicht.

»Traubenzucker ist lecker, stimmt's? Manchmal isst man ihn lieber selbst.«

Ein gutgelauntes, fast jungenhaftes Grinsen, Adam Völx schien Spaß zu haben, eine Menge Spaß.

»Ab und zu erledigen sich die Dinge von allein. Man muss nur abwarten. Wie heißt es so schön? *Müßiggang ist aller Laster Anfang.* Das bekommt in Ihrem Zusammenhang eine völlig neue Bedeutung, finden Sie nicht?«

Zettls Lippen bewegten sich.

»Ich verstehe Sie nicht, Gregor.«

»Sie ist selbst schuld.«

»Ja, das ist sie.« Völx warf einen Blick über die Schulter, dann wandte er sich wieder an Zettl. Ein Augenzwinkern. »Wahrscheinlich hat sie ihr Insulin falsch dosiert. Oder zu wenig gegessen. Ein böses Mädchen.«

Ein Rascheln, Stoff schabte über Leder. Völx sah sich um und beobachtete amüsiert, wie Alma Gretsch nach vorn sank, sie klappte zusammen wie ein Taschenmesser. Ein dumpfer Schlag, ihre Stirn schlug gegen die Kante des Couchtischs, dann landete der Kopf seitlich auf den Knien.

Ein weiteres, verschwörerisches Augenzwinkern.

»Ein böses Mädchen, wie ich schon sagte.«

*

»Sie ihn dir an, Alma. Er ist völlig durcheinander, unser Gregor.«

Völx saß wieder auf dem Sofa, die Beine entspannt auf dem Tisch ausgestreckt, den Arm um die Schultern der Toten gelegt. Ihr Kopf lehnte an seiner Schulter, er sprach mit ihr, doch seine blitzenden, amüsierten Augen waren auf Zettl gerichtet, der noch immer in der Tür zum Garten stand.

»Hast du dem armen Gregor Ärger gemacht?«

Völx tätschelte der Toten die Wange, stutzte. Brummte nachdenklich, hob die Hand und rieb Daumen und Zeigefinger aneinander, das Leder des Handschuhs glänzte feucht.

»Was haben wir denn da?«

»Gla…«, Zettl verschluckte sich, setzte noch einmal an. »Glasreiniger.«

Völx hob die buschigen Augenbrauen, seine Verwunderung war echt.

»Sie haben sie mit *Glasreiniger* besprüht?«

»Ich wollte, dass sie verschwindet.«

»Wirklich?« Völx legte den Kopf in den Nacken, auch sein Lachen klang echt. Ein kurzes, trockenes Bellen. »Er ist nicht nur genial, sondern auch ein Witzbold!« Gutgelaunt knuffte er die Tote in die Seite. »Den Gefallen hättest du ihm wirklich tun können.«

Ein weiteres, glucksendes Kichern.

»Aber wahrscheinlich hast du gar nicht gewusst, wer dieses verfettete, schwitzende Ding da drüben in Wirklichkeit ist.«

Völx hatte sichtlich Mühe, sich zu beherrschen.

»Beziehungsweise *war.*«

Er rieb sich die Augen, wurde wieder ernst.

»Man muss wirklich ganz genau hinsehen.«

Er hob das Kinn der Leiche, drehte den Kopf in Zettls Richtung. Die leeren Augen starrten direkt auf Zettls gedunsenes, aufgeschwemmtes Gesicht. Er hatte den Blick zu Boden gerichtet. Ein willenloses, verängstigtes Häufchen Elend.

»Erkennst du ihn, Alma?«

Der Handschuh bewegte sich unter dem Kinn, die Tote schüttelte den Kopf.

»Nein? Nun, meine Liebe«, Völx strich das Haar der Toten zur Seite, es kitzelte ihn an der Wange, »dieser Mann, der *überhaupt nichts* mit deinem Tod zu tun hat, war früher berühmt, ein gefeierter Popstar.«

Völx lehnte den Kopf an die Schläfe der Toten, tat, als würde er lauschen. Ein älteres Pärchen, das einen lauen Sommerabend auf dem Sofa verbringt.

»Stimmt, von allein hätte ich ihn auch nicht erkannt. Kennst du seine Musik?«

Der Kopf der Leiche sank auf die Brust, wie ein Nicken.

»Hat sie dir gefallen?«

Die Finger verkrallten sich im Haar der Toten, der Kopf bewegte sich heftig auf und ab.

»Mir auch.« Völx redete wie mit einem Kleinkind, doch seine dunklen, teerigen Augen waren die ganze Zeit auf Zettl gerichtet. »Was meinst du, Alma? Wollen wir ihn fragen, warum er einfach aufgehört hat? Warum er sein Talent, ach, was sage ich, sein *Genie*, vergeudet hat? Interessiert uns das?«

Ein weiteres, heftiges Nicken.

»Guck ihn dir an, wie er da steht. Wie bestellt und nicht abgeholt.«

Völx verzog das Gesicht, schnüffelte. Ein angewiderter Blick auf die Tote, ein leichter, beiläufiger Stoß mit der Schulter, sie sank von ihm weg, der Oberkörper drehte sich, sie landete mit dem Gesicht auf der Sofalehne. Das T-Shirt rutschte nach oben, ein wächserner Hautstreifen erschien über dem Gürtel der Jeans. Völx zog den Stoff wieder herunter, dann wandte er sich an Zettl.

»Ihr Nachname war Gretsch? Wie die Gitarrenmarke?«

Zettl hob den Kopf. Völx bemerkte die Überraschung in seinen trüben Augen.

»Ich kenne mich ein bisschen mit Musik aus«, sagte er, es sollte beiläufig klingen, doch der Stolz war unüberhörbar. »Auch mit Ihrer, Gregor. Was dachten Sie denn, warum Sie überhaupt noch am Leben sind?«

Zettl starrte schweigend zu Boden.

»Was ist, Gregor?« Völx klang verärgert. »Setzen Sie sich! Na los«, er deutete mit dem Kinn auf den Sessel, »nicht so schüchtern! Es ist *Ihr* Haus! Und stecken Sie das Hemd in die Hose! Mein Gott«, fügte er kopfschüttelnd hinzu, »wie kann man sich nur so gehenlassen.«

Leder knarrte, der Sessel rutschte unter Zettls Gewicht nach hinten. Mit zitternden Fingern versuchte er, die Hemdknöpfe zu schließen, es gelang ihm nicht. Völx sah ihm eine Weile zu. Wieder musste er lachen, er schob den Ärmel des schwarzen Rollkragenpullovers hoch, sah auf die Uhr.

»Glasreiniger«, gluckste er, »ich fass es nicht.«

Achtundzwanzig

Schröder verließ die Küche, in den Händen hielt er ein Tablett. Mit der Ferse schob er die Tür hinter sich ins Schloss, diese klapperte gegen den Rahmen, schwang federnd wieder auf. Er seufzte, lehnte sich mit dem Rücken dagegen, das Schloss schnappte ein. Sein Kopf sank gegen das Türblatt, er tastete nach dem Lichtschalter. Relais klackten an der Decke, Neonröhren flackerten auf, eine nach der anderen. Schröder wandte den Kopf, sah nach rechts.

Der Flur schien endlos, ein flimmernder, langer Tunnel. Das Türblatt drückte gegen seine Wange. Er schloss die Augen. Selbst jetzt, nach ein paar Monaten, hing der Duft der Reinigungsmittel noch zwischen den nackten Wänden, mischte sich mit dem Geruch der schwitzenden Menschen, manchmal glaubte Schröder, ihre Stimmen zu hören.

Porzellan klirrte, Schröder hatte das Tablett ein wenig sinken lassen. Eine weiße Teekanne stand darauf, daneben ein Teller mit einem Baguette, eine Serviette, ein Schälchen mit Kandiszucker. Ein Ruck, Schröder straffte sich wie ein Hochspringer vor dem Anlauf, dann lief er los, den Blick stur auf das Tablett gerichtet. Mit kurzen, eiligen Schritten ging er vorbei an den geschlossenen, hohen Türen mit den geschwungenen Messingklinken. Hinter den ersten beiden lagerten die Möbel seiner Eltern: Das große, mit geblümtem Samt bezogene Sofa, der Schlafzimmerschrank aus schwedischer Eiche, der Schreibtisch mit den gedrechselten Beinen, sein Vater hatte ihn selbst restauriert. Es folgten die Waschräume, dort stapelten sich Kisten mit Fotos, Tagebüchern, unzählige Postkarten der Eltern, Briefe seines toten Bruders. Schröder lief weiter, Neonlicht spiegelte sich auf seiner Glatze, vorbei an der nächsten, schmaleren Tür mit einem Oberlicht aus zerkratztem Milchglas. Dahinter verbarg sich die Personaltoilette mit der Dusche, ein fensterloser Schlauch, der einzige Raum, den Schröder neben der Küche und seinem engen Schlafzimmer penibel sauber hielt.

Vor dieser Tür blieb er stehen, wippte auf den Zehenspitzen wie der Servicekellner eines Hotels. Ein kurzer Blick zurück, dann drückte er die Klinke mit dem Ellbogen nach unten.

Die Tür fiel hinter ihm ins Schloss, Schröder verschwand in seinem Zimmer, als wäre er nie da gewesen.

Der Flur lag verlassen da. Licht flackerte über die hohen, zerkratzten Wände, die Spinnweben unter der Decke, Schröders Fußspuren auf den staubigen Dielen. Draußen rumpelte eine Straßenbahn vorbei, die Türen, eine nach der anderen, begannen zu vibrieren. Schlösser klirrten, Türblätter schlugen leise gegen die Rahmen, ein klapperndes Flüstern, als würden sie miteinander kommunizieren.

Das Murmeln erstarb allmählich. Ruhe senkte sich über den Flur. Eine seltsam gespannte Stille, ähnlich dem erwartungsvollen Schweigen in einem Theater, kurz bevor sich der Vorhang hebt.

Plötzlich erklang hinter der Tür ein wohlklingender, zweistimmiger Gong. Das Startgeräusch eines Macs.

Schröder begann zu arbeiten.

*

»Es liegt an Ihnen, wie wir die nächsten Stunden verbringen.«

Völx saß auf dem Sofa, den Rucksack auf dem Schoß.

»Ich will Ihnen nicht drohen, Gregor, im Moment jedenfalls nicht. Entweder, wir unterhalten uns ein wenig. Mir persönlich wäre das am liebsten, ich gebe gern zu, dass ich neugierig bin. Falls Ihnen das nicht passt, akzeptiere ich das natürlich.«

Zettl starrte an ihm vorbei, sein Blick war verschleiert. Er hatte die Hände auf dem Schoß gefaltet, seine plumpen, schmutzverkrusteten Finger spielten mit dem Saum seines Hemds. Der massige, behaarte Bauch lugte durch den fleckigen Stoff hervor. Trotzdem wirkte Zettl fragil, zerbrechlich wie eine seltene Vase, ein schmutziges Gefäß, das bei der kleinsten Berührung in tausend Stücke zerspringt.

»Aber ich weise Sie darauf hin«, Völx öffnete den Reißverschluss seiner schwarzen Nylonjacke, »wie sehr ich es verabscheue, untätig herumzusitzen.«

Zettl versteifte sich, sein Blick fiel auf den dünnen Aktenkoffer, den Völx aus dem Rucksack zog.

»Im Gegensatz zu Ihnen.«

Zettl schwieg verwirrt. Seine Gedanken galten dem Koffer. Und dem, was Völx darin transportierte, er hatte es bereits gesehen, jedenfalls einen Teil davon. Blitzende, chromglänzende Dinge. Dinge, die Schmerzen bereiteten.

»Darüber will ich mit Ihnen sprechen. Über Musik.«

Dieses Wort löste etwas aus. Unmut regte sich unter der Oberfläche des dicken, schwitzenden Mannes, Verärgerung. Zettl blickte Völx an, das erste Mal, dass er ihm direkt in die Augen sah. Kurz nur, dann wandte er den Blick wieder ab.

»Ich höre seit Jahren keine Musik mehr«, murmelte Zettl.

Es schien, als habe sein Körper sich unmerklich gestrafft, er saß aufrechter im Sessel, paradoxerweise wirkte er gleichzeitig entspannter, die Hände, vorher fest ineinander verkrallt, lagen flach auf der Lehne.

»Warum haben Sie aufgehört?«, fragte Völx.

»Ich will nicht darüber reden.«

»Es ist Ihre Entscheidung.« Völx strich mit der Hand über den Koffer. Eine beiläufige Bewegung. »Ich habe andere Möglichkeiten, mir die Zeit zu vertreiben.«

Zettl antwortete nicht. Er hockte abwesend im Sessel, die Ringe um seine Augen wirkten wie Blutergüsse auf der bleichen Haut.

»Ach, da fällt mir ein«, Völx fasste sich an die Stirn, das Armband der Quarzuhr blitzte auf, »sagte ich gerade, dass ich Ihnen nicht drohen will? Nun, das war womöglich ein wenig vorschnell.«

Ein Grinsen.

Ta Tack

Seine Finger trommelten auf den Koffer. Leder auf Leder, ein dumpfes Geräusch, lauter als beim letzten Mal. Der Hohlraum des Koffers wirkte wie ein Resonanzkörper.

»Gregor?«

Ta Tack

Die Gardine blähte sich. Zettl zog fröstelnd die Schultern hoch.

»Es war langweilig.«

Völx richtete sich überrascht auf.

»Sie haben sich *gelangweilt*, als Sie Musik gemacht haben?«

»Ich war betrunken. Oder zugekokst. Meistens beides.«

Zettl rieb sich müde die Augen, die Erinnerung an längst vergangene Zeiten verdross ihn. Gleichzeitig erwachte etwas von dem, was ihn vor dreißig Jahren berühmt gemacht hatte, diese widerwillige, schläfrige Arroganz, zumindest ein winziger Teil davon.

»Belanglose, banale Liedchen«, murmelte Zettl. »Mehr nicht.«

Völx beugte sich vor, die Muskeln vibrierten unter dem engen Pullover.

»Das Urteil sollten Sie andern überlassen, Gregor.«

»Wem? Ihnen?«

Zettl sah auf. Die verkrusteten Mundwinkel zuckten, hoben sich zu einem spöttischen Lächeln. Den Bruchteil einer Sekunde nur, dann wurde ihm wieder bewusst, wer ihm gegenübersaß. Adam Völx, der ihn genau beobachtet hatte, lächelte ebenfalls.

»Sie sollten sich nicht über mich lustig machen, Gregor.«

Ta Tack

»Sonst müsste ich Ihnen das arrogante Grinsen aus dem Gesicht schneiden.«

Völx stand auf, sein Schatten, ein drohendes Gespenst hinter ihm an der Wand. Zettl versteifte sich wie in Erwartung eines Schlages, doch Völx ging an ihm vorbei, blieb vor der Schrankwand stehen, die Hände auf dem Rücken gefaltet.

»Sie halten mich für einen Spinner. Einen von diesen Freaks, die damals schon bei Ihrem bloßen Anblick ausgerastet sind. Ich bin kein Teil dieser stumpfen, hirnlosen Masse, die Sie offensichtlich so verabscheuen, weil sie Ihnen auf die Nerven gegangen ist.«

Sein Blick wanderte über die Vitrine, die Glasfiguren, die Sammeltassen, die bunten Kristallvasen.

»Was ist mit mir, Gregor? Gehe *ich* Ihnen auf die Nerven?«

»Sie machen mir Angst.«

»Sie sehen eher aus, als würde ich Sie langweilen.«

Zettl hatte die Augen geschlossen. Eine verborgene Tür war aufgegangen, weit hinten in seinem Kopf. Er stemmte sich dagegen, wehrte sich gegen lange verdrängte Erinnerungen.

»Ja, ich langweile mich. Und ich habe Angst.«

»Eine kuriose Kombination. Sie sollten ein Lied darüber schreiben.«

Völx nahm einen Glaspinguin, betrachtete ihn, stellte ihn vorsichtig wieder zurück. Überlegte einen Moment, dann griff er ins Regal darüber nach einem Weinglas, drehte es in der Hand, das Licht funkelte auf dem Kristall.

»Ich selbst bin leider nicht dazu in der Lage. Mein Wissen ist wohl eher lexikalischer Natur.«

Er schlug mit dem Daumen gegen den Glasrand.

PLING!

Lauschte, den Kopf schiefgelegt, bis der hohe, vibrierende Ton verklungen war.

»Ein Fis«, brummte Völx, die Stirn konzentriert gerunzelt.

PLING!

»Nein, ein Viertelton höher.«

PLING!

»Genau zwischen Fis und G.«

Völx klang, als würde er mit sich selbst reden, doch sein Blick, lauernd, angespannt, war auf Zettl gerichtet, der überrascht den Kopf gehoben hatte. Es schien, als wäre er aus einem Traum erwacht, seine hellblauen Augen glitzerten, der schläfrige Schleier war verschwunden.

»Das stimmt doch, Gregor? Oder nicht?«

Keine Antwort. Nur ein kurzes, verwirrtes Blinzeln.

»Ach kommen Sie, Sie hören's doch auch! Oder …«

Völx stockte, fasste sich theatralisch an die Stirn.

»*Jetzt* verstehe ich!«

Ein Grinsen, ebenso falsch wie die unter der schiefen Oberlippe aufblitzenden Zähne, die viel zu weiß waren, zu groß, zu ebenmäßig, um echt zu sein.

»Sie halten mich für eine emotionslose Maschine. Sie hätten sie mir nicht zugetraut. Diese Fähigkeit, jedem Geräusch die richtige Tonhöhe zuzuordnen. Doch, doch, mein lieber Gregor«, Völx senkte triumphierend die Stimme, »ich habe sie ebenfalls. Die Gabe, den Dingen auf den Grund zu gehen. Jeder Klang, jedes Geräusch, ich erkenne die Wahrheit. Die *Struktur* der Töne. Genauso wie Sie.«

Er kam näher, ein schiefes, gespreiztes Lächeln auf den schmalen Lippen, stützte die Hände links und rechts auf den Sessellehnen ab, beugte sich über Zettl.

»Kann es sein«, flüsterte er, »dass ich jetzt Ihre volle Aufmerksamkeit habe?«

Neunundzwanzig

»Wie ist es«, hauchte Völx, »eigentlich bei Ihnen? Spüren Sie's auch?«

Zettl war ängstlich nach hinten gerutscht, er presste den Rücken gegen die Lehne. Völx stand über ihm, so dicht, dass sich ihre Nasen fast berührten.

»Ich weiß nicht, was ...«

»Diese Verbindung zwischen uns. Diese *Magie*, Gregor. Es gibt nicht viele Menschen, die diese Fähigkeit haben. Da war etwas, schon bei unserer ersten Begegnung, bevor ich wusste, wer Sie in Wirklichkeit sind. Ich hätte Sie sofort töten müssen, nachdem mir klar war, dass Sie nutzlos sind. Etwas hat mich abgehalten. Jetzt weiß ich, was es war.«

Zettl wandte den Kopf ab.

»Gregor?«

»Ich ... ich ...«

»Schon gut«, Völx tätschelte Zettl die Wange, »vergessen Sie die Frage. Ein *Ja* wäre definitiv gelogen, Sie würden's nur sagen, weil Sie Angst vor mir haben. Ein *Nein* wiederum«, er nahm Zettls Gesicht in beide Hände, drehte den Kopf wieder herum, »würde mich ernsthaft frustrieren.«

Ihre Augen, nur ein paar Zentimeter voneinander entfernt.

»Wir wollen doch nicht«, lächelte Völx, »dass ich Ihnen aus Enttäuschung eine Kniescheibe zertrümmere.«

Die Handschuhe quetschten Zettls feiste Wangen nach vorn, seine Lippen spitzten sich, schoben sich zu einem fleischigen Schmollmund zusammen.

»Was … wollen Sie?«

Ein gepresstes Nuscheln.

Wasch wollen Schie?

»Ein Gespräch unter Fachleuten, Gregor. Ein bisschen fachsimpeln, über Musik plaudern, schließlich verfügen wir über dieselbe Gabe, wir …«

Völx stockte. Schnüffelte.

»Mein Gott, Sie stinken barbarisch.«

Er verzog das Gesicht, richtete sich auf. Zettl erschlaffte, holte zitternd Luft, murmelte etwas. Die Abdrücke der Handschuhe glühten wie Blutergüsse auf seinen Wangen.

»Ich habe Sie nicht verstanden, Gregor.«

»Keine Gabe«, wiederholte Zettl leise. »Ein Fluch.«

Völx runzelte erstaunt die Stirn. Neigte den Kopf, dann nickte er nachdenklich.

»Sie erkennen die Fehler. Deshalb«, er deutete auf die Schrankwand, »haben Sie weder Radio noch Plattenspieler. Weil Sie zuhören *müssen*, ob Sie wollen oder nicht. Sie hören Musik nicht nur, Sie *wissen*, wie sie entsteht, analysieren den Aufbau, die Harmonien. Die Mittelmäßigkeit, dieses dröge, immer gleiche Einerlei, es geht Ihnen auf die Nerven, richtig?«

»Ja.«

»Und das, mein Lieber«, sagte Völx eindringlich, »mache ich Ihnen zum Vorwurf. Mir geht es ebenso, aber im Gegensatz zu Ihnen enden meine Fähigkeiten an dieser Stelle. Sie sind in der Lage, etwas zu erschaffen! Etwas *Besseres*!«

Adam Völx klang ernst, das kalte, amüsierte Funkeln in seinen dunklen Augen war verschwunden. Er sagte die Wahrheit.

»Hören Sie mir zu, Gregor?«

Völx ging zum Sofa, nahm wieder Platz. Die Sitzfläche federte unter seinem Gewicht, der Kopf von Alma Gretsch rutschte von der Lehne, der Oberkörper folgte, ein dumpfes Poltern, die Leiche landete zwischen Sofa und Tisch auf dem Teppich. Völx achtete nicht darauf.

»Lassen Sie uns ein kleines Spiel spielen.«

*

Schröders rundliches Gesicht leuchtete fahl im bläulichen Schein des Monitors. Er hatte die Stehlampe neben dem schmalen Bett nicht eingeschaltet, das winzige Zimmer war in diffuses Halbdunkel getaucht. Sein Blick war grübelnd auf den Tisch gerichtet, auf einen Punkt irgendwo neben der Tastatur des Macs. Ein Menuett aus Händels Wassermusik drang leise aus den Lautsprechern, Schröder hatte das Kinn in die linke Hand gestützt, in der rechten wippte ein Kugelschreiber zwischen Daumen und Zeigefinger.

»Irgendwas übersehe ich.«

Er legte den Stift weg, fuhr sich mit den gespreizten Fingern über die Glatze.

»Aber was?«

*

»Ich stelle Ihnen zehn Fragen. Antworten Sie richtig, haben Sie gewonnen.«

Völx strich die Hosenbeine glatt, streckte den Rücken.

»Der Sieger bekommt einen Preis. Ich *könnte* Ihnen versprechen, dass ich Sie am Leben lasse – vorausgesetzt, Sie geben die richtigen

Antworten – aber das«, Völx neigte bedauernd den Kopf, »wäre ein wenig verfrüht.«

Ein nachdenkliches Brummen. Plötzlich beugte sich Völx vor, sein Gesicht hellte sich auf, als habe er eine Idee. Er langte nach unten. Seine Finger verkrallten sich im T-Shirt der toten Alma Gretsch, ein kräftiger Ruck, er zog sie am Nacken nach oben, richtete sie auf und lehnte die Tote wie eine Stoffpuppe zwischen seinen gespreizten Beinen gegen die Couch.

»Im Moment hält sie sich noch ganz gut, finden Sie nicht?«

Völx griff in ihr Haar, riss den Kopf nach hinten. Tote Augen starrten an die Decke, die Adern bildeten ein dunkles Netz auf der wachsbleichen Haut. Ein Keuchen drang aus dem klaffend geöffneten Mund, es klang wie ein defekter Blasebalg. Zettl stöhnte auf, bedeckte die Augen mit der Hand.

»Ihre Darmbakterien, Gregor. Sie haben nichts mehr zu tun, die gute Alma beginnt, sich selbst zu verdauen. Was den Gestank betrifft, wird sie Ihnen bald den Rang ablaufen, mein Lieber. Sie zerfällt von innen nach außen, nicht mehr lange, und sie wird Ihnen den Teppich einsauen. Man sollte sie definitiv von hier entfernen, finden Sie nicht?«

Adam Völx massierte der Toten den Nacken. Ein paar Sekunden vergingen, plötzlich presste er die Lippen aufeinander, wehrte sich gegen das Lachen, vergeblich. Prustend warf er den Kopf in den Nacken.

»Glasreiniger.«

Ein weiteres, schallendes Lachen.

»Entschuldigen Sie, Gregor. Aber das«, gluckste Völx, »ist einfach *zu* absurd.«

Er rieb sich die tränenden Augen, wurde wieder ernst.

»Sie muss weg.« Er strich der Toten zwischen seinen Beinen das Haar aus der Stirn. »Alleine schaffen Sie das nicht, auch wenn Sie's«, ein letztes Kichern, »schon versucht haben. Ich weiß, wie man eine Leiche beseitigt, und zwar endgültig. Keine Spuren, niemand wird sie finden. Ich biete Ihnen meine Hilfe an, Gregor. Vorausgesetzt«, Völx hob den Zeigefinger, »Sie beantworten die Fragen richtig.«

Zettl hatte sich aufgerichtet. Er starrte zum Fenster, schaffte es nicht, zum Sofa zu sehen, zu diesem düsteren grauhaarigen Mann, der die tote Alma Gretsch sacht zwischen seinen Knien wiegte und auf eine Antwort wartete. Nein, hinsehen konnte er nicht. Doch Gregor Zettl war jetzt wach. Hellwach.

»Ist das ein gutes Angebot?«, fragte Adam Völx.

»Ja.«

»Ein *interessantes* Angebot?«

»Ja.«

»Fein.«

»Was ist, wenn …«

»Richtig, Gregor. Was ist, wenn *Sie* verlieren?«

*

Seufzend nahm Schröder die Kanne vom Tablett, goss Tee ein und stellte sie neben dem braunen Papierumschlag ab, den er aus dem Büro mitgebracht hatte. Ein Tropfen löste sich von der Tülle, er wischte ihn mit dem Daumen vom Tisch, langte nach seinem abgegriffenen Notizbuch. Die Seiten, vollgeschrieben in Schröders winziger, akkurater Handschrift, wellten sich, er blätterte durch seine Aufzeichnungen, Skizzen, Zahlenkolonnen, kurzen Sätze.

Donata Gregor Zettl – Verbindung Hafen Stromausfall Container

Scheinbar willkürlich aneinandergereihte Stichpunkte, unverständlich für einen Außenstehenden, stellenweise nur aus einem einzigen Wort bestehend,

Keramikmesser

manchmal durchgestrichen:

~~*Hüftgelenk*~~

Geistesabwesend wischte er den feuchten Daumen an der Cordhose ab, blätterte um.

Ein weiteres, in Großbuchstaben hingekritzeltes Wort, quer über die ganze Seite.

ZUFALL?????

»Nein.« Schröder schüttelte den Kopf. »Alles hängt zusammen.«

Er lehnte sich zurück. Seine Füße stießen an einen Bücherstapel am hinteren Ende des Tischbeins, ein dicker Bildband über barocke Saiteninstrumente fiel zu Boden. Schröder bemerkte es nicht, ebenso wenig wie er bemerkte, dass die Musik aus dem Rechner verstummt war.

Er dachte nach.

*

»Eine gute Frage.«

Völx nickte. Seine Hände lagen auf den Schultern der Toten, er fasste sie unter den Achseln, hievte sie wie einen Sack neben sich auf das Sofa.

»Eine sehr gute Frage«, wiederholte er schnaufend, zog den Lederkoffer auf seinen Schoß. »Ich biete Ihnen einen äußerst wertvollen Dienst an. Richtig?«

Zettl nickte stumm.

»Nun, dann sollten Sie mir ebenfalls etwas bieten, was Ihnen wichtig ist.«

Ein Klicken, der Koffer klappte auf. Zettl hielt den Atem an.

»Hätten Sie eine Idee, Gregor?«

Zettl schluckte. Murmelte etwas.

»Sie sollten lauter sprechen«

»Nein. Ich … ich habe keine Idee.«

»Dann«, Völx griff in den Koffer, »hätte *ich* einen Vorschlag.«

Metall blitzte auf. Zettl schloss geblendet die Augen.

»Zehn Fragen«, sagte Völx.

Ein Blinzeln. Dann erkannte Zettl, was Adam Völx in der Hand hielt.

»Zehn Antworten.«

Ein Skalpell.

»Für jede falsche Antwort schneide ich Ihnen einen Finger ab.«

Dreißig

»Ich weiß«, lächelte Völx, »es wirkt auf den ersten Blick ein wenig unfair. Schließlich wissen Sie nicht, welche Fragen ich Ihnen noch stellen werde, abgesehen davon bin *ich* es, der bestimmt, ob die Antwort richtig ist. Aber ich verspreche Ihnen, objektiv zu sein.«

Das Skalpell drehte sich zwischen den behandschuhten Fingern.

»Sie sind Linkshänder, oder?«

Keine Antwort. Zettl saß da, als hätte er einen Schlag ins Gesicht bekommen.

»Dann fangen wir mit der rechten Hand an.«

Ein Keuchen entrang sich Gregor Zettls Brust, ähnlich dem, das eine Minute zuvor aus dem Mund der toten Alma Gretsch gedrungen war.

»*Falls* es überhaupt dazu kommt. Bisher waren meine Fragen Kinderkram für Sie, und wenn Sie sich Mühe geben, bleiben die Fingerchen dran. Na ja«, Völx kratzte sich an der Schläfe, »bis auf einen vielleicht. Oder zwei.«

Ein Lächeln. Tiefe Fältchen erschienen um die schwarzen Augen, die Schneidezähne blitzten unter der gespaltenen Oberlippe.

»Und? Was sagen Sie?«

Eine kurze Bewegung des Handgelenks, das Skalpell flog in die Luft, vollführte ein paar wirbelnde Drehungen und landete mit einem leisen Klatschen wieder in der Hand des schwarzen Mannes.

»Ach kommen Sie, tun Sie mir den Gefallen, ja? Sie wissen doch, dass ich's auch ohne Ihre Einwilligung tun würde. Dann allerdings würden Sie *sämtliche* Finger verlieren, und Ihr Problem«, das Skalpell deutete auf den Rücken der toten Alma Gretsch, »müssten Sie selbst lösen.«

Das Lächeln wurde breiter. Adam Völx hatte Spaß. Großen Spaß.

»Ich ...«

»Ja, Gregor?«

Zettls Augen, panisch, weit aufgerissen, irrten umher.

»Ich …«

»Bevor Sie antworten«, unterbrach Adam Völx, »sollten Sie ein Handtuch holen. Oder Zellstoff. Egal, wie Sie sich entscheiden, wir brauchen etwas, um die Blutung zu stoppen.«

Langsam, wie in Zeitlupe, stemmte sich Gregor Zettl aus dem Sessel. Seine Knie schlotterten unter der dünnen, verschmutzen Hose. Interessiert beobachtete Völx, wie er schwankend versuchte, das Gleichgewicht zu halten, dann öffnete er den Mund.

»Gregor«, sagte er sanft.

Zettl sah schweigend auf, er musste sich an der Lehne abstützen.

»Setzen Sie sich.«

Keine Reaktion.

»Bitte.«

Wortlos sackte Zettl zurück. Völx musterte ihn schweigend. Es wurde still, nur das Tropfen des Wasserhahns drang aus dem Bad. Schließlich ergriff Adam Völx das Wort. Sanft. Väterlich, ein wenig traurig.

»Das war ein Scherz, Gregor.«

*

Der Kugelschreiber flitzte über das Papier, wurde beiseitegelegt, rollte ein Stück über den Tisch und blieb neben dem Mousepad liegen. Schröder griff nach dem braunen Papierumschlag, kippte den Inhalt auf den Tisch. Knöpfe, Münzen, ein paar Schmuckstücke – die Sachen, die bei der Leiche im Trafohäuschen sichergestellt worden waren. Nachdenklich betrachtete er eine verkohlte Gürtelschnalle, eine Hand tastete nach der Teetasse, er trank einen Schluck, ohne den Blick von der Schnalle zu wenden, verzog das Gesicht.

»Eiskalt.«

Klirrend landete die Tasse wieder auf dem Tablett, etwas Tee schwappte über, färbte die Serviette dunkel. Schröder dachte einen Moment nach, dann griff er nach der Kanne, um neuen Tee zu kochen. Er drehte sich um, sein Blick fiel auf die Tür, wanderte über die zerkratze Farbe nach unten. Kaltes Licht drang aus dem Flur durch den Spalt über der Schwelle. Ein leises, resigniertes Seufzen, Schröder wandte sich wieder um, schob die Kanne zurück auf das Tablett. Seine Schultern sackten nach vorn, ein paar Sekunden saß er da, gebeugt, müde, die Hände zwischen den Knien gefaltet. Plötzlich ging ein Ruck durch seinen kleinen Körper, er schlug mit den flachen Händen auf die Tischkante, als wollte er sich selbst motivieren. Ein tiefes Durchatmen, dann nahm er sein Handy und wählte die Nummer der Rechtsmedizin.

*

»Halten Sie mich tatsächlich zu so etwas fähig?«

Adam Völx schüttelte den Kopf, immer noch traurig, enttäuscht.

»Ich bin doch kein Sadist.«

Zettl runzelte die Stirn. Falls er erleichtert war, sah man es ihm nicht an. Verwirrt war er noch immer, sicherlich, doch seine Augen blitzten wütend.

»Das Foltern«, sagte Völx, »macht mir keinen Spaß. Ich tue es nur, wenn es sich nicht umgehen lässt. Es ist Teil meiner Arbeit. Und das hier«, er hob das Skalpell, »hab ich noch nie benutzt.«

Ein Schmunzeln.

»Nur gezeigt, das hat bisher immer gereicht.«

Klirrend landete das Messer im Koffer.

»Es ist nicht der Schmerz an sich, der die Menschen gesprächig macht. Es ist die *Vorstellung* des Schmerzes. Ich erzeuge Bilder. Dringe in die Köpfe ein und zeige, was geschehen *könnte*. Je besser mir das gelingt, desto redseliger werden die Leute. Ich erschaffe Phantasien, Visionen. Dinge jenseits der Realität, es ist ein schöpferischer Prozess, eine Kunst. Ich weiß, dass Sie das anders sehen, doch auch in diesem Punkt«, Völx senkte die Stimme, »was die Kreativität betrifft, sind wir uns ähnlich, Gregor.«

Ein kurzer, fast verlegener Blick zu Zettl, der abwesend zu Boden sah und sich mit einer zerstreuten Bewegung über die Glatze strich.

Das dünne, fettige Haar sträubte sich über den Ohren. Er hatte offensichtlich kein Wort mitbekommen.

»Ich denke«, Völx schlug sich plötzlich mit den flachen Händen auf die Oberschenkel, Zettl fuhr zusammen wie ein erschrockenes Reh, »wir sollten beginnen.«

*

»Ich weiß, dass Sie Ihr Möglichstes tun.«

Schröder hatte das Handy am Ohr, drehte den Kugelschreiber zwischen den Fingern. Zurückgelehnt, die kurzen Beine neben dem Tisch ausgestreckt, lauschte er der mürrischen Stimme des Rechtsmediziners.

»Aber ja doch, mir ist durchaus klar, wie spät es ist. Und ich bin überzeugt, dass Sie Gelegenheit bekommen, die Überstunden abzubauen.«

Der Tonfall am anderen Ende verschärfte sich. Schröder hielt das Telefon ein wenig vom Ohr weg, betrachtete seine Fingernägel.

»Ich bin mir des Zustands der Leiche bewusst, ich habe sie gesehen. Sie sind sicher, dass es keine Spuren eines künstlichen Hüftgelenks gibt?«

Er lauschte einen Moment.

»Gut. Die Schuhe, sind die aus dem Labor zurück? Würden Sie mir bitte die Größe durchgeben? Ja, ich warte.«

Die Spitze des Kugelschreibers klopfte auf dem Tisch.

»Dreiundvierzig? Ziemlich groß für einen Frauenschuh.«

Schröder schrieb die Zahl auf.

»Ich will Sie nicht unter Druck setzen. Doch«, verbesserte er sich, »das will ich. Das *muss* ich sogar. Solange wir sie nicht identifiziert haben, kommen wir nicht weiter. Rufen Sie mich an, sobald es Neuigkeiten gibt. Ich bin die ganze Nacht zu erreichen.«

Ein Moment Stille.

»Nein, ich leide nicht an Schlaflosigkeit. Ich habe einen Fall zu lösen. Schlafen kann ich, wenn meine Arbeit erledigt ist.«

Schröder unterbrach die Verbindung. Sah hinüber zu dem schmalen Bett an der Wand, rieb sich müde den Nacken, fügte leise drei Worte hinzu.

»Das hoffe ich.«

Einunddreißig

Das dumpfe Knallen einer zufallenden Autotür hallte über den Parkplatz, vibrierte eine Weile über dem Asphalt, zurückgeworfen von den glatten Betonfassaden der Wohnblocks.

Zorn schlug den Kragen der Lederjacke hoch, ging zwei Schritte, blieb neben dem Volvo stehen. Starrte unschlüssig zu Boden, dann lehnte er sich gegen die Motorhaube, kramte die Zigaretten hervor. Die Schachtel war fast voll, nur zwei Zigaretten fehlten, obwohl er fast zwei Stunden ziellos durch die Gegend gefahren war. Er hatte Rio Reiser gehört, die Gedanken schweifen lassen, während die Straßen sich allmählich geleert hatten.

Ein kurzes Zögern, dann verstaute er die Schachtel wieder in der Jacke. Sah hinauf zu seiner Wohnung, die Fenster gähnten dunkel aus der Höhe herab, schwarze Rechtecke, direkt unter dem Dach. Sein Blick wanderte zu den umliegenden Häusern, streifte über die Etagen, über Dutzende, nein, Hunderte Fenster, dann wieder hinauf zu seinen eigenen.

Zorn runzelte die Stirn. Eine seltsame Unruhe erfasste ihn beim Gedanken an seine Wohnung, ein Grummeln, etwas, das er nicht erklären konnte.

Er sah zu Boden, vergrub die Hände in den Jackentaschen. Das Unbehagen blieb, nein, es wurde stärker, als seine Finger sich um den Schlüsselbund legten. Er dachte an das hässliche Quietschen der zerkratzten Haustür, die endlosen Reihen der zerbeulten Briefkästen, die fleckigen Steinfliesen, den engen, bekritzelten Fahrstuhl, das zerkratzte Linoleum oben auf seinem Flur, an den Geruch nach feuchter Wäsche und alter Kartoffelsuppe.

»Scheiße«, murmelte Claudius Zorn.

Er schob mit der Schuhspitze einen Kieselstein von sich weg.

»Scheiße.«

*

»Falco. *Rock me Amadeus.* Die Grundakkorde, Gregor?«

»A-moll, F, D, G, dann wieder zurück.«

Zettls Stimme zitterte, doch er hatte nur eine Sekunde überlegen müssen.

»Ach Gott«, Völx seufzte, halb belustigt, halb enttäuscht, »ich hätte wissen müssen, dass die Frage zu einfach ist. Na ja, wir könnten ...«

PUFF!

Zettl fuhr erschrocken auf. Völx hatte unvermittelt in die Hände geklatscht, er sah Zettl an, den Kopf prüfend geneigt.

»Das, mein Lieber, ist die nächste Frage.«

Der Knall, vom Leder gedämpft, hallte noch zwischen den Wänden.

»Welcher Ton, Gregor?«

»Dis«, murmelte Zettl sofort.

»Herrje«, Völx schlug die Beine übereinander, »wenn wir so weitermachen, sind wir in ein paar Minuten fertig.«

Er breitete die Arme auf der Sofalehne aus und starrte an die Decke. Ein kurzes, nachdenkliches Schweigen. Dann räusperte er sich, sah auf die Uhr.

»Langweile ich Sie?«

Völx musste die Frage wiederholen.

»N-nein.«

»Gut für Sie. *Ich* für meinen Teil«, Völx öffnete den Mund zu einem affektierten, übertriebenen Gähnen, »finde die Situation ein bisschen ermüdend. Sonderlich gesprächig sind Sie nicht, mein Bester.«

Zettl bemerkte, wie Völx den Koffer wieder auf seinen Schoß hievte.

»Ein bisschen Abwechslung würde unserem Spielchen guttun.«

Zettl schluckte. Seine Zähne vergruben sich in der Unterlippe.

Adam Völx hob den Blick.

Ta Tack

*

Der Volvo glänzte im Schein der Laternen.

Ach, dachte Claudius Zorn und spürte die Wärme des Motors am Hintern, ich werd noch ein bisschen draußen bleiben, an der frischen Luft, ich

seit wann interessierst du dich für frische Luft?

fahr noch ein bisschen durch die Gegend, außerdem hab ich nichts zu essen oben, ich hab Hunger,

hast du nicht

mal gucken, vielleicht hole ich mir unterwegs was

du hast vorhin eine Currywurst gegessen!

»Die hat aber scheiße geschmeckt!«

Die letzten Worte hatte Zorn laut vor sich hingemurmelt.

»Und ich hab die Hälfte weggeschmissen.«

du machst dir was vor

Zorn räusperte sich, als wollte er die Stimme in seinem Kopf übertönen. Es war nicht seine eigene, jedenfalls nicht ganz, sie schien irgendwie jünger, so, wie er vor zwanzig Jahren geklungen hatte.

du willst nicht allein sein

»Blödsinn.«

Er sah nach oben. Dort, in seiner Wohnung, würde diese Stimme noch lauter werden. Die Unruhe verstärkte sich, er spürte ein brennendes Bohren im Magen, fast hätte er wütend mit dem Fuß aufgestampft.

Angst, du hast

Claudius Zorn stieg in den Volvo.

einfach nur Angst
»Leck mich.«
Und fuhr wieder los.

*

Verschlüsse klickten, der Deckel des Aktenkoffers sprang auf.

»Ich für meinen Teil könnte eine kleine Aufmunterung vertragen.«

Völx sah in den Koffer. Was genau er betrachtete, konnte Zettl nicht erkennen, der Deckel versperrte ihm die Sicht. Seine Hände verkrampften sich, die Fingernägel bohrten sich tief in die Handballen.

»Irgendwas, das mich ein bisschen aufbaut.«

Wieder klirrte Metall.

»Um die Langeweile zu überbrücken.«

Der Koffer klappte zu.

»Ich weiß nicht, wie's Ihnen geht, Gregor.«

Zettl schnappte nach Luft, als er erkannte, was Adam Völx in der Hand hielt.

»Aber ich, mein Lieber ....«

Kein Skalpell.

»... bekomm langsam Hunger.«

Ein Wurstbrot.

*

Völx hatte beiläufig geklungen, doch Zettl reagierte, als wäre ihm das letzte Wort

Hunger

direkt ins Ohr geschrien worden.

»Normalerweise«, Völx drehte das Wurstbrot in der Hand, »esse ich erst, wenn die Arbeit erledigt ist, aber ich denke«, ein kräftiger Biss, »heute kann ich ausnahmsweise ...«

Er stutzte, bemerkte Zettls Blick.

»Gregor?«

Nackte, blanke Gier lag in Zettls Augen, sie klebten regelrecht an dem, was Adam Völx zwischen Daumen und Zeigefinger hielt.

»Sind Sie noch da?«

Langsam bewegte Völx die Hand hin und her, wie hypnotisiert folgte Zettl dem Brot mit den Augen. Ein Hund vor dem erhobenen Stöckchen.

»Gregor?«, wiederholte Völx kauend.

Zettl antwortete nicht. Doch seine Kiefer bewegten sich ebenfalls, ein unbewusster animalischer Reflex. Seine Zunge fuhr über die Lippen, er schluckte. Einmal, noch einmal.

»Auch eins?«

Völx hielt ihm das Brot entgegen, den kleinen Finger etwas abgespreizt, eine seltsam affektierte, kapriziös wirkende Geste.

»Salami oder Käse?«

Völx wischte sich etwas Butter aus dem Mundwinkel. Zettl ahmte die Geste nach, Sabber klebte an seinem Handrücken.

»Na«, schmunzelnd beugte sich Völx über den Koffer, »das scheint Ihnen momentan nicht wichtig zu sein.«

Ein weiteres Brot kam zum Vorschein. Völx machte Anstalten, es über den Tisch zu werfen, hielt mitten in der Bewegung inne.

»Wie viele Fragen habe ich noch?«

»Acht.«

»Werden Sie jetzt ein bisschen gesprächiger?«

Zettl, die Hände bereits zum Fangen ausgestreckt, erstarrte.

»Ja, ich ... ich«, ein Gurgeln, gedämpft durch das Wasser, das ihm buchstäblich im Munde zusammengelaufen war, »ich werde ...«

»Abgemacht?«

»Ja.«

Adam Völx nickte zufrieden.

»Keine Angst. Ihre Finger«, ein schelmisches Grinsen, »bleiben dran.«

Das Brot flog über den Tisch.

»Vorerst.«

Zettl antwortete nicht. Selbst wenn er gewollt hätte, er hätte es nicht gekonnt.

Drei Bisse, und er hatte das Wurstbrot verschlungen.

Zweiunddreißig

Die Schranke zum Hafengelände war geschlossen. Zorn legte den Rückwärtsgang ein, der Volvo rumpelte zurück auf den Bürgersteig und kam nur wenige Zentimeter vor einem rostigen Bauschuttcontainer zum Stehen. Mit dem Ellbogen stieß er die Fahrertür auf, drehte sich halb auf dem Sitz und blieb, die Füße auf den Betonplatten, einen Moment im Wagen sitzen.

Er parkte vor dem windschiefen Zaun eines Schrotthandels. Gegenüber, auf der anderen Straßenseite, stand der hohe Zaun aus pulverbeschichtetem Stahl, dahinter war der Hafen, die Stahlsilos blitzten im grellen Licht der Laternen, halb verdeckt durch den riesigen, ehemaligen Getreidespeicher.

Die Entscheidung hierherzufahren war unbewusst gewesen. Es kam oft vor, dass Claudius Zorn einfach durch die Gegend fuhr, vor sich hinträumte und sich dann wunderte, wo er plötzlich gelandet war, doch diesmal war es ein klein wenig anders. Klar war er sich nicht darüber, doch es war der Drang gewesen, ein Ziel zu erreichen, einen Ort, den er später mit dem Gefühl verlassen konnte, aus einem bestimmten Grund dort gewesen zu sein.

Der Hafen allerdings war nur Mittel zum Zweck. Zorn war nicht gekommen, um zu arbeiten. Obwohl er sich genau das einreden würde, dass er hier war, um über die Ermittlungen nachzudenken. Das Gelände noch einmal zu inspizieren und vielleicht eine Idee zu bekommen, wie sie weiter vorgehen sollten. Sicherlich, das würde er tun. Allerdings nicht, weil er ein guter Ermittler war.

Hauptkommissar Zorn wusste nicht, wohin mit sich.

Er war hier, um die Zeit totzuschlagen.

*

»Warum haben Sie nie eine zweite Platte gemacht?«

Zettl schluckte den letzten Bissen hinunter, wischte den Mund ab, warf einen hungrigen Blick auf den Aktenkoffer.

»Ist das die Frage?«

»Ja«, nickte Adam Völx. »Ich will verstehen, warum Sie nicht weitergemacht haben. Sie hatten erreicht, was kaum jemand schafft. Sie hatten Erfolg, Sie …«

»Ich war nicht der Einzige.«

»Sie unterbrechen mich, Gregor.« Ein kurzer, tadelnder Blick. »Jedem anderen in Ihrer Situation würde ich jetzt einen Schraubenzieher in den Oberschenkel rammen, aber es ist gut«, die gespaltene Oberlippe hob sich unmerklich, »dass Sie ein bisschen auftauen, jetzt, wo …«

Völx verstummte, sah Zettl an.

»Nicht kratzen, Gregor.«

Ein vorwurfsvolles, fast väterliches Kopfschütteln.

Zettl, der abwesend mit den Fingern an seiner Unterlippe gepult hatte, fuhr zusammen wie ein ertapptes Kind. Blut glänzte auf seinem Kinn, er hatte die Herpesbläschen aufgekratzt.

»Hören Sie mir überhaupt zu?«

Ein kurzes Nicken, Zettls Doppelkinn verschwand einen Moment zwischen den Falten im Hals.

»Sie hatten Angst, stimmt's? Angst, dass Sie's nicht noch einmal schaffen würden. So, wie all die anderen, die jetzt vergessen sind.«

Zettl betrachtete das Blut an der Kuppe seines Zeigefingers. Einen Moment schien es, als würde er den Finger ablecken, dann wischte er die Hand an der Sessellehne ab. Sah auf und schüttelte langsam dem Kopf.

»Was«, fragte Völx, »war es dann?«

»Ich wollte es.«

»*Was* wollten Sie?«

»Vergessen werden.«

Völx sank überrascht zurück. Sie schwiegen eine Weile, schließlich öffnete Zettl den Mund. Es war das erste Mal, dass er unaufgefordert das Wort ergriff.

»Sind Sie mit dieser Antwort zufrieden?«

»Sollte ich denn?«

»Ich weiß keine andere.«

»Ebenso wenig, wie Sie wissen, wo Ihre Frau ist.«

»Ja.«

Die Gardine bewegte sich sacht. Eine Fliege brummte herein, drehte eine Runde unter der Decke und verschwand irgendwo im Schatten der Schrankwand.

»Tja, dann«, Völx kratzte sich an der Schläfe, »sollte ich wohl zufrieden sein.«

*

Zorn langte nach innen neben das Lenkrad, schaltete den Motor aus. Die Stille kam plötzlich, unerwartet wie ein Schlag aus der Dunkelheit. Die Nacht war warm, trotzdem fröstelte Zorn. Er stemmte sich aus dem Sitz, drückte die Fahrertür vorsichtig mit der flachen Hand zu, selbst das leise Einrasten des Schlosses dröhnte wie ein Schuss.

Es war ein seltsamer, apokalyptischer Moment. Zorn stand einsam neben dem blitzenden Volvo, umgeben von hell erleuchteten, im Natriumlicht der hohen Laternen gleißenden Industriebauten, den scharfen, wie mit einem Rasiermesser geschnittenen Schatten der Kräne und Schornsteine, gegenüber Ruinen, unkrautüberwucherte Schuttberge, rostige, verbogene Eisenträger.

Absolute, endgültige Stille. Als wäre die Zeit eingefroren.

Kein Mensch in der Nähe.

Kein Tier.

Kein Laut, nur ein leises Fiepen im linken Ohr.

Zorn sah sich um. Runzelte die Stirn, trommelte nervös auf die Dachreling. Nicht etwa, weil er Angst hatte, dieses eigenartige, beklemmende Gefühl war nach ein paar Sekunden wieder vorbei.

Es gab einen weiteren Grund, weswegen er angehalten hatte.

Claudius Zorn musste pinkeln.

*

»Kannten Sie ihn?«, fragte Adam Völx.

»Wen?«

»Falco.«

»Ist das die vierte Frage?«

»Ja. Und, wie war er? War er wirklich so arrogant, wie alle sagen? Das«, Völx hob hastig die Hand, »ist keine Extrafrage, sondern Teil der vierten.«

Völx saß vorn auf der Kante des Sofas, wartete auf die Antwort, gespannt wie ein Kind. Zettl massierte mit Daumen und Zeigefinger die Nasenwurzel, dachte einen Moment nach.

»Er war nett.«

Die Hand sank herab. Blut klebte zwischen Zettls Augen.

»Ich mochte ihn.«

»Und?«, drängte Völx, seine Augen klebten förmlich an Zettls blutigen Lippen.

»Was, und?«

»Ach kommen Sie, Gregor!« Völx schob das Kinn vor, wirkte jetzt noch mehr wie ein Kind. »Muss ich Ihnen denn jedes Wort aus der Nase ziehen? Ein bisschen Mühe müssen Sie sich schon geben!«

»Seine Musik, er …«

»Ich kenne Falcos Musik!«, unterbrach Völx ungeduldig. »Erzählen Sie mir was, das ich *nicht* weiß!«

»Er … er war scheu.«

»Haben Sie sich deshalb so gut verstanden? Weil Sie sich ähnlich waren?«

Ein Achselzucken.

»Wegen der Drogen?«

Zettl setzte zu einer weiteren, müden Antwort an. Er kam nicht dazu, Völx versteifte sich plötzlich, hob lauschend den Kopf, dann sprang er mit einem Satz über den Tisch und flog förmlich an Zettl vorbei hinaus in den Garten.

*

Stille. Nur das Rauschen der Hecken. Das trockene Knacken eines Astes. Das Rascheln des Grases, kaum hörbar. Aus der Ferne das Brausen der Schnellstraße. Ein Flattern, irgendwo hinter der Hecke. Bettlaken, die sacht an der Wäscheleine über den Rasen schleiften. Flügelschläge, ein Gurren. Kein Rabe, diesmal eine Taube.

Alltägliche Geräusche. Bis auf den Atem des schwarzen Mannes, ein tiefes, argwöhnisches Schnuppern durch die Nase. Die Nüstern, gebläht unter den misstrauischen dunklen Augen. Das Kinn, lauschend in die Dunkelheit gereckt. Die Lippen blutleer, lauernd aufeinandergepresst. Jeder Muskel, jede Faser, jede Zelle bis zum Zerreißen gespannt. Adam Völx, der mehr denn je an ein witterndes Raubtier erinnerte.

*

Zorn bückte sich unter der Schranke hindurch, überquerte die Schienen, lief weiter die Zufahrt am Zaun entlang. Mindestens hundert Meter lagen vor ihm, schwarzer, glänzender Asphalt, taghell erleuchtet, dann endete der Zaun, bog nach rechts ab. Dort lag sein Ziel, die distelüberwucherte Brache zwischen Hafen und Fluss.

Zorn lief schnell, mit laut hallenden Schritten. Sicherlich, er hätte einfach irgendwo an den Zaun pinkeln können, doch auch wenn man es ihm nicht ansah: Claudius Zorn war ein verklemmter Mensch. Die Vorstellung, dabei beobachtet zu werden, war – gelinde gesagt – bedrückend, ungeachtet der Tatsache, dass das Hafengebiet nach

Sonnenuntergang in etwa so belebt war wie nach einem Atomschlag. Das Problem war, dass es *hell* war. Taghell. Die theoretische Möglichkeit, und sei sie noch so gering, reichte aus.

Zorn erreichte das breite Tor mit der Hafenzufahrt, lief an der Bürobaracke vorbei, dahinter blitzte das Hafenbecken auf. Er beschleunigte, wischte sich im Laufen den Mund ab. Senf klebte an seinem Handrücken, er hatte sich in einem windschiefen Imbiss an der Endhaltestelle der Straßenbahn eine Bulette gekauft und hastig verschlungen. Aus Trotz, nicht aus Hunger, die letzten Bissen hatte er regelrecht hinunterwürgen müssen, einfach nur, um dieser dämlichen Stimme

du hast keinen Hunger, du läufst vor dir selbst davon

zu beweisen, wer in seinem Kopf das Sagen hatte.

Plötzlich ein Kribbeln im Nacken. Das Gefühl, beobachtet zu werden, kam wie aus dem Nichts. Nein, kein Gefühl, eine Gewissheit, jemand war hinter ihm. Zorn wandte sich um, ging ein paar Schritte rückwärts. Die Straße zog sich schnurgerade dahin, gerahmt von den schlanken Laternen. Links der hohe Zaun zum Hafen, rechts ein ebenso hohes, rostiges Gegenstück, die Umzäunung des Schrotthandels. Ein orangefarbener, gleißender Tunnel, darüber die schwarze Nacht, weit hinten die Schranke, das blinkende Warnlicht, dahinter der Volvo, der halb auf dem Bürgersteig stand.

Keine Menschenseele. Natürlich nicht.

*

»Ich dachte, jemand wäre im Garten.«

Völx erschien in der Terrassentür. Ein kurzer Blick hinab zu Zettl, der sich in der vergangenen Minute keinen Millimeter in seinem Sessel gerührt hatte. Ein nachdenkliches Achselzucken, Völx trat sich sorgfältig die Schuhe ab und zog die Gardine wieder hinter sich zu. Die Taschenlampe war vom Tisch gefallen, Völx registrierte es, runzelte missmutig die Stirn.

»Was ist mit Ihnen? Haben *Sie* vielleicht«, Völx bückte sich, klaubte die Lampe zwischen Zettls nackten Füßen auf, »was gehört?«

Zettl schluckte, schüttelte zögernd den Kopf.

*

Zorn drehte sich wieder um, vor ihm dasselbe Bild, nur seitenverkehrt. Je näher er dem Ende des Zauns kam, desto kürzer wurden seine Schritte, bei jedem Meter schien sich seine Blase mehr zu füllen. Noch zwanzig Meter, dann zehn, fünf, er knöpfte die Jacke auf, bog um die Ecke, lief weiter am Zaun entlang. Auch hier Laternen, ein breiter, vom Schatten der Zaunstäbe durchbrochener Lichtstreifen auf der Brache. Weiter links, irgendwo im Dunkel verborgen, musste das Förderband sein, dahinter der Fluss. Zorn stolperte mit wehender Jacke am Zaun entlang, bog hüfthohe Disteln um. Noch ein paar Schritte, Unkraut knirschte unter seinen Füßen, er langte nach dem Hosenstall, erreichte die Container, rechts neben ihm hinter dem Zaun aufgereiht, endlich, er stand im Schatten.

Ein Aufatmen. Stille. Ein erschrockenes Seufzen. Der Reißverschluss klemmte. Stille. Ein Fluch. Ein hastiger Ruck. Stille. Ein Tröpfeln. Ein Plätschern. Ein weiteres Seufzen, diesmal erleichtert.

Ein Ast knackte. Ein Rascheln, irgendwo auf der anderen Seite des Zauns. Stoff, eine Jacke vielleicht. Schritte.

Zorn hörte nichts davon. Auch nicht die leisen, gepressten Atemzüge.

Es waren nicht seine eigenen.

*

»Wahrscheinlich«, Völx richtete sich ächzend auf, »werde ich alt.«

Ein kurzes, fast entschuldigendes Lächeln, ein etwas übertriebener Griff an den Rücken. Die Lampe bewegte sich in seinen Händen, der grelle Strahl flackerte durch das Zimmer, Schatten huschten umher, flitzten über die Wände, die Glasfiguren blitzten auf. Schließlich verharrte das Licht wie zufällig auf Zettls Gesicht. Dieser wich zurück, kniff die Augen zusammen.

»Kennen Sie dieses Gefühl, Gregor?«

»W-welches Ge…«

»Verfolgt zu werden?«

Zettl wand sich stumm im unbarmherzigen Strahl der Maglite.

»Aber sicher doch«, ein kurzes Auflachen, »herrje, was für eine dämliche Frage, Entschuldigung. Natürlich kennen Sie das, spätestens, seit ich hinter Ihnen her bin. Aber *ich*«, Völx senkte die Stimme zu einem nachdenklichen Murmeln, »kannte dieses Gefühl nicht.«

Ein Griff an den Rollkragen, die Finger strichen über das Pflaster am Hals.

»Bisher jedenfalls.«

Völx sprach, als rede er mit sich selbst.

»Ich bilde mir diese verfickte dämliche Scheiße nicht ein.«

Zettl starrte blicklos vor sich hin, sein Schatten, ein gähnendes, bizarres Loch in den Falten des Vorhangs, tanzte hinter ihm über die Gardine. Die Maglite fraß sich regelrecht in sein Gesicht. Jede Pore, jede geplatzte Ader, jede Falte im grellen Licht, wie unter dem Mikroskop vergrößert.

»Egal.«

Der Lichtstrahl huschte von ihm weg. Zettl rieb sich die brennenden Augen, hörte das Rascheln der Kleidung. Das Knirschen des Leders, das erleichterte Seufzen, mit dem Völx ihm gegenüber auf das Sofa sank.

»Also. Wo waren wir stehengeblieben?«

*

Zorn zielte genau zwischen die Stäbe, konzentriert darauf bedacht, exakt in die Lücke zu treffen. Etwas in der Art tat er immer, schon als Kind hatte er Muster in den Schnee gepinkelt, später die Namen seiner Freundinnen – jedenfalls, wenn sie nicht zu lang waren. Sein Blick war leer, versonnen beobachtete er die Pfütze, die sich auf der anderen Seite im rissigen Beton bildete, Spritzer flogen umher, benetzten die Stahlwand eines Containers. Die Lache wurde größer, ein dünnes Rinnsal floss, dem Gefälle folgend, auf eine Zigarettenkippe zu. Fasziniert verfolgte Zorn, wie die Kippe davongetragen wurde und schließlich in einer Spalte verschwand. Es war nicht die einzige, er begann zu zählen, sieben, nein acht zertretene Kippen lagen herum. Er sah auf, bemerkte das Polizeisiegel auf der Rückseite des Containers und stellte grinsend fest, dass die Zigaretten von ihm selbst stammten, vor ein paar Stunden erst hatte er dort drüben auf der anderen Seite des Zauns gestanden, nicht mehr als einen Meter entfernt. Ein verrückter, seltsamer Zufall, Zorn zuckte die Achseln, konzentrierte sich wieder auf seine Lücke und korrigierte den Strahl in der Absicht, den Rest seines Geschäftes gewissenhaft und – im wahrsten Sinne des Wortes – gezielt zu erledigen.

Was ihm allerdings nicht gelingen sollte.

Zunächst war da wieder dieses Gefühl, beobachtet zu werden, stärker jetzt. Zorn sah auf. Da war etwas, direkt gegenüber, verborgen in dem schmalen, schattigen Gang zwischen den Containern.

Die reglose Gestalt eines Menschen.

*

Zettl richtete sich blinzelnd auf. Lichtpunkte tanzten auf seiner Netzhaut, er sah verschwommen, wie Völx die Lampe neben sich an ein Kissen lehnte, den Strahl zur Decke gerichtet.

»Falco, richtig. Die Frage sollten wir abhaken, offensichtlich …«

Völx stockte mitten im Satz.

»Was ich mich neulich schon gefragt habe«, er deutete zum Fenster, dann zur Tür, »die Lichtschranken, die Alarmanlage. All dieses Zeug, wessen Idee war das? Entschuldigen Sie den plötzlichen Themenwechsel, das ist sozusagen eine dienstliche Frage. Ich will sie stellen, bevor ich's vergesse.«

Ein Grinsen.

»Das Alter, Sie wissen schon.«

Zettl, noch immer geblendet, starrte in das flirrende Zimmer.

»Ihre Frau, oder?«

Keine Frage, eine Feststellung.

»Die Sachen sind nachgerüstet worden, richtig?«

»Vor ... vor zwei Monaten.«

»Warum?«

»Sie wollte es so.«

»Was macht Ihre Frau eigentlich? Beruflich, meine ich.«

»Donata war meine ...«

»... Managerin, ja. Das war damals überall zu lesen, aber ich kann mir nicht vorstellen, dass es jetzt noch viel zu«, Völx hob spöttisch die Stimme, »*managen* gibt. Was macht sie jetzt? Offensichtlich ist *sie* es ja, die für Ihren Unterhalt sorgt.«

Zettls Augen irrten umher. Ein ratloses Flackern.

»Sie haben keine Ahnung, richtig?«

Völx schüttelte vorwurfsvoll den Kopf. Ein Brummen, irgendwo aus dem Schatten. Die Fliege kam wieder zum Vorschein, schoss flirrend durch den Lichtkegel und verschwand in den Falten der Gardine.

»Das muss man sich mal vorstellen, Alma.« Völx sprach nun mit der Toten, sein Blick allerdings war weiter auf Zettl gerichtet. »Da sitzt sich der Gregor jahrelang den Arsch platt, wird immer fetter, starrt Löcher in die Tapete, während seine arme Frau die Kohle ranschleppen muss. Und es ist ihm scheißegal, wie sie das anstellt. Hauptsache, er kann sich den Wanst vollfressen.«

Völx legte die Fingerspitzen aneinander, ein heiteres, selbstzufriedenes Schmunzeln um die schmalen Lippen.

»Haben Sie sich denn nie gefragt, was sie so macht? Ob sie vielleicht«, ein kurzes, verschwörerisches Augenzwinkern, »was *Verbotenes* anstellt?«

»Ich ...«

»Nein«, unterbrach Völx und tätschelte die Hüfte der Toten, als würde er einen Hund streicheln. »Er ist nicht dumm, der Gregor, er hat zwar mitgekriegt, dass sie das Haus verbarrikadiert, aber warum sie das tut, war ihm egal. Er hatte einfach keine Lust, darüber nachzudenken, es war ihm zu …«

Völx stockte kurz, von einem Sirren hinter der Gardine unterbrochen.

»… anstrengend.«

Die Fliege torkelte wild gegen die Scheibe, die Flügel ratterten über das Glas, das chaotische, hochfrequente Brummen erinnerte an das Geräusch eines winzigen Rasenmähers, verstummte plötzlich. Das Insekt schwirrte ins Zimmer, landete neben Völx auf dem Couchtisch.

»Aber lassen wir das. Ich denke«, Völx wandte sich wieder an Zettl, »wir sollten uns wichtigeren Dingen …«

RUMMS!!!!

Ein lautes Klatschen, der Tisch bebte. Zettl zuckte zusammen, die Bewegung war blitzartig gewesen, mit bloßem Auge kaum zu erkennen. Völx, der ihn keine Sekunde aus den Augen gelassen hatte, hob entschuldigend die Schultern.

»Ein Reflex.«

Stirnrunzelnd sah er auf seine Handfläche, wischte die Überreste der Fliege am T-Shirt der toten Alma Gretsch ab. Dann lehnte er sich wieder zurück, schlug die Beine übereinander und musterte Zettl eine Weile.

»Tja, mein Lieber. Vielleicht irre ich mich, aber ich habe das Gefühl, unser Spielchen gerät ein wenig ins Stocken. Obwohl«, ein kurzer Blick auf die Uhr, »ich die letzten beiden Stunden recht amüsant fand. Gelangweilt habe ich mich jedenfalls nicht. Sie etwa?«

Zettl schüttelte den Kopf, die Finger in die Lehne des Sessels verkrallt. Völx neigte lauschend den Kopf, die offene Handfläche hinter dem Ohr.

»Ich verstehe Sie nicht, Gregor.«

»Nein.«

»*Was*, nein?«

»Ich … ich habe mich nicht gelangweilt.«

»Fein«, brummte Völx zufrieden. »Jetzt müssen wir nur noch dafür sorgen, dass es so bleibt. Sind wir bereit für die nächste Frage?«

»Ja.«

»Und du, Alma?«

Ein kurzer Blick nach rechts. Wieder zurück zu Zettl.

»Ich würde gern wissen, warum Sie gelogen haben.«

*

Ein Traum, dachte Claudius Zorn, das muss einer dieser verrückten Albträume sein. Er hielt die Luft an, lauschte dem leisen, friedvollen Plätschern – das, wie er am Rande registrierte, noch eine Weile anhalten würde – und fühlte sich an einen surrealen Film erinnert.

Auf der einen Seite das drohende, im Schatten lauernde Monster, auf der anderen Seite ein Mann, mit gespreizten Beinen und offener Hose durch einen Zaun pinkelnd, wehrlos, waffenlos, das Ding in seinen Händen in etwa so nützlich wie ein Gänseblümchen.

Dieses Ding, dem schließlich nur noch ein blassgelbes Tröpfeln entronn, nach einer Ewigkeit, wie es schien. Genügend Zeit, um Zorn Gewissheit zu geben, ja, dort stand tatsächlich jemand, wahrscheinlich schon seit einer Weile. Reglos, den Blick direkt auf ihn, Claudius Zorn, gerichtet.

Genauer gesagt, auf seinen offenen Hosenstall.

Dieser Gedanke war es, der Zorn aus seiner Erstarrung half. Ein kurzes, beiläufiges Schütteln, betont lässig ordnete er die Unterhose, wippte locker in den Knien, zog den Reißverschluss zu. Ein letzter, männlicher Griff in den Schritt. Dann starrte er durch den Zaun, in der Hoffnung, dem Schemen zwischen den Containern direkt in die Augen zu sehen.

»Na? Alles fit im Schritt?«

Seine Stimme allerdings bekam er nicht unter Kontrolle, sie zitterte ein wenig.

»Schöner Abend, oder?«

Keine Antwort. Stattdessen ein Scharren, Schritte auf Beton.

Metall blitzte auf.

Scheiße, dachte Zorn. Der hat 'ne Knarre.

Der Schemen kam näher, ein weiteres Blitzen. Nein, keine Pistole, auch kein Messer. Der Knopf einer schlecht sitzenden Uniformjacke.

Zorn versuchte sich seine Erleichterung nicht anmerken zu lassen, es gelang ihm nicht ganz. Er kannte die hagere Gestalt, die sich direkt vor ihm aus dem Dunkel schälte.

Etto Zalandt, der Wachmann.

Dreiunddreißig

»Na gut«, korrigierte sich Völx, »*gelogen* ist vielleicht ein wenig übertrieben. Aber das ganze Gerede über Ihre ach so geliebte Ruhe, die nervenden Fans, den ätzenden Rummel um Ihre Person, das ist zumindest ein bisschen«, er neigte den Kopf, schob die Unterlippe nachdenklich vor, »geflunkert, oder?«

»Ich …«, Zettl räusperte sich, »ich verstehe nicht.«

»Nein? Dann erklären Sie mir doch, warum Sie fünfzehn Jahre nach Ihrem Abtauchen noch mal aufgetreten sind. Wenn Sie tatsächlich *vergessen* werden wollten, dann verstehe ich nicht, was Sie nach all der Zeit in der Öffentlichkeit zu suchen hatten, noch dazu in einem«, ein Hüsteln, »Baumarkt.«

Zettl schloss die Augen, atmete tief ein.

»YouTube«, erklärte Völx sanft, »ein verwackelter, uralter Clip. Ein paar hundert Klicks nur, aber immer noch im Netz. Das war«, er strich sich mit dem Zeigefinger über die Schläfe, »achtundneunzig, wenn ich mich recht entsinne.«

Die Erinnerung war Zettl unangenehm, er begann wieder an seiner Unterlippe zu kratzen. Völx sah ihm eine Weile zu, genoss den Moment.

»Erklären Sie mir, was Sie da wollten? Ich bin kein Profi, aber *ich* an Ihrer Stelle hätte mir was Besseres vorgestellt als ein winziges, drei mal vier Meter großes Podest, eine armselige Hundert-Watt-Anlage zwischen Einkaufswagen und verdreckten Stehtischen, dazu ein billiges, schlecht produziertes Halbplayback, nicht zu vergessen das Publikum: ein dutzend angesoffene Sozialhilfeempfänger in vollgepissten Jogginghosen, senile Rentner, verdreckte Rotzgören und ein paar verblödete Kassiererinnen.«

Völx schob das Kinn vor, kratzte das Pflaster am Hals. Sein Tonfall, leicht amüsiert, war gleich geblieben, auch wenn seine Wortwahl immer wieder abrupt zwischen seltsam geschraubten, sorgfältig gewählten Ausdrücken und vulgären Schimpfwörtern wechselte.

»Hat Ihnen das Spaß gemacht, Gregor?«

Zettl schnippte einen Hautfetzen weg.

»Es«, er fuhr mit der Zunge über die blutende Lippe, »war das einzige Mal.«

»Herrgott, Gregor!«

Völx hob die Hände, seine Augen wurden groß. Kugelrunde Löcher unter buschigen Brauen. Pechschwarze, bodenlose Höhlen.

»Sie müssen sich doch nicht bei mir *entschuldigen*!«

Er schüttelte den Kopf, fuhr mit dem Handschuh über den Oberschenkel, als habe er einen Fleck auf dem schwarzen Stoff entdeckt.

»Mir ist doch klar«, sagte er nach einer Weile, »dass Sie das nicht freiwillig gemacht haben, Gregor. Sie brauchten Geld.«

Keine Antwort.

»Es war die Idee Ihrer Frau. Sie tun alles, was sie sagt.«

Völx neigte verständnisvoll den Kopf.

»Weil Sie ein willenloses, schwerfälliges Stück Scheiße sind.«

Zettl betrachtete seine Fingernägel. Völx langte neben sich, zog den Aktenkoffer auf seinen Schoß, ohne Zettl aus den Augen zu lassen.

»Gregor?«

Schweigen.

»Das sind Sie doch, oder?«

Ta Tack

»Ein willenloses, schwerfälliges Stück Scheiße?«

»Ja.«

»Eine hervorragende Antwort, mein Lieber.«

*

»Und was …«

Zorn stockte. Die Frage, was Zalandt, der Wachmann, um diese Zeit zwischen den Containern zu suchen hatte, war selbst für Zorns Verhältnisse zu dämlich.

»Ich«, er deutete auf den Container, »wollte mich noch mal umsehen.«

Der Wachmann antwortete nicht. Die Laterne strahlte senkrecht auf ihn hinab, sein Gesicht lag im Dunkeln, verborgen im Schatten des Mützenschirms. Nur die große Brille schimmerte Zorn entgegen.

»Es gibt da ein paar Erkenntnisse«, sagte Zorn, dem die Stille peinlich wurde.

Nichts war geschehen, redete er sich ein, überhaupt nichts. Zalandt hatte nichts gesehen, er war bestimmt kurzsichtig, ach, wahrscheinlich war er sogar blind, er *musste* einfach blind sein.

»Ich muss da was prüfen«, sagte Zorn.

Die Pfütze zwischen ihnen versickerte allmählich im Beton. Schmutzige, gelbgraue Bläschen platzten an der Oberfläche.

Ignorieren.

»Sofort.«

Nichts war passiert. Gar nichts.

»Weil«, Zorn wedelte mit der Hand, »das nämlich keinen Aufschub duldet.«

Der Wachmann kam zögernd näher. Erreichte die Pfütze, Zorn registrierte das kurze Zaudern, den Schritt zur Seite.

»Soll ich das Tor aufmachen?« Zalandt deutete nach links. »Eigentlich darf ich das nicht, aber wenn Sie sich hier drin umsehen wollen, lasse ich Sie natürlich rein, Herr Kommissar.«

»Nee, nee.« Zorn winkte ab. »Ich … ich wollte noch mal von außen gucken. Mit Abstand. Sozusagen aus einem anderen Blickwinkel.«

Scheiße, was rede ich hier?

»Perspektive und so.«

Der Wachmann nickte, schob die Mütze aus der Stirn. Zorn sah die weichen Gesichtszüge, die dunkle, im Licht der Natriumlampe bronzefarben schimmernde Haut.

»Tja«, murmelte Zorn. »So ist das nämlich.«

*

»Haben Sie Hunger, Gregor?«

»Ja.«

»Möchten Sie einen Apfel?«

»Ja.«

»Im ganzen Satz, bitte.«

»Ich habe Hunger. Ich möchte einen Apfel.«

*

»Man ist halt ständig am arbeiten.«

Zorn wippte auf den Zehenspitzen, Erde klebte an seinen Schuhen.

»Ja«, nickte der Wachmann und schob die Mütze wieder in die Stirn. Sein Gesicht verschwand wieder im Schatten.

Die Stille dehnte sich wie ein zäher, klebriger Kaugummi.

»Morgens, mittags, abends.« Zorn kniff ein Auge zusammen. »Nachts auch. Und vormittags sowieso. Manchmal«, fügte er hinzu, »sogar an den Wochenenden.«

Ein Hupen dröhnte durch die Nacht, ein ziemliches Stück entfernt, trotzdem gellend wie eine Sirene bei Fliegeralarm.

»Die Spedition«, erklärte der Wachmann. »Ich müsste die Schranke öffnen.«

Die Erleichterung in seiner Stimme war unüberhörbar.

»Sicher doch«, sagte Zorn hastig, »ich will Sie auf keinen Fall von der Arbeit abhalten. Ich muss dann auch mal weiter.«

Er wandte sich ab, zögerte.

Irgendwas musste er noch sagen. Etwas Wichtiges.

*

»Sind Sie später noch mal aufgetreten? Nach dem Baumarkt?«

»Nein.«

»Ihre Frau, sie hat es nie wieder von Ihnen verlangt? Obwohl Sie kein Geld hatten?«

»Nein.«

»Sie wollte es Ihnen nicht mehr zumuten? Warum?«

»Weil ...«

»Herrgott, schlucken Sie doch erst mal, bevor Sie sprechen!«

»Ich ...«

»Weil sie Sie liebt? Ist es das?«

»Ja.«

»Wischen Sie sich den Mund ab, das ist widerlich, Gregor!«

*

»Also, Herr ...«

»Zalandt. Etto Zalandt.«

»Dieses Ding«, Zorn hob den Zeigefinger, deutete auf den Container, »steht unter polizeilicher Beobachtung. Sie halten die Augen offen. Das ist hier eine wichtige Sache, Otto.«

»Etto.«

»Und wenn ich *wichtig* sage, dann meine ich«, Zorns Finger wackelte zwischen den Zaunstäben, »äußerst wichtig.«

Der Finger glänzte feucht, ein trüber, gelblicher Tropfen löste sich, fiel herab.

»Quasi«, Zorn ließ die Hand sinken, wischte den Finger unauffällig am Hintern ab, »richtig wichtig.«

Ein letzter, bedeutsamer Blick.

»Verstehste?«

Die letzte, mit Abstand dämlichste Frage angesichts der Tatsache, dass Zorn selbst nicht im Geringsten verstand, was er da redete.

Ein abschließendes, verschwörerisches Augenzwinkern.

Dann stapfte Claudius Zorn durch das Unkraut davon.

*

»Sie haben nie Gitarre gespielt?«

»Nein.«

»Sie haben's nie gelernt?«

»Nein.«

»Weil Sie zu faul waren?«

»Ja. Ich war zu faul.«

*

Zorn erreichte die Straße, bog nach links ab und ging zurück. Die Stiefel, starrend vor Dreck, hinterließen eine deutliche, schlammige Spur, sein Schatten, ein schwarzer, klumpiger Schemen, huschte neben ihm über den Asphalt.

Sein Blick war zu Boden gerichtet, er versuchte, sich auf seine Schritte zu konzentrieren, bloß nicht – bitte, bitte! – an das denken, was soeben geschehen war. Was ihm natürlich nicht gelang, also begann er zunächst die links neben ihm vorbeiziehenden Zaunpfähle zu zählen und dann, als das nicht half, zählte er seine Schritte.

Als er bei zwanzig war, ertönte weit vor ihm ein rhythmisches Klingeln, die Schranke hob sich, ein Motor heulte auf. Scheinwerfer leuchteten auf, eine Zugmaschine rumpelte über die Schienen.

Achtundzwanzig.

Herrgott, dachte Zorn, hab ich jemals was Schlimmeres erlebt?

Dreißig.

Ein Klicken, direkt neben ihm. Zorn zuckte zusammen, er hatte die Einfahrt erreicht, das Rolltor glitt auf. Gummirollen holperten in ihren Schienen, er sah nach links, die Tür der Baracke war angelehnt, daneben der Schatten des Wachmanns im grell erleuchteten Rechteck des Fensters.

Fünfunddreißig.

Zorn war nicht sicher, ob Zalandt ihn bemerkte, trotzdem – sicher ist sicher – hob er im Vorbeigehen den Daumen, kniff ein Auge zusammen und nickte bedeutungsvoll.

Achtunddreißig.

Wahrscheinlich, überlegte Zorn, würde er diesen Wachmann nie wieder sehen, das war zumindest ein kleiner Trost. Trotzdem, dieser Kerl hatte aus nächster Nähe beobachtet, wie er mit sperrangelweit geöffnetem Hosenstall direkt unter einer Laterne, sozusagen im Rampenlicht gestanden hatte und …

Zweiundfünfzig.

Zorn knirschte mit den Zähnen. Er war wütend, wütend auf sich selbst.

Sauer. Stinksauer.

Angepisst, sozusagen.

Achtundsechzig.

Die Zugmaschine, ein bulliger Truck ohne Auflieger, dröhnte vorbei. Zorn schloss geblendet die Augen, der Fahrtwind blies ihm das Haar aus der Stirn.

Vierundsiebzig.

Hätte ich nicht wenigstens die Klappe halten können? Aber nein, ich Vollidiot musste den armen Kerl auch noch vollsülzen, irgendeinen Schwachsinn erzählen, von wegen *wichtige Ermittlungen*, Himmelherrgott, warum musste ich mich auch dermaßen zum Affen machen?

Scheiße. Scheiße. Scheiße.

Einundachtzig.

Zorn schlich weiter, mit hängenden Schultern, den Blick stur auf die schlammigen Schuhspitzen gerichtet. Hinter ihm ein hydraulisches Zischen, der Laster bog ab, blieb mit tuckerndem Motor in der Einfahrt stehen.

Dreiundneunzig?

Nee. Siebenundneunzig.

Ach, egal.

Tatsache ist, dass ich ein Blödmann bin. Wir haben den Container geprüft, da ist nichts weiter drin. Dämliche Ölradiatoren, billiges, wertloses Zeug, das niemanden interessiert, die …

Moment.

Zorn hielt inne.

Es dauerte einen Moment, bis der Gedanke Gestalt annahm.

Er klopfte die Jackentaschen nach dem Handy ab. Das, fiel ihm ein, lag auf dem Beifahrersitz. Seine Schritte hallten in der Stille, wurden schneller. Das Zählen war vergessen, er näherte sich der Schranke. Sah den Volvo schräg dahinter auf dem Bürgersteig geparkt und begann zu rennen.

*

»Wie viele Fragen habe ich noch, Gregor?«

»Ich … ich weiß nicht.«

»Mit den restlichen Antworten, werden Sie sich da Mühe geben?«

»Ja.«

»Werde ich zufrieden sein?«

»Ja.«

»Gut. Haben Sie Werkzeug?«

»Ich … ich verstehe nicht.«

»Hatte ich nicht gesagt, dass ich Ihnen helfe? *Falls* ich zufrieden bin?«

»Das hatten Sie.«

»Und? Wie stellen Sie sich das vor?«

»Ich weiß es nicht.«

»Was ist mit einer Säge? Haben Sie eine Säge?«

»Nein, ich glaube nicht.«

»Glauben Sie's nicht, oder wissen Sie's nicht?«

»Ich … ich …«

»Herrgott, Gregor! Soll ich die gute Alma mit den bloßen Händen zerlegen?«

*

»Du bist noch wach, Chef?«

Schröder klang verwundert.

»Warum nicht? Du doch auch.«

Zorn stand, das Handy am Ohr, neben dem Volvo, den Ellbogen auf die offene Fahrertür gestützt.

»Wo bist du?«, fragte Schröder. »Bist du gerannt?«

»Nee.« Zorn war noch immer außer Atem. »Ich ermittle.«

»Wo?«

»Am Hafen.«

»Ach.«

Zorn knöpfte die Jacke auf, holte tief Luft.

»Kannst du nicht schlafen?«, fragte Schröder.

»Quatsch, ich … ich hab nachgedacht.«

»Worüber?«

»Über die Arbeit.«

»Jetzt? Mitten in der Nacht?«

»Warum nicht? Du bist hier nicht der Einzige, der seinen Job ernst nimmt, Schröder.«

Ein leises Prusten drang aus dem Hörer.

»Was ist denn?« Zorn klang beleidigt. »Lachst du mich aus?«

»Nicht doch.«

Ein rhythmisches Piepen durchschnitt die Stille. Der Laster hatte den Rückwärtsgang eingelegt, setzte zurück auf die Straße.

»Also, ich hab nachgedacht, Schröder.«

»Das sagtest du bereits.«

Zorn nahm das Telefon in die andere Hand, ordnete seine Gedanken.

»Wir kennen Donata Zettl nicht«, begann er. »Aber wir gehen davon aus, dass sie nicht blöd ist, ein halbwegs normaler Mensch. Und wenn das der Fall ist, wenn sie nicht völlig schwachsinnig ist, dann sollte alles, was sie tut, einen Sinn ergeben, richtig?«

»Richtig.«

»Warum hat sie dann diesen Container bestellt?«

»Um Ölradiatoren zu importieren.«

»Was denkst du, verdient man an so 'nem Teil? Ich meine, die, äh …«

»Handelsspanne«, half Schröder.

»Genau.«

»Viel kann das nicht sein, ein paar Euro vielleicht.«

Weiter unten heulte der Diesel auf, krachend wurde der Gang eingelegt.

»Und da«, Zorn hob die Stimme, »stellt sich die Frage nach dem Sinn. Sie muss die Spedition bezahlen, den Container mieten. Ich meine, wie viele von diesen Dingern waren da drin? Ein paar Dutzend vielleicht, mehr nicht. Ich kann mir nicht vorstellen, dass da was übrig bleibt. Selbst wenn, wieso ist der Container dann halbleer?«

Die letzten Worte hatte Zorn gerufen, die Zugmaschine kam näher, brauste in vollem Tempo über die Schienen. Dieselschwaden zogen vorbei, Zorn schirmte das Telefon mit der Hand ab und beobachtete naserümpfend, wie der Truck ohne zu blinken auf die Hauptstraße abbog und hinter dem Umspannwerk verschwand.

»Hast du was gesagt, Schröder?«

»Nein. Ich denke nach.«

»Der Container an sich«, sagte Zorn, »ist sauber. Ich kann die Typen von der Spurensicherung nicht ab, aber *wenn* da was wäre, dann hätten sie's gefunden. Bleibt nur eine Möglichkeit.«

Zorn machte eine Pause, lauschte Schröders ruhigem Atem.

»Ich kann mich irren, Schröder. Aber *falls* da was ist, dann ist es immer noch im Container. Sozusagen eine Schicht tiefer.«

»In den Ölradiatoren selbst.«

»Yes.«

*

»Ich habe Ihre Fragen beantwortet.«

»Das ist richtig, Gregor. Und jetzt?«

»Ich … ich weiß nicht. Ich bin müde.«

»Brauchen Sie ein wenig Aufmunterung?«

Ta Tack

»Nein, warum …«

»Weil ich nicht vorhabe, die ganze Arbeit allein zu erledigen.«

*

»Hat die jemand untersucht?«, fragte Zorn.

»Die Ölradiatoren? Von außen, ja.«

»Dann sollte man innen gucken.«

»Die Spürhunde haben nicht angeschlagen.«

»Vielleicht ist was anderes drin. Außer Drogen, meine ich.«

»Und was?«

Zorn zuckte die Achseln.

»Keine Ahnung. Was Wertvolles. Irgendwas …«

»Ja?«

»… anderes halt.«

Ein grelles Klingeln zerriss die Stille. Zorn fuhr herum, direkt hinter ihm schloss sich die Schranke, schwankend hing der Schlagbaum über der Straße, das Warnlicht blinkte auf.

»Schröder?«

»Ja.«

»Und?«

»Was, und?«

»Himmelherrgott, ich will wissen, was du meinst!«

»Ich meine, dass der Gedanke nicht ganz abwegig ist. Die Spurensicherung soll noch mal ein Team hinschicken, gleich morgen früh. Bis dahin dürfte nicht allzu viel passieren, das Gelände wird ja bewacht.«

»Ich hab denen schon Druck gemacht.« Zorn griff sich unwillkürlich in den Schritt, prüfte den Reißverschluss. »Die wissen Bescheid, ich hab mit dem Wachmann gequatscht, diesem Etto Zalandt.«

»Gut«, sagte Schröder.

Mehr nicht.

Eigentlich, dachte Zorn verwirrt, könnte er mich ruhig mal loben. Das *müsste* er sogar, wenigstens ein bisschen.

»War sonst noch was?«, fragte Schröder stattdessen.

»Nein.« Zorn klang ein wenig verschnupft. »Ich dachte halt, das ...«

*

»... könnte wichtig sein.«

»Sicher doch«, erwiderte Schröder, verabschiedete sich knapp und legte das Handy neben die Tastatur. Draußen stritten zwei einsame Betrunkene lautstark um eine Zigarette, ihre Stimmen hallten durch die enge Straßenschlucht herauf in die dämmrige Kammer. Schröder registrierte es nur am Rande, er biss von seinem Baguette ab, ohne sich dessen bewusst zu werden, wandte sich kauend seinem Notizbuch zu. Während des Gesprächs hatte er sich Aufzeichnungen gemacht, er blätterte zurück.

DROGEN? SPÜRHUNDE? HANDELSSPANNE? SINN?

Auf der nächsten Seite hatte er ein Wort notiert.

WACHDIENST

Darunter einen Namen.

ETTO ZALANDT

Die Turmuhr am Markt schlug. Dünne, fast weinerlich wirkende Töne in der nächtlichen Ruhe.

Einmal, noch einmal.

Dann Stille.

*

»Zwei Uhr«, murmelte Völx, schob den Ärmel des Rollkragenpullovers wieder zurück und sah auf. Zettl hockte apathisch gegenüber im Sessel.

»Und? Wollen Sie nicht fragen, Gregor?«

»Was soll ich frag…«

»Wie lange«, unterbrach Völx, »wir noch hier rumsitzen wollen. Schließlich haben Sie Ihren Teil der Abmachung erfüllt. Ich habe meine Fragen gestellt, Sie haben geantwortet, unwillig zwar, trotzdem sind wir gemeinsam zu einem Ergebnis gekommen. Und zwar«, er hob die Hand, zog das Leder über den Fingern glatt, einen nach dem anderen, »dass Sie ein fettleibiger Drückeberger sind.«

Völx hielt inne, rechnete offensichtlich mit einer Bestätigung. Als diese ausblieb, seufzte er theatralisch, senkte vorwurfsvoll die buschigen Brauen.

»Ich dachte, wir wären uns einig?«

»Ja.«

»Dass Sie ein lethargischer Fettsack sind?«

»Ja.«

»Das, mein Lieber, würde ich gern im ganzen Satz hören.« Völx hob den Finger, dirigierte im Takt der Silben. »Ich bin …«

Zunächst brachte Zettl nur ein Grunzen zustande.

»Ja, Gregor?«

»Ich bin«, krächzte Zettl, »ein lethargischer Fettsack.«

»Der alles nachplappert, was ihm vorgesagt wird.«

Zettl öffnete den Mund. Schloss ihn wieder. Völx registrierte das trotzige Flackern in seinen Augen.

»Hoppla!« Ein schiefes, überraschtes Grinsen. »Was haben wir denn da? Doch nicht etwa einen letzten Funken«, Völx dehnte die Stimme, »*Selbstachtung*?«

Zettl sah zur Seite.

»Machen Sie mit mir, was Sie wollen.«

Ein tonloses Flüstern.

»Aber, Gregor«, Völx neigte väterlich den Kopf, »ich will Sie doch nicht quälen. Wir haben eine Vereinbarung, und ich werde mich dran halten. Apropos *quälen*.« Er tätschelte den Nacken der toten Alma Gretsch, seine Finger schlossen sich um die Halskette. »Hat sie noch was gesagt, bevor sie das Bewusstsein verloren hat?«

Ein Ruck, die Leiche saß neben Völx auf dem Sofa. Scheinbar mühelos hielt er sie aufrecht, die Finger der rechten Hand in ihrem Nacken um die Kette gekrallt wie ein Puppenspieler.

»Hat sie um ihr Leben gebettelt?

Völx hob die Stimme, ein jammernder, weinerlicher Singsang.

»Gregor, bitte! Gib mir den Traubenzucker, ich sterbe!«

Ich steeeeeherbe!

»Das«, er wandte sich an die Tote, »konnte der Gregor nicht, weißt du? Er wollte dir helfen, wirklich. Aber es ging nicht, Alma. Er kann das Haus nicht verlassen, er hat eine Phobie. Und einen Arzt konnte er auch nicht rufen, er hat nämlich kein Telefon. Gregor hat das getan, was er immer macht.«

Völx sprach, als wolle er ein Kind trösten, seine Augen, die sich jetzt funkelnd auf Zettl richteten, besagten das Gegenteil.

»Nichts.«

Völx zog an der Halskette, die Leiche wurde in die Höhe gezerrt, pendelte, halb aufgerichtet, neben ihm wie ein Hundewelpe am Halsband.

»Gar nichts hat er gemacht.«

Zettl schloss die Augen.

»Er hat einfach nur dagesessen, der Gregor, er hat gewartet, er ...«

Die Halskette riss. Alma Gretsch plumpste neben Völx in die Kissen, sank gegen die Lehne. Ihr Kopf kippte nach hinten, ein dunkler, bläulicher Streifen zog sich über ihre Kehle, die feinen Kettenglieder hatten sich tief in die wächserne Haut gegraben.

Völx stieß ein unwilliges Brummen aus. Ein perplexer, fast dümmlicher Blick auf die Kette, deren Enden in seiner Hand baumelten.

»Ich finde, sie nervt langsam, oder.«

Zettl hatte den Kopf gesenkt, schirmte die Augen mit der Hand ab.

»Gregor?«

Keine Reaktion.

Eine rasche Bewegung, die Halskette flog quer durchs Zimmer, landete auf Zettls Brust. Dieser fuhr auf, zog, einem Reflex folgend, die Beine an und fing die Kette mit einer linkischen, fast weibischen Geste.

»Ich hatte gesagt«, ein schwarzer, behandschuhter Zeigefinger schoss vor, »dass ich Ihnen *helfe*! Das bedeutet nicht, dass ich die ganze Scheiße alleine erledige!«

Zettl duckte sich in seinem Sessel, die Beine noch immer angewinkelt. Völx, der sich wütend aufgerichtet hatte, atmete tief ein.

»Ein bisschen«, fuhr er ruhiger fort, »müssen Sie schon mitdenken. Oder wie stellen Sie sich das hier vor?«

Ein kurzes, mürrisches Schweigen

»Ins Klo spülen können wir sie jedenfalls nicht.«

Vierunddreißig

»Pff!«

Ein trotziges Blaffen, Zorn setzte den Blinker und zog nach links auf die Überholspur. Die Hochstraße, ein schwarzes, hell erleuchtetes Band in der Dunkelheit, schlängelte sich leer durch die nächtliche Innenstadt.

Claudius Zorn war sauer. Er hatte einen Einfall gehabt, einen *wichtigen* Einfall, doch Schröder – das glaubte Zorn zumindest – nahm ihn einfach nicht für voll, hatte ihm nicht einmal richtig zugehört. Seine anfängliche Enttäuschung war einem bockigen Schmollen gewichen, eine kindische Reaktion, typisch für Claudius Zorn, der diesen Frust, dieses dämliche, melodramatische Gefühl des Unverstandenseins tief in seinem Inneren sogar ein wenig genoss – freilich, ohne sich dessen bewusst zu werden.

»Natürlich«, knurrte Zorn. »Er weiß mal wieder alles besser, der feine Herr.«

Die Neustadt verlor sich hinter ihm in der Dunkelheit, links tauchten die Türme der Marktkirche über den Dächern auf, umgeben von einer diesigen Blase aus kupferfarbenem Licht.

»Aber ich bin auch nicht blöd, Freundchen.«

Zorn beschleunigte. Vorhin, am Hafen, hatte er den schlimmsten, peinlichsten Moment in seinem Leben erlebt, er war wütend gewesen, hatte regelrecht *gekocht*, doch selbst Zorn, der Ignorant, hatte feststellen müssen, dass die Schuld allein bei ihm selbst lag. Jetzt hatte er ein neues Ziel für seinen Ärger gefunden, so dass er die Gedanken an die Geschehnisse am Hafen zumindest vorübergehend verdrängen konnte.

»Mach doch deinen Kram alleine, Schröder.«

Zorn gähnte, riss die geröteten Augen auf und konzentrierte sich stur auf den Mittelstreifen. Die hohen Fenster des Stadtkrankenhauses flogen blitzend vorbei, seit Stunden war er jetzt unterwegs, egal, er war nicht müde, kein bisschen, er

du pennst jeden Moment ein

würde noch ein wenig herumfahren, weil

weil du nicht weißt, wo du hinsollst du

»HALT'S MAUL!«

Zorn hieb auf das Lenkrad. Die Stimme in seinem Kopf verstummte, sie hatte spöttisch geklungen, ein wenig wie Frieda Borck.

Die Ampel am Ende der Hochstraße stand auf Rot. Der Volvo hielt, Zorn seufzte, streckte den Rücken. Im Rückspiegel leuchtete der verglaste Eingangsbereich des Krankenhauses. Er verzog das Gesicht, dachte an all die Stunden, die er damit verbracht hatte, nach irgendwelchen Krankenhäusern zu suchen, ach was, es waren *Tage* gewesen, sinnlos vergeudete Zeit, er hatte sich den Arsch wundgesessen wegen eines dämlichen künstlichen Gelenks, das irgendwann aus der Hüfte einer verschwundenen Frau entfernt worden war, einer Frau, die womöglich längst tot war, es sei denn …

Die Ampel sprang auf Grün.

Es sei denn, dachte Zorn, es war nie drin.

Stirnrunzelnd gab er Gas. Die Überlegung, fand er, war nicht ganz abwegig. Er kam allerdings nicht dazu, diesen Gedanken weiterzuverfolgen. Sein Blick fiel auf das Armaturenbrett, die Tankanzeige holte ihn zurück in die Realität. Wie lange sie schon blinkte, wusste er nicht, seine Brieftasche war leer, und die Geldkarte, stellte er nach einem Griff in die Innentasche der Lederjacke fest, lag irgendwo auf dem Tisch in seinem frisch renovierten Wohnzimmer.

Scheiße.

*

»Das ist *alles*?«

Adam Völx saß mit gespreizten Beinen auf dem Sofa und beugte sich über den Couchtisch. Sein Blick wanderte skeptisch über die Gegenstände, die Zettl hastig im Haus zusammengesucht und auf dem Tisch ausgebreitet hatte.

»Kein Beil?« Völx langte nach einem Brotmesser, fuhr mit dem behandschuhten Daumen über die gezackte Klinge. »Keine Säge? Auch nicht«, ein Nicken zur Gartentür, »draußen irgendwo?«

Zettl, der mit hängenden Schultern neben der Tür stand, schüttelte den Kopf.

Ein resigniertes Seufzen. Völx griff nach einem Hammer, wog ihn prüfend in der Hand, betrachtete eine Rohrzange, daneben lag weiteres Besteck aus der Küche. Ein halbes Dutzend Messer, Gabeln, eine Geflügelschere. Völx schob unwillig schnaubend einen Tortenheber nach links, eine Nudelzange nach rechts.

»Was bitteschön soll ich *damit*?«

Er hielt eine Pinzette in die Höhe.

»Wollen Sie der guten Alma die Augenbrauen zupfen?«

Er bedachte Zettl mit einem abfälligen Blick, dann wandte er sich wieder dem Tisch zu.

»Bringen Sie den Kram ins Bad. Den hier«, er deutete auf den Koffer, »auch. Wir brauchen Lappen, Schwämme, Küchentücher, alles, was Sie finden.«

Völx bewegte den Kopf hin und her, wie ein Ringer, der die Muskeln lockert. Seine Schultern knackten in ihren Gelenken.

»Was ist mit Müllsäcken?«

»Unter …«, Zettl räusperte sich, »unter der Treppe.«

»Her damit«, kommandierte Völx und streifte die Handschuhe ab.

Zettls Hand glitt über die Tapete, fand den Türrahmen. Mit kurzen, vorsichtigen Schritten, den Kopf gesenkt, tastete er sich zur Tür, verschwand im Flur. Eine Minute später kam er zurück, sein Blick fiel auf Adam Völx. Zettl erstarrte, als wäre er an die Schwelle genagelt.

»Was ist?«, fragte Völx.

Zettl antwortete nicht. Die Rolle mit den Müllsäcken entglitt seiner Hand, fiel zu Boden und rollte zurück in den Flur.

Adam Völx stand nackt im Zimmer.

»Denken Sie, ich bin pervers?«

»Nein, ich …«

»Oder schwul?«

Völx war mit seiner Hose beschäftigt, er faltete sie sorgfältig zusammen, breitete sie auf dem Sessel aus. Sein sehniger Rücken leuchtete fahl im Licht der Maglite, die Muskeln vibrierten unter den mageren Pobacken.

»Was dachten Sie dann, Gregor?«

Er richtete sich auf, sah Zettl an, als wäre er nicht ganz bei Trost.

»Dass ich mir hier die Klamotten einsaue?«

*

Tock. Totock. Tocktock.

Der Kugelschreiber klopfte auf der Tischplatte. Schröder hockte zurückgelehnt auf seinem Stuhl, sein Bauch presste sich gegen die Tischkante. Mit der Spitze des Stiftes schob er den Inhalt des braunen Papierumschlags hin und her, die Münzen, die Gürtelschnalle, einen schmalen, einfachen Ring. Schröder betrachtete das unauffällige Schmuckstück, das matt glänzende Metall, ein kleiner, blauer Edelstein funkelte.

»Was übersehe ich?«

Er legte den Stift weg, stützte das Kinn in die linke Hand, die rechte tastete nach dem Tablett, fand das Baguette auf dem Teller. Ein Biss,

Schröder runzelte die Stirn, registrierte verdrossen, dass sich der Käse an den Rändern bereits wellte. Kauend griff er nach der Tasse, sie war leer, ein rostbrauner Teerest trocknete auf dem Boden.

Ein missmutiges Brummen, Schröder legte das Baguette weg, die Tasse landete mit einem Klirren neben dem Teller. Gähnend wischte er sich mit der Serviette den Mund ab, sein Blick fiel auf das schmale Bett am Fenster, das weiße Kopfkissen, die akkurat gefaltete Decke.

Ein weiteres Gähnen, Schröder rieb sich müde die Augen. Öffnete das Notizbuch, betrachtete das, was er in den letzten Stunden zu Papier gebracht hatte. Eine Seite nur, vollgekritzelt mit winzigen, akkurat aneinandergereihten Zeichen:

??
??
??
??
??
??
??
??
??
??
??
??
??
??
??

*

»Sie sollten den Architekten verklagen, Gregor.«

Völx sah sich kopfschüttelnd in dem winzigen Badezimmer um. Er hatte sich eine hellgrüne Küchenschürze über den nackten Körper gestreift, in der einen Hand hielt er die Maglite, in der anderen die Geflügelschere.

»Ich meine«, er deutete mit der Schere auf die Dusche, »welcher Vollidiot entwirft einen Neubau und schafft es nicht mal, eine simple *Badewanne* einzuplanen?«

Völx hob die Arme. Die Schürze spannte auf seiner nackten Brust. Ein rotes Herz prangte auf dem Stoff, die Aufschrift darunter, pinkfarbene Großbuchstaben, war deutlich erkennbar im Laternenlicht, das von der Straße durch das schmale Fenster hereinfiel.

KÜSS DEN KOCH!

»Hauptsache billig«, murrte Völx, »der Rest ist den Leuten egal.«

Er drängte sich an Zettl vorbei und kippte das Fenster. Zettl zog den Bauch ein, presste den Hintern an die Waschmaschine, stützte sich mit der Hand am Waschbecken ab. Völx achtete nicht auf ihn.

»Den Stress haben die anderen.«

Völx legte die Taschenlampe aufs Fensterbrett, richtete den Strahl auf die Dusche. Der Oberkörper der toten Alma Gretsch war hinter dem geblümten Duschvorhang verborgen, Zettl sah nur ihre Beine. Und die nackten, behaarten Waden des schwarzen Mannes, die breiten Schulterblätter. Er hatte die Schürze auf dem Rücken verknotet, die Enden des Strickes baumelten über dem bleichen, blanken Hintern. Zettl bemerkte einen großen, halbmondförmigen Leberfleck über dem Steißbein, wandte den Blick ab.

»Wenigstens ist die Leichenstarre vorbei.«

Völx bückte sich, winkelte die Beine der Toten an, drückte sie schnaufend in die Dusche. Ein Griff nach dem Hammer, ein großer, vorsichtiger Schritt in die Wanne, Völx zog den Vorhang hinter sich zu.

Der schwere Atem des schwarzen Mannes erklang hinter dem Vorhang, ein geschäftiges Rascheln, die Schuhe der Toten polterten auf dem Emaille. Verdrossen beschwerte sich Adam Völx, dass er *so nicht arbeiten* könne. Zettl sah zum Waschbecken, Donatas Zahnbürste lag im Abfluss, er hörte ein Quietschen, die nackten Füße des schwarzen Mannes auf dem Emaille. Ein dumpfer Schlag. Der Vorhang bauschte sich, Völx bückte sich, zerrte an etwas. Zettls Blick wanderte nach oben, im Spiegel über dem Waschbecken erkannte er die Umrisse eines schemenhaften Gesichts. Hinter dem Vorhang ein Keuchen. Ein unterdrückter Fluch. Ein weiterer Schlag, gefolgt von einem trockenen Knacken, wie

Knochen

morsches, brechendes Holz. Etwas riss, das Knirschen

Gott hilf mir

kam Zettl bekannt vor, manchmal, an den Sonntagen, hatte Donata Truthahn gebraten, genau so klang es, wenn man die Flügel aus den Gelenken drehte, er starrte auf das Gesicht im Spiegel, sah die verquollenen Wangen, unrasiert, zerkratzt, von dunklen Flecken übersät. Den Mund, entsetzt aufgerissen zu einem stummen Schrei. Riesige Augen starrten ihm entgegen.

»Gregor?«

Das Gesicht eines Toten. Es war sein eigenes.

»Hallo?«

Die Stimme des schwarzen Mannes aus der Dusche, hohl zwischen den gekachelten Wänden. Zettl sah nach rechts.

»Ich brauche die Geflügelschere.«

Völx streckte ihm durch den Vorhang eine Hand entgegen.

»Und mein Skalpell.«

Gregor Zettl dachte an Donata.

Reichst du mir eben die Seife, Schatz?

Die Finger bewegten sich, ungeduldig, fordernd.

»Im Koffer. Hinter Ihnen, auf der Waschmaschine.«

Die Hand glänzte feucht. Etwas Schmieriges, Dunkles tropfte von den schlanken Fingern. Wie Öl, nein, das war kein Öl, das war …

»Sind Sie *schwerhörig*?«

Der Vorhang bewegte sich, der Kopf des schwarzen Mannes erschien zwischen den Falten. Sein Gesicht war gerötet, das dichte graue Haar stand ihm wirr vom Kopf ab.

»Was, glauben Sie, mach ich hier, hm? Ich stehe bis zu den Knien in der Scheiße, und diese *Scheiße*, mein Lieber, haben Sie sich selbst eingebrockt! Also bewegen Sie gefälligst Ihren Arsch, ich habe keine Lust …«

Völx stutzte. Sah Zettl verdrossen an, seufzte.

»Blöd gaffen und anderen im Weg stehen.«

Ein Blick zur Tür.

»Warten Sie draußen. Na los!«, fügte Völx gereizt hinzu, »bevor Sie mir hier noch auf die Füße kotzen!«

*

»Wo bist du, Schröder?«

»Zu Hause.«

»Ach.«

»Wo«, Schröder nahm das Telefon in die andere Hand, »sollte ich denn deiner Meinung nach sonst sein? Um vier Uhr morgens?«

»*Wie* spät ist es?«

Schröder tippte auf die Tastatur, der Bildschirm des Macs flammte auf.

»Drei Uhr sechsundvierzig.«

Zorns Seufzen drang durch den Hörer.

»Ich ... ich kann nicht schlafen, Schröder.«

Ein Blick zum Bett.

»Ich auch nicht.«

»Und ich war sauer auf dich. Weil ich dachte, du nimmst mich nicht ernst.«

»Das tue ich. Du hattest recht, wir hätten die Ölradiatoren genauer untersuchen müssen.«

Sie schwiegen. Lauschten dem Atem des anderen.

»Mir ist noch was eingefallen«, sagte Zorn.

»Ich höre.«

»Donata Zettl«, begann Zorn. »Wir haben die ganze Zeit überlegt, wie das Gelenk aus ihrer Hüfte entfernt wurde. Was wäre, wenn es ihr nie eingesetzt worden ist?«

»Sie war im Krankenhaus«, erwiderte Schröder. Er schob das Notizbuch beiseite, eine der Münzen aus dem braunen Papierumschlag fiel vom Tisch. »Wir haben die Akte, den Operationsbericht.«

»Das stimmt, den haben wir. Aber im Operationsbericht steht lediglich ...«

Der Rest des Satzes ging in einem ohrenbetäubenden Quietschen unter.

»Wo bist du eigentlich?«, fragte Schröder, nachdem der Lärm sich ein wenig gelegt hatte.

»Am Bahnhof. Der Sprit ist alle.«

»Der *was*?«

»Egal. Ich meinte«, Zorn räusperte sich am anderen Ende, »wir haben niemanden, der diese Operation bezeugt. Nicht mal ihren Mann haben wir direkt befragt, wir waren sicher, weil's so in den Akten steht. Das Einzige, worauf wir uns verlassen haben, sind ein paar Papiere …«

»… in denen zu lesen ist, dass einem Menschen ein künstliches Hüftgelenk eingesetzt wurde, und dieser Mensch ist eindeutig Donata Zettl.«

»Nee, Schröder. Kein Mensch. Eine *Nummer*.«

Schröder runzelte die Stirn, kramte abwesend zwischen den Metallgegenständen aus dem Umschlag, die auf dem Tisch verstreut lagen.

»Hast du mal überlegt«, fragte Zorn, »wie so was abläuft? Du gehst zum Arzt, und das Einzige, was du zeigst, ist deine Versicherungskarte. *Das* ist es, was die prüfen. Höchstens das Alter und das Geschlecht. Aber niemand fragt nach dem Ausweis, ob du wirklich der bist, der auf dem Chip registriert ist. Die interessiert nur, dass alles ordentlich abgerechnet wird.«

Schröders Finger schlossen sich um den Ring.

»Jemand könnte sich das Gelenk mit ihrer SV-Karte eingesetzt haben lassen«, sagte Zorn. »Als es rausgeholt wurde, ist eine andere benutzt worden.«

Der schmale Ring drehte sich in Schröders Fingern, der blaue Stein blitzte im Licht des Monitors.

»Theoretisch«, Zorn hob die Stimme, um das Rattern eines Zuges zu übertönen, »wäre das denkbar! Und das wiederum bedeutet, dass wir über die Tote aus dem Trafohäuschen noch mal nachdenken müssen, wir …«

»Ich ruf dich zurück«, unterbrach Schröder ihn.

Er war aufgestanden. Seine Finger, zur Faust geballt, umklammerten den Ring. Zorn kam nicht dazu, ihm zu antworten, Schröder beendete die Verbindung und stürmte aus der Wohnung, ohne das Licht auszuschalten.

*

»When I find myself in times of trouble …«

Die Stimme des schwarzen Mannes drang durch die angelehnte Badezimmertür in den engen Flur.

»… Mother Mary comes to me.«

Seine Laune hatte sich gebessert, er sang schief, etwas brummig.

»Speaking words of wisdom …«

Ein Mann, der bei der Arbeit ein wenig vor sich hin trällert.

»Let it be.«

Die Tür wurde aufgezogen, Zettl erhielt einen leichten Schubs in den Rücken. Zwei unsichere Schritte zur Treppe, er hielt sich am Geländer fest, drehte sich um. Adam Völx stand in der Tür, der Gestank, der hinter ihm aus dem Bad drang, war atemberaubend.

»Passen Sie auf, dass er nicht reißt.«

Ein kräftiger, dicht behaarter Unterarm streckte sich Zettl entgegen. Ein Müllsack baumelte zwischen den Fingern des schwarzen Mannes. Das dünne Plastik spannte sich unter dem Gewicht, der Inhalt, eine Melone, vielleicht auch eine Bowlingkugel, schlug leise polternd gegen den Türrahmen.

»Na los, Gregor. Sie beißt nicht, die Gute.«

Völx klang eher belustigt als ungeduldig. Seine nackten knochigen Beine lugten unter der Schürze hervor, der Stoff war verschmiert, die Buchstaben auf der Brust teilweise von dunklen Flecken überdeckt.

KÜSS DEN KO

Zettl griff zu, trug den Sack zur Garderobe, die Arme weit vor den Körper gestreckt. Der Müllbeutel pendelte vor seinem Bauch wie ein Boxsack.

Der Inhalt

keine Melone keine Bowlingkugel

war nicht schwer, trotzdem musste Zettl beide Hände zu Hilfe nehmen, das dünne Plastik drohte seinen schweißnassen Fingern zu entgleiten.

»Links unter die Garderobe«, befahl Völx. »Die anderen dann daneben. Wir müssen die Tür noch aufkriegen.«

Er verschwand wieder im Bad. Zettl schob Donatas Hausschuhe zur Seite, der Müllsack landete unter den Mänteln, rollte ein Stück, blieb auf dem Abtreter liegen.

es ist ihr

Der Brechreiz kam plötzlich, wie aus dem Nichts. Zettl spürte, wie seine Beine nachgaben, er wankte zurück, stieß mit den Hacken gegen die Treppe zum Dachgeschoss. Halt suchend wedelten seine Hände durch die warme, stinkende Luft, fanden das Geländer, er sackte auf der untersten Stufe zusammen. Im Bad wurde der Duschvorhang wieder zugeschoben. Zettl vergrub das Gesicht in den Händen, hörte, wie der schwarze Mann nebenan wieder an die Arbeit ging.

»When I find myself in times of trouble …«

Ein fröhliches Lied auf den Lippen.

»Ich liebe diesen Song«, rief Völx plötzlich, »meiner Meinung nach der beste, den McCartney je geschrieben hat.«

Ein Plätschern. Völx tapste, geschäftig vor sich hinpfeifend, in der Dusche umher. Nein, er schien eher zu *waten*. Worin, wollte sich Gregor Zettl nicht vorstellen. Er konnte nicht.

»Die Harmonien«, fuhr Völx gutgelaunt, fast schwärmerisch fort, »sind einfach, aber genial. Es gibt wahrscheinlich Tausende belanglose Liedchen mit diesen Akkorden, aber«, ein angestrengtes Keuchen, »es kommt halt drauf an, was man daraus …«

RATSCH!

»… macht.«

Ein lautes Reißen, gefolgt von einem zufriedenen Grunzen.

»No woman no cry!«, sang Adam Völx.

Etwas wurde zu Boden geworfen, Metall

die Geflügelzange

klirrte auf den Fliesen.

»Bob Marley zum Beispiel, exakt dieselben Harmonien. C-Dur, G-Dur, a-moll und F-Dur. Billy Joel hatte einen Hit mit diesen Akkorden, Elton John ebenfalls. Alphaville nicht zu vergessen, das war«, Völx klang gepresst, schien wieder an etwas zu zerren, »*Forever young*. Kein schlechter Song, jedenfalls die Studioaufnahme. Live war die Band ein Desaster. Wissen Sie, wo der Hammer ist?«

Zettl nagte an der Innenseite seiner Wange.

»Schon gut, Gregor! Ich hab ihn!«

Blut tropfte von Zettls Unterlippe.

»WITH OR WITHOUT YOU!«, sang Adam Völx.

Rrrrrums!

»U2«, keuchte Völx, »März siebenundachtzig, wenn ich mich recht entsinne. All diese Lieder haben dieselben Akkorde. Sicherlich, die Gesangsmelodien sind unterschiedlich, die Instrumentierungen ebenfalls. Aber das Grundgerüst, die Harmonien sind gleich.«

Plastik raschelte im Bad, Völx öffnete einen Müllsack.

»Stellenweise transponiert, U2 zum Beispiel beginnen nicht mit C, sondern einen Halbton höher.«

»Einen Ganzton«, hauchte Zettl, ohne die Lippen zu bewegen.

»Quatsch«, verbesserte sich Völx dann auch, »einen Ganzton!«

Er erschien wieder in der Tür, einen weiteren Müllsack in der Hand.

»Den«, befahl er, »stellen Sie am besten erstmal neben die Treppe. Vorsichtig, sonst haben Sie die Schweinerei auf dem Teppich.«

Zettl richtete sich auf, er musste sich am Geländer abstützen, als sein Blick auf den Sack fiel. Die dickflüssige, klumpige Masse darin schwappte leise glucksend hin und her.

Völx grinste ihn an.

»Kleinkram.«

*

Der Horizont rötete sich. Bleiches Dämmerlicht schimmerte auf den Wipfeln des Stadtwalds. Tau glänzte auf den Wiesen, die Wege waren noch feucht. Die ersten Vögel erwachten, ein Kuckuck schrie. Die Menschen in der Umgebung würden allerdings noch eine Weile schlafen, mit Ausnahme der beiden, die im winzigen Badezimmer einer Doppelhaushälfte damit beschäftigt waren, einen menschlichen Körper in seine Einzelteile zu zerlegen.

Ein Taxi bremste und bog in die Waldstraßensiedlung ein.

Am Himmel verblasste der Mond.

Fünfunddreißig

»Ich übernehme die Dusche. Den Boden machen Sie selbst sauber.«

Völx wischte sich mit dem Handrücken über die Stirn. Sein nackter, kräftiger Körper glänzte unter einer öligen Mischung aus Schweiß, Schmutz und Blut. Er deutete zur Tür.

»Wie viele?«

Die Schürze, durchtränkt von einer schwarzen Masse, klebte an seiner behaarten Brust. Zettl stand in der Tür, zählte die Müllsäcke, die sich im Flur stapelten.

»Zwölf.«

»Wie viele haben wir noch?«

»Vier.«

»Das sollte reichen.«

Adam Völx überlegte einen Moment. Seine linke Hand verschwand unter der Schürze, er kratzte sich zwischen den nackten Beinen. Zettl wandte pikiert den Kopf ab.

Im kalten Licht der Dämmerung sah das Badezimmer aus wie das Atelier eines irren, tobsüchtigen Malers. Der Platz in der engen Duschwanne hatte nicht ausgereicht, Völx hatte seinen Aktionsradius ausgedehnt. Die Wände, der Boden waren verschmiert, übersät mit rostfarbenen, teilweise geronnenen Spritzern. Fettige Klumpen klebten an den Fliesen, der Waschmaschine, dem Duschvorhang, liefen, glitschige Bahnen hinterlassend, den geblümten Stoff herab.

»Die Klamotten«, kommandierte Völx, »packen Sie in einen Müllsack. Den Rest auch. Duschvorhang, Handtücher, Bademäntel, Gardine, alles. Danach wischen Sie hier durch. Für das Grobzeug nehmen Sie die Kehrschaufel. Aber nicht ins Klo kippen, hier darf nichts zurückbleiben. Und machen Sie die Gartentür auf, wir müssen den Laden lüften.«

Völx stemmte die Hände in die Hüften.

»Alles muss blitzen. Egal, wie das hier endet, wir müssen damit rechnen, dass die Polizei noch mal auftaucht. Wenn die allerdings Lunte riechen und mit der Spurensicherung anrücken, haben Sie sowieso keine Chance. Die finden was, und wenn wir uns hier den Arsch kaputtschrubben. Aber das ist *Ihr* Problem, nicht meins. Weil ich dann längst über alle Berge bin.«

Zettl stand in der Tür, unfähig, sich zu rühren. Seine rechte Hand umklammerte den Türrahmen, die linke hing schlaff herunter. Völx kam auf ihn zu, Zettl sah zu Boden, auf die Spuren, die die nackten Füße des schwarzen Mannes auf den verschmierten Fliesen hinterließen.

»Wissen Sie, was ich mich die ganze Zeit über frage, Gregor?«

Völx hatte die Stimme gesenkt. Zettl roch den herben Duft seines Parfüms, selbst jetzt noch deutlich wahrnehmbar inmitten des Gestanks von Kot, Schweiß und Verwesung.

»Ich habe zwei Prinzipien«, sagte Adam Völx. »Keine Spuren, jedenfalls keine, die zu mir führen. Daran habe ich mich immer gehalten, und ich bin gut damit gefahren, sehr gut sogar. Mein zweites Prinzip ist mir ebenso wichtig.«

Völx kam noch näher.

»Keine Zeugen. Niemand, der auch nur im Entferntesten einen Hinweis auf meine Identität geben könnte, überlebt. Mein zweiter, eherner Grundsatz, sozusagen die Basis meiner gesamten Existenz. *Das* ist es, was mir in den letzten Stunden immer wieder durch den Kopf gegangen ist.«

Die dunklen Augen des schwarzen Mannes bohrten sich in Zettls Gesicht, dieser wandte den Blick ab, sah die pulsierende Ader am sehnigen Hals des schwarzen Mannes, ein ruhiges, gleichmäßiges Pochen.

»*Sie* sind ein Zeuge, Gregor.«

Zettl antwortete nicht, seine Finger krallten sich in den Türrahmen.

»Verrückt, aber ich weiß tatsächlich nicht, was ich mit Ihnen anfangen soll«, murmelte Völx nachdenklich. »Ich hätte es mir einfach machen können. Behaupten, dass ich Ihnen bei Ihrem kleinen Problem helfe. Ob ich's tatsächlich *getan* hätte, steht auf einem anderen Blatt, denn Ehrlichkeit«, Völx kniff ein Auge zusammen, »zählt nicht unbedingt zu meinen Prinzipien, ein bisschen Rumschwindeln gehört zum Job. Wissen Sie, was mein Problem ist?«

Ein kurzes Schweigen, dann hob Völx die Hand. Zettl zuckte zurück, in Erwartung eines Schlags, sein Hinterkopf prallte gegen den Türrahmen.

»Ich mag Sie, Gregor.«

Kein Schlag, Völx tätschelte Zettls Wange.

»Keine Ahnung, warum.«

Die Hand des schwarzen Mannes streichelte Zettls Wange, Blut verschmierte die verquollene Haut.

»Diese Mischung aus Dummheit und Genie. Diese Trägheit, gepaart mit einem unglaublichen Talent. Diese Hilflosigkeit. Das fasziniert mich irgendwie.«

Völx griff einen Waschlappen, dann begann er Zettl das Gesicht zu säubern.

»Ich bin ein logisch denkender, strukturierter Mensch«, erklärte er. Mit der linken Hand hob er Zettls Kinn, die rechte hielt den Lappen, wischte über Zettls Stirn, die Mundwinkel, die Wangen. Fürsorglich, ein wenig streng, wie ein Vater, der seinem Kind nach dem Eisessen das Gesicht reinigt. »Die Logik sagt mir, dass ich in Ihrer Nähe bleibe und warte, bis Ihre Frau auftaucht. Und das wird geschehen, Gregor, egal, ob ich Sie leben lasse oder nicht. In letzterem Fall allerdings wäre es sinnlos, die gute Alma zu entsorgen, denn wem nutzt es, wenn sie verschwindet? *Ihnen*, Gregor, aber Sie hätten nichts mehr davon.«

Völx ordnete Zettls Haar, strich es hinter die Ohren. Ein letzter, prüfender Blick, er trat einen Schritt zurück. Zettl entspannte sich ein wenig, ließ den Türrahmen los. Seine Fingernägel hinterließen halbmondförmige Abdrücke im weichen Kiefernholz.

»Herrje«, seufzte Völx. »Was für ein Dilemma.«

Er öffnete den Mund, um noch etwas hinzuzufügen, doch er kam nicht dazu.

Die Haustür bebte in ihren Angeln, ein lautes Klopfen dröhnte durch die Stille.

*

»Ich will Ihre Hand sehen, Herr Zettl«, sagte Schröder.

Keine Begrüßung. Keine Entschuldigung. Nur diese paar Worte.

Er stand unter dem kleinen Vordach, die blitzenden Augen direkt auf Gregor Zettl gerichtet, der ihm verwirrt durch einen Spalt in der Tür entgegenblinzelte.

»Ich ... ich habe geschlafen.«

»*Wo* haben Sie geschlafen, Herr Zettl? In einer Jauchegrube?«

»Ich verstehe nicht, was ...«

*

»... Sie von mir wollen.«

Adam Völx hielt den Atem an. Er stand schräg hinter Zettl, verborgen in der Dunkelheit des Flurs. Sein Kopf war nach vorn gereckt, er lauschte, jede Faser, jeden Muskel gespannt, um kein Wort zu verpassen.

»Ich dachte, ich hätte mich deutlich ausgedrückt.«

Völx konnte nicht sehen, wer da sprach, Zettls Rücken verdeckte ihm die Sicht. Die Stimme, die von draußen durch den Türspalt drang, klang kühl, entschlossen.

»Ihre Hand, Herr Zettl.«

Die Tür öffnete sich ein Stück weiter. Ein Lichtkeil fiel von außen in den Flur, Völx wich lautlos zurück in den Schatten. Die Finger seiner rechten Hand bewegten sich, schlossen sich fester um das Skalpell.

Er sah, wie Gregor Zettl die Hand durch die Tür streckte.

Plastik raschelte, die Müllsäcke bewegten sich sacht im Luftzug.

Adam Völx hob das Skalpell.

*

»Die andere«, befahl Schröder knapp.

Zettl schüttelte verstört den Kopf. Sein Blick huschte umher, die Fenster im Haus gegenüber waren dunkel. Ein Taxi parkte schräg gegenüber auf der Schotterstraße, der Motor tuckerte leise.

»Würden Sie mir erklären, was das soll?«

Schröder antwortete nicht. Er nahm Zettls Arm, griff nach der Hand. Ein kurzer Blick, ein knappes Nicken.

»Ich hab's gewusst.«

»*Was* haben Sie gew…«

»Welche Schuhgröße hat Ihre Frau?«, unterbrach Schröder ihn.

Zettl verstand kein Wort. Er stand da, den Arm noch immer angewinkelt, als würde er Schröder die Hand zur Begrüßung entgegenstrecken.

Schröder wiederholte die Frage. Ungeduldig, lauter jetzt.

»Dreiundvierzig«, murmelte Zettl. »Das glaube ich zumindest. Sagen Sie mir jetzt endlich, was das alles zu …«

»Sie werden das Haus nicht verlassen.«

Schröder hatte sich bereits zum Gehen gewandt, der dünne Mantel blähte sich in der kühlen Luft. Nach drei Schritten blieb er stehen, drehte sich noch einmal um.

»Sie hören von mir, Herr Zettl.«

*

»Er ist Polizist«, murmelte Völx. »Er wird wiederkommen.«

Er saß auf der Treppe, die Ellbogen auf die nackten Knie gestützt. Seine Haut leuchtete fahl im Licht, das durch das geriffelte Glas der Haustür in den Flur drang.

»Wir wissen beide, was das bedeutet, Gregor.«

Schotter knirschte unter Autoreifen. Draußen wendete das Taxi, fuhr davon.

»Ich fürchte, wir müssen unsere Vereinbarung neu überdenken.«

Zettl stand mit dem Rücken zur Tür. Sein Gesicht lag im Schatten, seine untersetzte Gestalt zeichnete sich vor dem Glas ab wie ein Scherenschnitt aus schwarzem Krepppapier.

»Ich … ich habe keine Ahnung, was er wollte.«

»Darüber«, erwiderte Völx, »kann ich im Moment nicht nachdenken. Fakt ist, dass die Polizei hier auftauchen wird, und zwar bald. Ich selbst werde dann logischerweise nicht mehr hier sein, aber die Frage ist, was die Herrschaften hier vorfinden werden.«

Das Skalpell blitzte zwischen seinen gespreizten, haarigen Beinen auf.

»Die gute Alma«, Völx deutete auf die Säcke, die sich neben Zettl an der Wand stapelten, »werde ich wohl nicht mitnehmen. Und mit dem Chaos im Bad werde ich Sie wohl ebenfalls allein lassen müssen. Das allerdings sollte Sie nicht weiter interessieren, Gregor. Sie kennen ja meine Prinzipien.«

Völx schlug sich mit der flachen Seite des Skalpells auf die Innenseite der Handfläche.

»Keine Zeugen«, hauchte Gregor Zettl.

»Richtig«, nickte Adam Völx und stand auf. »Keine Zeugen.«

*

Das Taxi fuhr in Richtung Innenstadt. Schröder saß auf dem Rücksitz, sah hinaus in die Dunkelheit. Eine Weile verging, dann kramte er sein Handy aus der Manteltasche, wählte eine Nummer.

»Komm ins Präsidium«, sagte er ins Telefon, »sofort.«

Er lauschte einen Moment.
»Warum? Das erklär ich dir gleich.«
Er beendete das Gespräch, sah nachdenklich auf das Telefon. Das Display erlosch zwischen seinen Fingern, er beugte sich vor, tippte dem Fahrer auf die Schulter.
»Es wäre nett, wenn Sie ein bisschen Gas geben würden.«

*

»Es ist eine logische Entscheidung, Gregor.«
Sie standen einander gegenüber. Zettl hatte sich nicht gerührt, nur seine Augen waren jeder Bewegung des schwarzen Mannes gefolgt.
»Bedauerlich, angesichts der Sympathie, die ich für Sie hege.«
Völx hob die nackten Schultern, es schien ihm ernst zu sein.
»Es wird nicht weh tun.«
»Ich … ich …«
»Nein, Gregor. Nicht betteln.«
Zettl presste sich gegen die Tür, die Klinke bohrte sich in seinen Rücken.
»Es ist nur ein Stich in den Nacken. Wenn Sie den Kopf neigen, so etwa«, Völx ließ das Kinn auf die Brust sinken, »kann ich besser zielen. Sie werden sofort tot sein, das Rückenmark ist durchtrennt, bevor Sie etwas spüren.«
Zettl schluchzte auf.
»Ansonsten«, sagte Völx, »müsste ich die Kehle durchschneiden. Das dauert allerdings länger.«
Er hob das Skalpell.
»Gregor?«
»Warten Sie.«
»Das«, erklärte Adam Völx sanft, »geht nicht. Die Zeit drängt.«
»Ich habe gelogen.«
»Das ist enttäuschend, aber nicht mehr wichtig.«
Zettl murmelte etwas. Völx neigte den Kopf, seine Augenbrauen senkten sich.

»Wiederholen Sie das bitte.«

Gregor Zettl sah auf. Schluckte, hob die Hand. Der Ring an seinem Finger glänzte matt, der blaue Edelstein funkelte.

»Ich weiß, wo Donata ist.«

Sechsunddreißig

»Ich musste mir beim Pförtner zwanzig Euro borgen.«

Ein Tritt mit der Hacke, die Bürotür fiel hinter Zorn ins Schloss.

»Für das Taxi«, fügte er hinzu, nachdem er vergeblich auf eine Reaktion gewartet hatte. Schröder lehnte am Fensterbrett. Er hatte den Mantel noch an, schien eben erst hereingekommen zu sein.

»Du hattest recht«, sagte er.

»Womit?«

»Das Hüftgelenk. Das war der Punkt, an dem ich immer hängengeblieben bin. Ich hab mir die ganze Zeit den Kopf darüber zerbrochen, wie es entfernt wurde. Auf den Gedanken, dass es womöglich nie implantiert wurde, bin ich nicht gekommen.«

»War nur so 'ne Idee.« Zorn versuchte, sich seine Befriedigung nicht anmerken zu lassen, es gelang ihm nicht ganz. »*Theoretisch* wär's möglich, dass jemand anderes ihre Versichertenkarte benutzt hat. Sicher wissen wir's erst, wenn wir mit Donata Zettl gesprochen haben, aber dazu«, seufzte Zorn, »müssen wir sie erst mal finden.«

»Das haben wir bereits.«

»Ach.« Zorn sank in seinen Bürostuhl, rollte nach hinten und streckte die Beine unter dem Tisch aus. »Haben wir das?«

Schröder antwortete nicht. Stattdessen griff er in die Manteltasche, eine knappe Bewegung, etwas flog blitzend durch das Büro. Automatisch hob Zorn die Hand und schnappte, einem Reflex folgend, zu.

»Was ist das, Schröder?«

»Ein Ring.«

»Ach nee.«

Zorn drehte den Ring zwischen den Fingern.

»Der«, erklärte Schröder, »wurde bei der Leiche im Trafohäuschen gefunden. Laut Labor nicht sonderlich wertvoll, der Goldanteil ist relativ gering. Der Stein ist ein Saphir. Allerdings keine Massenware, sondern handgefertigt.«

»Also ein Einzelstück?«

»Es gibt noch einen.«

Zorn hob fragend den Kopf.

»Ich hätte früher darauf kommen können«, sagte Schröder. »Schließlich haben wir gestern noch mit ihm gesprochen. Ich habe den Ring bemerkt, allerdings nicht weiter darauf geachtet.«

»Gregor Zettl«, murmelte Zorn.

»Yes.«

Schröder lehnte noch immer am Fenster, hinter ihm dämmerte der bleigraue Morgen. Der dünne Mantelstoff raschelte, er verschränkte die kurzen Arme vor der Brust.

»Wir könnten den Goldschmied suchen und uns bestätigen lassen, dass die Zettls die Ringe haben anfertigen lassen, womöglich als Ehering. Die Leiche aus dem Trafohäuschen und Donata Zettl haben dieselbe Schuhgröße. Dreiundvierzig, ziemlich groß für eine Frau. Wir könnten die Schuhe überprüfen, ebenso den restlichen Schmuck der Leiche, warten, bis wir sicher sind, dass die Sachen Donata Zettl gehört haben. Ebenso könnten wie den DNA-Vergleich abwarten, aber das alles würde uns nur bestätigen, was wir jetzt schon wissen.«

»Donata Zettl ist tot.«

Sie schwiegen einen Moment.

»Was machen wir jetzt?«, fragte Zorn.

»Das«, nickte Schröder, »ist eine gute Frage.«

»Wir müssen Gregor Zettl noch einmal befragen.«

»Selbstverständlich müssen wir das.« Schröder schüttelte den Kopf, er klang ein wenig gereizt. »Die Frage ist nur, wie wir ihn ab jetzt behandeln.«

Er fuhr sich mit der Hand über den Nacken, überlegte kurz.

»Ich glaube nicht an einen Selbstmord. Es gibt Hinweise, dass Donata Zettl nicht allein an der Trafostation war. Wenn das stimmt, könnte diese zweite Person ihr Mörder sein.«

Zorn nahm die Brille ab. Klappte die Bügel auf, wieder zu.

»Gregor Zettl?«

Schröder nickte nachdenklich.

»Ich war bei ihm. Das war«, er sah auf die Uhr, »vor einer knappen Dreiviertelstunde. Ich wollte sichergehen, dass ich mich mit dem Ring nicht geirrt habe. Ich habe nur kurz mit ihm gesprochen, aber dann wollte ich nur noch weg. So schnell wie möglich.«

»Du hattest *Angst*? Vor Gregor Zettl?«

»Keine Angst, eher ein …«, Schröder hob die Schultern, »Gefühl. Dass da was nicht stimmt. Mit Zettl. Und diesem … Haus.«

Zorn drehte seine Brille in den Händen.

»Ich hab die ganze Nacht nicht gepennt«, sagte er.

»Ich auch nicht.«

»Bist du müde?«

»Nein«, erwiderte Schröder. »Du?«

Zorn schüttelte den Kopf.

»Was meinst du?«, fragte er. »Sollten wir Gregor Zettl einen Besuch abstatten?«

»Ja«, nickte Schröder. »Das sollten wir.«

»Mit oder ohne SEK?«

»Ersteres wäre mir lieber. Dann allerdings brauchen wir die Genehmigung der Staatsanwaltschaft.«

»Es ist deine Entscheidung. Aber die Borck«, Zorn stemmte sich ächzend aus dem Sessel, »kannst du allein aus dem Bett klingeln.«

*

»Ich warne Sie, Gregor.«

»Das müssen Sie nicht. Ich weiß, wozu Sie fähig sind.«

»Dann sollten Sie Angst haben.«

»Ich habe mich in den letzten Stunden mehr als genug gefürchtet. Jetzt habe ich keine Angst mehr. Sie hat sich abgenutzt, ist verbraucht. Alles ist irgendwann verbraucht. Die Angst auch.«

»Zum letzten Mal: *Wo ist Ihre Frau?*«

»Das erfahren Sie. Erst erledigen Sie, was Sie versprochen haben.«

*

Ein Krachen. Der Rahmen splitterte, die Tür flog nach innen auf. Ein halbes Dutzend schwarz gekleideter Polizisten stürmte mit gezogenen Waffen ins Haus. Schwere Stiefelschritte, gefolgt von knappen, gebellten Befehlen. Türen wurden geöffnet, wieder zugeschlagen.

Zwanzig Sekunden später erschien einer der Uniformierten im Eingang. Schwer atmend klappte er das Helmvisier hoch, zog den Mundschutz herunter. Wischte sich mit dem Handschuh den Schweiß von der Stirn und sah die beiden, die draußen gewartet hatten, an.

»Keiner da.«

Claudius Zorn war der Erste, der etwas sagte.

»Scheiße.«

*

Der Badesee auf der anderen Seite des Stadtwalds, knapp zwei Kilometer Luftlinie entfernt in Richtung Süden, lag ruhig in der Morgendämmerung. Wind raschelte im Schilf an den Ufern, kräuselte das brackige Wasser. Es war still, das Waldbad würde erst in ein paar Stunden öffnen. Weiter nordöstlich, versteckt hinter hohen, bis ans Ufer wachsenden Kiefern, lag eine kleine, sandige Bucht.

Wellen schwappten. Ein nackter Mann stand bis zur Hüfte im Wasser und wusch sich. Hinter ihm parkte ein silbergrauer Saab, nur ein paar Meter vom Ufer entfernt. Eine Gestalt döste auf dem Beifahrersitz. Frösche quakten im Schilf, ein Specht hämmerte in den Bäumen. Ein idyllisches, friedliches Bild.

Das Wasser war kalt, mit schnellen Bewegungen reinigte der Mann seinen sehnigen Körper, die Schenkel, den Bauch, die Achselhöhlen. Hastig schrubbte er die Unterarme, eine dunkle Schicht bedeckte die Haut, wie rostrote, getrocknete Farbe. Ein kurzes Innehalten, er holte Luft, tauchte unter. Prustend, mit großen Schritten, stakste er ans Ufer, die Hände umklammerten den muskulösen Oberkörper. Wasser plätscherte unter seinen Füßen, eine ölige Lache trieb hinter ihm auf den Wellen. Neben dem Saab blieb er stehen, fuhr sich mit den Händen über das eisgraue Haar, schüttelte sich wie ein Hund. Ein feiner Sprühregen ergoss sich auf den Kotflügel, die Windschutzscheibe des Wagens.

Er öffnete die Tür, sah ins Innere. Die Gestalt auf dem Beifahrersitz schreckte hoch.

»Jetzt«, sagte Adam Völx und pulte mit dem Zeigefinger etwas Wasser aus dem Ohr, »sollten wir klären, wie wir weitermachen, Gregor.«

*

»Und nun?«

Zorn stand frustriert unter dem schmalen Vordach und beobachtete, wie der Mannschaftswagen mit aufheulendem Motor davonbrauste. Er hatte nur einen kurzen Blick in das Haus geworfen, der Geruch, der ihm aus dem Flur entgegenschlug, hatte ihn wieder hinausgetrieben. Schröder, dessen Nase wesentlich unempfindlicher war, wuselte noch irgendwo im Haus herum.

»Was machen wir jetzt?«, rief Zorn über die Schulter.

»Ich weiß nicht.«

Zorn fuhr erschrocken zusammen, Schröder war direkt hinter ihm. Er wandte Zorn den Rücken zu, musterte die blassgelbe Fassade.

»Komisch.«

»Was ist komisch?«

»Hier.« Schröder deutete auf das kleine, von einem schmiedeeisernen Gitter geschützte Badfenster neben dem Eingang. »Die Gardine.«

»Ich sehe keine Gardine«, sagte Zorn.

»Eben. Ich auch nicht.«

»Was ist daran komisch, Schröder?«

»Vorhin war noch eine da.«

»Eine Gardine?«

»Ja.«

Rechts von ihnen bog der Mannschaftswagen auf die Hauptstraße, Staub wirbelte in rötlichen Schwaden über den Schotterweg.

»Das Haus«, sagte Schröder, »ist ganz schön vermüllt. Ein ziemliches Chaos. Nur das Bad ist blitzsauber. Sämtliche Handtücher sind weg, auch der Duschvorhang. Und der Boden ist nass.«

»Zettl hat noch mal *durchgewischt*, bevor er abgehauen ist?«

Schröder zuckte stumm die Achseln.

»Oder«, überlegte Zorn laut, »ist er vielleicht gar nicht abgehauen, sondern bringt nur kurz die Gardine in die Reinigung?«

»Das«, erwiderte Schröder ernst, »ist äußerst unwahrscheinlich. Halb sechs Uhr morgens.«

»In jedem Fall ist es komisch.«

»Wie ich schon sagte.«

Die Sonne stand noch tief am wolkigen Himmel, ein verwaschener Fleck, wie eine trübe Taschenlampe hinter einer schmutzigen Gardine. Zorns Blick wanderte über den Vorgarten. Den staubigen Polo, der schief auf platten Reifen in der Einfahrt parkte. Den kümmerlichen, frisch gesäten Rasen. Und die Reifenspuren, die sich von der schmalen, unbefestigten Straße ein paar Meter über das fleckige Gras zur Haustür zogen und direkt zu ihren Füßen endeten.

»Waren die vorhin auch schon da?«, fragte Zorn.

»Nein«, erwiderte Schröder. »Aber sicher bin ich nicht.«

Es war still in der kleinen Siedlung. Ein entferntes Klappern, irgendwo wurde ein Fenster gekippt.

»Er kann nicht länger als eine halbe Stunde weg sein.« Schröder sah erst nach links, dann nach rechts die Straße entlang. »Wir müssen die Nachbarn befragen. Vielleicht hat jemand was gesehen.«

»Kann ich mir nicht vorstellen. Die haben garantiert noch gepennt.«

Zorn folgte Schröders Blick, betrachtete die neuen, teilweise unverputzten Fassaden. Die winzigen Vorgärten, größtenteils noch brach liegend. Die gepflegten Mittelklassewagen in den Einfahrten.

»Und von ihren Bausparverträgen geträumt. Oder ihren Gartenzwergen.«

*

»Ich sollte Ihnen kurz meine Situation erklären, Gregor.«

Völx wandte Zettl den Rücken zu. Er saß seitlich auf dem Fahrersitz, die Beine durch die offene Tür gestreckt, und zog sich an.

»Vor einer knappen Stunde war ich kurz davor, direkt in die Arme der Polizei zu laufen. Es ist pures Glück, dass ich jetzt nicht in einer stinkenden Zelle sitze und einem dämlichen Beamten erkläre, warum ich in Ihrem Haus eine Leiche zerlegt habe.«

Zettl hockte stumm auf dem Beifahrersitz, den Blick auf den See gerichtet.

»Jetzt«, Völx lehnte sich zurück und schnallte den Gürtel zu, »sitze ich hier. Ein idyllisches Plätzchen, sicherlich. Trotzdem stellt sich mir die Frage, was ich hier will, mit einem stinkenden, verängstigten Fettsack auf dem Beifahrersitz, der sich nicht einmal traut, den Wagen zu verlassen. Ganz zu schweigen von den Müllsäcken im Kofferraum.«

Er langte nach hinten, holte seine Socken vom Rücksitz. Mitten in der Bewegung hielt er inne, sah Zettl an.

»Ich habe Sie tagelang verfolgt, Gregor. Ich habe Sie unter Druck gesetzt. Ich habe Sie bedroht, nach allen Regeln der Kunst, damit Sie mir sagen, wo Ihre Frau ist. Sie haben gemeint, Sie wüssten es nicht. Jetzt auf einmal behaupten Sie das Gegenteil. Warum sollte ich Ihnen jetzt glauben?«

»Weil Sie keine Wahl haben.«

Zettl sah stur auf die Windschutzscheibe. Eine Böe strich über den See, Wellen schwappten ans Ufer, das Schilf neigte sich sacht.

»Dann sagen Sie's mir jetzt, Gregor.«

Zettl schüttelte den Kopf.

»Erst, wenn ... wenn Alma ...«

»... endgültig entsorgt ist, das bemerkten Sie bereits.«

Völx drehte sich wieder um, streifte die Socken über.

»Ich werde nicht reden«, stieß Zettl hervor. »Egal, wie Sie mir drohen. Ich weiß, dass ich Ihre einzige Chance bin. Und ich sage es Ihnen erst, wenn«, er schluckte, »alles erledigt ist. Restlos, ohne Spuren. So, wie Sie gesagt haben.«

Er presste die Lippen aufeinander, die Finger im Schoß verkrampft. Völx bückte sich nach seinen Schuhen.

»Sie wissen«, sagte er über die Schulter, »dass wir warten müssen, bis es dunkel ist.«

»Dann tun wir das.«

Ein zweifaches Klopfen, Völx schlug die Hacken aneinander, Sand rieselte von seinen Schuhsohlen. Er schwang die Beine in den Fußraum, schloss die Tür.

»Sie sind nicht so dämlich und versuchen einfach nur, Zeit zu gewinnen, oder? Und ich muss Ihnen auch nicht erklären, was ich mit Ihnen tun werde, wenn sich herausstellen sollte, dass Sie gelogen haben? Ich werde meinen Teil der Abmachung erfüllen, und sollte sich heute Abend herausstellen, dass *Sie* dazu nicht in der Lage sind, dann werde ich mir Zeit lassen. Sehr viel Zeit, Gregor. Es wird lange dauern, bis Sie tot sind. Das, mein Lieber«, seufzte Völx, »ist diesmal keine Drohung, sondern eine Tatsache.«

Seine Finger klopften auf das Lenkrad, der Siegelring klapperte auf dem Leder. Eine Weile saßen sie stumm nebeneinander, dann griff Völx in die Mittelkonsole, nahm seine Uhr.

»Bald werden die ersten Idioten mit ihren Hunden hier auftauchen. Und in ein paar Stunden öffnet das Bad. Sie haben nicht zufällig eine Idee«, er streifte die Uhr über das Handgelenk, »wo wir uns den Tag über verstecken können?«

»Nein.«

Völx sah Zettl an. Wassertropfen blitzten in seinem kurzgeschnittenen Haar.

»Herrgott, Sie stinken wie ein läufiges Wildschwein.«
Surrend glitt das Fenster herunter.

*

»Eine Sache«, begann Frieda Borck, »sollten Sie mir erklären.« Die Frage war an Schröder gerichtet, der neben Zorn vor ihrem Schreibtisch saß. »Sie haben die Kollegen vom SEK aus dem Bett geholt. Sie haben *mich* aus dem Bett geholt. Das ist jetzt kein Vorwurf, aber mich würde interessieren, warum Sie Gregor Zettl nicht sofort verhaftet haben.«

Schröder öffnete den Mund, Zorn kam ihm zuvor.

»Es gab einen Verdacht, mehr nicht. Einen sehr vagen Verdacht. Schröder wusste noch nicht, dass die Schuhe, die wir bei der Leiche in der Trafostation gefunden haben, wahrscheinlich Donata Zettl gehören.« Die Lüge ging ihm glatt über die Lippen wie ein Messer durch schmelzende Butter. »Der Ring, den die Tote am Finger hatte, lag im Büro. Also haben wir uns dort getroffen, um sicherzugehen, dass es tatsächlich derselbe ist wie der von Gregor Zettl.«

Die Staatsanwältin sah Zorn an. Er hatte in einem der Waschräume am Ende des Flurs geduscht, sein Haar war noch feucht, er hatte es mit den Fingern nach hinten gekämmt.

»Schröder hat letzte Nacht kein Auge zugemacht«, sagte er. »Er hat sich den Arsch aufgerissen, und ehrlich gesagt, verstehe ich nicht, was diese Frage soll, Frau Staatsanwältin.«

Zorn klang ruhig, es war ihm ernst. Er hielt ihrem Blick stand, bemerkte das Flackern in ihren Augen, die Zweifel, die Unsicherheit. Und etwas anderes, er wusste nicht genau, was es war.

»Niemand konnte ahnen, dass Zettl eine Stunde später abhauen würde, wir …«

»Ich hatte Angst.«

Zorn sah verwundert zu Schröder. Der saß vorn auf der Kante des Stuhls, die Aktentasche auf dem Schoß. Seine Hände umklammerten den abgewetzten Griff. Zorn bemerkte, wie blass er war.

»Es stimmt«, fuhr Schröder leise fort, »ich hätte ihn sofort festnehmen …«

»Du warst allein«, unterbrach Zorn barsch. »Es war mitten in der Nacht. Niemand kann dich zwingen, hier den Rambo zu spielen.«

Ein durchdringender Blick zu Frieda Borck.

»Niemand.«

Wieder registrierte er ihre Verunsicherung. Sicherlich, er nahm Schröder selten in Schutz, das konnte ein Grund sein. Aber da war noch etwas, es schien, als *taxiere* sie ihn regelrecht, sie wirkte nachdenklich, als sehe sie ihn, Zorn, zum ersten Mal, sie …

»Lassen wir das.« Frieda Borck wandte den Blick ab. »Ich denke«, sagte sie zu Schröder, »ich sollte mich bei Ihnen entschuldigen.«

*

»Du hättest mich nicht in Schutz nehmen müssen, Chef.«

Die Tür der Staatsanwältin fiel hinter ihnen ins Schloss.

»Das hab ich auch nicht«, erwiderte Zorn knapp und lief über den Flur auf die Fahrstühle zu. Schröder folgte ihm, er hatte Mühe, mit seinen kurzen Beinen Schritt zu halten. »Weil du keinen Fehler gemacht hast, Schröder.«

Sie hatten die Fahndung nach Gregor Zettl besprochen, eine Streife war in die Waldstraßensiedlung abgestellt worden und befragte die Nachbarschaft, die Spurensicherung durchsuchte das Haus. Das, hatten sie festgestellt, war alles, was sie im Moment in Bezug auf Gregor Zettl unternehmen konnten.

»*Du* warst es«, sagte Zorn über die Schulter, »der rausgekriegt hat, dass die Leiche aus dem Trafohaus Donata Zettl ist, dass ihr Mann womöglich der Mörder ist.«

Vor ihnen öffnete sich eine Tür, eine Sekretärin erschien, ordnete verschlafen die Frisur und verschwand gegenüber in der Damentoilette.

»Das sind Vermutungen«, erwiderte Schröder. »Im Moment jedenfalls.«

Sie erreichten den Fahrstuhl.

»Ach komm«, Zorn drückte den Rufknopf, »stell dein Licht nicht unter den Schemel, wir …«

»Scheffel.«

»Was?«

Zorn kratzte sich am Kopf. Sein Spiegelbild in der polierten Fahrstuhltür tat es ihm gleich. Ein paar Sekunden vergingen.

»Das Licht«, erklärte Schröder schließlich.

»Was ist mit dem Licht?«

Schröder ordnete den Scheitel.

»Du meintest, ich solle es nicht unter den Schemel stellen.«

»Richtig«, nickte Zorn ernst. »Das sagte ich.«

»Es heißt Scheffel.«

»Scheffel?«

»Scheffel. Nicht Schemel, Chef.«

Darüber musste Claudius Zorn einen Moment nachdenken.

»Stell's, wohin du willst«, sagte er schließlich, »wir haben andere Probleme.« Er begann an den Fingern abzuzählen. »Mein Auto steht mit leerem Tank im Halteverbot am Bahnhof. Jemand muss sich um die Ölradiatoren am Hafen kümmern, einer von den Dingern muss ins Labor. Und die Fahndung nach Zettl haben wir auch noch an der Backe.«

Ein leises, melodisches Läuten, die Fahrstuhltür glitt auf.

»Abgesehen davon«, Schröder ließ Zorn mit einer Handbewegung den Vortritt, »stellt sich mir noch eine Frage.«

»Welche Etage?«, fragte Zorn.

»*Diese* Frage«, Schröder trat ein, drückte einen der Knöpfe, »meine ich nicht.«

»Sondern?«

»Angenommen, Gregor Zettl hat seine Frau tatsächlich umgebracht.«

Die Tür schloss sich. Ein Ruck, der Fahrstuhl glitt in die Tiefe.

»Warum«, fragte Schröder, »hätte er das tun sollen?«

*

»Dann werden Sie noch Geduld haben müssen. Ich sagte, heute Abend, nach Einbruch der Dunkelheit. Halten Sie mein Geld bereit.«

Adam Völx stützte sich mit dem Ellbogen am zerkratzten Glas der Telefonzelle ab, sah, den Hörer am Ohr, hinaus. Er ließ den Saab keine Sekunde aus den Augen, der Wagen stand nur ein paar Meter entfernt halb auf dem Gehsteig.

»Sie ist in der Nähe ihres Mannes. Zumindest *war* sie das, bis vor kurzem jedenfalls.«

Der Himmel war grau, dichte, nach Westen ziehende Wolken spiegelten sich in der Windschutzscheibe des Saab. Die Gestalt auf dem Beifahrersitz regte sich nicht, Gregor Zettl schien zu schlafen.

»Woher ich das weiß? Nein, ich habe sie nicht gesehen. Aber ich wurde verfolgt. Und ich wurde angegriffen.« Völx kratzte sich am Hals, das Pflaster neben dem Kehlkopf war noch feucht vom morgendlichen Bad im See. »Sie wissen, dass ich zunächst Sie oder jemanden aus Ihrer Organisation in Verdacht hatte, aber ich bin zu dem Ergebnis gekommen, dass ich mich geirrt habe. Ein solcher Angriff würde Ihnen nichts nutzen.«

Völx lauschte eine Weile.

»Der Container ist *Ihr* Problem. Ich soll die Frau finden.«

Ungeduldig schüttelte Völx den Kopf, schob mit dem Rücken die Tür auf.

»Ich habe ihren Mann. Er wird mich zu ihr führen.«

Pause.

»Ja, das ist sicher.«

Adam Völx legte auf. Er hatte überzeugend geklungen, selbstbewusst, wie immer. Doch als er die Zelle verließ und wieder zum Auto ging, war sein Blick nachdenklich. Etwas blitzte in seinen schwarzen Augen.

Zweifel.

*

»Wir werden die nächsten Stunden im Auto verbringen, Gregor.«

Sie passierten das Ortsausgangsschild. Der Saab begann zu holpern, der Straßenbelag wechselte von Asphalt zu rötlichem Kopfsteinpflaster. Zettl langte schweigend nach oben, hielt sich am Griff über dem Beifahrerfenster fest.

»Sie werden mir doch nicht durchdrehen?«

Vereinzelte Häuser zogen an ihnen vorbei, Obstbäume säumten die Straße, die Gegend wurde ländlich.

»Ihre Angstzustände«, sagte Völx. »Sie hatten Schwierigkeiten, das Haus zu verlassen. Sie sehen noch immer beschissen aus. Ich kenne mich mit Ängsten aus. Sie, Gregor, sind ein klassisches Beispiel. Sie haben eine Agoraphobie.«

Völx bremste, die Straße vollzog eine Rechtskurve, sie überquerten eine kleine Brücke, danach ging es bergauf.

»Waren Sie jemals in Behandlung?«

»Nein.«

Sie fuhren am Rande eines ehemaligen Truppenübungsplatzes entlang, ein riesiges, verwildertes Areal im Norden der Stadt.

»Man kann etwas dagegen tun, allerdings muss man sich seinen Ängsten stellen. Konfrontationstherapie nennt man das.«

Völx schaltete herunter, es ging steiler bergauf. Die Straße wurde schmaler, links von ihnen wogten die Halme eines Weizenfelds im Wind.

»Und es gibt Medikamente, Antidepressiva zum Beispiel.«

Ein Fahrradfahrer kam ihnen entgegen. Der Saab schwenkte nach rechts, Staub wirbelte auf. Sie erreichten die Kuppe der Anhöhe, die Straße endete in einer halbrunden, von Kiefern umstandenen Fläche. Ein zerkratztes Wartehäuschen duckte sich unter den Bäumen, die Endhaltestelle einer Buslinie. Völx fuhr einen Halbkreis, der Saab kam am Rande des Weizenfelds zum Stehen. Die Handbremse rastete ein, Völx schnallte den Sicherheitsgurt ab.

»Schlafen Sie ein bisschen. Wenn Sie pinkeln müssen, sagen Sie mir Bescheid.« Er langte nach hinten, öffnete den Aktenkoffer auf dem Rücksitz. »Ich saue mir ungern den Wagen ein, aber sollten Sie die Tür ohne meine Erlaubnis öffnen«, er hielt jetzt sein Skalpell in der Hand, »ramme ich Ihnen das Ding in den Oberschenkel.«

Das Messer landete neben Völx in einem Fach in der Fahrertür.

»Haben wir uns verstanden, Gregor?«

Zettl zwinkerte. Das Hemd, starrend vor Schmutz, spannte über seinem Bauch. Noch immer hielt er den Griff über der Tür umklammert, ein dunkler Schweißfleck glänzte unter seiner Achsel.

»Gregor?«

»Ich habe Sie verstanden.«

»Dann halten Sie sich dran. Wenn nicht«, Völx deutete über die Schulter zum Kofferraum, »leisten Sie der guten Alma Gesellschaft. Und zwar schneller, als Sie denken.«

Er schob den Sitz nach hinten, lehnte sich zurück. Vor ihnen fiel das Feld sanft bergab, gab den Blick auf die weiter unten liegende Stadt frei. Wolken türmten sich am Himmel, in der Ferne blitzten die Silos am Hafen, Kirchtürme erhoben sich majestätisch aus dem Häusermeer.

Adam Völx seufzte. Streckte zufrieden die Beine und kuschelte sich in seinen Sitz, als wollte er es sich gemütlich machen.

»Schön hier, oder?«

Siebenunddreißig

»Das war gute Arbeit, Herr Hauptkommissar«, sagte Frieda Borck.

»Ach«, Zorn schlug bescheiden die Augen nieder, »ich habe nur meinen Job gemacht.«

Der Stoff hieß Chlorephedrin. Die Radiatoren hatten ein Fassungsvermögen von jeweils knapp zwei Litern, doch sie waren nicht mit Mineralöl, sondern mit dieser Flüssigkeit gefüllt gewesen, einem Stoff, der als Grundlage für Crystal Meth diente.

»Das Zeug«, erklärte die Staatsanwältin, »ist auf dem Schwarzmarkt Millionen wert. Die Drogenfahndung ist völlig aus dem Häuschen, die übernehmen den Fall.«

Es war kurz vor Mittag. Als sie angerufen und ihn in ihr Büro bestellt hatte, war er auf eine weitere Standpauke gefasst gewesen, einen ihrer Vorträge über seinen Mangel an Arbeitsmoral. Umso erfreuter war er über ihr Lob gewesen – eine Freude, die er sich natürlich nicht anmerken ließ.

»Das war gute Arbeit.«

Zorn, der diesen Satz jetzt zum zweiten Mal hörte, nickte. Eine kurze Pause entstand, die Staatsanwältin nestelte am Kragen ihrer fliederfarbenen Bluse. Etwas Weißes, der spitzenbesetzte Träger ihres BHs, blitzte über ihrem Schlüsselbein. Zorn registrierte es, achtete jedoch nicht darauf. Frieda Borck war eine attraktive Frau, keine Frage. Er hatte sich allerdings schon vor langer Zeit entschieden, sie nicht als *Frau*, sondern als Vorgesetzte zu betrachten. Als jemanden, dem seine Position erlaubte, Ärger zu verbreiten, großen Ärger, und – zu allem Überfluss – reichlich davon Gebrauch machte. *Das* war in Zorns Augen ausschlaggebend: Frieda Borck war ein Mensch, der ihm sagte, was er zu tun hatte. Ein Neutrum, sozusagen.

Die Pause zog sich ein wenig. Die Staatsanwältin klopfte mit den Fingerspitzen auf den Tisch, räusperte sich.

Krass, dachte Zorn. Die weiß nicht, was sie sagen soll.

»Na ja«, er wandte sich zur Tür. »Ich mach dann mal weiter.«

Er zögerte. Wartete auf eine ihrer knappen Anweisungen oder zumindest auf die Frage, was er jetzt vorhabe. Nichts dergleichen geschah, nur ein kurzes, stummes Nicken. Das verwunderte Claudius Zorn ebenfalls ein bisschen, allerdings nur kurz. Als er wenig später wieder unterwegs in sein Büro war, hatte er es bereits vergessen.

*

»Wir könnten ein bisschen Radio hören.«

Adam Völx beugte sich vor, langte nach dem Armaturenbrett.

»Keine Musik.«

Zettl sprach leise, ohne die Augen zu öffnen. Sein Hinterkopf lehnte an der Kopfstütze, die rechte Hand umklammerte noch immer den Griff über dem Fenster.

»Wie Sie meinen«, brummte Völx achselzuckend. Er sank wieder zurück in den Sitz, sah durch die insektenverschmierte Windschutzscheibe nach draußen. Eine Böe peitschte über das Weizenfeld. Der Wind hatte die Wolken über der Stadt auseinandergetrieben. Die Sonne stand hoch am stahlblauen, herbstlich wirkenden Himmel, verschwand immer wieder hinter riesigen, nach Westen treibenden Wolkenbergen. Schatten huschten über das Häusermeer, der Fluss glitzerte zwischen den Bäumen. In der Ferne hingen Regenschleier vom Himmel wie schmutzige, im Wind treibende Gardinen.

»Wie lange sind Sie eigentlich verheiratet, Gregor?«

Keine Antwort.

Völx seufzte gelangweilt. Kratzte sich am Nasenflügel, dann langte er in das Fach neben sich, holte das Skalpell hervor. Drehte es zwischen den Fingern. Er sah zu Zettl, der reglos neben ihm hockte, als würde er schlafen. Ein leises Klatschen, Völx schlug mit der flachen Seite der Klinge gegen die Innenseite seiner Handfläche, den Blick noch immer auf Zettl gerichtet.

Dreimal. Viermal.

»Sie können mir nicht drohen«, sagte Zettl ruhig.

Seine Augen blieben geschlossen. Völx hob eine Braue, das Skalpell wirbelte zwischen seinen Fingern.

»Aber nicht doch, Gregor. Ich will nur ein bisschen plaudern. *Smalltalk*, falls Sie mit diesem Begriff was anfangen können.«

Hinter ihnen dröhnte ein Diesel. Ein Bus näherte sich, wendete auf der Freifläche und hielt mit zischenden Bremsen. Eine Horde Kinder strömte heraus, verschwand lärmend zwischen den Kiefern.

»Ich selbst«, Völx strich mit dem Zeigefinger über das Lenkrad, pustete etwas Staub von der Fingerkuppe, »war nie verheiratet.«

Keine Reaktion. Nur Zettls Pupillen bewegten sich unter den geschlossenen Lidern, sein Atem ging ruhig und gleichmäßig.

»Nehmen Sie's nicht persönlich«, Völx hob das Handgelenk, sah auf die Quarzuhr, »aber sonderlich attraktiv ist Ihre Frau nicht, jedenfalls nicht auf den Fotos, die ich von ihr habe. Sicherlich, Geschmäcker sind verschieden, aber …«

»Reden Sie nicht so über Donata!«

»Hoho! Ist Ihnen das Thema unangenehm?«

Völx klang belustigt. Zettl hatte sich aufgerichtet, seine Augen blitzten unter den langen Wimpern.

»Ich will nicht mit Ihnen reden«, presste er hervor. »Nicht über Donata, nicht über mich, erst recht nicht über Musik. Ich kann Ihr Geschwafel nicht mehr ertragen. Es ist öde. Es langweilt mich. *Sie* langweilen mich.«

Sie sahen sich an.

Hinter ihnen ein hydraulisches Zischen. Türen schlossen sich, der Bus fuhr an, verschwand hinter der Bergkuppe.

Ein paar Sekunden vergingen.

Adam Völx war der Erste, der den Blick abwandte.

*

»Ich soll dich grüßen, Chef.«

»Das ist nett, Schröder.«

Zorn lehnte in seinem Stuhl, die Hacken seiner Stiefel lagen neben der Tastatur auf dem Schreibtisch. Schröder, in jeder Hand eine Bockwurst, drückte die Bürotür mit dem Rücken ins Schloss.

»Von wem?«, fragte Zorn.

»Von der Drogenfahndung. Auch eins?«

Schröder hielt Zorn ein Würstchen entgegen.

»Nee.«

Achselzuckend nahm Schröder ihm gegenüber Platz. Betrachtete die Würstchen in seinen Händen, biss in das linke, legte das rechte neben sein Mousepad.

»Sie sind seit Jahren hinter einem Mann her«, sagte er kauend. »Sie haben keinen Namen, wissen nur, dass er Belgier ist. Es gibt viele, die mit synthetischen Drogen handeln, doch der Kerl ist clever, er beschränkt sich auf die Grundstoffe. Seine Masche ist einfach, aber genial.«

Ein lautes Knacken, die Wurstschale platzte zwischen Schröders Zähnen.

»Er selbst tritt nie in Erscheinung, er sucht sich Firmen, die in Schwierigkeiten sind, kleine Handwerksbetriebe zum Beispiel. Der Zoll wird hellhörig, wenn die Frachtpapiere verdächtig erscheinen, wenn aber eine kleine Gärtnerei zum Beispiel Grünpflanzen importiert, interessiert das erst mal niemanden. Auch, wenn diese Pflanzen theoretisch als Grundstoff für Ecstasy-Pillen verwendet werden können.«

Schröder griff in die Tasche seiner Cordhose, zückte ein großes Stofftaschentuch und wischte sich den Mund ab.

»Donata Zettl passt perfekt in das Muster. Sie brauchte Geld. Sie hatte eine kleine, unbescholtene Firma, hat alles Mögliche nach Deutschland importiert. Niemand hätte sich für diese Ölradiatoren interessiert, und dieses Chlorephedrin ist völlig geruchlos, kaum aufzuspüren. Bis vor ein paar Jahren war der Besitz nicht mal strafbar.«

»Dieser Belgier«, sagte Zorn, »lässt das Zeug also einführen. Wenn es in Deutschland ist, vertickt er's weiter an irgendwelche Drogenlabore.«

»So dürfte es abgelaufen sein, beim ersten Container jedenfalls. Wahrscheinlich ist Donata Zettl ziemlich gut bezahlt worden, aber dann hat sie gemerkt, wie viel sie verdienen würde, wenn sie die Sachen selbst weiterverkauft. Das sind Millionen. Also hat sie die zweite Lieferung nicht weitergeleitet.«

»Sie hat den Belgier beschissen?«

Schröder hob die Augenbrauen. Dann nickte er.

»Etwas flapsig ausgedrückt, aber inhaltlich durchaus korrekt.«

»Und dann ist er sauer geworden.«

»Der Belgier?«

»Ja«, nickte Zorn. »Und weil er sauer war, hat er sie umgebracht.«

Das erste Würstchen war aufgegessen.

»Möglich.« Schröder warf einen Blick auf das zweite. »Das

wiederum würde Gregor Zettl als Täter ausschließen. Wobei sich da wiederum die Frage stellt, warum er abgetaucht ist.«

Zorn hatte die Arme hinter dem Kopf verschränkt und beobachtete, wie Schröder nach dem zweiten Würstchen griff.

»Weißt du, was *ich* mich gerade frage?«

Schröder sah kauend auf.

»Was?«

Zorn deutete mit dem Kinn auf die Wurst.

»Seit wann isst du so'n Zeug? Ich dachte, du bist ein«, er wedelte mit der Hand in der Luft, »*Gourmet*.«

»Vor allem bin ich hungrig.«

Schröder stutzte.

»Na ja.«

Bedachte die Wurst in seiner Hand mit einem scheelen Blick.

»Ich *war* es.«

Die Wurst landete mit einem satten Ploppen im Papierkorb.

*

»Ich bin enttäuscht, Gregor.«

»Das ist mir egal.«

»Ich dachte, wir ...«

»Sie können mich nicht zwingen, mit Ihnen zu reden.«

»O doch, mein Lieber, das kann ich.«

»Ich *werde* reden. Wenn Sie Ihren Teil der Abmachung erfüllt haben.«

Pause.

»Langweile ich Sie wirklich, Gregor?«

Keine Antwort.

*

Es war kurz vor halb sechs, als Claudius Zorn am Waschbecken in der Männertoilette am Ende des Flurs stand und sich die Hände wusch. Die Suche nach Gregor Zettl war erfolglos geblieben, trotzdem war er bester Stimmung. Er hatte gut gearbeitet, fand Zorn, so gut, dass selbst Frieda Borck nicht umhingekommen war, ihn zu loben. Er hatte längst Feierabend, er war müde, doch bald, davon war er überzeugt, würde er endlich schlafen können, er hatte es sich redlich verdient.

Gutgelaunt pfiff er vor sich hin, gähnte, beugte sich über das Becken und fächerte sich etwas Wasser ins Gesicht. Als er sich wieder aufrichtete, fiel sein Blick auf das Gesicht im trüben Spiegel mit der gesplitterten Kante. Seine Laune sank, er betrachtete die verkniffenen, geröteten Augen, schob das Kinn vor, zog mit den Zeigefingern die schlaffe Haut über den Wangen nach hinten. Die Falten um die Mundwinkel verschwanden kurz, er strich das Haar aus der Stirn, es war noch immer dicht, doch die Geheimratsecken waren unübersehbar.

Zorn wandte sich ab, zog ein Papierhandtuch aus dem zerkratzten Spender, wischte sich das Gesicht ab. Er lauschte dem Plätschern des Wassers, hörte, wie hinter ihm die Tür geöffnet wurde. Schritte schabten über die Fliesen, Schröders Gesicht tauchte im Spiegel auf. Zorn ahnte sofort, dass etwas nicht stimmte.

»Sie lebt«, sagte Schröder.

Zorn warf das Papierhandtuch in Richtung Mülleimer. Traf allerdings nur die Kante, das zerknüllte Papier landete unter dem Waschbecken.

»Wer?«

Schröder antwortete zunächst nicht. Er bückte sich, hob das Papierknäuel auf.

»*Wer?*«, wiederholte Zorn.

»Donata Zettl«, sagte Schröder. »Sie ist nicht tot.«

*

»Jedenfalls ist sie nicht die Leiche aus der Trafostation.«

Sie waren wieder im Büro. Schröder hatte seinen Stuhl nach hinten an die Wand gerollt. Er saß Zorn gegenüber, die Hände vor dem dicken Bauch gefaltet, seine Daumen umkreisten einander.

»Die Rechtsmedizin«, er deutete auf sein Festnetztelefon, »hat angerufen. Die Schuhe, die bei der Leiche sichergestellt wurden, sind mindestens vier Nummern zu groß. Die werden noch eine ganze Weile mit ihren Tests beschäftigt sein, der DNA-Abgleich kommt erst in ein paar Tagen, aber eins ist Fakt: Kein normaler Mensch läuft mit Schuhen durch die Gegend, die ihm vier Nummern zu groß sind.«

Zorn rieb sich das Gesicht. Die Haut war noch feucht, er spürte das Kratzen der Bartstoppeln auf den Handflächen, schüttelte den Kopf.

»Das bedeutet, jemand hat die Schuhe vertauscht.«

»Korrekt.«

»Und wenn die Schuhe vertauscht wurden, dann ist womöglich noch mehr manipuliert worden. Die restlichen Klamotten, der Inhalt der Hosentaschen, der Schmuck, genauer gesagt …«

»… der Ring.«

Sie sahen sich an.

»Wer immer diese Tote auch ist«, sagte Schröder, »jemand hat sich größte Mühe gegeben, hat alles so arrangiert, dass wir sie für Donata Zettl halten.«

»Warum?«

Schröder hob die Schultern.

Ein Windstoß fuhr gegen das gekippte Fenster. Schröder stand auf, sah hinab auf den Parkplatz. Die Dämmerung war hereingebrochen. Staub wirbelte zwischen den Streifenwagen, Papierfetzen wehten umher. Die alte Kastanie schwankte, Blätter trudelten zu Boden.

Schröder schloss das Fenster.

»Die Nacht soll stürmisch werden«, murmelte er und lehnte sich an die Heizung.

Zorn seufzte leise.

»Auch das noch.«

Achtunddreißig

Regen tröpfelte von den Bäumen auf das Dach des Saab, zerplatzte auf der Windschutzscheibe. Nasse Blätter verteilten sich auf der Motorhaube, rutschten über das Blech wie tote Quallen.

Die Gestalten auf den Vordersitzen saßen reglos da, als würden sie dösen. In den letzten Stunden hatten sie kaum ein Wort gewechselt, Völx hatte den Wagen zweimal verlassen und direkt neben den Vorderreifen gepinkelt, Zettl hatte sich nicht von der Stelle gerührt.

Das Weizenfeld wogte vor ihnen in der Dämmerung. Die Sonne versank hinter den immer schneller heranjagenden Wolken, der Himmel, getaucht in ein schmuddeliges, verwaschenes Lila, verschmolz mit dem Horizont. Schwefliges, unwirkliches Licht lag über der Stadt. Die Kühltürme des Chemiewerks im Süden schimmerten fahl, der Dampf trieb in waagerechten Schwaden nach Osten.

Völx griff in die Mittelkonsole, streifte die Handschuhe über. Strich das Leder über den Fingern glatt und sah hinüber zu Zettl.

»Wollen wir, Gregor?«

Keine Reaktion.

»Ich betrachte das als Zustimmung.«

Adam Völx startete den Motor.

*

Mit der Dunkelheit kam der Wind.

Die ersten Böen peitschten durch die Straßen, rissen Blätter von den Bäumen, fegten den Fluss entlang und erreichten den Hafen. Die hohen Laternen schwankten, die Ausleger der Kräne bewegten sich sacht, Staub wirbelte über dem Hafenbecken.

Der Wachmann, der mit hochgezogenen Schultern einsam am Zaun entlangpatrouillierte, sah auf, stemmte sich gegen den Wind und lief auf den Bürocontainer zu. Die Hose flatterte um seine Beine, er hob die Hand, presste die Mütze an den Kopf, beschleunigte den

Schritt. Er erreichte die Baracke, der Wind riss ihm die Türklinke aus der Hand. Ein zweiter Versuch, diesmal mit beiden Händen. Die Baracke bebte bis in die rissigen Fundamente, die Tür wurde gegen die Außenwand geschleudert, prallte zurück. Im selben Moment, als sie hinter dem Wachmann ins Schloss krachte, legte sich der Wind.

Es wurde still.

Die Ruhe war trügerisch, etwas vibrierte unter der Stille, etwas, das die Vögel verstummen ließ und die Ratten zurück in ihre Löcher trieb.

Ein Flackern. Die Laternen erwachten zum Leben.

Weiter oben bog ein silbergrauer Saab mit quietschenden Scheibenwischern von der Hauptstraße in Richtung Hafengelände ab, bremste vor der geschlossenen Schranke, fuhr nach rechts auf den Bürgersteig und rumpelte an der Schranke vorbei über die Schienen.

*

»Nicht ganz vorschriftsmäßig, ich weiß.« Völx hob grinsend die Schultern, als habe Zettl eine Bemerkung gemacht. »In Anbetracht dessen, was wir vorhaben, würde ich das allerdings als Kavaliersdelikt bezeichnen.«

Der Wind trieb den Regen vor ihnen schräg über die schnurgerade Straße, Pfützen glänzten auf dem Asphalt im orangefarbenen Schein der Laternen.

»Man kann eine Leiche auf viele Arten entsorgen«, sagte Völx. »Mit Flusssäure zum Beispiel, aber das gibt eine Riesensauerei.«

Er fuhr im Schritttempo weiter, beugte sich über das Lenkrad, sah immer wieder beiseite. Rechts von ihnen zog der neue, hohe Zaun zum Hafengelände vorbei, links das windschiefe, rostige Gegenstück, die Umzäunung des Schrotthandels.

»Aber ich habe eine andere Methode gefunden.«

Sie passierten das Hafentor. Völx kniff die Augen zusammen, starrte durch das Gitter, die Baracke dahinter war dunkel.

»Die Sache ist einfach. Natürlich, es gibt Risiken, aber die gibt es überall.«

Hundert Meter weiter teilte sich der Zaun links von ihnen. Völx bog in eine sandige Einfahrt, ein Tor versperrte ihnen den Weg. Ein großes Plastikschild war an den eloxierten Aluminiumstäben befestigt: *R. SCHOLLE – KOMPETENZ IN SCHROTT – Mo–Fr 7 bis 18 Uhr – BETRETEN AUF EIGENE GEFAHR!*

Völx zog die Handbremse. Holte ein Schlüsselbund aus der Mittelkonsole, öffnete die Fahrertür und schwang die Beine hinaus. Ein Regenschwall ergoss sich in den Wagen, Völx achtete nicht darauf. Er zögerte, wog den Schlüssel prüfend in der Hand.

»Im Moment müssen Sie nicht reden«, sagte er über die Schulter. »*Noch* nicht, Gregor. In ein paar Minuten allerdings ist die Sache hier erledigt und dann, mein Lieber, erwarte ich eine Antwort.«

Völx sprang auf, der Saab federte leicht in den Stoßdämpfern. Zettl beobachtete, wie der schwarze Mann geduckt zum Tor ging und aufschloss. Die schiefen Flügel glitten mit einem protestierenden Quietschen auf, gaben den Blick frei auf das dahinterliegende Gelände. Berge aus Schrott türmten sich im Scheinwerferlicht des Saab, rostige Baucontainer stapelten sich neben verbogenen Eisenträgern, weiter hinten reckte sich ein Kran in die Höhe.

Völx kam eilig zurück, übersprang ein paar Pfützen, die Schultern zum Schutz gegen den Regen hochgezogen. Vor der Stoßstange blieb er stehen, klopfte mit den Knöcheln auf die Motorhaube. Sah durch die Windschutzscheibe, hob den Daumen und grinste.

Zettl schloss die Augen. Die wulstigen Finger falteten sich in seinem Schoß, seine Lippen bewegten sich kaum merklich, als würde er beten.

»Herrgott, hilf mir.«

Und das tat Gregor Zettl auch.

*

Die Wohnungstür fiel ins Schloss. Zorn spürte den Luftzug im Nacken, hörte den flatternden Nachhall draußen auf dem Flur. Zwei Schritte, er trat gegen einen leeren Farbeimer, fluchte leise, ging ins Wohnzimmer und sank auf das Sofa.

Sie hatten lange spekuliert, ohne zu einem Ergebnis zu kommen. In einem Anfall von Arbeitswut hatte Zorn vorgeschlagen, noch einmal mit dem Rechtsmediziner zu sprechen, doch der, hatte Schröder erklärt, habe vor einer halben Stunde mit dem Hinweis Feierabend gemacht, dass er seit über vierundzwanzig Stunden auf den Beinen sei und jetzt – so formulierte es Schröder – *sein gewerkschaftliches Recht* auf die ihm zustehende Freizeit wahrnehme, egal, wie dringlich der Fall sei.

Dämliche Beamtenmentalität, hatte Zorn geschimpft, er selbst habe ebenfalls seit Ewigkeiten nicht geschlafen, seit Tagen habe er bis zur Erschöpfung, ach was, bis zur *völligen Selbstaufgabe* geschuftet, nur, um jetzt von einem Typen mit Stechuhr im Arsch ausgebremst zu werden! Zorn hatte sich in Rage geredet, er war aufgesprungen, und während er sich weiter über faule Schreibtischfuzzis und ignorante Bürohengste echauffierte, hatte er seine Jacke vom Haken genommen und war, ohne dem verdutzten – und völlig übernächtigten – Schröder auch nur die Chance zu einer Erwiderung zu geben, aus dem Büro gestürmt. Auf dem Flur hatte er weiter wütend vor sich hingebrabbelt, später, als er auf dem Parkplatz in den Volvo stieg, ebenfalls.

»So ein fauler Sack«, knurrte Zorn, gefangen im Frust auf einen Mann, den er noch nie in seinem Leben zu Gesicht bekommen hatte. »Nichts anderes im Kopf als seinen dämlichen Feierabend.«

Er sank auf dem Sofa zurück, trommelte mit den Fingern auf die Lehne. Es roch noch immer nach Farbe. Zorn überlegte, ob er das Fenster aufmachen solle, ließ es dann aber bleiben. Er hatte keine Lust aufzustehen.

Die Jacke fiel neben dem Sofa zu Boden. Zorn seufzte leise, dachte an Schröder, der noch immer im Büro war.

Es war sinnlos, sie konnten nichts tun. Der Container war beschlagnahmt. Donata Zettl verschwunden. Ihr Mann ebenfalls. Sie waren keinen Schritt vorangekommen.

Er legte den Kopf in den Nacken, schloss die Augen. Lauschte der Stimme im Kopf, sie war verstummt. Immerhin etwas.

»Ach«, murmelte Claudius Zorn, »wenn ich doch wenigstens müde wäre.«

Dreißig Sekunden später war er eingeschlafen.

Neununddreißig

»Spring.«

Das ist ein Traum. Das muss ein Traum sein, denkt Zorn, nie im Leben würde Schröder einen schwarzen Anzug und eine verspiegelte Sonnenbrille tragen, vor allem nicht jetzt, mitten in der Nacht.

»Spring«, wiederholt Schröder.

Er sieht aus wie John Belushi.

»Hä?«, sagt Zorn.

Seine Füße sind kalt und feucht. Er sieht nach unten, seine nackten Zehen krallen sich in den Beton. Er steht auf einem Startblock, unter ihm glitzert das türkisfarbene Wasser eines riesigen Pools. Nein, es ist das Hafenbecken, angestrahlt von unzähligen Scheinwerfern unter der Wasseroberfläche. Komisch, Zorn kann das Chlor riechen, mehr noch, er kann es regelrecht schmecken. Es duftet wie in einem Freibad, nach Sonnencreme und frisch gemähtem Gras.

»Arme vor«, kommandiert Schröder-Belushi. »Kopf auf die Brust.«

Zorn gehorcht. Buntes Licht flackert auf dem Wasser, er sieht auf. Lichterketten spannen sich über dem Becken, Scheinwerfer tauchen die riesigen Metallwände der Silos in bonbonfarbenes Licht. An den Kränen hängen Luftballons, Wimpel flattern an den Hochspannungsleitungen.

»Und jetzt nach vorn kippen.«

Schröder klingt ungeduldig. Die Lichterketten spiegeln sich in seiner Sonnenbrille, Zorn bemerkt einen winzigen Riss im linken Glas.

Schröders Gesicht glänzt frisch rasiert, er hat sich geschnitten, über dem Schlips klebt ein Pflaster am Hals.

»Ist das eine Anweisung?«, fragt Zorn. »Eine dienstliche?«

Schröder antwortet nicht. Sein Gesicht verändert sich, schmilzt unter der Sonnenbrille, als würden zwei Fotos übereinandergelegt. Zorn erkennt die dicken, sinnlichen Lippen von Gregor Zettl.

»Spring«, wiederholt Schröder-Zettl.

Zorn will nicht in dieses Wasser. Es ist klar, er kann die türkisfarbenen Fliesen am Boden erkennen, die Linien, welche die Bahnen abtrennen. Er hört ein Brummen und dreht sich um. Hinter ihm stehen Container, es sind mehr als ein Dutzend. Die Stirnseiten sind beschriftet: HAFENGELÄNDE! HIER GILT DIE StVO! *Scheinwerfer huschen über die rostigen Wände, richten sich auf sein Gesicht. Das Brummen wird lauter, ein Gabelstapler rumpelt direkt auf ihn zu. Zorn schließt geblendet die Augen, schwankt auf dem Startblock, rudert mit den Armen, um das Gleichgewicht zu halten. Im letzten Moment dreht der Gabelstapler ab. Zorn spürt den Luftzug im Gesicht, erkennt den Fahrer. Ronny, der Hafenarbeiter, hockt breitbeinig auf dem Sitz, eine Hand am Lenkrad, die andere lässig auf dem Oberschenkel. Den Helm hat er keck in den Nacken geschoben, eine Kippe hängt schief unter dem buschigen Schnauzbart hervor. Er kneift ein Auge zu, hebt die Hand. Deutet zuerst auf seine Schläfe, dann auf Zorns nackte Brust.*

»Helmpflicht, Kumpel!«

»Verpiss dich!«, schreit Zorn. »Das ist mein *Traum!«*

Der Gabelstapler rumpelt mit quietschenden Vollgummireifen am Becken entlang. Schröder tritt einen Schritt zurück, klatscht Ronny ab, dann stellt er sich an den Beckenrand, wippt auf den Zehenspitzen wie ein Bademeister.

»Hast du Angst?«, fragt er.

»O ja«, nickt Zorn. »Ich habe Angst.«

*

»Wenn ich etwas loswerden will«, sagte Völx und legte den Gang ein, »habe ich zwei Möglichkeiten. Entweder, ich lasse es komplett verschwinden.«

Der Wagen rollte in die Einfahrt. Ein Kiesweg schlängelte sich zwischen meterhoch aufgetürmtem Schrott, die Scheinwerfer des Saab huschten über grotesk verbogene Stahlträger, rostige Rohre, verbeulte Blechfässer.

»Ein Stück Würfelzucker zum Beispiel. Das klingt einfach, ich muss es nur in einem Wasserglas auflösen.«

Tiefe Spurrinnen furchten den Weg, schaukelnd holperte der Saab durch die Pfützen, die sich in den Schlaglöchern gebildet hatten. Völx hielt das Lenkrad fest umklammert, Zettl wurde neben ihm auf dem Beifahrersitz durchgeschüttelt, seine Finger krampften sich um den Griff über dem Fenster.

»Kein Problem, sollte man meinen, richtig?«

Ein kurzer Blick zur Seite.

»Falsch!«, blaffte Völx, als habe Zettl geantwortet. »Das Problem ist, dass man den Zucker dann zwar nicht mehr sieht, aber man würde ihn *schmecken*, wenn man das Wasser kostet!«

Die Räder des Saab rutschten über nassen Schotter, drehten kurz durch, griffen wieder. Dreck prasselte gegen die Bodenwanne. Undeutlich tauchten die Umrisse eines klapprigen Lkw-Anhängers auf, der mit platten Reifen zwischen verbogenen Metallkäfigen stand.

»Nein«, dozierte Völx weiter, »man muss ihn *tarnen*. Und zwar so, dass er nicht auffällt. Am besten zwischen anderen Zuckerwürfeln. Klar, man sieht ihn, aber man achtet nicht darauf.«

Sie hatten die Mitte des Schrottplatzes erreicht, die Fläche vor ihnen war leer. Eine schlammige Brache, groß wie ein halbes Fußballfeld, der wellige Boden gefurcht durch die Reifen tonnenschwerer Laster. Völx steuerte den Saab nach links, dort türmten sich Hunderte zu rostigen Klumpen gepresste Autowracks zu einer zehn Meter hohen Mauer. Die Scheiben beschlugen, Völx schaltete das Gebläse hoch, wischte mit dem Handschuh über das Glas. Holpernd näherten sie sich der hinteren Grenze des Schrottplatzes, einem löchrigen, von Brombeergestrüpp umrankten Maschendrahtzaun. Völx setzte zurück und blieb mit dem Heck zum Zaun zwischen zwei abschließbaren grauen Müllcontainern stehen.

»Zucker versteckt man am besten im Zucker.«

Die Handbremse rastete ein.

»Und Müll«, Völx deutete nach links, auf einen der Container, »versteckt man am besten im Müll.«

»Ich habe keine Ahnung, was Sie meinen«, murmelte Zettl.

»Oh!«, Adam Völx grinste, *»es spricht!«*

Die Scheinwerfer bohrten sich in die Dunkelheit, der Regen flimmerte in dünnen Fäden durch die Lichtkegel. Die Fläche vor ihnen war völlig durchnässt, ein brach liegender, lehmiger Acker. Kahl, trostlos wie eine Mondlandschaft. Der Kran, ein fleckiges gelbes Monstrum, reckte sich über den Schrottberg in die Nacht wie der Arm eines Zyklopen.

»Ich will's Ihnen erklären.« Völx räusperte sich und wurde ernst. »Ein Schrottplatz ist nicht unbedingt eine Goldgrube, reich wird man damit nicht. Der Inhaber dieses Ladens ist ein pragmatischer Geschäftsmann. Wenn er die Gelegenheit bekommt, nebenbei etwas zu verdienen, dann nutzt er sie. Auch wenn es ein wenig, nun ja, *illegal* erscheint. Dieser Container«, Völx deutete durch die verregnete Scheibe nach draußen, »wird regelmäßig geleert, und zwar direkt in der Müllverbrennungsanlage am Klärwerk. Niemand fragt nach dem Inhalt. Es gibt zwei Schlüssel. Einen habe ich, den anderen der Besitzer dieses Ladens. Der gute Mann denkt, ich würde Chemieabfälle entsorgen, ebenso wie sein Verbindungsmann in der Müllverbrennungsanlage. Nicht unbedingt hochgiftig, aber ich habe Andeutungen gemacht, dass man den direkten Kontakt vermeiden sollte. Aus«, er lehnte sich mit einem selbstzufriedenen Grinsen zurück, »gesundheitlichen Gründen. Die werden sich hüten, dem Container zu nahe zu kommen. Sie kassieren ihr Geld – eine ziemliche Menge, muss ich zugeben – und lassen den Inhalt verschwinden. Ich will Sie nicht mit Details langweilen, Gregor. Fakt ist, dass sich die gute Alma demnächst buchstäblich in Luft auflösen wird.

Als«, Völx stieß ein glucksendes Kichern aus, »Sondermüll. Was ja nicht ganz abwegig ist.«

Der Saab vibrierte im Leerlauf. Regen trommelte auf das Dach.

»Sie glauben mir nicht?«, brummte Völx, nachdem er ein paar Sekunden vergeblich auf eine Antwort gewartet hatte. »Dann werd ich's Ihnen beweisen.«

*

»Ich will nicht springen«, sagt Zorn.

Er ist ein wenig in die Hocke gegangen, hat die Beine in den Knien gebeugt. Das Wasser plätschert zu seinen Füßen. Er sieht seine nackten Beine, die Gänsehaut auf den Oberschenkeln. Sein Bauch wölbt sich über einer geblümten Badehose. Nein, keine Badehose, es sind Boxershorts, ein wenig verwaschen. Hellgrün, mit rosa Maiglöckchen.

Etwas knirscht auf dem Beton. Schröder kommt näher, das Knirschen stammt von den Rädern eines Ölradiators, Schröder zieht ihn am Stromkabel hinter sich her wie einen Handwagen.

»Ich will nicht«, wiederholt Zorn.

Schröder greift in die Innentasche seines Jacketts, zieht ein längliches, etwas gebogenes Metallstück hervor. Dann bückt er sich, öffnet ein Ventil am unteren Ende des Radiators. Zorn hört das Quietschen, eine ölige Flüssigkeit plätschert in das Metallstück, das aussieht wie ein altertümliches Trinkhorn.

»Trink das«, sagt Schröder und streckt den Arm aus. »Es hilft gegen die Angst.«

Zorn erkennt jetzt, was Schröder in der Hand hält.

»Das ist ein künstliches Hüftgelenk. Die sind nicht hohl.«

»Das ist ein Traum«, grinst Schröder. »Da ist alles möglich.«

*

»Das kann nicht sein!«

Dröhnend klappte der schwere Stahldeckel nach hinten, mit einem Satz verschwand Adam Völx im Container. Seine Schuhe polterten auf dem Metall, er wühlte zwischen leeren Kisten. Plastik raschelte. Eisen klirrte.

»Das *kann* einfach nicht sein!«

Die Stimme des schwarzen Mannes drang dumpf aus dem Container hervor. Zettl stand neben der schlammbespritzten Motorhaube des Saab, die Arme fröstelnd vor der Brust verschränkt.

»Die ist weg!«

Zettl schlug den Hemdkragen hoch. Ein halbherziger Versuch, sich vor dem Regen zu schützen. Der dünne Stoff klebte an seinem Körper, die nackten Füße versanken bis zu den Knöcheln im Lehm.

Adam Völx war ausgestiegen und hatte Zettl befohlen, den Wagen ebenfalls zu verlassen, ein überlegenes Grinsen auf den schmalen Lippen. Dies allerdings hatte sich schlagartig geändert, als Völx das offene Vorhängeschloss an der Containerklappe bemerkt hatte. Seine Kinnlade war buchstäblich heruntergeklappt in einem Ausdruck der absoluten grenzenlosen Überraschung.

»Das *kann* nicht sein!«, rief Adam Völx.

Zum dritten Mal.

Er tauchte wieder auf, purpurne Flecken glühten auf seinen Wangen. Sein Blick irrte über den verwaisten Schrottplatz, der Wind peitschte ihm den Regen ins Gesicht.

»Sie war hier drin!«

Völx hob die Stimme, bis zur Hüfte im Container stehend wie ein Kapitän auf einem sturmumtosten Schiff.

»Ich hab sie vorgestern hier reingepackt!« Er bückte sich, schüttelte das Ende einer grauen Plane in der Faust. »Hier! Hier drin hab ich sie eingewickelt!«

Die Plane bauschte sich im Wind, Völx hob die Arme, drehte sich einmal um die eigene Achse.

»Die kann doch nicht einfach verschwinden!« Speichel spritzte aus seinem Mund, mischte sich mit dem Regen. Seine Stimme war schrill, eine Mischung aus Wut und Verwirrung. Und Angst.

»Eine siebzig Kilo schwere Wachfrau, die kann sich doch nicht in Luft auflösen! Ich bin doch nicht bekloppt! Ich meine, ich …«

Völx erstarrte. Die letzten Worte waren an Zettl gerichtet gewesen, doch sie verhallten ungehört zwischen dem aufgetürmten Schrott.

Gregor Zettl war verschwunden.

*

Zorn sieht nach unten.

Seine Füße sind in den Startblock gesunken, stecken bis zu den Knöcheln im Beton. Schröder steht direkt neben einem Schild: WASSERTIEFE 23 METER – NUR FÜR SCHWIMMER! ist in verblassten blauen Großbuchstaben auf der vergilbten Pappe zu lesen, darunter ein weiterer Hinweis: BITTE HIER KEINE LEICHEN ENTSORGEN!

»Weißt du, was ein Anagramm ist?«, fragt Schröder und schiebt die Sonnenbrille zurecht. Ein Ring funkelt an seinem Finger, ein blauer Edelstein blitzt auf.

»Ja«, sagt Zorn. Er hat keine Ahnung, was Schröders Frage bedeutet. Das ist allerdings auch nicht wichtig, schließlich ist das hier ein Traum. »Das ist was Doppeltgemoppeltes. So was wie ein weißer Schimmel oder ein alter Greis oder …«

»Nein, Claudius.«

Zorn sieht nach rechts. Malina steht neben ihm auf einem Startblock.

»Du meinst einen Pleonasmus«, sagt sie. Ihr Bauch, viel dicker als bei ihrer letzten Begegnung, wölbt sich unter einem weiten Mantel. »Nun spring schon«, sagt sie.

»Ich kann nicht«, sagt Zorn. Er ist jetzt bis zu den Waden in den Startblock gesunken. »Selbst wenn ich wollte, es geht nicht.«

Sie streckt ihm die Hand entgegen, mit der anderen umfasst sie ihren Bauch. Ihr Spiegelbild flimmert auf dem Wasser.

»Hilf mir«, sagt Zorn und hebt ebenfalls die Hand.

»Das geht nicht.«

Malina schüttelt den Kopf. Sie ist mindestens vier Meter entfernt.

»Ich kann nicht laufen«, sagt sie traurig. »Meine Schuhe sind zu groß. Mindestens vier Nummern.«

Zorn sinkt tiefer in den Startblock, der Beton legt sich um seine Knie.

»Ich muss jetzt weiter«, sagt Malina. »Nach Belgien.«

Zorn spürt, wie sich seine Nackenhaare aufrichten.

»Lass uns Freunde bleiben, Claudius.«

Malina klingt jetzt anders, etwas tiefer. Das, denkt Zorn, ist die Stimme von Frieda Borck, doch als er zur Seite blickt, ist niemand mehr da, weder Malina noch die Staatsanwältin. Stattdessen windet sich ein armdicker Aal auf dem Startblock neben ihm. Die Schuppen glitzern metallisch, spitze, gebogene Zähne blitzen im geöffneten Maul.

»Herrje«, sagt Schröder. »Was für ein bescheuerter Traum, nicht wahr?«

*

Er rannte um sein Leben.

Nun, *rennen* war übertrieben, Gregor Zettl stolperte mehr, als dass er rannte. Es war Monate, wenn nicht Jahre her, dass er sich zuletzt schneller als in gemächlichem Schritttempo bewegt hatte. Bereits nach wenigen Metern zitterten seine Knie unter der Last des übergewichtigen Körpers. Seine Lungen brannten, spitze, scharfkantige Steine bohrten sich in die nackten Fußsohlen, im nächsten Moment versank er bis zu den Knöcheln im Lehm.

Er hörte das Platschen, mit dem der schwarze Mann irgendwo hinter ihm aus dem Container sprang und in einer Pfütze landete, den unterdrückten Wutschrei, mit dem er die Verfolgung aufnahm.

Der Regen fiel in immer dichter werdenden Schleiern. Zettl stolperte über die Brache, taumelte auf das blitzende Gebirge aus haushoch aufgetürmtem Schrott zu. Schwefelfarbenes Licht schimmerte durch das ineinander verkeilte Metall. Irgendwo dort, im trüben Widerschein der Laternen, lag sein Ziel, die Straße.

Keuchend, mit angewinkelten Armen, wankte er über den lehmigen, von schweren Reifen gefurchten Boden, übersprang eine Rinne, versank bis zu den Waden in der nächsten. Trübes Wasser spritzte auf, Schlamm gluckste, saugte an seinen nackten Sohlen. Verbissen watete Gregor Zettl voran, erreichte den Fuß des Schrottbergs, wandte sich nach links. Seine Füße glitten aus, er fiel auf die Knie, stützte sich ab, um sich wieder aufzurappeln, erstarrte mitten in der Bewegung, eine Hand bis knapp unter den Ellbogen im Morast versunken, die andere auf eine verbeulte Felge gestützt.

Er spürte Adam Völx, bevor er ihn hören konnte.

Ein schriller Schrei entrang sich seiner Brust, der gellende Ruf eines zu Tode geängstigten Tieres. Dann schloss Gregor Zettl die Augen, erschlaffte. Sein Kopf sank resigniert auf die Brust, er kniete am Boden wie ein Verurteilter, den Nacken dargeboten zum letzten, endgültigen Hieb durch das Henkersbeil.

Völx näherte sich mit langen, schnellen Schritten, raste, nein, *flog* förmlich heran, ein weiter Satz, ein heftiger Stoß in den Rücken, Gregor Zettl kippte nach vorn wie ein Sandsack, getroffen mit der Gewalt einer Abrissbirne.

*

»Du hast recht«, sagt Schröder. »Es ist dein *Traum.«*

Er steht direkt an der Beckenkante, hat jetzt einen Schirm in der Hand. Der blauweiß gestreifte Stoff spannt sich über seinem Kopf. KÜSS DEN CHEF, *steht in grellen orangefarbenen Lettern auf dem Schirm.*

»Aber weißt du was?«

Schröder legt den Kopf in den Nacken, sieht nach oben. Licht flackert auf der nachtschwarzen Sonnenbrille.

»Ich bestimme, was passiert.«

Eine einladende Geste mit der freien Hand, eine leichte Verbeugung, wie ein Regisseur, der das Theaterstück eröffnet.

»Und … bitte.«

Ein Sausen, gefolgt von einem Klatschen. Zorn fährt zusammen, direkt neben ihm zerplatzt ein Karpfen auf dem Beton. Innereien quellen hervor, Blut spritzt auf, Schleim benetzt seine Schenkel.

»Ich hasse Fisch«, ächzt Zorn.

»Ich weiß«, lächelt Schröder. »Ich weiß.«

Zorn sieht seine Zähne. Klein und weiß wie immer. Nur ein wenig spitzer, als er sie in Erinnerung hat.

Schröder dreht den Knauf in der Hand. Der Schirm wirbelt über seinem Kopf, die blauweißen Streifen verwischen zu einem hellen Grau, die Aufschrift hat sich geändert, flimmert in fetten Buchstaben

MEINE MUTTER IST TOT!

vor Zorns Augen.

»Es … es tut mir leid«, sagt Zorn. Ein Knirschen, er versinkt weiter im Beton, nur sein Oberkörper ragt noch aus dem Startblock. »Ich hätte dir helfen müssen.«

»Das konntest du nicht. Du hast es ja nicht gesehen.«

Schröder schiebt die Sonnenbrille auf die kahle Stirn. Starrt Zorn blicklos entgegen. Seine Augen sind leer. Pupillenlose, glänzende Steine.

»Man sieht das, was man sehen will«, sagt Schröder. Blut läuft aus seinen Augen, dunkle, schimmernde Tränen.

»Ich entschuldige mich«, sagt Zorn.

»Das reicht nicht.«

*

»Mieses, fettes Stück Dreck.«

Zettl lag auf dem Bauch, unfähig, sich zu rühren. Der schwarze Mann kniete rittlings auf ihm, presste Zettls Kopf seitlich in eine Pfütze. Über ihnen türmte sich der Schrott, eine gigantische, grotesk gebogene Wand aus Stahl.

»Glaubst du, ich lasse mich von dir *verscheißern*?«, zischte Völx. Sein Atem ging schnell. Vor Wut, nicht vor Anstrengung, Zettls kläglicher Fluchtversuch hatte kaum eine Minute gedauert.

»Ihr wollt mich verrückt machen, stimmt's?«

Völx verstärkte den Druck, Zettls linke Wange versank bis über das Auge im Schlamm. Das rechte Auge kniff er zusammen, unfähig, den Kopf zu drehen, geblendet von den Scheinwerfern des Saab, die vom anderen Ende des Schrottplatzes direkt in sein Gesicht strahlten. Der Motor tuckerte im Leerlauf, das gutmütige entfernte Brummen mischte sich mit dem Pfeifen des Windes, dem Rauschen des Regens, dem Plätschern, mit dem das Wasser in immer breiter werdenden Sturzbächen den Schrottberg hinabrann. Und der metallischen Stimme des schwarzen Mannes, der auf Gregor Zettls Rücken hockte wie ein schwarzer, gebeugter Troll, den Mund direkt an seinem Ohr.

»Ihr steckt alle unter einer Decke.«

Ein neuer Unterton schwang in dieser Stimme mit.

»Alle!«

Das leise, hysterische Vibrieren des Wahnsinns.

»Du. Deine Alte. Und dieses belgische Stück Scheiße.«

Völx stieß ein wütendes Knurren aus, Gregor Zettl antwortete mit einem gequälten Husten. Sein Kopf sank immer tiefer in die Pfütze, Wasser drang in seinen Mund, sein stoßweiser Atem bildete schaumige Blasen auf der schmutzigbraunen Oberfläche.

»Wir hatten eine Abmachung, verdammte Scheiße! Ich habe mich dran gehalten, habe dir geholfen, weil ich dir *vertraut* habe!«, stieß Völx hervor. Die Empörung in seiner Stimme klang echt, er glaubte tatsächlich, was er sagte. Seine Finger verkrallten sich in Zettls Nacken. »Und was machst du?«

Ein Ruck, Zettls Kopf wurde an den Haaren nach hinten gerissen.

»Haust einfach ab!«

Keuchend rang Zettl nach Atem. Sein Gesicht schwebte über dem Boden, Schlamm tropfte von seiner Nase. Ein weiteres Husten, er würgte eine Mischung aus Schleim, Blut und Dreck hervor.

»Du sagst mir jetzt, wo sie ist«, zischte Adam Völx. »Sofort.«

*

Schröder hebt die Hand. Zieht an einem unsichtbaren Strick.

Zorn schreit auf. Hunderte, Tausende Fische stürzen vom Nachthimmel, krachen wie Geschosse in das schäumende Hafenbecken, ein unbarmherziger, blitzender Hagel ergießt sich über den halbnackten Zorn. Er krümmt sich auf dem Startblock, hebt die Arme schützend über den Kopf. Brüllt, wimmert, fleht Schröder an, es soll aufhören, es ist eklig, es tut weh, sein Kopf, die Schultern schmerzen wie verrückt. Schröder scheint jetzt direkt neben dem Startblock zu stehen, Zorn hört seine Stimme, schwer zu verstehen unter dem Klatschen der unablässig herabprasselnden Tiere. Fisch, erklärt Schröder ihm, sei eines der am häufigsten unterschätzten Nahrungsmittel, sicherlich, ein wenig aufwendig in der Zubereitung, aber gesund, äußerst gesund, vor allem wegen der Eiweiße. Schröder referiert weiter, schneller, immer schneller, seine Stimme wird höher, als würde ein Tonband vorgespult. Kehlige Laute, scheinbar nur aus Konsonanten bestehend. Belgisch, denkt Zorn, jetzt quatscht der auch noch Belgisch, was, verdammt nochmal …

*

»… soll diese Scheiße?«

Zorn kam zu sich. Er lag zusammengekrümmt auf dem Teppich, eingeklemmt zwischen Sofa und Couchtisch, die Arme schützend um den Kopf gelegt. Sein Schädel dröhnte, die Unterarme schmerzten, er musste sich an einem Tischbein gestoßen haben. Stöhnend rappelte er sich auf, stolperte, seine Beine hatten sich in der Decke verfangen. Er strampelte sich frei, sank aufs Sofa. Zunächst dachte er, seine eigenen Schreie hätten ihn geweckt, sie hallten noch nach, in seinem Kopf, von den frisch gestrichenen Wänden des Wohnzimmers. Dann bemerkte er das vibrierende Handy auf dem Couchtisch.

Vierzig

»Du kotzt mich an«, zischte der schwarze Mann.

Der Regen prasselte auf seinen gekrümmten Rücken, mischte sich mit den Sturzbächen, die zwischen dem aufgetürmten Schrott herabschossen. Wie ein Reiter hockte er über Gregor Zettl, die rechte Hand krallte sich in den feisten Nacken wie in die Mähne eines Pferdes, die linke umklammerte den verbogenen Fuß eines Bettgestells, um das Gleichgewicht zu halten.

»Du gehst mir auf den Sack.«

Seine Lippen, direkt an Zettls Ohr. Seine Stimme, ein heiseres Flüstern im Tosen des Windes.

»Du und deine verschissene *Phobie.*«

Zettl stieß ein Krächzen hervor, verschluckte sich, atmete gurgelnd ein.

»Ich bring dich schon zum Reden.«

Völx umklammerte das spärliche Haar unterhalb seiner Glatze. Richtete sich auf, streckte die Arme, verlagerte sein Gewicht nach vorne auf Zettls Hinterkopf. Dieser wurde nach unten gedrückt.

»Das«, grinste Adam Völx, »nennt man Konfrontationstherapie.«

Zettls Gesicht versank im aufspritzenden Schlamm.

*

»Wie spät ist es?«

Zorns Stimme klang verwaschen, seine Kehle war trocken, wie mit Sägespänen gefüllt. Schröders Stimme drang undeutlich aus dem Hörer.

»*Was* sagst du?«

Zorn fuhr sich mit der Hand über das schweißnasse Gesicht. Reste des Traumes waberten um seinen Kopf, trieben in Fetzen durch seinen benebelten Schädel.

»Ein Anagramm«, sagte Schröder am anderen Ende der Leitung, er klang ungeduldig. »Ich fragte, ob du weißt, was das ist!«

Wind rüttelte am Fenster, Zorn hörte ein Prasseln, als würde Sand gegen die Scheibe geschleudert. Er sah auf, bemerkte den Regen, der in breiten Schlieren am Fenster herablief.

»Ein Anagramm?« Zorn stockte. »Danach …«

hast du mich eben gerade gefragt,

wollte er sagen.

Aber da hast du ausgesehen wie John Belushi. Abgesehen von den weißen Kristallkugeln, die du anstelle deiner Augen hattest. Und deine Zähne, die waren spitz, sie …

»Ich weiß, wo Donata Zettl ist«, sagte Schröder. »*Du* weißt es übrigens ebenfalls.«

»Woher soll ich …«

»Weil«, unterbrach Schröder, »du bereits mit ihr gesprochen hast.«

*

»Ruhig, Gregor.«

Zettl krümmte sich wie ein Insekt. Ein verzweifelter Versuch, sich aus der eisernen Umklammerung des schwarzen Mannes zu befreien. Sein Kopf war bis über die Ohren im Modder versunken, nur die Glatze ragte noch aus der Brühe.

»Man kann nicht alles haben.«

Völx hob den Kopf, hielt sein Gesicht in die herabstürzenden Wassermassen. Schloss die Augen, als würde er eine Dusche genießen.

»You can't always get what you want!«

Er begann zu singen. Mit kräftiger, sonorer Stimme, irgendwo zwischen Bass und Bariton angesiedelt.

»No, you can't always get what you want!«

Die Pfütze begann zu brodeln, Blasen stiegen auf.

»But if you try sometimes …«

Eine trübe kochende Suppe.

»... you get what you need!«

Schlamm spritzte auf. Zettls Beine trommelten auf den Boden, wühlten sich tief in den Dreck, der zuckende Tanz eines Erstickenden. Völx schwankte wie auf einem bockenden Esel, stützte sich mit der freien Hand am Fuß eines eisernen Garderobenständers ab, der neben ihm aus dem Schrott herausragte.

»Die Stones«, sagte er nachdenklich. »Guter Song, nur drei Akkorde.«

Eine Windböe trieb ihm einen Regenschwall ins Gesicht. Gregor Zettl bäumte sich unter ihm auf, erschlaffte.

»C, F und d-Moll.«

Aus der Dunkelheit wurde ein Zeitungsfetzen herangeweht, klatschte gegen den Schrottberg und blieb mit flatternden Enden an der zerbeulten Stoßstange eines Opel Kadett hängen.

Ein paar Sekunden vergingen, dann lockerte Adam Völx den Griff. Zettl reagierte nicht, reglos lag er da, der Kopf vollständig im Schlamm versunken.

Der Wind pfiff über den Platz, heulte in den Schrottbergen wie ein wütendes Tier. Völx packte Zettl an den Haaren, riss seinen Kopf aus der Pfütze.

»Gregor?«

Zettl hing am Arm des schwarzen Mannes über dem Boden, leblos wie eine durchnässte Puppe. Seine Augen waren geschlossen, die Lippen blutleer und bleich.

»Du dummes Schwein wirst mir doch jetzt nicht ...«

Gregor Zettl kam zu sich. Ein tiefer, gieriger Atemzug, pfeifend füllten sich seine Lungen mit Luft. Völx beugte sich zu ihm.

»Jetzt sagst du mir, wo sie ist«, sagte er leise. »Oder ich ersäufe dich wie einen räudigen Straßenköter. Du hast ...«

»Lass ihn los.«

Adam Völx fuhr herum.

»Er weiß es nicht.«

Die Stimme drang ruhig aus dem Schatten. Völx blinzelte, rieb sich das Wasser aus den Augen. Die Gestalt, ein undeutlicher Schemen, stand neben einem Käfig mit Kabelrollen. Völx sah nur verschwommene Umrisse, doch eines konnte er deutlich erkennen.

Die Pistole, die direkt auf seine Brust gerichtet war.

*

»Ich hab keine Ahnung, was du meinst!«

Zorn nahm das Telefon in die andere Hand. Er musste aufstoßen, der saure Geschmack von Erbrochenem stieg seinen Hals empor. Er schluckte, kämpfte gegen den Würgereiz. Nein, kein Erbrochenes, viel schlimmer. Es schmeckte nach Fisch.

»Zwei Namen.« Schröders Stimme drang blechern aus dem Hörer. »Ein Anagramm, wir …«

Seine Stimme ging im Heulen des Windes unter. Zorn sprang auf, schloss das Fenster mit einem Knall. Der Teppich unter der Heizung war feucht, es hatte hineingeregnet.

»Ich versteh kein Wort!«

»Himmelherrgott!«, rief Schröder. »Etto Zalandt und Donata Zettl! Dieselben Buchstaben, nur in anderer Reihenfolge!«

Zorn lehnte am Fensterbrett, presste das Handy ans Ohr. Spürte, wie sein Hintern nass wurde.

»Das heißt, die beiden …«

»… sind ein und dieselbe Person. Ich wäre dir sehr verbunden, wenn du mich sofort im Präsidium abholen würdest.«

»Schröder, ich …«

»Und zwar *pronto*, wenn ich bitten darf. Das ist eine dienstliche Anweisung.«

Einundvierzig

»*Du* warst das?«

Der Wind hatte sich gelegt. Der Regen strömte in dichten senkrechten Fäden auf Adam Völx herab. Seine Augen, weit aufgerissen in ehrlichem Erstaunen, richteten sich auf die hagere Gestalt in der schlecht sitzenden Uniform. Donata Zettl war aus dem Schatten getreten, der billige, grobe Stoff, schwer vom Regen, schlotterte um ihren knochigen Körper. Wasser tropfte vom Saum der Jacke, lief in dünnen Fäden die Ärmel entlang.

»Weg von ihm.«

Die Waffe deutete auf Gregor Zettl, der sich benommen neben einer Holzpalette im Schlamm krümmte. Völx zeigte keinerlei Angst, das Einzige, was sich in seinen schwarzen Augen spiegelte, war Verblüffung. Er trat einen Schritt zur Seite, Lehm schmatzte unter den Gummisohlen seiner Schuhe.

»Du warst also die ganze Zeit hinter mir her«, murmelte er kopfschüttelnd. »Du hast mich neulich im Auto angegriffen. Ich habe geahnt, dass mir jemand folgt, aber eine *Frau*?«

Er musterte sie mit zusammengekniffenen Augen. Sie erwiderte seinen Blick, ausdruckslos, die Augen hinter den riesigen Brillengläsern verborgen.

»Ich kenne diese Klamotten«, knurrte Völx. »Was hast du mit der Wachfrau angestellt?« Er deutete über den regendurchweichten Platz auf den kleinen Container, der mit geöffneter Klappe neben dem leise tuckernden Saab stand. »Du hast ihre Uniform angezogen und getan, als wärst du vom Wachschutz.«

Völx überlegte einen Moment.

»Das war clever«, nickte er. »Sehr clever.«

»Donata!«

Gregor Zettl war auf die Knie gekommen. Sein Kopf war über und über mit Schlamm bedeckt, eine glänzende braune Kugel. Seine Augen blitzten im Dreck wie blaue Edelsteine.

»Alles ist gut, Gregor«, sagte sie leise.

»Du … du bist nicht weg«, hauchte Zettl, »ich …«

»Nein, Gregor, das war ich nie.«

»Du hast mich rufen hören?«

»Ja. Ich bin gekommen, so schnell ich konnte.«

»Ich hatte Angst«, Zettl kroch auf allen vieren auf sie zu, »ich …«

»Ich erklär's dir später«, unterbrach sie ihn ruhig, den Blick über den Lauf der Pistole auf Adam Völx gerichtet. »Jetzt musst du dich von ihm fernhalten, ja?«

»Ja«, nickte Gregor Zettl, »ich halte mich von ihm fern.«

Er kroch, noch immer auf allen vieren, wie ein Hund weiter von Völx weg. Seine Knie pflügten durch den Schlamm, schmale Furchen bildeten sich hinter seinen nackten Füßen, füllten sich sofort wieder mit braunem Wasser.

»Er hat's tatsächlich nicht gewusst«, murmelte Adam Völx. »Der kleine Scheißer hat mich angelogen.« Kopfschüttelnd beobachtete er, wie Zettl sich umständlich auf den Rand eines Traktorreifens setzte. »Er hat gelogen, als er sagte, er habe gelogen.«

Ein weiteres Kopfschütteln.

»Der ganze Stress umsonst.«

Völx sah Donata an. Die gespaltene Oberlippe zuckte, ein schiefes, nachsichtiges Lächeln umspielte seinen schmalen Mund.

Herrje, sagte sein Blick. *Die Kinder, immer Ärger mit den kleinen Rackern!*

Ein Blitz flammte über den Horizont, für den Bruchteil einer Sekunde wurde der Platz in gleißendes Licht getaucht. Pfützen leuchteten auf, der hoch aufragende Schrott warf gezackte Schatten auf den gefurchten Boden.

»Egal«, seufzte Völx, »wir sollten …«

»Zurück.«

Donata Zettl hob die Waffe. Völx war ein paar Schritte vorgetreten, wie unabsichtlich hatte er sich Gregor Zettl genähert, der auf dem Reifen saß, den Blick noch immer staunend wie ein Kind auf Donata gerichtet.

»Sicher doch.«

Völx hob beruhigend die Hände. Wasser lief in dünnen Rinnsalen an seinen Ellbogen zu Boden. Langsam ging er rückwärts, Schlamm gurgelte unter seinen Füßen. Er stieß mit dem Rücken an eine Schubkarre, deren Griff aus dem verkeilten Schrott herausragte, und blieb stehen.

»Was machen wir jetzt?«

Donata antwortete nicht. Wasser troff von den Brillengläsern, das kurze braune Haar klebte ihr wie ein Helm am Kopf.

»Ich meine«, Völx zuckte die Achseln, »irgendwie sollten wir uns einigen, oder?«

Er stand direkt unter der Schrottwand. Über ihm sammelte sich der Regen, floss an rostigen Autowracks, geknickten Dachrinnen und eisernen Zaunfeldern entlang, strömte in Blechkanister, zerbeulte Eimer und Benzinfässer, plätscherte in eine Schubkarre, füllte die Hohlräume der Ölwannen, lief über und ergoss sich in einem schmutzigen, gurgelnden Sturzbach auf Adam Völx, der Donata Zettl gelassen ansah, als stände er in der sonnendurchfluteten Lobby eines Vier-Sterne-Hotels.

»Es wäre Quatsch, jetzt lange zu diskutieren.«

Völx bewegte sich nicht. Nur seine Hände tasteten über das Metall hinter ihm.

»Ich muss den Tatsachen ins Auge sehen«, seufzte er. »Die Sache ist klar, ich habe verloren. Das ist bedauerlich, aber kein Weltuntergang.«

Seine Finger fanden etwas, schlossen sich um einen Griff. Ein sanftes, vorsichtiges Ziehen, erfolglos. Ein Fahrradlenker, verkeilt zwischen einem Kühlschrank und einer Alufelge.

»Sicherlich, unser gemeinsamer belgischer Freund wird nicht sonderlich erbaut sein. Aber das ist nicht unser Problem, oder?«

Völx trat einen Schritt nach links. Schätzte die Entfernung, Gregor Zettl war mindestens zehn Meter weit weg, Donata stand zwei Meter schräg hinter ihm. Völx tastete weiter, den Blick unentwegt auf die schlaksige, durchnässte Frau gerichtet, die ihm wortlos die Pistole durch den silbrigen Regenschleier entgegenhielt.

»Es bringt nichts, wenn wir uns gegenseitig den Kopf einschlagen.«

Seine Finger bewegten sich sacht. Streiften die Sprungfedern eines Bettgestells. Die Klinke einer Stahltür. Die Anhängerkupplung eines VW-Käfers.

»Oder?«

Ein vorsichtiger Ruck. Nichts.

»Ich hätte einen Vorschlag.«

Die Finger wanderten nach unten. Umfassten etwas Rundes. Ein Schippenstiel. Nein, kein Holz, Eisen. Ein Wasserrohr.

»Wir tun einfach so, als wären wir uns nie begegnet.«

Adam Völx lächelte. Behutsam drehte er das Rohr um die eigene Achse, das Eisen bewegte sich unter einem Stahlträger. Ein Knirschen, übertönt durch das unablässige Gurgeln des Regens. Gut so.

»Jeder geht seiner Wege, und ihr beiden Turteltäubchen könnt machen, was ihr wollt. Bisher weiß niemand, dass …«

»Er lügt.«

Gregor Zettl hockte auf dem Reifen, die Hände im Schoß gefaltet. Der Regen hatte den Schlamm teilweise aus seinem Gesicht gespült, er sah über die Schulter zu Donata auf.

»Ich … ich kenne ihn jetzt. Er wird uns töten.«

»Das weiß ich«, erwiderte Donata ruhig.

»*Wenn* hier jemand getötet wird«, lächelte Völx, »bin ich es, oder?« Er war einen Schritt zur Seite getreten, verdeckte das Rohr mit seinem Körper. »Ich gehe davon aus«, er wies mit dem Kinn auf die Pistole, »dass sie geladen ist.«

Donata Zettl antwortete nicht.

»Steh auf, Gregor«, sagte sie stattdessen.

Zettl gehorchte sofort.

»Er … er ist nicht nur ein Lügner. Er ist auch dumm.«

»Was?!«

Völx ließ das Rohr los, richtete sich verblüfft auf.

»Dieses Geschwätz!« Zettl sprang auf, seine Augen funkelten unter der verdreckten Stirn. »Dieses alberne Gerede über Musik! Dieses leere, hirnlose Gelaber! Ich kann dieses …«

»Gregor«, unterbrach Donata ihn ruhig, »bleib, wo du bist.«

Auch jetzt gehorchte Zettl sofort. Er stand bis zu den Waden in einer Pfütze, erbost war er auf Völx zugelaufen, sein massiger Körper zitterte. Die Angst war verschwunden, der Hass, der sich in den letzten Stunden in ihm angestaut hatte, entlud sich in einem kindischen Wutanfall.

»*Ich* musste mir das anhören!« Schnaubend platschte er zurück, seine Stimme bebte vor Empörung. »Diesen Schwachsinn!«

Er stapfte umher, wütend wie ein Tiger im Käfig.

»Du hast *keine* Ahnung!«, schrie er, den Zeigefinger zitternd auf Adam Völx gerichtet, der perplex vor dem aufgetürmten Schrott stand. »Nicht die geringste!«

Ein leiser, mahnender Ruf. Zettl sah sich um, Donata schüttelte den Kopf.

»Nein!«, rief er trotzig, »ich *muss* ihm das sagen! Er denkt, er wäre was Besonderes!«

Wasser spritzte auf. Zettl wirbelte zu Völx herum, wie ein kleiner, dicklicher Derwisch. Winzige Tröpfchen schossen aus seinem dünnen Haar, bildeten eine flirrende Wolke um seinen Kopf.

»Du bist ein Schwätzer! Machst dich wichtig mit deinem Gerede über Akkorde, deinem hohlen Gefasel über Harmonien! Diesen theoretischen Müll versteht jeder Trottel, aber nicht mal *das* kannst du!«

Ein weiterer Blitz zuckte auf, näher jetzt.

»Dur!«, schrie Gregor Zettl. »Nicht Moll!«

Adam Völx starrte ihn mit offenem Mund an.

»Die Stones«, rief Zettl, »der dritte Akkord! D-Dur und nicht d-Moll!«

Völx wurde blass. Seine Hand verschwand hinter dem Rücken.

»*Dur*, verstehst du?«

Zettls Stimme überschlug sich.

»DUR!«

Adam Völx stieß ein Knurren aus. Ein kräftiger Ruck, er hielt das Rohr in der Hand. Ein Kühlschrank kam hinter ihm ins Rutschen, verkeilte sich über einer Stahltür. Völx schwang das Rohr über dem Kopf, spannte sich wie ein Sprinter.

Ein Schuss dröhnte über den Schrottplatz.

Zwei Sekunden vergingen. Dann Stille, nur das Prasseln des Regens.

Völx richtete sich auf. Neigte den Kopf, als würde er lauschen. Dann sah er Donata Zettl an, deutete auf die rauchende Pistole in ihrer Hand.

»Das Zielen müssen wir noch ein bisschen üben, oder?«

Er grinste.

Über ihm ein Knacken.

»Pass auf, Gregor«, sagte Donata Zettl.

Völx blinzelte verwirrt.

Der nächste Blitz flammte am Himmel.

Ein tiefes, donnerndes Grollen. Der Boden vibrierte wie bei einem Erdbeben.

»Geh weg von ihm!«, bellte Donata Zettl von hinten. »Sofort, Gregor!«

Zettl stand wie versteinert da, die Augen staunend nach oben gerichtet. Drei, vier unsichere Schritte zurück, er stolperte, landete platschend auf dem Hosenboden, rutschte, mit den Füßen strampelnd, weiter nach hinten. Noch immer starrte er nach oben, auf die hohe, bizarre Wand, die sich im Rücken des schwarzen Mannes auftürmte und langsam in Bewegung geriet.

Adam Völx folgte Zettls Blick. Knirschend sackte der Stahl über ihm zusammen, Eisen bog sich unter der Last tonnenschwerer Metallträger, Rohre knickten wie Streichhölzer, bohrten sich wie Geschosse neben Adam Völx in den Schlamm.

Der schwarze Mann wankte, hob schützend die Arme über den Kopf. Ein rostiges Damenrad schoss herab, der Lenker streifte seine Schulter. Direkt hinter ihm krachte ein Motorblock in ein Ölfass, das Blech wurde gefaltet, als wäre es aus Papier. Der Druck presste den Tankdeckel aus der Verschraubung, Luft entwich mit einem hohen, hydraulischen Zischen, der Deckel schoss hervor, traf Adam Völx neben dem Steißbein und zerschmetterte sein Hüftgelenk.

Völx sank in die Knie, hob den Kopf. Sah das Wrack eines blauen Kleintransporters, der aus dem nachtschwarzen Himmel auf ihn zuraste. Das Letzte, was der schwarze Mann in seinem Leben erblicken sollte, war der Aufkleber auf der zerbeulten Stoßstange: *FISCHZÜCHTEREI KEITEL – FRISCHER FISCH AUS DEUTSCHEN LANDEN!*

Dann verschwand er, begraben unter einer gigantischen stählernen Lawine. Seine Schreie mischten sich mit dem Kreischen des berstenden Metalls. Wurden leiser.

Und verstummten schließlich.

Zweiundvierzig

»Das war ein Schuss«, sagte Schröder.

»Bist du sicher?«

»Nein.«

Sie standen am Hafentor. Zorn, der gerade erfolglos an der Verriegelung gerüttelt hatte, starrte durch das Gitter auf das hell erleuchtete Gelände. Nur die Baracke schimmerte dunkel und verwaist durch den silbrigen Regenschleier.

»Du kannst mich gerne für bekloppt halten, aber ich kapier nicht, was das hier alles soll. Ich meine«, Zorn fuhr sich mit dem Jackenärmel über die klatschnasse Stirn, »wenn Donata Zettl und dieser Wachmann ein und dieselbe Person sind, dann …«

»Das kam von dort.«

»Was?«

Zorn richtete sich auf. Schröder hatte ihm den Rücken zugewandt, seine Glatze glänzte wie ein Wasserball im schwefligen Laternenschein. Er sah nach rechts, wo die Straße weit hinten im Dunkel endete, als wäre sie mit dem Messer durchtrennt.

»*Wenn's* ein Schuss war«, sagte Schröder, »dann kam er von dort.«

Er deutete in die Richtung des Schrottplatzes schräg gegenüber.

Der windschiefe, unkrautüberwucherte Zaun säumte die Straße. Die Zaunfelder waren teilweise eingedrückt, als wäre ein betrunkener Zyklop dagegen gestolpert. Dahinter, nur zu erahnen, die schwarzen, schemenhaften Umrisse der aufragenden Metallberge.

Zorn lauschte einen Moment. Nichts, nur das eintönige Prasseln des Regens. Und sein eigener, immer noch keuchender Atem. Der Volvo stand ein paar hundert Meter in der Gegenrichtung an der Kreuzung zur Hauptstraße, er hatte den Wagen vor der geschlossenen Schranke geparkt, dann waren sie gelaufen. Zorn hatte Mühe gehabt, mit Schröder Schritt zu halten, obwohl seine Beine fast doppelt so lang waren wie Schröders.

»Ich frage mich«, er wandte sich wieder dem Zaun zu, »wie sie das angestellt haben soll.«

»Jeder sieht das, was er sehen will«, murmelte Schröder, den Blick noch immer schräg über die Straße gerichtet. Der dünne Mantel klebte an seinem pummeligen Körper wie ein durchnässter Fallschirm. »Wir *wollten* einen Wachmann sehen, also haben wir ihn gesehen.«

»Keine Ahnung, was du meinst.«

»Sie hatte die Uniform. Und sie hat behauptet, sie wäre als Ersatz für die verschwundene Wachfrau geschickt worden. Das klang plausibel, also hat's die Hafenverwaltung geglaubt, ohne es zu prüfen. Und wir ebenfalls.«

Zorn rüttelte wieder am Tor. Wasser floss in seine Jackenärmel, er fluchte leise.

»Die Leiche im Trafohäuschen«, Schröder hob die Stimme, um das Grollen des Donners zu übertönen, »ist die verschwundene Wachfrau. Donata Zettl hat sie dort deponiert.«

»Dann«, Zorn stieß sich mit den Beinen ab, zog sich am Tor hoch, »hätte sie die Frau ermordet.«

»Möglich«, erwiderte Schröder abwesend. Er kniff die Augen zusammen, spähte auf einen Gegenstand schräg gegenüber auf dem Bürgersteig. »Auf jeden Fall hat sie die Sachen vertauscht, so hat sie zwei Fliegen mit einer Klappe geschlagen. Einerseits konnte sie als angeblicher Wachmann in der Nähe des Containers bleiben, ohne, dass jemand Verdacht geschöpft hätte.«

Zorn keuchte hinter ihm, das Tor klapperte. Schröder achtete nicht darauf, sah noch immer über die Straße. Der Gegenstand, der drüben in einer Pfütze lag, sah aus wie ein Hundenapf.

»Zum anderen«, Schröder trat platschend auf die Fahrbahn, »sollte jeder denken, dass sie tot sei.«

Er bückte sich und hob etwas auf. Kein Hundenapf, er hielt eine Uniformmütze in der Hand. Schröder brummte nachdenklich, sah auf und hob überrascht die Brauen.

»Was machst du da?«, rief er über die Straße.

Zorn saß rittlings auf dem Hafentor.

»Was schon? Wir müssen da rein!«

Ein weiteres tiefes Donnergrollen.

»Sie ist nicht mehr da.« Schröder schüttelte den Kopf, drehte die Mütze in den Händen. Wasser lief in dünnen Rinnsalen vom Schirm. »Sie weiß, dass sie bald auffliegen wird. Wir müssen …«

Er hielt inne. Das Grollen wurde lauter, steigerte sich zu einem Dröhnen. Die Laternen über ihnen bewegten sich sacht, der Zaun vibrierte zwischen den Pfeilern. Zorn klammerte sich an das schwankende Tor.

»Das war definitiv kein Donnern!«, rief Schröder.

»Ein Schuss war's auch nicht!«, erwiderte Zorn durch den verebbenden Lärm. »Ich glaube«, er deutete mit ausgestrecktem Arm hinüber zum Schrottplatz, »das kam von dort!«

Zorn verlor das Gleichgewicht, strampelte mit den Füßen und fing sich wieder.

»Würdest du mir«, Schröder hob die Hände, »einen Gefallen tun?«

»Aber sicher, Chef!«

»Heb deinen Hintern und komm da runter!«

Schröder wartete nicht auf eine Antwort. Die Mütze fiel zu Boden, er rannte durch die spritzenden Pfützen davon.

*

»Alles ist gut, Gregor.«

Eng umschlungen standen sie im Regen. Die große, hagere Frau überragte Gregor Zettl um einen halben Kopf. Er umklammerte sie wie ein Kind, die Hände auf ihrem Rücken verschränkt, die Wange fest an ihre Brust gepresst.

»Warum hast du mir nicht gesagt, dass du gehst?«

»Das konnte ich nicht.«

»Warum?«

Sie streichelte seinen Rücken, redete leise, beruhigend auf ihn ein.

»Ich hatte einen Plan, mein Herz. Es war gefährlich, ich fand es besser, wenn du nichts davon weißt. Ich wollte dich holen, wenn alles vorbei ist. Das Geld hätte für den Rest unseres Lebens gereicht. Ich war immer in deiner Nähe, hast du das nicht gemerkt?«

»Nein.« Er schüttelte den Kopf, seine Nase rieb über ihren durchweichten Schlips. »Das warst du nicht.«

»Aber ich hab's versucht.«

Gleißendes Licht flammte am Horizont. Das Gewitter zog langsam ab.

»Ich bin müde«, murmelte Gregor Zettl.

»Du kannst dich bald ausruhen.«

Sie wiegte ihn sanft in ihren Armen.

»Ich verstehe das alles nicht«, sagte er, seine Stimme wurde gedämpft durch ihre Uniform. »Die Polizei sucht nach dir.«

»Ich weiß.«

»Aber das muss ein Irrtum sein!« Er hob den Kopf. »Die meinten, du hättest ein neues Hüftgelenk, das stimmt doch gar nicht!«

Sie gab ihm einen Kuss auf die lehmige Stirn, zog ihn wieder an sich.

»Es ist kompliziert, mein Herz. Jemand anderes hat meine Versicherungskarte benutzt.«

»Warum?«

»Ich habe sie verkauft.«

»An wen?«

»An einen Mann«, seufzte sie, »den ich unterschätzt habe. Ich weiß nicht, für wen er die Karte gebraucht hat. Mich hat nur das Geld interessiert, wir mussten die Zinsen für das Haus zahlen.«

Zettl drehte den Kopf, legte die andere Wange an ihre Brust.

»Dieser Mann«, sagte er. »Er ist es, der nach dir sucht, oder?«

»Ja. Die Versicherungskarte war der Anfang. Dann hat er mir ein Geschäft vorgeschlagen.«

»Was für ein Geschäft?«

»Das musst du nicht wissen, mein Herz.«

»Nein«, murmelte Gregor Zettl. »Das muss ich nicht.«

Der grobe Stoff kratzte auf seiner Wange. Er achtete nicht darauf, kuschelte sich enger an ihre Brust.

»Du hattest eine Pistole«, sagte er.

»Ach Gott«, seufzte sie. »Ich dachte, ich kann diesen Leuten Angst einjagen. Ich weiß nicht mal genau, wie man so ein Ding benutzt. Du hast es gesehen, ich habe meilenweit danebengeschossen.«

»Aber du *wolltest* ihn treffen?«

»O ja«, sie nickte ernst. »Ich wollte ihn töten. Weil er *dich* töten wollte. Aber wir hatten Glück. Irgendetwas muss ich getroffen haben, die Wand ist ja nicht von allein eingestürzt.«

Sein Blick wanderte über das bizarre Chaos, an dessen Rand sie standen. Die Schrottwand war zu einem blitzenden Berg ineinander verkeilten Metalls zusammengefallen, das Heck des blauen Fischtransporters ragte aus dem Schrott wie ein Grabstein. Zettl dachte an Adam Völx, der irgendwo darunter begraben war.

»Ich habe mich mit den falschen Leuten eingelassen«, sagte Donata. »Es war ein Fehler, aber es ist zu spät.«

Er schniefte, rieb die juckende Nase an ihrem Schlips. Hörte das Rauschen des Wassers, das entfernte Brummen des Saab, der noch immer hinter dem Schrottberg am Zaun vor sich hin tuckerte. Sein Hirn analysierte den Rhythmus, einen holpernden Fünf-Viertel-Takt, dann fiel ihm ein, was hinten im Kofferraum lag. Er schluchzte auf.

»Ruhig, mein Herz«, murmelte Donata. »Ruhig.«

Sanft strichen ihre Hände über seinen bebenden Rücken.

»Ich dachte, du wärst tot!«, schniefte er.

»Es tut mir leid, Gregor. Dieser ... Kerl, er hat eine Frau getötet.«

»Was für eine ...«

»Das ist nicht wichtig. Ich bin ihm gefolgt.«

Ihr Blick wanderte über seinen Kopf hinüber zu den grauen Containern, die neben dem schlammbespritzten Saab am Zaun standen.

»Ich habe unsere Sachen vertauscht, damit man denkt, ich wäre die Tote. Ich wollte dir keine Angst machen«, sie zog ihn an sich, legte die Wange auf seine Glatze, »aber ich dachte, sie lassen mich in Ruhe, wenn sie mich für tot halten, verstehst du?«

»Nein, Donata! Das verstehe ich nicht! Ich *will* es auch nicht verstehen!«

Zettl schluchzte auf. Schlamm knirschte zwischen seinen Zähnen.

»Es ist gut, Gregor«, flüsterte sie. »Ich bin ja da.«

»Du hättest das alles nicht tun müssen«, murmelte er, nachdem er sich etwas beruhigt hatte. »Du hättest mir sagen können, dass wir kein Geld mehr haben. Ich hätte wieder auftreten können, ich ...«

»Gregor«, unterbrach sie leise. »Wir wissen beide, dass das Unsinn ist. Du hast dich lange genug gequält. Und außerdem«, sacht fuhren ihre Finger durch das schüttere Haar in seinem Nacken, »niemand interessiert sich mehr für dich.«

Sie kraulte seinen Nacken. Zettl entspannte sich, genoss ihre Berührung.

»Trotzdem«, flüsterte er, »du hättest es mir sagen müssen.«

»Ich wollte dir keine Angst machen. Wir waren kurz davor, das Haus zu verlieren. Alles, was wir haben.«

»Aber«, er sah auf, »das passiert doch jetzt trotzdem, oder?«

Donata schwieg einen Moment.

»Ja«, sagte sie dann. »Es war alles umsonst.«

»Das Haus«, er schlang die Arme fester um ihre mageren Hüften, »ist mir egal. Hauptsache, du bist da.«

»Das bin ich«, sagte sie nachdenklich. Wasser floss von ihrer Brille, rann an den Wangen entlang, tropfte über ihr Kinn auf seine Glatze. »Das war ich immer.«

Eine Weile standen sie da, eng aneinandergeschmiegt, lauschten dem letzten entfernten Donnergrollen. Ein Quietschen drang über den Schrottplatz, die rostigen Angeln eines Tors bewegten sich in ihren Scharnieren.

»Gregor?«

»Ja?«

Sie nahm sein Gesicht in beide Hände.

»Ich kann nicht bleiben.«

Er sah sie an.

»Weil sie noch hinter dir her sind?«

»Ja.«

»Wir können zur Polizei gehen, Donata.«

Sie sah zum Tor, hörte Schritte platschend in der Dunkelheit näher kommen.

»Dann muss ich ins Gefängnis, Gregor.«

Er ließ sie los. Seine Augen, groß und strahlend wie die eines Kindes, leuchteten in seinem matschverschmierten Gesicht.

»Du kannst mich nicht mitnehmen«, sagte er.

»Nein, mein Herz.«

Donata schüttelte den Kopf, lächelte. Ein zartes, sanftes Lächeln.

»Nein«, wiederholte er ernst. »Du würdest nicht weit kommen mit einem psychotischen alten Kerl wie mir.«

Sie beugte sich zu ihm hinab, küsste ihn sacht auf die nassen Lippen.

»Dieser psychotische Kerl«, flüsterte sie, »war immer das Wichtigste in meinem Leben.«

Er schluckte, kämpfte gegen die Tränen.

»Kommst du wieder?«

»Das muss ich nicht. Ich bin immer bei dir.«

Die Schritte kamen näher, begleitet vom schweren Atmen zweier Männer. Zettl straffte sich, trat zurück.

»Du musst jetzt los.«

Sie zögerte. Ein dumpfer Aufprall irgendwo aus er Dunkelheit, gefolgt vom unterdrückten Fluch eines Mannes, der im Schlamm ausgerutscht war und sich mühsam wieder aufrappelte.

»Geh schon, Donata.«

Zettl ballte die Fäuste, wischte sich die tränenden Augen wie ein Kind. Spürte ihre großen Hände auf den Wangen, ihre Lippen auf seiner Stirn. Hörte das Rascheln ihrer Uniform, öffnete die Augen.

Sie war fort.

»Ich werde jetzt nicht weinen.«

Doch genau so fanden Zorn und Schröder Gregor Zettl eine halbe Minute später vor. Ein kleiner, erbärmlich schluchzender Mann, der einsam im strömenden Regen vor einem riesigen Schrotthaufen saß, weinend wie ein verlassenes Kind.

Dreiundvierzig

Am Morgen lockerte sich der Himmel auf. Noch zogen die Wolken mit unverminderter Geschwindigkeit nach Westen, ab und zu jedoch blitzte die Sonne hervor und tauchte die wüste Einöde des Schrottplatzes in grelles Licht.

Zorn hockte müde auf einem umgekippten Geschirrspüler neben der Einfahrt, nur ein paar Meter vom Tor entfernt. Er hatte die Ellbogen auf die Knie gestützt, sein Blick war zu Boden gerichtet, die Hände hingen schlaff zwischen den gespreizten Beinen.

»Mehr wissen wir nicht?«, fragte Frieda Borck.

Sie stand seit einer Weile neben ihm, trotzdem hatten sie bisher nur ein paar laute, fast gerufene Worte gewechselt, um den Lärm der schweren Räumgeräte zu übertönen.

»Nee«, sagte Zorn.

Nachdenklich starrte er auf die durchweichten Zigarettenkippen, die in einer Pfütze zwischen seinen verdreckten Schuhen umhertrieben. Mittlerweile musste es Stunden her sein, dass ein blasser uniformierter Beamter ihn zu dem verdreckten Saab am anderen Endes des Schrottplatzes geführt hatte. Zorn hatte nur einen kurzen Blick in einen der Müllsäcke im Kofferraum geworfen, wie in Trance war er davongestapft. Seitdem saß er hier, so weit wie möglich entfernt, eine Zigarette nach der anderen rauchend.

»Außer, dass es ein Mensch ist. Beziehungsweise *war*«, verbesserte er sich. »Wie's aussieht, ist die Leiche in Zettls Haus«, er schluckte, »zerlegt worden. Sagt die Spurensicherung jedenfalls. Das Badezimmer war frisch gewischt, trotzdem haben sie überall Blutspuren gefunden, mit denen niemand was anfangen konnte. Bis jetzt jedenfalls.«

Ein Windstoß kräuselte die Pfützen in den Spurrinnen der Lkws. Über ihnen wogten die Äste einer Birke. Wasser tropfte von den Blättern, verfing sich in den dunklen Locken der Staatsanwältin. Sie schlug den Kragen ihres Mantels hoch.

»Was ist mit der anderen Leiche?«

»Männlich. Zwischen fünfzig und sechzig. Mehr will der Rechtsmediziner im Moment nicht sagen. Außer, dass kaum ein Knochen heil geblieben ist. Die Leiche ist völlig zerschmettert.«

Ein Schatten huschte über sie hinweg, sie sahen auf. Der blaue Transporter schwebte mit der Schnauze nach unten an einem Kranausleger zehn Meter über dem Schrottplatz. Zorn las die Aufschrift auf der Motorhaube: *FISCH – IMMER LECKER! IMMER GESUND!* Ein blitzender Wasserfall strömte über die Stoßstange herab, das Wrack drehte sich langsam um die eigene Achse, verschwand hinter den Birken.

»Was glauben Sie, ist hier passiert?«, fragte Frieda Borck.

»Gute Frage.« Zorn stieß geräuschvoll die Luft aus, dann schüttelte er ratlos den Kopf. »Wir rennen mitten in der Nacht zum Hafen, weil wir Donata Zettl festnehmen wollen. Die ist spurlos verschwunden, stattdessen finden wir ein paar hundert Meter weiter ihren Mann, heulend im Dreck zwischen zwei Leichen sitzend. Die eine liegt völlig zerfetzt unter 'nem zusammengekrachten Schrotthaufen, die andere ein paar Meter weiter im Kofferraum eines Autos, fein säuberlich in Müllsäcke sortiert.«

Frieda Borck trat einen Schritt zur Seite. Die Absätze ihrer hohen Schuhe bohrten sich in den Matsch, die weiten Aufschläge ihrer grauen Hose zierte eine schmierige Kruste.

»Was ist mit Gregor Zettl?«

»Der ist im Präsidium. Schröder verhört ihn jetzt schon seit ein paar Stunden.«

Zorn wühlte mit den Stiefelspitzen im Schlamm. Die Lederjacke spannte auf seinem gebeugten Rücken, eine Naht am Kragen war gerissen.

»Sie sehen ziemlich fertig aus«, sagte die Staatsanwältin.

»Ach nee.«

Zorn *war* fertig. Völlig fertig, er sehnte sich nach einer heißen Dusche, einem Kaffee und einem Bett. Wahlweise auch anders herum, die Reihenfolge war ihm egal.

»Ich kapier das alles nicht«, murmelte er. »Ich bin zu blöd. Einfach nur zu blöd.«

»Das sind Sie nicht.«

Er hob den Kopf, sah durch die schlammbespritzten Brillengläser zu ihr auf. Sie erwiderte seinen Blick, ruhig, ernst.

»Sie sind nicht blöd, Zorn.«

»Was wird das hier? Ein Kompliment, Frau Staatsanwältin?«

Stimmen ertönten, ein paar Uniformierte näherten sich mit unsicheren Schritten, tapsten breitbeinig an ihnen vorbei durch den Matsch und verschwanden hinter ein paar Käfigen mit geschreddertem Metall.

»Ich weiß, dass Sie das nicht gern hören«, sagte Frieda Borck. »Schließlich fühlen Sie sich wohl in dieser Rolle. Aber Sie sind nicht so dumm und faul, wie Sie immer tun. *Wenn* das so wäre, wären Sie nicht auf die Idee mit den Ölradiatoren gekommen.«

»Das«, murmelte Zorn, »hatte einen anderen Grund.«

»Und welchen?«

Zorn antwortete nicht. Missmutig dachte er an seinen nächtlichen Besuch am Hafen. Nein, er war nicht dort gewesen, weil ihm sein Job keine Ruhe ließ. Er hatte sich ablenken wollen.

»Ich hab zweimal mit Donata Zettl gesprochen«, sagte er. »Aber ich hab nicht geschnallt, was sie da abgezogen hat. Obwohl ich direkt vor ihr stand.«

Mehr noch, fügte er in Gedanken hinzu. Ich hab ihr fast auf die Schuhe gepisst.

»Okay«, sagte Frieda Borck. »Es hat vielleicht eine Weile gedauert, aber zumindest *jetzt* wissen wir Bescheid.«

»Nachdem sie über alle Berge ist.«

»Aber ohne den Container. Wir haben dieses Dreckszeug beschlagnahmt, wahrscheinlich in letzter Sekunde.«

Das, überlegte Zorn, war durchaus möglich. Er dachte an die leere Zugmaschine, die ihm in dieser Nacht vor dem Hafen entgegengekommen und sofort wieder davongebraust war, nachdem sie nur kurz am Tor gehalten hatte. Wahrscheinlich hatte Donata Zettl den Container wegschaffen wollen, Zorn hatte sie durch sein Erscheinen und sein großspuriges Gerede davon abgehalten. Allerdings ohne auch nur das Geringste zu ahnen.

Die hätten den Container in aller Ruhe an mir vorbeikarren können, dachte Zorn und spuckte in die schlammige Brühe zwischen seinen Beinen, ich hätte das nicht mal mitgekriegt. Wahrscheinlich hätte ich denen noch die Schranke hochgeleiert, bekloppt wie ich bin.

»Ich hab 'ne Menge Blödsinn gemacht«, sagte er.

»Darauf wette ich«, nickte sie ernst. »Trotzdem, Sie müssen sich damit abfinden, Zorn, auch wenn's weh tut: Ein bisschen was haben Sie auch richtig gemacht.«

»Möglich, aber aus den falschen Gründen.«

Sie verschränkte die Arme vor der Brust, sah fragend auf ihn hinab.

»Könnten Sie das ein wenig erläutern?«

»Nee«, seufzte Zorn. »Kann ich nicht.«

Sie schwiegen eine Weile, lauschten dem Dröhnen der Räumungsgeräte und den Rufen, mit denen sich die Männer der Spurensicherung verständigten.

»Sie sollten vorsichtig sein«, sagte Zorn schließlich.

»Warum?«

Er wies nach unten.

»Ihre Schuhe.«

»Was ist mit denen?«

»Passen Sie auf, dass Sie sich die nicht einsauen.«

Frieda Borck hob ein Bein, deutete auf den bräunlichen, tropfenden Klumpen an ihrem Fuß.

»Das sind sie schon.«

»Ja«, nickte Zorn. »Schade.«

Ein Streifenwagen hielt vor der Einfahrt. Die Beifahrertür öffnete sich, Schröder stieg aus, übersprang ein paar Pfützen und kam rasch näher. Ein knappes Nicken zu Zorn, dann wandte er sich an Frieda Borck.

»Wir brauchen einen Haftbefehl.«

»Kriegen Sie.«

Schröder hatte geduscht, das Haar klebte akkurat gekämmt quer über der Glatze, die rosigen Wangen glänzten frisch rasiert. Nur die Ringe unter seinen Augen verrieten, wie müde er war.

»Donata Zettl *muss* hier gewesen sein«, sagte er. »Kurz bevor wir gekommen sind, hat sie sich aus dem Staub gemacht.«

»Aus dem *Matsch*«, korrigierte Zorn murmelnd.

»Können wir das beweisen?«, fragte Frieda Borck.

Schröder warf Zorn einen fragenden Blick zu.

»Im Moment«, seufzte dieser, »können wir gar nix beweisen.«

Er deutete nach hinten. Ein knappes Dutzend Männer der Spurensicherung war ausgeschwärmt, in ihren weißen Schutzanzügen wirkten sie wie Insekten, die geschäftig über die Schrottberge krabbelten.

»Aber vielleicht finden die Herrschaften ja was.«

Zorn nahm die Brille ab, musterte die verschmierten Gläser. Schröder griff in die Manteltasche, reichte ihm wortlos ein Taschentuch.

»Was sagt er?«, fragte Zorn und widmete sich seiner Brille.

»Zettl?« Schröder überlegte einen Moment. »Nun ja, er ist sehr kooperativ. Ich habe ihm Dutzende, wenn nicht Hunderte Fragen gestellt. Er hat jede beantwortet, wirklich jede«, sagte Schröder, nickte ernst und begann an den Fingern abzuzählen: »Ob seine Frau noch mal hier war. Wenn ja, wo sie jetzt ist. Ob er über ihre Geschäfte Bescheid wusste. Wie er sich erklärt, dass eine Leiche den Ring und die Schuhe seiner Frau trug und wer diese Leiche überhaupt ist. Wie er das Blut erklärt, das die Spurensicherung in seinem Haus gefunden hat. Was er mit dem Toten zu tun hat, den wir unter dem Schrott gefunden haben. Doch, doch«, wiederholte Schröder nachdenklich, »er hat alle Fragen beantwortet. Auch die nach der zerstückelten Leiche im Kofferraum.«

»Lass mich raten.« Zorn hob die Brille, blinzelte durch die Gläser in den wolkigen Himmel. »Er hat dasselbe gesagt wie heute Nacht, als wir ihn gefunden haben.«

»*Sí, señor.* Immer die gleiche Antwort, egal auf welche Frage. Stundenlang, als würde eine Schallplatte abgespielt.«

»Das«, Zorn schob die Brille auf die Nase, »klingt wirklich sehr, sehr kooperativ.«

Frieda Borck hatte schweigend zugehört. Sie sah erst Zorn, dann Schröder an.

»Dürfte man erfahren, was genau Gregor Zettl gesagt hat?«

»Vier Worte«, sagte Schröder.

»Und die wären?«

*

»Ich habe nichts gemacht.«

Gregor Zettl stand in der Zelle, er hatte den Kopf in den Nacken gelegt und betrachtete den Himmel, einen grauen Streifen hinter dem schmalen, vergitterten Oberlicht.

Sie waren nett zu ihm gewesen. Hatten ihm Essen gegeben und frische Sachen. Das blassgrüne Hemd war ein wenig zu groß, der gestärkte Kragen scheuerte an seinem frisch rasierten Hals. Die blaue Leinenhose mit der scharfen Bügelfalte hatte ihm auf Anhieb gefallen, auch die Schuhe mochte er, dünne, bequeme Sneakers mit gummierten Sohlen.

Die Sonne tauchte zwischen den Wolken auf. Zettl schloss die Augen, reckte sich, hielt das Gesicht in das gleißende Rechteck knapp unter der Decke. Seine Wangen hatten etwas Farbe bekommen, das dünne Haar, noch feucht vom Duschen, war streng nach hinten gekämmt.

Er lauschte den Tönen, die durch die dicke Zellentür drangen. Den Schritten der Wärter, ihren Rufen, weithin hallend auf dem langen Flur. Türen wurden geöffnet, schlossen sich knallend, irgendwo klingelte ein Telefon. Geräusche, die er sein ganzes Leben lang analysiert und zu Melodien verarbeitet hatte, manchmal bewusst, meistens ohne es zu bemerken. Jetzt allerdings herrschte Stille in seinem Kopf. Die Musik war verstummt. Auch das war Gregor Zettl nicht bewusst, doch er wirkte entspannt, zufrieden. Genoss die Ruhe, die endlich in seinem Kopf herrschte.

Seine Zunge fuhr über die rissigen, herpesbedeckten Lippen, er hatte noch immer Hunger. *Das* war es, was ihn noch interessierte. Bald, hatten sie gesagt, würde es Abendessen geben, Tee und belegte Brote. Danach würde er schlafen. Die Pritsche war etwas schmal, doch die Decke, die akkurat gefaltet am Fußende lag, war sauber, viel weicher, als die grobe Wolle vermuten ließ.

Als die Tür eine Stunde später geöffnet wurde, hatte sich Gregor Zettl nicht von der Stelle bewegt. Wortlos stellte der Wachmann das Tablett mit dem Essen auf das Brett, das neben dem Waschbecken an die Wand geschraubt war und als Tisch diente. Ebenso wortlos wollte er die Zelle wieder verlassen, doch er zögerte. Zettl stand neben der Pritsche, sah ihn mit großen, leeren Augen an.

»Ist noch was?«, fragte der Wachmann.

Zettl nickte. Steckte das Hemd in die Hose, ordnete den Kragen, straffte sich wie ein Soldat beim morgendlichen Appell.

»Ich habe nichts gemacht«, sagte er mit fester Stimme.

»Das wissen wir ja jetzt«, knurrte der Wachmann. Kopfschüttelnd verließ er die Zelle, die Tür fiel hinter ihm ins Schloss.

Ein kühler, etwas muffiger Luftzug wehte Gregor Zettl entgegen. Eine Weile stand er da, die Hände noch immer an der Hosennaht, lauschte den Schritten des davonschlurfenden Wachmanns, den Blick verträumt auf die zerkratzte Zellentür gerichtet.

Dann setzte er sich auf den hölzernen Stuhl. Beugte sich neugierig über das Tablett mit dem Abendessen, griff nach dem stumpfen Plastikmesser, hielt plötzlich inne. Der Mann, dessen Konterfei einst die Titelseite der *Bravo* geschmückt hatte, dessen bloßer Anblick massenhaft hysterisches Entzücken hervorgerufen hatte, runzelte die Stirn, unschlüssig, ob er zunächst nach dem Käsebrot oder einem Radieschen greifen sollte.

Einige Minuten vergingen.

Nur das Klopfen des Plastikmessers auf dem Tisch war zu hören.

Ta Tack.

Vierundvierzig

Vier Tage später begann der Sommer.

Die Sonne strahlte vom stahlblauen Himmel, ein metallisches, flirrendes Licht lag über der Stadt. Der Duft von feuchtem Gras und warmem Asphalt hing über den Straßen, mischte sich mit dem Geruch der Mülltonnen und den Ausdünstungen der Kanalisation. Die Wiesen am Fluss wurden gemäht, an den Ufern stiegen die ersten Mücken auf. In den Drogeriemärkten wurden die Regale mit Sonnencreme gefüllt, in den Freibädern herrschte Hochbetrieb.

Als Zorn und Schröder sich an diesem lauen Nachmittag auf dem Parkplatz mit einem knappen Nicken verabschiedeten, wirkten sie nachdenklich, ihre Gesichter waren ernst. In den letzten Tagen hatten sie einiges herausgefunden, doch alles, das war ihnen klar geworden, würden sie wohl nie erfahren. Es gab eine Menge Fragen, doch Gregor Zettl, der Einzige, dem sie diese Fragen stellen konnten, war nicht in der Lage zu antworten. Ein Psychologe war bei ihm gewesen und hatte eine *dissoziative Amnesie* diagnostiziert, einen Gedächtnisverlust, hervorgerufen durch psychischen Schock.

Gänzlich erfolglos allerdings waren sie nicht gewesen. Die Leiche unter dem Schrottberg zum Beispiel war noch am selben Abend identifiziert worden. Zorn hatte sich an den silbergrauen Saab erinnert und den Fahrzeughalter feststellen lassen, es hatte nicht lange gedauert, bis sie auf Adam Völx gekommen waren.

Sie wussten, dass Völx im Haus der Zettls gewesen war, im Wohnzimmer hatten sie Fasern seiner Kleidung sichergestellt, im Bad fanden sich seine DNA-Spuren. Das Labor hatte die Blutspuren mit den menschlichen Überresten in den Müllsäcken verglichen und die Vermutung bestätigt, dass die Leiche in Zettls Haus zerstückelt worden war. Alma Gretsch, die weder Vorstrafen hatte noch vermisst wurde, war anhand eines Gebissabgleichs identifiziert worden, ähnlich verhielt es sich mit der Leiche aus der Trafostation, deren Identität bald geklärt war, nachdem man wusste, dass es sich nicht um Donata Zettl handelte.

Wie genau Inge Maiwald, die unglückselige Wachfrau, ums Leben gekommen war, ließ sich wohl nicht mehr feststellen, ebenso wenig wie die genauen Todesumstände von Alma Gretsch.

Zorn stand noch eine Weile auf dem Parkplatz, während Schröder mit wehendem Mantel zwischen den Streifenwagen davonlief. Vier Tage waren vergangen. Vier Tage, in denen sie kein persönliches Wort gewechselt hatten. Nun, das war verständlich, sie hatten mehr als genug zu tun gehabt, trotzdem, die Spannung zwischen ihnen war fast mit Händen greifbar gewesen, als würde eine unsichtbare Starktstromleitung unter ihren Schreibtischen verlaufen. Sie hatten über Schuld geredet, über Moral, über Strafe. Darüber, dass die Dinge anders verlaufen würden, wenn die Menschen sich mehr umeinander kümmern und nicht einfach wegsehen würden. Zorn, der das Ganze auf sich und seine Ignoranz Schröder gegenüber bezogen hatte, war nervös auf seinem Stuhl hin und her gerutscht, während Schröder – natürlich – über den Fall gesprochen hatte, über die Toten und die Schuld derer, die für all das verantwortlich waren. Beide konnten nicht ahnen, dass dies – zumindest moralisch gesehen – nicht mehr wichtig war. Gregor Zettl, der tatenlos neben der sterbenden Alma Gretsch gestanden hatte, dümpelte in einer lauwarmen Blase dem endgültigen Vergessen entgegen. Adam Völx, der Mörder der Wachfrau, lag gut gekühlt mit zerschmetterten Knochen in der Pathologie.

Zorn lehnte am Kotflügel des Volvo, sah hinauf zum Präsidium. Die Fenster glühten in der untergehenden Sonne, ein waberndes Flimmern, als stünde die Fassade in Flammen.

Kopfschüttelnd stieg er in den Wagen, dachte an die Drogenfahndung, die ihn zu einer Belobigung wegen *außerordentlicher Erfolge bei der Bekämpfung des illegalen Handels mit Rauschmitteln* vorgeschlagen hatte. Dieser Schwachsinn, hatte Zorn zu Frieda Borck gesagt, interessiere ihn herzlich wenig, er werde einen Teufel tun und sich eine dämliche Urkunde an die Wand hängen, zumal von *Erfolg* wohl kaum die Rede sein könne, solange Donata Zettl noch immer verschwunden war.

Das war ausnahmsweise sein Ernst gewesen, und als er nach Hause fuhr, dachte er frustriert an diese Frau, die ihm die ganze Zeit buchstäblich vor der Nase herumgetanzt war, während er, Zorn, zu dämlich – oder zu faul – gewesen war, es zu bemerken.

In dieser Nacht wurde in Antwerpen ein Mann auf offener Straße erschossen, ein Belgier, der seit Jahren in Verdacht stand, riesige Mengen an Drogen und Rauschmitteln quer durch Europa geschmuggelt zu haben. Der Mörder entkam unerkannt, die Zeugenaussagen waren widersprüchlich. Einige berichteten von einem hageren, schlaksigen Mann, andere von einer großen, dünnen Frau. In einem Punkt allerdings stimmten die Aussagen überein: Der Täter hatte eine klobige, auffällige Brille getragen.

*

Der Schlüssel drehte sich im Schloss, knarrend schwang die Tür nach innen. An der Decke flackerten die Neonröhren auf, eine nach der anderen. Schröder lehnte die Aktentasche an die Wand, zog den Mantel aus, hängte ihn an die leere Garderobe, strich den dünnen

Nylonstoff glatt und streifte die Schuhe ab. Die routinierten, alltäglichen Verrichtungen eines Mannes, der müde nach getaner Arbeit seine einsame Wohnung betritt. Und doch lag eine gewisse Hast in Schröders Bewegungen, als wollte er den endlos scheinenden Flur so schnell wie möglich verlassen. Er stützte sich mit einer Hand an der Wand ab, schlüpfte in ein Paar ausgetretene Pantoffeln und wandte sich der engen Kammer zu, die ihm als Schlafzimmer diente. Zwei schlurfende Schritte, Schröder verharrte plötzlich, den Blick auf die rissigen Dielen gerichtet. So stand er eine Weile vor seinem Zimmer, den Rücken gebeugt, das Kinn vorgereckt, als würde er dem leisen, unregelmäßigen Klackern der Relais lauschen.

Dann straffte er sich, hob den Kopf und sah in den Flur. Sein Blick wanderte über die vergilbte Tapete, die Spinnweben in den Ecken, die hohen, zerkratzten Türen und die Spur auf den staubigen Dielen, die seinen Weg nach hinten in die Küche markierte.

Schröders Augen verengten sich. Ein mürrisches, fast wütendes Schnauben, dann lief er nach hinten. Die Dielen knarrten unter seinem Gewicht, so, wie sie es immer taten, wenn er eilig in die Küche ging, doch diesmal stoppte er auf der Hälfte des Wegs.

Da stand er nun, ein kleiner, verloren wirkender Mann vor einer hohen Tür und dachte an das, was dahinter verborgen war: Die Briefe seines Bruders, der Schmuck seiner Mutter, die Fotoalben seines Vaters. Er dachte an die Möbel, die Bücher, das Geschirr. All diese Dinge hatten seiner Familie gehört, den Menschen, die er über alles geliebt hatte. Menschen, die jetzt tot waren. Sie waren gegangen, hatten ihm nichts hinterlassen, nichts als Trauer und Schmerz. Und diese Sachen hinter den Türen, das meiste davon wertlos, gleichzeitig unendlich kostbar. Aber auch gefährlich, jedenfalls für einen Menschen wie Schröder, der seit Wochen vergeblich versucht hatte, sich mit dem Verlust seiner Familie abzufinden, dessen Herz aus vielen, vielen Wunden blutete, Wunden, die weiter aufreißen würden, wenn er eine dieser Türen öffnete.

Er fuhr mit dem Daumen die geschwungene Klinke entlang, betrachtete den Staub auf der Fingerkuppe. Schluckte, der Adamsapfel bewegte sich unter dem Doppelkinn, dann schlossen sich seine kurzen Finger um das abgegriffene Messing.

So verharrte er, die Lippen fest aufeinandergepresst, blutleere Striche im blassen Gesicht. Spürte, wie sich das kühle Metall unter seinem Griff erwärmte, dann sank seine Hand kraftlos herab. Die Klinke, feucht vom Schweiß seiner Haut, hatte sich keinen Millimeter bewegt.

Eine Straßenbahn fuhr vorbei. Die Dielen vibrierten unter Schröders Füßen, über ihm wackelten die Neonröhren unmerklich unter der Decke. Aus der Küche erklang ein leises Klirren, eine Tasse klapperte in der Spüle. Die Tür schlug gegen den Rahmen, einmal, noch einmal. Dann Ruhe.

Schröder stand wieder allein in der Stille.

Aber war er das wirklich? Allein?

Er holte sein Handy aus der Cordhose. Zorn meldete sich auf der Stelle, noch bevor das erste Rufzeichen verklungen war, als habe er auf den Anruf gewartet.

»Schröder?«

»Ich brauche deine Hilfe.«

»Gut.«

Ein Rascheln drang aus dem Hörer.

»Was machst du?«

»Was schon?«, sagte Zorn. »Ich ziehe meine Jacke an.«

»Willst du nicht wissen, wobei du mir helfen sollst?«

»Das ist egal. Wichtig ist, dass du fragst.«

Schröder hob die Hand, strich über das rissige Holz, die blätternde Farbe.

»Ich muss ein paar Dinge ordnen.«

»Ich bin gleich da.«

»Du weißt gar nicht, wo ich wohne.«

»Dann sag's mir.«

Das tat Schröder. Lauschte den hastigen Schritten am anderen Ende der Leitung, dem Geräusch der zufallenden Wohnungstür, gefolgt von einem unterdrückten Fluch.

»Was ist?«, fragte Schröder.

»Ich hab meinen dämlichen Schlüssel vergessen.«

»Du kannst bei mir schlafen, Chef.«

»Danke.«

»Wofür? Weil du bei mir schlafen darfst?«

»Nee«, sagte Zorn. »Weil du angerufen hast.«

Ein blechernes *Pling!* drang durch den Hörer, dann das Rumpeln der zur Seite gleitenden Fahrstuhltüren. Schröder hörte, wie Zorn die Kabine betrat.

»Ich beeile mich, Schröder.«

»Das musst du nicht.«

»Doch«, sagte Zorn. »Ich habe lange genug gewartet.«

Dann war die Verbindung unterbrochen.

Stephan Ludwig
Zorn – Tod und Regen
Thriller
Band 19305

»Es dauerte drei Stunden, bis sie den Verstand verlor,
und weitere zwei, bis sie endlich sterben durfte.«

Zwei Morde – blutig, brutal, unerklärlich. Warum gibt ein Killer seinem Opfer Schmerzmittel, bevor er es quält? Hauptkommissar Claudius Zorn soll die Ermittlungen leiten: Er hat Kopfschmerzen, er hat keine Lust, er hat keine heiße Spur. Als er dann noch merkt, dass ihn bei den Ermittlungen irgendjemand austricksen will, bekommt Zorn richtig schlechte Laune. Und der Mörder hat noch nicht genug …

Der packende Auftakt zur neuen Reihe mit Hauptkommissar Claudius Zorn und seinem kauzigen Assistenten Schröder

Fischer Taschenbuch Verlag

fi 19305 / 3

Stephan Ludwig

Zorn – Vom Lieben und Sterben

Thriller

Band 19507

»Claudius Zorn und sein Kompagnon
haben das Zeug dazu, Kultstatus zu erreichen.«
krimi-couch.de

Die Hauptkommissare Zorn und Schröder ermitteln unter Hochdruck: zwei Morde in einer Woche, beides Jugendliche, kaltblütig getötet, förmlich hingerichtet. Schnell ist klar, dass hier jemand gezielt mordet, seine Opfer ganz genau auswählt, sie vielleicht sogar kennt. Als die beiden Kommissare endlich eine Spur haben, ist die Zeit bis zum nächsten Mord bereits abgelaufen. Und die Jagd nach dem Täter bringt nicht nur Schröder an seine persönlichen Grenzen.

Der zweite Fall für Hauptkommissar Claudius Zorn und den dicken Schröder

Fischer Taschenbuch Verlag

fi 19507 / 1

Stephan Ludwig

Zorn – Wie sie töten

Thriller

Band 19861

In einer Winternacht wird ein Mensch vor die S-Bahn gestoßen. Niemand beobachtet den Mord, die Polizei geht von Selbstmord aus. Auch Hauptkommissar Claudius Zorn schenkt dem Vorfall keine Beachtung. Er ist damit beschäftigt, seinen ehemaligen Kollegen Schröder zu überreden, wieder sein Partner zu werden. Was jedoch weder Zorn noch Schröder ahnen: Der Täter ist ganz in ihrer Nähe. Und hat eine Reihe neuer Opfer im Visier. Menschen, die den beiden Ermittlern nahestehen …

Der vierte Fall für Hauptkommissar Claudius Zorn
und den dicken Schröder

Das gesamte Programm gibt es unter
www.fischerverlage.de

fi 19861 / 1

FRAGEN AN HAUPTKOMMISSAR ZORN UND HAUPTKOMMISSAR SCHRÖDER

Herr Zorn, wie fühlt es sich an, jetzt nicht mehr der »Chef« zu sein?

ZORN: Toll. Prima. Spitze. Klasse. Suchen Sie sich was aus.

Herr Schröder, was hat sich an Ihrer beider Verhältnis geändert?

SCHRÖDER: Nichts. Bis auf die kleine Tatsache ...
ZORN: ... dass du jetzt der Chef bist.
SCHRÖDER: Das ist korrekt, Chef.

Sehen wir das richtig, Herr Schröder: Sie bezeichnen Ihren ehemaligen Vorgesetzten noch immer als »Chef«, obwohl Sie mittlerweile selbst diese Position innehaben?

SCHRÖDER: Es ist eher ein Name, wir ...
ZORN: Also wir sehen das total entspannt. Auf dem Papier ist Schröder der Chef, ich bin sozusagen der Chef der Herzen.

Haben Sie Ihre Auszeit als Imbiss-Betreiber sehr genossen, Herr Schröder?

ZORN: Hat er nicht.
SCHRÖDER: Nein?
ZORN: Er hat`s versucht, aber im Endeffekt ist er heilfroh, wieder in meiner Nähe sein zu dürfen.

Herr Schröder, warum lassen Sie sich eigentlich alles von Zorn gefallen?

SCHRÖDER: Warum fragen Sie?

Weil Sie eindeutig der bessere Ermittler sind.

ZORN: Moooooment! Wer sagt das?
SCHRÖDER: Ich war`s nicht!

Stört es Sie, dass die Romane nicht Ihren Namen tragen, Herr Schröder?

SCHRÖDER: Nein. Würden Sie ein Buch mit dem Titel »Schröder« kaufen?
ZORN: Das hat ja auch was mit Marketing zu tun. Heutzutage ist es halt üblich, dass der Titelheld gut aussieht. Das heißt jetzt nicht, dass ich dich unansehnlich finde, Schröder.
SCHRÖDER: *Gracias.* Mir ist durchaus bewusst, dass ich attraktiv bin. Man sieht`s mir nur nicht an.

Wann erfahren wir eigentlich Ihren Vornamen?

SCHRÖDER: Ich fürchte, überhaupt nicht.
ZORN: Kann ich hier rauchen?

Das ist hier verboten.

ZORN: Saftladen.

Herr Zorn, Herr Schröder, danke für das Gespräch.